长征纪实小说《千回百折》丛书

而今迈步——从头越

陈伙成 著

江苏人民出版社

图书在版编目(CIP)数据

而今迈步——从头越 / 陈伙成著. -- 南京：江苏人民出版社，2019.7
（长征纪实小说《千回百折》丛书）
ISBN 978-7-214-23830-6

Ⅰ. ①而… Ⅱ. ①陈… Ⅲ. ①长篇小说-中国-当代 Ⅳ. ①I247.5

中国版本图书馆 CIP 数据核字(2019)第 165846 号

书　　　名	而今迈步——从头越
著　　　者	陈伙成
责 任 编 辑	汪意云　魏　冉
装 帧 设 计	刘荸荸
责 任 监 制	王列丹
出 版 发 行	江苏人民出版社
出版社地址	南京市湖南路 1 号 A 楼，邮编：210009
出版社网址	http://www.jspph.com
照　　　排	江苏凤凰制版有限公司
印　　　刷	江苏苏中印刷有限公司
开　　　本	718 毫米×1000 毫米　1/16
印　　　张	25.25　插页 4
字　　　数	360 千字
版　　　次	2019 年 9 月第 1 版　2019 年 9 月第 1 次印刷
标 准 书 号	ISBN 978-7-214-23830-6
定　　　价	88.00 元（精装）

（江苏人民出版社图书凡印装错误可向承印厂调换）

题　记

　　万里长征,千回百折,顺利少于困难不知有多少倍,心情是沉郁的。过了岷山,豁然开朗,转化到了反面,柳暗花明又一村了。

——出自《毛泽东诗词集》注释

前　言

我把红军万里长征历史编为相对完整的故事,写成四卷本纪实小说,纯属是被感觉激发,被激情推动。

3年前纪念长征胜利80周年时,若干影视制作者找到我,我接受采访背书,看剧本当顾问,甚至帮助修改剧本补戏。秉持成全好事,我尽可能地满足了。但坦率地说,就感受而言,我以为编剧对相关历史的了解和认识太肤浅了,于是,我萌生动笔把我了解和认识的长征历史写出来的冲动。我曾为一部电视剧相关人员说历史、补戏,备有书面意见,就以此为提纲,写了反映三大主力红军会师这一段历史的《最后一步——尽开颜》。成书后江苏人民出版社一口答应出版。这下可好,下不来了,有最后一步,那第一步呢?走出第一步还有此后各步。这不,又再接再厉写了反映中共中央和中央红军长征初期的《第一步——五岭逶迤》;反映遵义会议四渡赤水这一段的《而今迈步——从头越》;反映从川西北上到陕北这一段的《昂首阔步——到长城》。从2015年9月一直到2018年9月,写作整整历时3年。

红军长征,的确不仅仅是中共中央和中央红军这一路,还有六军团揭开长征序幕,二十五军、四方面军和二、六军团长征。但红军长征又的确以中共中央和中央红军长征为主体。这个主体的行动,又有不同时段不同内容的侧重。所以,我把它划为四段,以四步单独成书。虽说是以先写的《最后一步——尽开颜》框定的,但也出于中共中央和中央红军长征过程的实际。这样划分,一方面主线突出又兼及同一时段其他部队长征路的相关情况和相互关联,使头绪更清晰;另一方面容量大了,能相对详细反映、深刻揭示历史,而四卷衔接起来,又基本构成反映全史。

长征,是中华民族这个天将降大任于中国共产党和红军,对中国共产党和红军的考验炼狱;是中国共产党走向成熟,中国红军走向集中的历史性转变。长征期间,蒋介石国民党力图乘机解决内部的地方势力割据,以实现中央集权;中国由国共两党内战、国民党内部斗争转向抗日救国战争的前夜。这些背景和内容的综合叠加,构成了长征问题的复杂、艰难和险恶,又包含着实践与原理、认知与智慧、欲制与反制、内动与互动、意志与体能、环境局限和主观需求等等矛盾。我的创作动机就是有感于以往对这些问题的反映,或过于简单,或偏颇,或遗漏,或不够准确,甚至有误。当然,我的认识也仅仅是一家之言,自然不会都被人们苟同,但我毕竟提出了问题,算是抛砖引玉。

史学界朋友都知道我是红军历史研究者,而不是作家。我所以跨界把历史写成纪实小说,实在是受电视剧的影响,出于对历史普及的考虑。我认为历史是当事人的实践经历,原本是形象的、活生生的。史著必须激活历史形象,才能更有可读性,而由此才能更加普及。所以,我采取纪实小说体裁,以实事求是为原则,以我的形象思维看待和表现历史,力图还原历史形象。所以,我自认为书中的历史部分是靠谱的,甚至大部分取自历史资料,至于文学性当说有先天不足。

谨以本书,献给历经长征洗礼的伟大的中国共产党和人民军队!

作　者

2018年10月1日

目 录

◆ 引 子 | 1

◆ 第一章　军人的悲伤与悲哀 | 1
　　刘伯承:"这是对党、对红军的犯罪!"
　　林彪:"你找我要人,我找谁要人?!"
　　彭德怀:"我这是老牛掉进大坑里,有劲使不上,干着急!"
　　毛泽东:"我们像受了伤的猛虎,躲进深山里舔着伤口!"
　　周恩来:"我们对党会有个交代!"

◆ 第二章　蒋介石回南京 | 10
　　晏道刚:"我听委座说过,他等待着再与毛泽东较量。"
　　陈布雷:"果真这样,往后的戏就好看了。"
　　何键:"他们是存心看我们热闹!"
　　蒋介石:"他自己收拾去吧。"
　　白崇禧:"我就取他十六字诀中的'敌驻我扰',但改一个字,叫'敌过我扰'!"

◆ 第三章　都为党的命运操心 | 20
　　朱德:"我们要相信老毛,相信恩来,他们不会等闲视之。"
　　毛泽东:"我想的是眼下的一步,我们走出大山后会遇到什么情况?"

博古:"我不认为我们把中国革命搞砸了!"

周恩来:"当务之急,是不能再听李德指挥!"

◆ **第四章　姑娘话说"上梁山"** | 29

李玉红:"这样说,你俩还有姻缘!"

老傅:"有话憋在心里不好,说出来会舒服些。"

华荣:"他人不错,见了舒心,才把他当成是老天赐给我的男人。"

山生:"同行呀! 同行是冤家!"

◆ **第五章　周恩来断然当家** | 38

朱德:"看看吧,何键把他的20万重兵堵在我们北出湘西途中!"

曾希圣:"只要我们提供的情报用得着,我们就心满意足了。"

周恩来:"张闻天转达了老毛的意见。老毛意见是对的,我们不能往敌人网上撞!"

博古:"难怪彭德怀骂你下流!"

◆ **第六章　毛泽东出手避劫难** | 47

张闻天:"我请你博古同志为党中央和中央红军的前途命运着想!"

王稼祥:"李德同志,我真服了你。你是非把我们剩下的这3万人马弄光了才服输?!"

毛泽东:"鸟况且懂得惊弓,人不能愚蠢到撞了南墙还不知回头吧!"

周恩来:"立即转向贵州东南部!"

◆ **第七章　几家得意几家愁** | 56

白崇禧:"还真没想到湘江一战,倒让老蒋露脸,反给我们自己找麻烦!"

何键:"这回呀,轮到王家烈的日子不好过啦!"

王家烈:"我才没心思扯你们女人的事!"

蒋介石:"朱毛'残匪'真转向贵州,也未必不是件好事!"

◆ **第八章　总参谋长回总参** | 65

刘伯承:"不改变行吗……"

董振堂:"你看,毛总政委会重新上台?"

山生:"提早过大年啦?"

李德:"为什么这样重大的事,不经我同意?"

周恩来:"会尽快召开会议,作出新的决定,解决这个根本问题。"

◆ **第九章　政治局终于谋政** | 74

博古:"可惜的是,我们没法得到共产国际和王明的支持;他们想支持我们也办不到!"

张闻天:"我再次申明,得恢复党内民主决策!"

毛泽东:"可以肯定地说,那个去湘西的原计划必须放弃!"

◆ **第十章　闲情多轶事** | 82

胡钟春:"老子没连你一起打就算够面子……"

范有贵:"一个团长粗言野语骂人,成何体统!"

柳海曙:"这些话要是让政训处的人听到了……"

梅云霞:"也不知道能否天随人愿?"

范有勇:"这小子早晚得挨黑枪!"

◆ **第十一章　毛先生巧对下联** | 92

毛泽东:"老伯,你看可对上?!"

老者:"你等让我看到希望。老夫也盼我中华来日国泰民安,重振雄风。"

彭德怀:"所以,我活得很累是吧?!"

张闻天:"你摸摸他的底,看他愿不愿意接这个烂摊子!"

◆ 第十二章　闻天、稼祥"非组织活动" | 101

　　王稼祥:"现在还有什么问题比这个问题更重大?"

　　毛泽东:"我是党中央政治局委员,对党的生死存亡理当有担当。"

　　博古:"我不是恋权,但我不能承担错误的责任!"

　　彭德怀:"我不轻易服人,可我服老毛!"

◆ 第十三章　泽东、恩来智慧合计 | 110

　　彭德怀:"提起这些,我就来火……"

　　刘伯承:"博古必须下台,李德必须靠边站,老毛出山是众望所归!"

　　周恩来:"你有腹案?"

　　毛泽东:"问题不在于党有没有犯过错误,而在于党有没有纠正错误的勇气和能力!"

◆ 第十四章　恋人、夫妻有夜话 | 119

　　华荣:"你不是不懂得亲是什么意思吗?来,我教你!"

　　博古:"我不能承担错误的全部责任!"

　　刘群先:"你说,李德现在会是个怎么情况?"

　　毛泽东:"倘若果真时势成全我,我老毛要与老蒋大战五百回合,决一雌雄!"

◆ 第十五章　敛财议事各行其是 | 128

　　侯之担:"各位老板带个头,号召商界,有力出力,有钱出钱,支持我的官兵守土!"

　　王家烈:"真他妈的能吹!"

　　汤师长:"看这个样子,薛总指挥是另有所图!"

　　吴奇伟:"不要猜,就是猜到了也不要说出来!"

◆ 第十六章　乌江不是第二湘江 | 137

　　张闻天:"真是,指挥上的外行和内行,效果大相径庭!"
　　周恩来:"要不,怎么说千万先烈的鲜血和生命,换得了我们的觉醒!"
　　刘伯承:"过乌江后给我一个团,准备跟我奔袭遵义城!"
　　陈光:"不是我说你,哪有红军的炮兵连长开炮前干这事的……丢人。"

◆ 第十七章　"国军"兵不如"匪" | 146

　　柳海曙:"我们口口声声骂共产党红军是'匪',殊不知我们的兵比'匪'还不如!"
　　吴奇伟:"你说的是我们部队当前存在的共同的两大问题。"
　　范有贵:"就是要拿出长官的派头,吓吓这些混蛋,也平民愤!"
　　梅云霞:"打住,莫谈军务……"

◆ 第十八章　生死攸关的会议 | 155

　　张闻天:"你站在个人地位的立场上,把问题都看歪了!"
　　博古:"你们现在是借机冲着我来,以我所谓犯了路线错误之名义,要我下台!"
　　邓颖超:"你看好他,决心辅佐他!"
　　周恩来:"我连领袖都不争,还在乎这一笔!"

◆ 第十九章　人约黄昏后 | 164

　　刘伯承:"老蒋不让我们再在遵义待下去了!"
　　周恩来:"你信不,老蒋要是知道你出山了,准得又跳到前台与你较量!"
　　张云逸:"这不刚好符合'反攻的首战拣弱的打'的条件。"
　　毛泽东:"好,撞上川军只要好打,坚决打!"

◆ **第二十章 各有各的盘算** | 173

　　刘湘:"他的部队吃不得,但他的地盘还是可以吃的!"
　　潘文华:"这些你得直接找大帅去,我可解决不了。"
　　薛岳:"老蒋把我们部队的运动,看得像棋盘上挪个棋子那么简单!"
　　蒋介石:"我正想和这个聪明的乡下人毛泽东决战呢!"

◆ **第二十一章 都想打个胜仗** | 182

　　周恩来:"这4个字说得好,应当作为我们下一步的指导原则!"
　　王稼祥:"中山大学的老师水平还没你高。"
　　曾希圣:"你急我比你还急。"
　　朱德:"这不都憋着一股劲要打一个胜仗嘛!"

◆ **第二十二章 朱总司令的"犟劲"** | 191

　　毛泽东:"两个盲人,一场瞎打!"
　　周恩来:"不是说战场如赌场,既然有赌的意思,那就有输有赢的可能,只要不赌红了眼,有所进退就行!"
　　彭德怀:"原来是想打个围歼战,没想打成了对峙,还有被敌反包围的危险!"
　　朱德:"看在老战友份上,你们成全我!"

◆ **第二十三章 有喜有愁过大年** | 200

　　蒋介石:"恩威并施,赏罚分明,乃治国治军平天下之道,懂吗?"
　　王家烈:"薛岳的根本目的在于占我们贵阳,他才不在乎'剿匪'!"
　　潘文华:"希望诸位师长旅长,都受委座的赏,万不可挨委座的罚!"
　　龙云:"不说得这么露骨、直白,但意思到了。我们总不能赔本出兵贵州!"

◆ 第二十四章　周恩来的肺腑之言｜208

　　毛泽东:"仗没打好,让人说两句难免;我毛泽东检讨……"
　　朱德:"有人批经验主义,我还就谈经验……"
　　张闻天:"现在不走一步看一步,我们有条件一切都计划好?!"
　　周恩来:"建议你抛弃与老毛的前嫌,和我们同心协力,支持老毛的领导!"

◆ 第二十五章　新计划的出台｜217

　　彭德怀:"老毛不会是只让你朱老总来给我戴高帽吧!"
　　毛泽东:"真不知道你那个蒋校长是怎么教你的!"
　　林彪:"你真不讲理!"
　　董振堂:"跟着毛主席,我们从头来……我说过,信心满满!"

◆ 第二十六章　易将战遵义｜226

　　博古:"下一步往哪里打?打谁?"
　　张闻天:"好家伙,学问更大!"
　　叶剑英:"老蒋从庐山又发号施令,当说给了我们战机!"
　　毛泽东:"怎么这么聪明的人,一时倒犯糊涂了!"

◆ 第二十七章　奇伟兵败出奇｜235

　　王家烈:"斗胆开口,向你吴大哥借点,委座一经拨款,我立马还你。"
　　彭德怀:"邓萍呀,邓萍!你怎么偏偏在这个节骨眼上战死……"
　　士兵:"有种你就撞……你敢撞,老子就让你躺在这里!"
　　吴奇伟:"你想把桥留给'共匪'追过江来?!"

◆ 第二十八章　毛泽东来了诗情｜244

　　周恩来:"看这个意思,你是来了情趣和灵感啦,那就赋上一首!"

彭德怀:"卖了,换成钱买粮食,不就可以当饭吃了。"

张闻天:"打了个翻身仗,我们能睡得着?!"

毛泽东:"不是父母只管生不管养育他们,而是父母重任在身……"

◆ **第二十九章　蒋介石沉不住气了** | 253

吴奇伟:"你担心老蒋会追究责任?"

薛岳:"对上,就按你说的写检讨;但对下,也得有个交代!"

汤师长:"就拿这个混球顶账!"

蒋介石:"这简直是国军'追剿残匪'以来的奇耻大辱!"

◆ **第三十章　亦张气节亦柔情** | 262

胡钟春:"他妈的,往里一插就不管了!"

范有贵:"那姑娘不错,抓住她,别松手!"

梅云霞:"上了这条船就下不去了,起码是现在下不去!"

汤师长:"我们的脸都让他丢光了!"

柳海曙:"难得你的怜悯之心!"

◆ **第三十一章　增援失败的效应** | 271

郭勋祺:"只要红军不试图从我的防御地段北渡长江,就彼此相安无事!"

周浑元:"弟兄们,知道我们的处境,我们就得小心、谨慎!"

万耀煌:"你是强调我们下一步奉行8个字:抱成一团,谨慎行事!"

刘建绪:"他妈的,打的是什么仗!"

◆ **第三十二章　烈女魂断乌江** | 279

军医处主任:"可玫瑰带刺,想必胡长官领教过。"

参谋长:"这不是把我们师当成混饭吃的地方!"

梅云霞:"你的流氓习气依然如故!"

勤务兵:"这事闹大了……"

◆ **第三十三章　指挥体制的改变** | 288
　　林彪:"在周边敌人中,新场的黔军最弱,就打他!"
　　张闻天:"是不是多数同志都主张打新场?好,通过。"
　　周恩来:"老毛的意见被大家否定了……生气地甩手走了!"
　　毛泽东:"这就是我坚持打周浑元纵队的动机。"

◆ **第三十四章　亦张豪杰亦殉情** | 297
　　老范:"为什么不能把这当成是一条活路?!"
　　胡钟春:"我他妈怕谁?!"
　　军医处主任:"求你,别杀我……"
　　刘副参谋长:"你也太冲动了……你知道他的背景吗?!"
　　柳海曙:"算是我上错船的代价!"

◆ **第三十五章　不意糟蹋"圣人"** | 307
　　聂荣臻:"总不能说我们一点责任也没有!"
　　刘伯承:"那是他外行,看不出战争指导的门道,还自我露怯!"
　　周恩来:"这都是糟蹋'圣人'!"
　　王稼祥:"下一步有好戏看。"

◆ **第三十六章　禁果正果皆无果** | 316
　　张闻天:"我们政治局,既是马灯下的政治局,又是马背上的政治局!"
　　周恩来:"我估计,我们这一招又让老蒋睡不着了。"
　　山生:"你的慰问比局里表扬实在!"
　　毛泽东:"不是我们当父母的太狠心,是环境的无情,我们事业的不易!"

◆ **第三十七章 蒋介石"御驾亲征"** | 326

王稼祥:"东渡赤水伴攻仁怀逼敌收缩于仁怀,这算第二招!"

刘伯承:"往下会是一招比一招精彩……"

蒋介石:"我是要去的,去与这个打仗全无章法的乡下人毛泽东再过招!"

毛泽东:"我俩一个德行,都自信不服输!"

◆ **第三十八章 难道又陷于劫难** | 335

林彪:"反正我反对走弓背路!"

杨尚昆:"我越来越体会到周副主席给我找了个好老师!"

曾希圣:"给我紧紧盯死蒋介石发出的电报!"

刘伯承:"如果出现这种情况,我们只有殊死一战!"

◆ **第三十九章 情报局长出绝招** | 344

周恩来:"走吧,替委员长拟定怎样截击'朱毛残匪'的命令电去!"

王稼祥:"这算智斗吧?!"

毛泽东:"得相信罗炳辉这个伪装主力的高手!"

曾希圣:"就把她俩葬在这里,让她们看着我们前进!"

◆ **第四十章 蒋介石也"拣弱的打"** | 353

蒋介石:"我这次来贵阳,办两件事!"

王家烈:"委座门清……"

何知重:"从今往后,我何知重的一师官兵,全听委员长号令,愿为委员长效犬马之劳!"

柏辉章:"军座,你得给下面有个交代!"

晏道刚:"你也想开些。与其硬撑下去也得垮,不如退一步海阔天空!"

◆ **第四十一章　毛泽东使出第五招** | 362

　　朱德:"让老蒋的包围计划泡汤!"
　　薛岳:"他这是发哪门子邪火?!"
　　陈诚:"他需要你们给他露脸,而不是丢脸!"
　　蒋介石:"堵住他,一定要给我堵住他!"
　　毛泽东:"过一两天,我得使第六招,让老蒋心惊肉跳。"

◆ **第四十二章　挥师扬长而去** | 371

　　蒋介石:"我这样一走,岂不让天下人笑我!让毛泽东笑我……"
　　宋美龄:"传出去都丢死人!"
　　周恩来:"这种状况下,老蒋都没能赢得了我们,下一步乃至今后,更赢不了我们!"
　　毛泽东:"我会担当、珍惜、努力的!"

◆ **尾　声** | 382

◆ **后　记** | 383

引　子

中央红军虽然在亦悲亦壮的搏击中走完了万里长征的第一步，但惨重的损失已造成元气大伤，更那堪前程是强敌的张网以待。

生死存亡的临界，引发了物极必反。中国共产党的杰出人物，终于迸发了纠正党的错误的勇气和能力。于是，有了转兵贵州，避开眼前的劫难；有了遵义会议，摒弃了博古与李德的错误领导和指挥，自主地把中国革命战争中造就的能人毛泽东推上领导岗位。自此确立了毛泽东为主、周恩来为辅的党的领导核心。中共中央和中央红军的万里长征，"而今迈步从头越"。

遵义会议后，中共中央和中央红军仍然处在强敌更加严重的围追堵截中，但毛泽东、周恩来和他们的战友，以超乎寻常的革命胆略和智慧，从实际出发，因势利导，与强敌斗智斗勇，保存了自己的力量，基本摆脱了强敌的追杀，走出了贵州，也走出了长征以来对敌斗争的最危险阶段。

中共中央和中央红军在贵州的一路走来，引起了国民党中央和周边的地方军阀各派的强烈反响。蒋介石、何键、李宗仁、王家烈、刘湘、龙云，在追杀红军中各怀图谋，而彼此间则又勾心斗角。

战争，虽不能泯灭人性中的七情六欲，却能无情地毁灭人爱中的至洁至纯。

我们的故事，就出在这段往事中的大事小事、奇闻轶事。

第一章　军人的悲伤与悲哀

湘江血战数天后,也就是1934年12月上旬,死里逃生的中共中央和中央红军,已接连翻过五岭的第五岭——越城岭和广西最高的山——猫儿山,从西延南部插入龙胜北部,遁入广西东北部的深山中。

这天,已近黄昏,各部仍在匆匆赶路。

山路沿着山岗南坡逶迤前去。

南坡松林下的一角,显然已成新坟地,整齐地排列着一排排新坟包。一路走来,时有这样的新坟地。那是红军连队带着的伤员去世了,只好挑个地方就地掩埋,前头的连队把烈士埋在这里,后头的连队赶上了,也跟着把烈士埋在一起,让他们不孤单。红军战士信这个,生在红军战斗队,死亦红军战斗队。

这阵子,新坟地的后排,又有几个红军战士在掩埋烈士。一旁,还有十几个战士在照料几个轻重伤员。

看得出,他们没有泪水,只是沮丧、惘然。

五军团仍然是后卫,负责断后,但这回还带着八军团。八军团在湘江血战中,从近11000人的队伍,打得只剩下约十分之一,只好配属给五军团。这阵子,他们已从猫儿山上撤了下来,赶到宿营地。

军团长董振堂和参谋长刘伯承没进村宿营,还在村口山岗上木然地看着队伍走下山岗,向各自的宿营地走去。

最后一个分队走过后,刘伯承自言自语:"从江西苏区出发时,我们军团2个师15000余人,现在只剩下1个师,加上军团部怕也不过5000人……"

"要我说,五、八军团都应当撤销,补充给其他军团。"董振堂又冷冷地加上一句:"留着空架子毫无意义……当务之急,是把连队的严重缺员补起来,恢复连队的战斗力!"

刘伯承回话:"部队的番号是部队的历史,除非裁军,不可以随便撤销……当下是急需合并。要撤也只能撤掉八军团;五军团是有特殊历史意义的部队,就是剩下个空架子,剩下你董振堂一人,都不能撤……"

"剩下我董振堂一人,我还有脸活着?!"不承想刘伯承的话像锥子般扎在董振堂的心头。"五军团的历史?我董振堂愧对历史……整个师呀,整个三十四师丢在湘江东岸……三十四师兄弟在那里呼唤,可我董振堂只能站在这里,眼巴巴地看着……我……我对不起江东的兄弟。"

刘伯承说:"对不起中央红军、对不起党的是他们……你无能为力,更不是你的过错!"

董振堂一把抱住刘伯承,泪水夺眶而出。

刘伯承喃喃:"丢在湘江两岸的岂止我们军团的三十四师六千弟兄……那是数万人,数万红军官兵血染湘江!罪过呀……那是对党、对红军的犯罪……"

刘伯承是年42岁。他原先是红军总参谋长,只是指责李德侮辱红军官兵,被博古贬到五军团当参谋长。军中戏言,参谋不带长,放屁都不响;可刘伯承是大参谋长,就这么个个人义愤之举,就这么让博古说贬就贬。看来,博古并不简单,他看准了刘伯承在中央红军中没有根基,拿他捏。

董振堂是年39岁。他原是国民党第二十六路军的一位旅长,3年前率部宁都起义投入红军,后担任红军第五军团军团长。五军团的战斗力仅次于一、三军团,中央红军长征以来,五军团一路当后卫,断后。断后意味着随时都要牺牲局部保全全局。这不,它的三十四师丢在江东,其命运可想而知。

都说男儿有泪不轻弹,只缘未到伤心处。可眼下这两位身经百战的中年汉子,纵然已到了伤心泪弹,也只能背着他们的官兵,相拥而弹。

军人的悲伤,莫过于战败;军人的悲哀,莫过受愚蠢的指挥驾驭!

第一章　军人的悲伤与悲哀

一军团仍然是前卫,军团部已经到了宿营地。

这阵子,军团长林彪正在窝火,他把手上的电话机重重地甩在桌上。"你找我要人,我找谁要人?!"又愤愤地说,"他妈的,打的是什么仗!"

林彪是年27岁。他18岁考进黄埔军校第四期,20岁参加南昌起义,21岁跟朱德上井冈山,被毛泽东赏识,23岁当红四军军长,25岁当红一军团总指挥,也就是红一军团长。他精明强干,所部是朱毛红军老底,历来为主力部队,从来是他的部队把敌军打得落花流水,可如今竟然落到这般窝囊地步。血气方刚的他,心里正窝着火,要撒气,什么话也听不进去。

电话是二师师长陈光打来的。陈光的二师在前天的湘江血战中挑大梁,担任湘江西岸北边防御,在脚山铺一带阵地上,与敌湘军刘建绪一路军血战数日,伤亡惨重,有些连队几乎打光了,多数连队也只剩下三四十人。陈光来电建议撤掉一些连队,补充其他连队,一个团能编几个连队算几个连队;并且建议军团部的后方部缩编,裁下些人员补给连队。

可正赶上林彪在窝火,给呛了!

"你冷静些!"军团政治委员聂荣臻也在身边,都听到了。"陈光的意见是对的,部队是该立即整编……机关,尤其是军委机关,更应当压缩,腾出些人员补充给连队,确保连队的战斗力!"

不能不佩服军委对一军团一把手搭配的讲究。聂荣臻是年35岁,大林彪8岁,在黄埔军校时是林彪的老师,他帮林彪把关,再合适不过。

"他们怕是都给打毛了、打傻了,能想到立即整编部队?"林彪的火气还没消。

"他们给打毛了、打傻了,我们不能光窝火,"聂荣臻又说,"在我们职权内的事,该做的,我们可以主动地做!"

"如果不换指挥,再这样折腾下去,怕是全部的中央红军都会给玩完了!"林彪颓坐在椅上。

聂荣臻说:"是该解决领导和指挥问题了!"又叹:"可那是中央的事……我们只能也必须相信中央!"

三军团这回担任侧卫，也已宿营。村寨小，他们干脆把军团部安在进寨的廊桥上。

夕阳下的这个小山寨宛若一幅画。寨子里散落在绿树丛中的竹楼，炊烟袅袅。寨外，逶迤于翠竹之间的溪流，映着落日余晖，似金色飘带。小溪上古老的廊桥，紧靠着百年老榕树，老树的北侧，一架轮盘巨大的水车，唱着节奏合拍的歌儿慢悠悠地转着，飞溅的水雾像轻纱似的披在它身上；北侧是一片绿茵河滩，军团部的几匹马在幽然吃草。

可军团长彭德怀的心情坏透了。他铁青着脸，坐在进寨桥头的一侧。

军团政治委员杨尚昆坐在彭德怀的一侧默默地陪着他。

彭德怀是年36岁。杨尚昆和林彪、博古同龄，27岁。杨尚昆与博古是莫斯科中山大学的同学，可能是出于这层关系，他连一天的红军都没当过，就成三军团的政治委员。按苏联红军政治委员制规定，他这个政治委员是监督彭德怀这个军团长的，可有趣的是，实际上成了彭德怀这个老兵带杨尚昆这个新兵，而杨尚昆这个新兵，则十分尊重彭德怀这个老兵。

杨尚昆也是时代的精英。他看出此时的彭德怀是在逃避，不忍心看到他的队伍这般落魄，也不忍心让他的官兵看出他强压着心中的怒火。

他彭德怀打从6年前率部平江起义组成红军第五军，发展成为红军第三军团，到汇入朱毛红军洪流以来，千百次战斗，危险也有过，血战也有过，可从来是他们把敌人打得落花流水。但是，打从听命于博古、李德以来，部队像中了邪一样，一仗不如一仗，节节败退，直到把几年苦心经营的中央苏区丢了，但厄运依然如影随行。这不，刚走出中央苏区，他的战将四师师长洪超战死；走到湘江，竟然如此惨烈，五师十团一天内战死两任团长，六师十八团全部丢在湘江东岸。出中央苏区时，全军团近18000人，如今剩下不过是零头。眼下，虽然躲进深山密林中暂时喘了口气，但已近弹尽粮绝，官兵一双双疑惑愤怒的目光，仿佛在斥问，这兵是怎么带的？仗是怎么打的？怎么把一支曾经令敌人闻风丧胆的红军，弄成眼下这般落魄?！这让他彭德怀情何以堪！

都说他彭德怀是中央红军第一战将,在中央红军中让蒋介石惦记的除了朱德、毛泽东外,就是他彭德怀,可他彭德怀如今像是被铁链拴住的猛虎。都说在中央红军中他是第一个敢于当面骂博古、李德是败家子的人,可骂过了,出了口恶气了又能如何?不是照样得听命于他们愚蠢透顶的指挥,眼巴巴地看着部队蒙受惨重损失,被人撵进这深山密林!

都说糊涂难,聪明人装糊涂更难,难得糊涂。可他彭德怀装不了糊涂,也忍受不了这种不应当惨败而惨败的局面。他活得很苦,很累!

"还想着湘江血战的惨烈!"杨尚昆似自语。

"想又如何?"彭德怀不禁一叹,"如果想能使战死在湘江两岸的成千上万官兵复活,我倒心甘情愿地坐在这里想到我自己坐化……"

"真是,一个好好的局面,怎么个弄成了这样……"杨尚昆随口说。

"可不就给弄成了现在的这个样!"彭德怀愤愤地说,"如果不改变领导,改变指挥,下一步会完蛋的……"

杨尚昆一时无语。

彭德怀站了起来,苦笑:"我是老牛掉进大坑里,有劲使不上……干瞪眼!"

军委第二纵队的一个梯队过来。

毛泽东、张闻天走着,王稼祥躺在担架上,夹在行军的队伍中。

队伍在村寨口停了下来。前头传话,说是等管理员安排宿营住房。这里地处深山,是侗、壮、瑶少数民族区,村寨稀疏又小,红军人多住宿不好安排,队伍停在寨口等号房的事很经常,而且有时一等就大半小时。

队伍一停,毛泽东就朝路旁坐下,靠着树干,习惯地摸口袋掏烟。可掏出的烟袋只有卷烟纸,没了烟丝,他有些懊恼、无奈。

"断顿了!"张闻天也跟着坐到一旁,"我说老毛,你干脆把烟戒了。"

王稼祥从担架上坐了起来。"他呀,压根就没想戒烟。"他又在担架员帮助下,披上棉大衣拄着单拐站了起来。人家毛泽东、张闻天走一个下午的路,停下来找个地方坐下,让双脚歇歇,相反,他躺了一个下午,站起来伸伸腰。

好一阵子，张闻天才发觉脚上的布鞋又破了。"得，又是前头开口，后头露根……"他苦笑地看着露出的脚丫子。

"我告诉你几回了，走路时得套上草鞋。"略停，毛泽东又说，"现在可不像在苏区，有妇女给做慰问鞋……"

"我俩换换，"王稼祥脱下鞋，"反正我也走不了路，你穿我的吧！"

你可别看这三人落魄到这个样子，他们可都是共产党红军里的大官，只不过是当下成了闲人罢了。

毛泽东是年41岁。他曾是叱咤风云的人物，29岁那一年，参加创建中国共产党；31岁已成中国国民党一届中央委员会候补执行委员，比蒋介石还牛。国共合作的中国大革命时期，他是农民运动领袖；1927年中国大革命失败后，他转入武装革命第一线，领导了湘赣边界秋收起义，创建了井冈山根据地；此后，与朱德一起组成第一支红军，也就是朱毛红军。又经过两年的斗争，朱毛红军与彭德怀红军组成红军第一方面军，接连打破蒋介石国民党军三次大规模的"围剿"，建立中央苏区。由红一方面军和中央苏区构成的中央战略区，是全国红军战争的主战场。可是，那时的共产国际认为中国革命的山沟里没有马列主义，他这个从山沟里出来的"山头"领袖也没有马列主义，不仅不能进中央领导班子，就是当中央战略区领导也不够格。后来，博古临时中央迁到中央战略区后更容不了他，借让他到苏联学习补习马列主义的课，要把他挤走。好在斯大林看重他，指示博古得团结他，以免引起中共党内和中国红军的分裂，这才有1934年1月中共六届五中全会增补他为中央政治局委员，但仍然让他当个空头的苏维埃中央政府主席，实质上仍然赋闲。

张闻天是年34岁。他1925年加入中国共产党，同年赴苏联莫斯科，在共产国际东方部工作。1930年底回国，翌年当选为中共中央政治局常务委员，担任中共中央宣传部长。1933年春随中共中央由上海到中央苏区，中共六届五中全会成立书记处，他为书记处书记之一。在当下的中共中央里他算得上第三把手，但自从中央把领导权和指挥权给了博古、周恩来、李德组成的"三人团"后，他实际上成了闲人一个。

王稼祥是年28岁。他1925年加入共青团，赴莫斯科学习，与王明、博古是中山大学同学,1928年转为中共党员,1930年2月回国,翌年被王明"钦定"为中央代表成员赴中央苏区当权,同年中革军委成立时,被委以副主席、红军总政治部主任。1933年2月在敌机空袭中负重伤,至今伤口未愈合,不能正常工作,战略转移以来,既骑不了马,更走不了路,只好让担架抬着走,成了实际上的闲人。

中共中央和中央红军战略转移后,这3个闲人编在一起。闲人不免闲谈,三人常常是谈天说地,兼说生活琐事;但三人又都是中共中央和中央红军数得上的人物,也常常议论党和红军的前途命运!

"我们这是到哪儿啦?"王稼祥似自问。

"已进入广西东北部龙胜地盘,眼下是哪儿,可说不上。"张闻天又感叹,"我们倒成了天涯沦落人啦⋯⋯"

"我倒认为成了马致远笔下的'断肠人在天涯'⋯⋯"王稼祥说。

毛泽东回话:"这不自我作践⋯⋯"

"你说呢?"张闻天回应。

毛泽东随口:"像受了伤的老虎,躲进深山里舔着伤口!"

这阵子,博古、周恩来、李德也要进村宿营。

这三人,正是当下中共中央和中央红军的当权者,当时称"三人团。"

博古原名秦邦宪,是年27岁。他1925年加入中国共产党,翌年赴苏联进莫斯科中山大学学习,1930年回国。第二年9月王明回苏联,他增补为中共中央政治局委员,被指定主持中共中央工作。1934年1月中共六届五中全会上,他当选为中共中央书记处书记、总书记,此后,中央成立"三人团",他为核心。

周恩来是年36岁。他早年到欧洲寻找中国革命的道路,加入中国共产党。1924年回国参加中国大革命,到黄埔军校任政治部主任,后与校长蒋介石搭档,领导两次东征,组建国民党第一军。1926年与蒋介石分道扬镳后,一直在中共中央政治局工作。1931年12月到中央苏区任苏区中央局书记,翌年任红军总政治委员。中共六届五中全会,他仍为中央政治局常务委员、书记处书记,兼任中革军委副主席。此后,为"三人团"成员。

　　李德是年33岁，德国慕尼黑人。他早年加入德国共产党，1928年到苏联学习，加入苏共。1932年到中国，在上海做谍报工作。1933年9月到中央苏区，任共产国际驻中国军事顾问。博古不懂军事，把中央红军指挥权托给他。他不仅是"三人团"成员，而且是当时红军私底下称的"太上皇"。

　　正当这三人要进村宿营时，周恩来夫人邓颖超、博古夫人刘群先，在骑兵警卫员护送下，策马追了上来。

　　中共中央和中央红军战略转移时，夫人们和女干部集中编在军委二纵队休养连一起行动，只有情况许可的星期六，才可以回去与先生团聚。

　　"我老婆怎么没跟你们一起回来？！"李德眼尖，又有些急眼。

　　博古自语："今天不是星期六吧……"

　　刘群先懂俄语，用俄语回了一句："你们想到哪儿去了！"

　　邓颖超听不懂俄语，但猜到话意："董老和党内几位老同志让我俩回来，劝告你们，看着你们……"

　　博古诧异："劝我们，看住我们……"

　　"让小刘劝你，也看住你，别走极端，别给党弄出大笑话。"邓颖超又对周恩来，"劝你俩振作起来，想想该怎么纠正党的错误。"

　　刘群先用俄语对博古说："董老还有几个老同志说了，以死谢罪解决不了问题……也不知道怎么想的……头脑发昏了，荒唐……"

　　邓颖超低声对周恩来说："他要自杀的事，都传到我们休养连了！"

　　"是呀，我们这是对党对中央红军的犯罪！"周恩来一叹。

　　李德听伍修权翻译后，愤愤地说："我们犯罪？我也犯罪……我是诚心诚意要帮助你们的……"

　　"是诚心诚意要帮助我们，我们都看到了，也都感谢你。但好心并不等于办好事，造成的客观后果就摆在这里。"邓颖超又对李德说，"董老没看错，你认识不到你们错；他也认定你老婆做不了你的工作，所以没让她回来……让她回来她也不愿回来！"

　　"你们这样对待我，我抗议。"李德嚷着，"你们这是不尊重我……不尊重共产国际!"

"你嚷什么?!"周恩来又说,"难道我们造成了革命的严重失败和中央红军的惨重损失不是事实?!"

"那,那不是我的责任!"李德还是很激动。

周恩来:"我们没把责任都推到你的头上……但我们的确造成党犯了错误,必须立即纠正错误……"

"我们党犯了错误?我有责任……我可是遵照共产国际的旨意办的……"博古嘀咕。

周恩来:"一时认识不了,可以等待。但党必须刻不容缓地纠正错误。"他对邓颖超说:"话带到了。你们回去告诉几位老同志,我会振作起来,博古同志也不会再犯傻,我们对党会有个交代……相信我们!就算最后相信我们一次!"

邓颖超调转马头,对护送的战士说:"走,我们回去!"策马走了。

刘群先犹豫着。

博古:"你也回去……放心!"

刘群先夹了下马肚,跟着走了。

第二章　蒋介石回南京

同一个时间,也就是1934年12月上旬,蒋介石在南京。

蒋介石是11月19日从南昌返回南京的。他所以暂且放下"追剿朱毛共匪"大事返回南京,是因为既有"公事",又有私事急办。

这"公事"其一,是与党内的政治对手汪精卫斗。

蒋介石与汪精卫的斗争由来已久。但要说"文斗",当以1931年的国民党四大最激烈。当时,国民党内两广军事势力反蒋很强烈,汪精卫联合两广势力图谋逼蒋介石下台。所以,那一年的国民党有3个四大,分别是汪精卫操纵的国民党广州四大和上海四大;蒋汪一定妥协的国民党南京四大。南京国民党四大决议国民政府主席只是国家元首,无其他实际权力。蒋介石来个以退求进,辞去国民政府主席。但他掌握着军权,派系力量大,1932年3月的国民党四届二中全会决定由他出任国民政府军事委员会委员长。蒋介石不仅名义上得到委员长尊称,而且得以名正言顺拥有统帅三军的权力。对此,汪精卫一直耿耿于怀,到近期,提出召开国民党五大,图谋借中央委员会换届让他的派系取得更多席位,巩固并加重他在国民党中的地位。蒋介石虽取得委员长头衔,但想更进一步立法当总统,一统党政军全部权力,故主张推迟召开国民党五大,先召开四届五中全会议决他组织起草的宪法草案。汪精卫拗不过蒋介石,只好同意推迟召开国民党五大,而召开四届五中全会,议决宪法草案和其他议题;但又认为先总理孙中山主张的政制是行政、立法、司法、考试、监察五权分立,不宜违背孙中山遗制实行总统制,打破了蒋介石想当总统的梦。都说政治斗争的艺术在于妥协,他俩的目的谁也没达到,国民党四届五中全会还得开,就找些矛盾冲突不大的议题走过场。

"公事"其二,是布置南京、上海等大城市召开"剿匪胜利庆祝大会",大造蒋介石在江西"剿匪"取得大捷的舆论,借此向党内和全国舆论有个交代,也宣示他实行的"攘外必先安内"政策的显著成果。应当说,他对这后一件事更上心。

私事也是两件。其一,拔牙,除去折磨他多年的牙患;其二,回老家浙江奉化溪口给他母亲的灵位上香,是年12月15日是他母亲71岁冥诞。

这"公事"交代手下人去准备,私事办了一件拔牙,但弄得他死去活来的。

要说人世间最无法无天随心所欲的,当数是病魔了,它可不管你官大官小、钱多钱少,看上谁就落在谁头上,全无商量,即使你是大官和很有钱的人,拿它也无可奈何,该受的痛苦得自己承受,该交出老命的还得给。这不,一个小小的牙患,也竟然找上委员长,弄得他这些年来苦不堪言,而这回拔牙遭大罪了。

蒋介石的上下牙都有毛病。牙医安排,先拔上牙床的两颗坏牙。可没承想坏得只剩下牙根,牙医下不了钳子,只好动锤子、凿子,虽说是名医,但给委员长下家伙也紧张、手抖。手一抖,凿子落点没了准头,把患牙周边几乎凿烂了,缝了好几针,弄得蒋介石的脸肿得都变形了,好几天吃不下饭睡不着觉;消炎后又拔下面的一颗坏牙,虽说顺利许多,一下子拽了出来,但也留下个洞,疼痛不说,蒋介石又是两天吃不下饭睡不着觉。治个牙折磨他前后好些天,顾不上朝政。

兴许是拔牙的痛苦消失了,也许是这些天折腾得太困了,昨晚的这觉直睡到今天早晨太阳已上树梢。洗漱用过早餐后,已经是上午9时许,他往客厅一坐,感觉精神了,也注意到壁炉火熊熊,屋里暖烘烘的。

壁炉是他夫人宋美龄的主意,按庐山别墅的设备改造的,那是欧洲贵族的派。不过不烧劈柴,也像庐山别墅一样,烧乡下炭翁烧的上等木炭。劈柴不免有烟和异味,木炭要好些,干净许多,热量也大。

神情恢复了,也想到了朝政。他倒不在乎眼下要开的两个大会的准备,也不在乎下一步的"剿匪"问题,这些都有手下人去办,但他得过问,过问是领导的态度。由此,他又想到该让陈布雷和晏道刚来汇报。

这阵子,陈布雷已走进晏道刚的办公室。

近期,蒋介石把他的"委员长南昌行营"改为"委员长行营参谋团",要由南昌迁重庆。人事上也有些变动。贺国光出任参谋团参谋长,原来的"南昌行营"秘书长杨永泰退出,候任湖北省政府主席;侍从室改为第一厅,原主任晏道刚任厅长,还是"大管家";秘书宣传等并为第二厅,陈布雷任厅长。蒋介石向来独尊,有谁能为他真正的参谋?这个"参谋团",不过是蒋介石为"剿匪"专设的前方协调机关。

陈布雷和晏道刚年纪相仿,都四十出头。虽说陈布雷为一介书生,晏道刚为官场油子,秉性不同,但同事又无利害矛盾,两人倒也走得近。这几天,蒋介石拔牙,少了时不时把他们召去问事训示,但他俩各司其职,并不轻闲。

晏道刚见陈布雷兴兴而来,忙起身招呼:"委座在首都'纪念江西剿匪胜利大会'上的讲话稿写好了?!"

"这不,等委座过目呢!"陈布雷轻车熟路在沙发上坐下。

"你倒急了,"晏道刚笑笑,为陈布雷沏茶,"他的牙痛劲过去后,必定找来。"

陈布雷是浙江人,好龙井茶,晏道刚有上好的龙井茶。这茶是浙江省进贡给蒋介石的,蒋介石不喝茶,只喝白开水,晏道刚收下喝,也当招待茶。

陈布雷说:"看来,习惯成自然这话很有道理。朱毛早已不当江西共产党红军的家了,委座还是习惯地把江西共产党红军称为朱毛'共匪'。"他的这个感慨,当说是出自给蒋介石起草讲话稿。他很是用心琢磨蒋介石的习惯用语。

晏道刚端上茶,与陈布雷并坐:"在委员长的眼里,共产党中央的那个王明、博古,还有那个洋顾问,都不过是懵懵懂懂的小孩子罢了,不足以为对手。委座的对手是朱毛,尤其是毛泽东。在庐山时,我听委座说过,毛泽东才是他的对手,他等待着再与毛泽东较量。"

"是呀,高明的棋师况且讲棋逢对手,何况是争夺江山社稷的历史巨手。"陈布雷喝了口茶又说:"在这一点上,委座远比三国周郎坦荡。周瑜不敌诸葛亮,仰天长叹'既生瑜,何生亮'!委座则坦然面对毛泽东,并且坚信他能打败毛泽东。这等胸怀,真乃人杰也!"

晏道刚接话:"现在看来明白了。当着我军要对江西'匪区'实施总攻时,委座离开南昌前方指挥,出巡西北和北方;当着江西'共匪'突围西去,委座并不急于返回南昌;而回到南昌不出一个星期,回南京来……这些似不可理解之举,都应当看成是委座不屑与共产党的博古和那个洋顾问为对手……"

"这等对手,让何键和薛岳上场就足够了!"陈布雷附和。

"只可惜给了何键、薛岳,还有自命不凡的小诸葛白崇禧以施展才能的机会,他们都没抓住,还是让'共匪'红军突破了湘江防线。"晏道刚侧身对陈布雷,"不能不佩服委座的先见之明。你可记得我们在南昌行营时,委座就发出在湘江以西'会剿'朱毛'共匪'计划大纲吧……对了,那是上个月17日发布的……"

"是呀,委座早已料到何键、薛岳、白崇禧不可能齐心协力把朱毛'共匪'聚歼于湘江以东!"陈布雷说。

晏道刚接上:"这次,可又给了他们一个亡羊补牢的机会……"

"怕也未必抓住!"陈布雷说,"朱毛'共匪'一旦回到湖南地界,白崇禧不会真心协同何键;而薛岳对没当上'追剿'军总司令愤愤不满,根本不会听从何键指挥的……人心不齐,朱毛'共匪'就有机可乘!"

"是呀,我们党国的最大弊端就是各图各的私利……"晏道刚感叹。

"还有,共产党方面会不会引起变故?!"陈布雷并非单纯的书生,他也有一定的政治眼光。"老话说,物极必反,博古和那个洋顾问当家造成江西共党红军的一败再败,会不会引起共党内部换帅?!"

"你是说可能引发毛泽东东山再起?!"

"我以为不无可能!"

晏道刚喝口茶:"如果是这样,对我们消灭'共匪'固然不利,但岂不也正合了委座要与毛泽东较量的心愿……"

"果真是这样,往后的戏就好看了!"

晏道刚反倒笑了。"可眼前的戏是看何键怎么唱了……"

"你认为何键这场戏的开场会怎么唱?!"

"你说呢?"晏道刚反问。

陈布雷笑笑:"何键会抱佛脚。他继承唐生智的习俗和信仰,一到大战,首先会烧香拜佛,求神仙保佑!"

"对,对。湘军信这个,有传统。"晏道刚大笑。

一个参谋进来:"二位厅长,委座刚来电话,让你们过去!"

"得,活来了。"晏道刚站了起来。

还真让陈布雷说对了,何键确实在临时抱佛脚。

何键被蒋介石委任为"追剿军总司令"后,倒也把"追剿军总司令部"设在衡阳,学蒋介石靠前指挥,但他的湘军行动的确不够主动,没能赶在从江西撤出的共产党红军到湘江之前全部到位,结果是让共产党红军突过了湘江防线。他知道,共产党红军的企图是要到湖南西部,与在那里的贺龙、任弼时红军会合;他也明白,如果共产党红军的这个目的达到了,他的湖南将成为国共两军内战的主战场,那他就无宁日了,既要全力以赴于"围剿"共产党红军,又要防着蒋介石把他的湘军变成了蒋军,他真的怕了、当回事了。

他们湘军乃至他,的确有老长官唐生智传下来的信佛传统,一有战事,必燃香拜佛,求神灵保佑。这阵子,何键和他的参谋长刘膺古同乘一辆车,前往衡阳南岳大庙烧香。

车子上了通往南岳大庙的便道后,刘膺古突然若有所思,愤愤地说:"白崇禧这老狐狸,哪怕早一二天行动,薛岳中央军哪怕稍积极些,也不至于让'共匪'全军突过湘江……"

"他们是存心看我们热闹的。"何键说。

刘膺古:"李宗仁、白崇禧与我们有隙,看我们热闹倒也可以理解,可薛岳就不应当了。不就是没当上总司令么,至于拿委座的'剿匪'大业赌气……"

"委座如把这个空头的总司令头衔给他,我可谢天谢地啦……不但用不着我为他的军粮犯愁,他还得为我们的军粮操心!"

"委座倒是门清。"刘膺古想说强龙压不住地头蛇,立马想到那对何键不恭,咽了下去。"我从陈诚那听说,委座早回南京去了。"他没忘了显摆他与陈诚的关系。

许久,何键回应:"委座料定,他只要把江西的'共匪'撵出来,我们必定躲不开闪不掉,得全力去对付……他能不放心……"

"我怕是薛岳还在赌气,放给我们单挑……"刘膺古又感叹,"党国这种不顾大局的弊病如不彻底改变,早晚会坏大事……"

"那是委员长考虑的,"何键说,"想必他胸有成竹!"

"要说委员长也难。听陈诚说,汪精卫主席又与委座闹……"

"老冤家啦,"何键说,"话说回来,汪主席手无一兵一卒,早晚得彻底出局。"

车子过一个弯,前头的路更不好走。

何键接着说:"当今,是有军则有权,两广的陈济棠、李宗仁、白崇禧,还有西南云、贵、川各路诸侯,不就因为都有军队……两广的三大头,每每与委座较劲,甚至动武;而委座有时也得让他们三分,不就因为地方实力派中,他们的兵力最强……"

"是呀,连共产党都看到了这个根本原则,拉起红军和我们较劲。"刘膺古说,"要是朱毛'残匪'与贺龙'股匪'在湘西合成一股,我们湖南的麻烦可就大了……"

"所以,说千道万,还得靠我们自己。"何键似想了起来:"回去后,你拟个命令电,让刘建绪和薛岳督促他们的兵团,加速向湘西南运动,务必堵住朱毛'残匪'北出湘西的路……"

"好的。"刘膺古说,"就寄希望于刘建绪这回能吸取教训,能积极起来……他积极了,也能把薛岳带起来!"

何键:"所以我们得把司令部迁到邵阳,往前逼着他!"

蒋介石还坐在客厅沙发上。见陈布雷、晏道刚进来,问陈布雷:"四届五中全会准备好了?"

陈布雷坐到习惯位置上回答:"都向有关部门传达委座你的意思了。主席团拟定是委座,还有汪兆铭、孙科、于右任、戴传贤、丁惟汾、居正等七人;秘书长叶楚伦。大会拟定10日开幕,汪主席致开幕词后谒中山陵;提案截止时间为12日,后分党务、政治、军事、经济、教育五组讨论……汪主席那边,应当不会再出什么幺蛾子!"

靠着陈布雷坐下的晏道刚插话:"委座把召开五大的提议否了,他想再分到更多的席位也办不到……"

"还是要注意他们的活动!"蒋介石又一叹,"党内玩枪杆子的陈济棠、李宗仁这些人,是玩阳谋,甚至与我动武,不怕;而那些玩政治的是阴谋。俗话说,明枪好挡,暗箭难防,不掌握他们的动态,会措手不及……这回,他们拿孙总理主张的五权分立政体堵我,就弄得我想办的事办不成……"

"这事得怨党务调查处不力……"晏道刚嘀咕。

"知道,知道!"蒋介石转了个话题:"首都'庆祝剿匪胜利大会'准备得怎样?"

陈布雷回话:"落实了。计划在四届五中全会开幕的当晚……不能让四届五中全会的气氛掩盖了'剿匪'大业胜利的意义!"说着,他从随身的皮包里抽出讲稿,"你的大会讲稿拟好了,正要请你过目。"

"你说说要点。"蒋介石拿起茶几上的凉开水漱口。一下子缺了3颗牙,不习惯。

陈布雷真是个书呆子,倒读起了讲话稿的第一段:"旬日来各地同胞,以赣省剿匪完成,积年匪巢摧毁,闽赣陷匪区域次第收复,数载期望,达于一旦。慰勉之电,络绎而至,中正对此,不胜感激……"

"'积年匪巢摧毁'这一句,加上'根本'两字;'不胜感激'改成'弥增惶愧'!"蒋介石又说:"把稿子放下,我自己看。"

晏道刚乘机插话:"12月15日是太夫人71岁冥诞……"

"记得,记得。"蒋介石说,"我得和夫人回趟家,上炷香。所以,四届五中全会的会期不可超过5天,务必赶在15日午前结束。"

陈布雷:"我告诉会务组。"

晏道刚:"这个会也不过是例行惯例而已,多一天少一天无所谓……"

"朱毛'残匪'到哪里啦?"蒋介石问。

晏道刚:"南昌行营贺参谋长来电报告,已遁入广西东北部大山中。"

蒋介石:"你还记得上个月17日我在南昌下达的计划大纲吧?!"

"记得。委座真是先见之明,料定何键他们不可能在湘江以东聚歼朱毛'共匪',未雨绸缪,布置了在湘江以西再'会剿'计划!"晏道刚回话。

蒋介石说:"何键对党国虽无二心,但目光短浅,只看着他的一亩三分地,看不到'共匪'过湘江正是我们聚歼他们的良机,他却不积极,错失良机。这回好了,朱毛'残匪'必定出广西东北部大山进入湖南,他自己收拾去吧!"

晏道刚:"不再给何键去电敦促?"

陈布雷:"他何键要是蠢到连湖南将可能成为'剿匪'的主战场都看不到,那就别再玩枪杆子……他不是字芸樵吗?那就打柴砍樵去好啦!"说着,不由得一笑。

蒋介石:"我们也得有言在先。给他发个电,重申我上个月17日下达的在湘江以西'会剿朱毛残匪'大纲!"略停又问:"广西的李宗仁、白崇禧有什么动静?"

晏道刚回话:"没收到贺参谋长发来的有关电报。"

"广西这帮人可不是省油的灯!"蒋介石说。

蒋介石所谓的"广西这帮人",这时主要指掌握桂系军权的李宗仁、白崇禧。

李宗仁和白崇禧两人中,李宗仁为国民党桂军统帅,白崇禧为桂军战役指挥。

在国民党军队中,不论是中央军还是地方军的将领,白崇禧有些与众不同。他把用兵当成是军事才能的显示、职业的成就。他也的确有些小聪明,确实小有名气,在他的圈子里获得"小诸葛"的赞誉。

湘江战役后,白崇禧一直陶醉在这一仗的用兵"杰作"里,但又不免有美中不足的遗憾。从战俘口中得悉,和他对阵的是共产国际派来的洋顾问。在他看来,与这样的对手过招有损他的声誉。他认为,唯我中华古国,才是军事文明大国,历朝历代,多少兵书典籍,多少名将名战,洋人算老几?也不过是近代发达了,靠洋枪洋炮占有优势而已,本无用兵上的艺术性,要说用兵的艺术,还得数我们中华古国名将,而他就是当代中国军事舞台上的明星。他看不起蒋介石用兵的拙劣,更看不起蒋介石请洋顾问,那是既无能又无眼光的人才出的洋相。

在这之前,他虽没有和朱毛过过招,但从朱毛每每打得老蒋没脾气看,他很敬佩朱毛,早有心要与朱毛过过招。可惜天不如人愿,上天没给他这个机会。

而较之白崇禧,李宗仁更有些政治眼光和手腕,他考虑的问题和侧重点更在于用兵服从政治。

这天,李宗仁把白崇禧请到家中。

两人在小客厅坐定后,李宗仁似自问又似考考白崇禧:"共产党红军的下一步会怎么走?!"

"不是说他们要去湖南西部,与在那里的贺龙'股匪'会合?"白崇禧显得不在乎,"你放心,我已命令把他们快快撵出我们广西,到湖南的西南部……他们想上哪儿,去哪儿!"

"怎么个撵法?"李宗仁似有不同感,"你派部队追击?"

"没派大部队,但让七军派一部前出一段,佯装追击。"白崇禧转而得意地说:"朱毛'共匪'不是善于玩游击战吗?我也和他玩游击战;他们有个游击战的十六字诀,我就取他十六字中的'敌驻我扰'4个字,但改1个字,叫'敌过我扰'……"

"怎么个敌过我扰?"

"我让七军所部和西延、龙胜保安队的谍报队,深入到'共匪'所到之处,杀人放火嫁祸于他们,煽动老百姓反对他们……"

"这太损了吧?!"李宗仁说。

白崇禧却很得意:"兵不厌诈……两军对阵,就得要用损招……"

"可我们当下的劲敌不是共产党红军,而是老蒋……"李宗仁说,"我正在考虑当下老蒋'追剿'战局会怎样发展,我们应当怎样应对!"

白崇禧信口说:"老蒋的中央军又没进我们广西……"

"可是发展下去,会不会断了我们的财路!"李宗仁说,"我正考虑联合广东的陈济棠,下一步我们该怎样应对!"

第三章 都为党的命运操心

广西东北部山区几乎是侗族、瑶族聚居区，他们的宗族观念强烈，村村都有相对宽敞的祠堂。

今天宿营，野战军司令部还是驻村子祠堂里。打从战略转移以来，中央红军称"野战军"、红军总参谋部称"野战军司令部"，行动编组为军委第一纵队第一梯队，每到一地都会开设指挥所。当下，指挥所设在祠堂大厅里，周恩来、朱德、叶剑英随指挥所也驻在祠堂里；博古、李德驻村里的另一大屋。

晚饭后，军委第一纵队司令员兼政治委员叶剑英，按惯例巡视驻村各单位。这阵子他已经回到祠堂，见周恩来住房没点灯，转而走进朱德的住房。

叶剑英是年37岁。他20岁进云南陆军讲武堂，毕业后在粤军供职。孙中山把广州作为革命根据地后，他追随孙中山，成为孙中山身边资格较老的中层军官。国共合作的中国大革命开始时，他参加创办黄埔军校，北伐战争时任蒋介石第一军总预备队参谋长；北伐军打下武昌后，张发奎部发展为第二方面军，他出任第四军参谋长。1927年夏，蒋介石、汪精卫控制的国民党叛变革命后，他与国民党分道扬镳，由周恩来介绍加入中国共产党，参加密谋南昌起义和领导广州起义。1928年至1930年到莫斯科学习，1931年到中央苏区，被任命为中革军委总参谋部部长；后总参谋部改为中国工农红军总参谋部，刘伯承任总参谋长，他任副总参谋长兼红一方面军参谋长。中央红军撤出中央苏区战略转移时，他兼任军委第一纵队司令员和政治委员。是时，刘伯承已被博古贬到红五军团任参谋长，叶剑英协助张云逸副总长主持野战军司令部工作。

第三章 都为党的命运操心

叶剑英推开朱德的房门,问道:"周副主席呢?"周副主席是中革军委周恩来副主席。

"找博古去了。"朱德指了指椅子,"坐吧。"又问:"部队损失的确切数字还是统计不出来……"

"都乱成一锅粥了,哪能有准确数字?"叶剑英坐下又说,"从各部报来的约数看,损失已过半……八军团几乎全完了,全军只剩下 3 万余人……"

"败家子哟……五次反'围剿'以来的损失不说,这次转移以来,还不到两个月,把 86000 多人折腾得只剩下 3 万余人。"朱德愤愤地说,"老彭骂他们崽卖爷田心不痛,一点都不错……"

叶剑英:"当前的问题不仅仅是部队严重减员,还有弹药几乎消耗殆尽,士气严重低落……"

"所以必须立即整顿部队、精简机关,恢复基层的战斗力,争取打一个胜仗,夺取敌人的弹药补充自己,借此振奋士气。"朱德又一叹,"可是,这不仅需要指挥者想得到,而且必须要有合适的时机和战机……"

"但当下的时机不合适,战机没有出现……"

"更严重的是李德和博古根本就想不到,"朱德站了起来,"他们甚至都没有意识到我们走出广西东北部大山后,将面临着新的危险,甚至是新的灾难!"

"所以,我们不能再听李德瞎指挥了!"叶剑英也跟着站了起来。

"问题并不那么简单……"

"也没有那么复杂!"叶剑英说,"他们在指挥上一错再错,而在红军中又毫无根基,我们和几个军团长如果不听他们发号施令,他们毫无办法……"

朱德回过头来:"我们都在旧军队待过。旧军队靠人身依附维系,军权掌握在个人手中。当下,国民党里的蒋介石和他的中央军是这样,地方派系和地方军也是这样。而我们党的军队和军权,靠的是党的组织原则维系,党指挥枪,枪听党指挥……"

"你说得对,我们红军必须坚持这一原则!"叶剑英说,"但党的指挥必须正确,枪固然要听党指挥,党也应当善于用枪。如果党的领导一而再地犯错误,损坏党的利益……甚至把革命带向失败,把红军带向毁灭……"

"党有错误,得由党来纠正!"朱德说。

"你说的是对的,但从组织上纠正错误,必须有个过程。"叶剑英说,"我是说,党作出组织上纠错决定之前,对于明知是错误的命令,我们不能照着执行!"

"是有这个问题……但要具体情况具体分析!"

叶剑英苦笑:"这就是你说的问题不那么简单?!"

朱德坚定地说:"我们要相信老毛,相信恩来,他们不会等闲视之!"

晚饭后,马夫弄来一把烟叶。这回,毛泽东正坐在厅堂前,专心搓烟叶。

"够上十天半个月的备粮了?!"张闻天走出他的住房。

他们仨是梯队里最大的官,虽然赋闲,但挂着中央政治局成员的头衔,管理员不敢怠慢,把全村最大的房子给了他们。

王稼祥也拄着拐杖走出屋,在厅堂的椅子上坐了下来。

"你俩不困?"毛泽东继续他手上的活。

王稼祥掏出怀表:"这还不到9点,睡什么觉……再说,也睡不着呀!"

张闻天倒没在意王稼祥的话:"我说老毛,你抽那么重的烟,一身臭烟味,尤其是一张嘴就一股烟味……你家贺子珍受得了?"

"她是知道我抽烟嫁给我的……"毛泽东没抬头,还搓着烟叶。

"据说,蒋委员长当年为追宋美龄,改跟宋小姐信基督教,你倒好……"

"你有所不知吧!"毛泽东打住张闻天的,"我家子珍还常常给我找烟叶!"

"得,没辙了吧!"王稼祥又说,"老毛,你下午说得对,我们政治局不能再这样给博古当花瓶摆设!"

第三章　都为党的命运操心

这话把张闻天的思绪拉了回来:"要说这事,我也应当检讨,也有责任。当时就不应当同意把党和红军的领导与指挥全权,托给他们'三人团'……现在想起来,都觉得太荒唐了。"

"记得曹雪芹《石头记》缘起诗云:满纸荒唐言,一把辛酸泪。都云作者痴,谁解其中味?"毛泽东边卷烟,边来了一句。

张闻天:"你这是哪儿跟哪儿?!挨得着吗?!"

王稼祥:"我猜,老毛是说我们党做了件荒唐事,落下辛酸泪。"又说,"不对,是共产国际给我们党加上这荒唐事,弄得我们党一把辛酸泪。"

"悔之晚矣。"张闻天说,"我倒想起屈原的名句:路漫漫其修远兮,吾将上下而求索!"

毛泽东接上:"是的,革命的路是漫长的,会有艰难曲折;革命者应当有百折不挠的态度。那就让我们一步步地从头开始,但从现在起,我们可是一步都不能再走错了,再走错一步,党和中国革命的命运就再也无可挽回!"

张闻天听出毛泽东话中有话:"你是说,必须改变我们党的领导现状?"

毛泽东说:"我还不敢想得那么多、那么远,我想的是眼下的一步,我们走出这大山后会遇到什么情况?应当怎样对付?"

"不是说要按原计划去湘西么?"张闻天说。

"问题就出在这里。"毛泽东说,"依我看,蒋介石这回更放心了……没准离开南昌了……"

"他放心了?放什么心?"张闻天问,"怎么说?"他的确长于文不善于武。

毛泽东说:"因为他早已判断出我们要去湘西,我们既然突破了他们的湘江堵截,进入广西东北部的大山里,下一步出山后必然进入湘西南,再往北去可就是湘西了……"

"你是说何键才是最怕我们去湘西的?!"王稼祥打断毛泽东的话。

毛泽东还是边搓烟叶边说:"你俩想想,果真我们的中央红军到了湘西,与贺龙、任弼时的二、六军团会合了,湖南的局面会是怎样?"

王稼祥说:"就成了国共两党两军内战的主战场,何键的日子就不好过了,既要对付我们,又要防着老蒋彻底吃了他……"

"明白了。所以,下一步是何键必然竭尽全力,阻止我们去湘西!"张闻天说。

"我认为是这样。"毛泽东反问,"那么,何键会怎样谋兵布阵?"

"傻子都知道,在湘西南堵我们呗。"王稼祥又忽然想到,"对,是这样,所以他根本不跟追我们进入桂北大山,而是把他之前用在湘江堵截我们的20万重兵,抄近路转移到我们出湘西南通道北上湘西途中,张网以待。"

"那你们说,我们是采取硬打强攻去湘西呢,还是从我们拼不过敌人的实际出发,避开这张网呢?"毛泽东问。

"硬打强攻肯定不行……眼下的中央红军已没有与敌人作这样决战的能力,硬打强攻岂不是自投罗网,找死呀!"王稼祥说。

张闻天说:"对,老老实实承认我们打不过强敌,避开……留得青山在,不怕没柴烧。当前是以保存力量为本!"

毛泽东转换话题:"这些天,我一直在琢磨老蒋。我们在中央苏区连破他前四次'围剿',让蒋介石很没面子。为了挽回面子,他竭尽全力发动第五次'围剿',把他能动用的30万中央军全放在北路,由北往南压,图的是要把我们撵出中央苏区……"

"他不是想一举消灭我们?"张闻天问。

"他没敢想消灭得了我们。"毛泽东说,"他只想着把我们撵出江西;而只要我们退出中央苏区,他就可以向舆论,向国民党内看他笑话的人交代,他的'围剿'成功了!"

张闻天似自问:"这会是老蒋的最低目的?"

"我倒觉得老毛的分析靠谱。"王稼祥说,"蒋介石要是有自知之明,应当看到打红军要比打他国民党内的反对派难多了。"王稼祥又说:"从1930年冬,一直打到1933年春,他哪回赢过中央红军?而中央红军反倒是越打力量越强,中央苏区越大。这回,他把我们赶出中央苏区,可不是露脸了!"

毛泽东说:"他把我们赶了出来,他的目的就达到了;剩下的是借力,借我们败走西去途中当地的国民党地方势力,'追剿'我们,甚至和我们拼命……"

"是这回事。"王稼祥说,"首先和我们拼命的是广西的白崇禧,接下来会和我们拼命的是何键……他们为了他们自己的地盘,积极地,甚至会是竭力地加入蒋介石'追剿'我们的行动中去!"

张闻天:"这就是说,以后的'追剿',就不再是蒋介石中央军的单打独斗,会是他们中央军和地方军的联合?!"

毛泽东说:"总的局面会是这样,但不等于他们就联合得起来……国民党地方军也只是各扫门前雪而已……关键还是看我们自己。只要我们自己应对得当,天无绝人之路!"

晚饭后,周恩来到博古的住房。

博古以为周恩来如以往找他和李德商量事:"我让伍修权把李德叫来。"

"不,就我们俩谈。"周恩来不请自坐。

"李德又不是外人……"

"他不能算是我们党的领导。"

博古一时没得话说,也坐了下来。

"你对董老让小超和小刘来传话是怎么看的?"周恩来直入话题。

"我不会再做蠢事了。"博古倒也反应过来。

"我相信。"周恩来又说,"如果你还想自杀,那真是愚蠢至极,死了也不会有人原谅你!"

"当时,当时我很内疚!"博古低下头。

"有内疚就对了。"周恩来说,"我找你不是来劝你不可以自杀,而是谈几位老同志要我俩振作起来,想想怎样纠正党的错误……项英留在中央苏区;眼下,书记处书记是你我和张闻天三人,而党的错误是你我造成的……"

"我们造成了党的错误?!"博古顿时紧张了,"不,我不这样认为……"

"可你刚刚还说过你内疚!"周恩来接下说,"不管我们承认不承认,第五次反'围剿'失败了,中央苏区丧失了,眼下的湘江一战又遭到那么惨重的损失,这不是在我们领导和指挥下造成的?"

"这……这怎么能都归到我们的身上?都是我们的责任?!"

"不是我们的责任,是谁的责任?"

博古一时回答不上。

周恩来意识到要冷静:"好,我们暂且把有没有错误、有错误的责任在谁的问题都放在一边,谈谈你我应当怎样确保不再使中央红军遭受损失。"

就在这时,李德闯了进来。

博古有些喜出望外,用俄语说:"好,你来得正好。"又冲门外喊着:"伍修权,你过来。"

都住在一起,伍修权很快进来。

博古对李德说:"恩来提出,我们应当怎样确保不再使中央红军遭受损失。"

李德听完伍修权翻译后不假思索地回答:"毫不动摇按预定计划北出湘西,会同你们在湘西的红军转入反攻!"又信心满满地说:"记得你们说过,两年前四方面军不能在鄂豫皖苏区打破敌人的进攻,转移到川陕地区不过两年,兵力翻了几倍,也建立了人口达500万人的苏区,他们能办到,我们为什么办不到?我们目前的损失只是暂时,是为了下一步大发展必须付出的代价……事实会说明我们的指挥是正确的、高明的!"

"情况不同,没那么乐观!"周恩来说。

博古倒显然站在李德说法的一边。"如果我没有记错,四方面军撤到川陕地区只有15000人左右。我们现在的队伍,就按你们估计的只剩下3万多人,再加上湘西贺龙、任弼时红军,也比四方面军撤到川陕地区的人马多出两倍。他们行,我们怎么就不行?!"

"问得好。"周恩来说,"我们现在只要走出龙胜境内进入湖南通道,就会遭受到强大敌人的拦阻,我们当面的敌人,是不会放过我们进入湘西的!"

"何以见得?"博古问。

李德说:"推断的吧?"

"反常的敌情迹象引起的判断。"周恩来反问,"请你们注意:我们撤进西延山区后,广西白崇禧派大部队追杀吗?湖南的何键和薛岳的'追剿'军,有一兵一卒跟追吗?他们为什么就不追了?!"

"他们的军队也在湘江战役中遭受到你们红军的沉重打击,受到惨重伤亡。"也许是话不投机,李德又甩出一句走了:"恩来同志,别只盯住你们红军遭受惨重损失,就认为我的指挥不当!"

博古无奈于李德走了,示意让伍修权也走。

"敌人也遭到惨重损失不敢追了?!"周恩来苦笑地说,"湘江一战,恐怕是连伤敌人一指也谈不上。何键的湘军有多大损失?薛岳的中央军几乎没有投入战斗……退一步说,即使是他们损失几千人,对他们的20万追剿军来说,九牛一毛……怎么老是这样自以为是!"

博古坐了下来:"我认为还是必须相信李德。"见周恩来一时没回话又说:"李德同志在苏联红军学校学习过,有战争指挥知识……"

"我们红军将领中在苏联红军学校学过的不乏其人。朱德、刘伯承、叶剑英、左权不都在苏联红军学校学习过……"

"那可不能相提并论。"没等周恩来说完,博古抢话。

周恩来有些气愤:"为什么?我们的同志比他矮一头?!再说,没到苏联红军学校学过的同志,就不懂得指挥知识?!"

"他是共产国际派来的军事顾问!"博古说。

周恩来顶上:"可共产国际并没指示我们把红军指挥权全盘交给他!"没等博古再辩解又接着说:"实践出真知。实践,不,红军的血的教训,已经验证了他不懂得我们战争的特点,根本指挥不了我们的红军战争!"

博古嘀咕:"不能以暂时的成败论英雄……"

"可成了,我们的红军和苏区就能存在发展;败了,我们的党和红军就不能存在发展,长此下去,中国革命就没了希望。"周恩来又追上一句:

"看来,你还是根本就不相信国内同志有能力指挥红军。请你好好面对现实,好好想想,如果国内的同志没有这个能力,那红军是怎么来的,苏区是怎么来,从前的大好局面是怎么来的?!"

"你不还是认为我、李德把大好的局面弄砸了?!"博古说。

"不是吗?冤枉了?"周恩来又说,"是不是把大好局面搞砸了,你说的不算,我说的也不算!事实说了算,党内同志和红军官兵说了算!"

"我们并没有失败,只要我们到了湘西,前途光明。"博古仍不服。

"看来,我们的认识还有很大的差距,问题你自己想去。"周恩来说,"但眼下必须吸取教训,不能再全盘听李德……"

"那谁来指挥?"博古出口。

周恩来:"朱德,还有我。朱德是总司令,我是总政委,我们指挥师出有名,也是责任所在……"

博古急了:"你这是要在实际上取消'三人团',我不同意!"

"你可以不同意。但从现在开始,不能你一个人说了算。"周恩来说,"等情况稍加许可,我们召开政治局会议,甚至中央委员会议。"

博古也有些气愤:"你这是逼宫……"

"我这是对党和红军的前途命运负责!"周恩来又语重心长地说,"博古同志,我们该好好检讨了,不要等到党和红军抛弃我们!"说着,走了。

第四章　姑娘话说"上梁山"

晚上 10 点钟,李玉红准时交班回住处。

屋里,华荣还在灯下赶针线活、缝布袜子,已经快收针了。

"华姐,你脚可够大的。"小李有些诧异。

华荣笑笑:"没裹成三寸金莲……"又说,"给猴子的……天冷了,让他套在草鞋里多少暖和些!"

华荣和李玉红是局里唯有的女士。她俩所以能留在局里,是因为都是侦听侦收的好手,能从敌台发报员细微的手法差异,准确判断出电报是从敌人哪家电台发出的;并且能准确不漏一码地抄下敌台发出的电报。而她俩又是个共同体,要么都在二局,要么都得调离,留一个怎么安排住宿?还得给她们派个哨兵。自从战略转移以来,局里在排班上,都照顾到她俩夜间在一起。今天,华荣是下午 6 点下班,李玉红是晚上 10 点下班。

华荣说的猴子,就是谍报队长袁山生。她不避嫌,直叫猴子,习惯了。

华荣的坦诚,倒让李玉红觉得粗心失言,触到了华荣的隐私了,但她又立即意识到华荣并不在意。是的,华荣与山生的关系是局里公开的秘密,甚至大有被默认是两口子的意思。李玉红到局里后不久就知道这个公开的秘密,只不过她不八卦,从没向华荣证实过。

李玉红回话:"怪不得袁队长手下的兵都叫你嫂子!"

"爱咋叫,叫去呗!"华荣还是笑笑。

李玉红壮起胆子:"这样说,你俩还真有姻缘……"

"准确说是奇缘。"她收起活,"想知道?待会躺到床上说。"

炊事班长老傅收拾停当,正要回屋就寝。今天宿营条件好些,伙房安排在祠堂外广场的一角,炊事班睡在祠堂前厅。

刚走几步,老傅见祠堂一侧小巷有个人影徘徊。他往前寻去,借着月光看清了,是破译科的程少仲。老傅是过来人,知道是怎么回事。

"想叫小李出来对吧?"老傅走近低声说,"没敢叫,怕她反感挨骂?"

程少仲低头不语。

"她们睡了,你叫醒她也吵醒了华荣,小李会不高兴,不会理你;华荣也会不高兴,反倒落个不好印象。"老傅说。

"我没叫……"程少仲转身走了。

老傅跟上程少仲:"那你光在屋外转有什么意思?要不,咱俩谈谈,有什么话对我说。你知道的,我是小李的干爹……"

小程没吭声,继续走着。

"你都知道,她没爹,我就是她爹。将来我是她丈夫的老丈人,我的话也很重要。"老傅跟着小程。

小程到底停下脚步。

"走吧,伙房谈,那可以烤火,暖和。"老傅带头向伙房走去。

程少仲跟着老傅走。

没几步到了伙房,老傅把用灰压着的炭火捅开,坐在灶前:"说吧,怎么突然急着要和小李明确关系?"

"我……我没急!"小程有些不愿见人的心思被捅开的难堪。

"可据我知道,你以前不这样追着小李!"老傅说。

"以前我们年纪小……"

"现在也不大……据我知道你和小李同龄,她也只有20岁……大不了过几个月。"老傅说,"我俩谈的事,我不会告诉领导,更不会说出去……再说,有话憋在心里不好,说出来会舒服些!"

小程终于鼓起勇气:"我想和她好……"

"这我早看出来了。"老傅说,"我知道,你喜欢她……"

小程低下头,不吭声,像是等着老傅表态。

老傅笑笑:"其实,你刚才的这些事我年轻时都有过。我当年追你婶

第四章 姑娘话说"上梁山"

子,也是火急火燎的,跑到她家院墙外转,还让她家的狗追过……"

程少仲也忍不住笑了。

老傅:"后来还真成了……可惜的是后来她难产,死了……"

"对不起……"小程嘀咕一句。

老傅:"没事,都过去快20年了……我已没了痛苦。"

程少仲:"我和玉红从小学到中学,到后来红军通信学校一直是同学……"

"我知道,"老傅,"小李对我说过。"

程少仲急不可耐:"她还说过什么?"

"她说你人本质上是好的,你也有可爱之处。"老傅说,"可小李说,同学情,战友情,不等于是爱情。"

"我俩关系不一样。"程少仲说,"再说,这是爱情的基础,可以发展为爱情……袁队长和华荣不是发展为恋人……"

"袁队长和华荣的情况和你们一样吗?再说,他俩是相互愿意的。"老傅又说,"就算同学情、战友情可以发展为爱情,要不要时间?还有,你现在追她,逼她表态,时机也不合适……小伙子,火候没到,饭煮不熟,不能急。"

"可我忽然觉得也许……也许我们没时间了……"程少仲嘀咕着。

"这是怎么说?"

许久,程少仲说:"现在,我才感到当了红军随时都有牺牲的可能……"

"是前几天湘江血战太惨烈了,让你觉得死对我们来说不是不可能的?!"老傅说。

程少仲低头不语。

老傅又说:"你呀,多读了几年书,想法也多了……"

"不是我想法多了,是事实不能不让我为前途忧虑……从前,我们老打胜仗,可如今是局势一天比一天危险……"程少仲支支吾吾。

老傅有些哭笑不得:"那你还顾得上追小李?!"

程少仲终于鼓起勇气说了出来:"我想,她如果能答应我,就是牺牲

31

了,也死而无憾,有个结果……"

"想法是和别人不一样。"老傅知道,他一时说服不了这个着了魔的小伙子,"你有这样想法,找她说……我告诉她,让她和你谈,看看她是怎么想的。"

山生和小沙潜伏在小桥西头两侧的灌木丛中,大壮隐蔽在路西十几米处的大树下。应当说他们的潜伏点选得不错。桥东百米内是开阔地,桥西大树过后拐了个弯,桥虽说不过2丈,可水深。他们选在这里潜伏,进可以看清来人,退可以拐过大树消失在两旁的树林里;敌人少,可以抓个把活的,敌人多,可在他们过桥时给予火力杀伤,然后撤走。这三人专干侦察兵的活,惯于防敌人伏击,也知道怎样伏击敌人。

他们仨的潜伏行动,纯属是自定的守株待兔。

昨晚,宋协理员把他们找去,交代他们接后卫五军团谍报队,向后监视有没有敌人的追兵,明天黎明撤回到大南山西麓宿营地归队。这个任务倒也不难,三人化装留下后,在附近转了一个白天,没发现有敌军追上来,入夜后他们撤出,要赶在明天黎明前归建交差。可走到大南山东麓要翻山时,山生抖起机灵劲,想到宋协理员交代任务时,提到广西国民党军使歪招,派小股特务潜入我军宿营地袭扰,甚至杀人、放火,嫁祸于我军,挑拨我军与不知情的群众矛盾。山生提出,距部队宿营地也不过40里地了,天色还早,何不在敌人小股要进入我军宿营地的必经之地潜伏,以潜伏对付敌之小股袭扰,没准能逮个倒霉蛋回去。

三人已经长时间没干这活了,都手痒痒,山生提出,一拍即合。

这不,选在这里已等待个把小时了。

华荣和小李洗漱后上了床。

今天分到的住房是张大床。老规矩,两人各裹着自己的被子,头挨着头睡。

华荣倒也记得,主动地向小李讲了她与山生的经历。

那是5年前,18岁的华荣从城里的师范专科学校毕业后,回到故乡

第四章 姑娘话说"上梁山"

10里外的镇里小学当教员。刚走出校门,一腔工作热情,她提早一星期到学校备课。学校里只有一个老校工兼做饭的,有时老校工没来,她只好上小镇的饭店吃饭。也因为她常出现在小镇街上,让驻在镇里的国民党军连队的连长盯上了,但她全然不知道。

这天晚上约摸10点钟,她到宿舍一旁上厕所准备就寝。可刚出厕所,那个敌连长带着一个兵从墙角闪了出来,捂住她的嘴,把她拖到学校后山树林中。她一路挣扎,可到底敌不过两个壮实的畜生,当她被拖进林中放下时,她拼尽全力呼救。那匪兵拨出尖刀,吓唬她说再喊要割她的舌头。她被吓住了,也无力挣扎,竟给扒了个精光。她忽然明白了,没了舌头和没了命一样,让这些畜生强暴和没了命一样。于是,就在那畜生向她的身子压过来时,她奋力抬起头,咬住那畜生左前臂。那畜生一声惨叫,抽出右拳朝她的头部一击,她晕了过去。

当她再醒来时,已经穿好衣服让一个男人扛着。再一看,那个畜生的双手被结结实实捆住,嘴还给堵了,让另一个男人押着走。而他的后头,还有个男的提着枪不时回头张望。她的知识,让她立即判断出这扛她的男人是三人一伙,而与那个畜生是敌对。她知道,闽西有土匪,她也听说她们这一带闹共产党红军,但她判断不出扛着她的男人是土匪还是红军。果真是又遇上土匪,那她今天晚上算是死定了。于是,她鼓起勇气,让扛她的男人放下她。

她果然被放了下来。站稳后,她意识到她并没有被那畜生伤害过。"你们是什么人?"她见扛她的男人并不凶,壮着胆子问。

"告诉你也没关系,我们是红军,是朱毛红军谍报队的。"扛她的男人回应。

原来,是她最后的那几声喊叫,惊动了正要到镇里摸舌头的谍报队,这三人赶了过来,捅死了敌连长带着的那个兵,用枪顶住正要对华荣施暴的畜生。

听到这里,小李说:"那个扛你的男人,就是袁队长?!"

华荣:"可不,就是猴子。押着那畜生的是大壮……"

"还有一个是小沙?!"小李问。

"不是,小沙那时还没到红军。那个同志第二年牺牲了……"华荣说。

小李:"你就跟袁队长来当红军啦?"

"没那么简单,思想斗争着。"华荣说,"猴子见我醒了,把我送回学校。我一路走一路想,我这一回去该怎么办?敌人死了一个兵,丢了一个连长,必定会来查,即使查不到这事与我有关,可也保不准那晚发生的事不露了。到那时,我就是有一千张嘴也说不清,也当不成老师了,也无颜面见我父母和同学。况且,也不能保证这种事不再发生。我听说过,共产党红军是替老百姓打国民党军畜生的,而且红军里也有女兵。我明白,被'逼上梁山'了,眼下的活路,是跟着这个男人去当红军。我让猴子送我到学校,卷起行李就跟他走了。到红军后,先是当宣传员、文化教员,后来进无线电训练班,毕业后分到三军团无线电队,组建二局时,调到二局。"

还真让山生他们撞上了。

月光下,东桥头开阔地出现3个人影,可能是认为目的地还远,他们不仅走得大模大样,还边走边扯。

"我说呀,队长交代的这个差事悬。我们翻过眼下的大南山是七里岭,再翻过天云山又走二三十里才到平等……等我们赶到平等天早亮了,能干什么事?"走前头的人说。

走后头的问:"这些地方你到过?!"

"要不,怎么让他走前头领路。"走中间的人说,他显然是带队,"赶到再说。能干就干,干不成找个地方猫起来,天黑了再干……总不能大白天去袭击'共匪'!找死呀!"

说话间,三人已到了东桥头。

小沙学青蛙让蛇咬住的惨叫声,给大壮发信号。

"妈的,吓我一跳!"走前头的敌兵骂了一句走上桥,"这只青蛙可不小……可见咬它的蛇得有四五斤,要是逮住了,拿它红烧够咱哥仨下酒……"

"别老想好事,小心掉到水里喂蛇去!"领队也上桥了。

走后头的敌兵也跟着上桥:"青蛙不叫了……让蛇给吞了吧!"

"你不懂。我们说话惊动了蛇,蛇不使劲吞,青蛙不会叫的!"前头敌兵边说边往前走。

走后头的人也下了桥:"你吃军粮前是捕蛇的……"

"我呀,蛇和青蛙都抓……"走前头的人像忽然想起,"不对呀!冬天了,哪来的蛇和青蛙……"

"蛇就不能从洞里把青蛙掏出来?!"领队说。

走前头人说:"可蛇也冬眠……"

说话间,前头的敌兵已到了树下。

山生大喝一声:"把手举起来,别动!"

走后头的敌兵显然是新手,扭头要上桥往后跑。小沙枪响了,他重重地趴在桥头。前头的一个还算机灵,乘着枪声往前跑两步要躲进大树下,正撞到大壮拳头上,也重重地给打倒在地,晕了过去。中间领队的敌兵还算识相,乖乖地举起双手。他知道,前后都有对手,只要一动就没命。

山生又喝着:"把枪丢下!"

领队的敌兵照着做了。

小沙冲出灌木丛,对着被打倒在桥头的敌兵又补一枪。这是他们这行的常识,防止敌兵诈死或没死乘机反击。

大壮则拾起被他打晕敌兵的枪,开了一枪。

"留着,让他回去报信!"山生说。

大壮像自语:"还行,这小子的枪还打得响!"又说:"我试他的枪……没朝着他打!"

可大壮的一枪,吓得举着双手的敌兵跪下求饶。

这边,华荣和小李的话还没完。

"你俩什么时候好上的?"小李也八卦了。

华荣:"他把我带到红军后,我们都在红四军军部。那时年纪小,看见他都会想到我的身子让他看见过……不好意思。后来,成立一方面军,他让彭德怀军团长看上了,到三军团谍报队。军委成立总参谋部情报科时,他给调到情报科……后来情报科扩编为情报局,我也给调过来了。他比我早几个月调到局里。"

小李:"又走到一起!"

"可不。"华荣说,"那时,他们可是局里的主力,常常一出去就是好些天,甚至十天半个月的,也不知怎么搞的,我会牵挂他……"

小李似自语:"不知不觉地心里有了他?!"

"算是吧。"华荣说,"五次反'围剿'开始,人家不重视情报了……大家都轻闲,人闲事多,就好上了……"

小李:"不是说一般干部不许谈恋爱么!"

华荣:"上头知道我俩有特殊关系……宋协理员是老红四军的,知根知底……协理员也找我谈过,意思是我俩相好可以,但我们的级别还不够结婚条件……我很感激领导的宽容。"

"你俩真是奇缘。"小李有些羡慕。

"可以说是天注定的。"华荣说,"我们老家人说,姑娘的身子是给将来的丈夫看的……他看见了,就认命嫁给他吧!"

小李:"他人不错,诚实,勤快,也能干!"

"我也不都是封建主义认命,也是觉得他人不错,见了舒心,才把他当成是老天恩赐给我的男人。"

"真好……你可是因祸得福。"

华荣:"你可别看猴子很精的,在这个问题上可木着……要是我不主动,他绝不敢提出!"她笑笑,"说了你可能不信,到现在,他都不敢拥抱我……更不敢……"

"是吗?"小李说,"你太强势了!"

"有这方面原因。"华荣说,"可能与我们红军的约束和他所受教育程度有关……"

小李:"他没上过学?"

华荣:"他一直参加扫盲……局里也两次送他进红校,已经能看《红星》报……能写信了。"

"能给你写情书?!"小李笑笑。

华荣:"不,给他父亲和弟弟写信。他是永新人,母亲早去世了,一个弟弟也在红军里,现在去了六军团;说是还有个小妹,他母亲去世后送人了,没联系上。"

"看样子,他年纪不算大……"

"大我1岁。"华荣说,"是不是看上去我比他大?"

小李说:"真想哪天能吃你们喜糖……"

大壮的一枪把那个举着双手的敌兵吓得顿时跪地,连声求饶。小沙过来,把他双手反绑,捆了个结实。

山生对着大壮:"让你留下个回去报讯……"

"我是试枪,没朝他身上打!"大壮说。

山生对着被俘的敌兵:"说吧,哪一部分?"

"兄弟七军教导师谍报队……"敌兵回答。

山生:"同行呀!同行是冤家!"又问:"出来几批,任务是什么?"

敌兵:"这一路就我们仨,侦探你们……还有袭扰!"

大壮用枪对着敌兵的头:"敢说假话,老子这就毙了你!"

山生:"我可告诉你,待会你的同伴醒来,你说的要是对不上,你可就别想活到明天!"

敌兵:"我说……我说,这一路是两组。后一组我们队副带队,也是三人,在后头三四里地!"

大壮:"怎么样?再抓他一把?"

山生:"只怕被刚才的枪声给吓回去了……好吧,再待半小时!"又说:"快打扫干净,老地方潜伏好……对了,打晕的家伙也得捆上,把嘴堵住!"

大壮:"好!"又说:"小沙,你刚才的信号错了……"

小沙:"我忘了现在是冬天……以后一定吸取教训!"

山生:"我也得吸教训……干我们这行,一个小的失误,都可能带来严重后果!"

第五章　周恩来断然当家

已经是夜里9点多钟了，朱德仍在指挥所，不时张望门口。

在起草明天行动的叶剑英放下笔："看来，他俩还真有的谈！"他说的他俩是周恩来和张闻天。一个多小时前，张闻天来找周恩来。

外面传来一声马啸，曾希圣匆匆进来。

"紧急情报?!"叶剑英起身对曾希圣说，"坐，坐下说。"

曾希圣倒没坐："我们刚侦收破译了何键指挥台午时从衡阳总司令部发出的命令电！"说着，从背在身上的作业包里抽出译电，给了朱德。

叶剑英忙又点上一盏马灯。煤油快点完了，这两天指挥所通常都只点一盏马灯。他边点灯边说："敌人午时发出的电报，你这就破译送来，效率够快……"

"是敌人前线指挥台发出的，哪敢耽搁？"曾希圣拉过椅子坐下。

朱德不由读出译电的要点："第一兵团应以一部置于城步附近堵剿北窜残匪，以主力集结于绥宁附近，向南觅匪截击……第二兵团着经由洪江迅速进出会同、靖县，向通道觅匪截击……"

"洪江在这里。"叶剑英对着桌上地图找位置，"洪江往南是会同，会同往南是靖县，再往南是通道……乖乖，刘建绪和薛岳这两个兵团，全堵在我们北出湘西的路上……"

"所以，我译完后，没敢耽搁……"曾希圣说。

朱德把电报给了叶剑英，似自语："敌人在我们还没到湘江前，就已判断到我们要到湘西，与贺龙、任弼时的二、六军团会合。如果让我们的企图达成，岂不等于要了何键的命……他能不竭尽全力和我们拼命！"

第五章　周恩来断然当家

叶剑英:"可我们拼不起……甭说全军只剩下 3 万余人,还来不及整顿,严重的是没了弹药……和敌人拼刺刀呀!"

周恩来回来了。

朱德把叶剑英看完放在桌上的译电给了周恩来。"看看吧,何键把他的 20 万重兵,堵在我们北出湘西的途中!"

周恩来接过电报,坐在灯下看着。

屋里一片静默。

约摸 1 分钟,周恩来放下译电,对曾希圣说:"谢谢你,谢谢你们二局……"

"职责所在,应该的。"曾希圣说,"只要我们提供的敌情用得着,我们就心满意足了!"

周恩来:"告诉你局里的同志,从今往后,你们会是英雄有用武之地的……我们的党中央和中央红军已处于危难中,而你们提供的准确及时的情报,关系到党中央和中央红军的生死存亡……"

曾希圣有些激动:"这是对我们最大的鼓励,也是给我们最大的压力……你放心,我们会尽力的!"说着,走了。

"快回去吃晚饭吧!"朱德送曾希圣出门后对周恩来说,"应当是老毛让张闻天来找你的吧……"

"张闻天还代表王稼祥的意见!"周恩来说,"他们强烈要求,不能再把中央政治局当成摆设的花瓶……"

"这个意见可说到根子上了……"朱德说。

周恩来又说:"他们还强烈要求,到通道后召开政治局会议,慎重讨论下一步的行动方向和计划!"

"你的意见呢?"朱德问。

周恩来:"同意。到通道后一定要开会……开什么性质的会议,都谁参加,等我和博古商量后再说……"

"博古要是不同意呢?"叶剑英问。

"已经等不得他同意不同意了。"周恩来拿起译电对叶剑英说,"你把上头提供的敌情,写在明天的行动布置上;还有,让一、三军团到达指定宿营地后,派出侦察分队,侦察进入贵州黎平的道路……"

"你决定放弃原计划,转进贵州?!"朱德问。

周恩来:"张闻天转达了老毛的意见……老毛的意见是对的……我们不能自投罗网!"

这阵子,博古在天井里洗脚。

李德从左厢房出来,靠在门框上,直愣愣地看着博古。

博古有些纳闷:"怎么啦?"翻译不在或他俩单独交谈,都说俄语。

李德:"今天是星期六……我让伍修权查过,今天是星期六。我们的老婆怎么还没回来?不会是休养连又不放她们回来?!"又说:"我真不明白,你们为什么要把女人们集中编在休养连?你们这是对人性的不尊重!"

"你又想事?"博古苦笑,"战略转移期间,不许谈恋爱,不许结婚,结婚了不许生孩子的三不政策,我是赞成的。而要从措施上保证做到三不,把女同志和家属集中编在一起,是必要的……必须支持!"

"可这个措施妨碍了个人的私生活……这不对!"

"这个措施也是对我们家属的一定程度上的保护!"博古擦完脚,站了起来。

"保护?"李德说,"你们这是对人性的压抑……不道德!"

"你说些什么?!"博古把洗脚水泼在天井里,"李德同志,这都什么时候了,什么环境?你还有心思想这种事?!"

"革命和性爱并不矛盾,为什么不可以想?马克思还想燕妮;列宁还想克鲁普斯卡娅……而列宁和克鲁普斯卡娅,则是在被沙皇政府流放中相爱的……"李德又像教训般说,"革命不能也割不断人性中的爱,看来你们不懂。你们的革命在山沟里,不但没有马列主义,也没有革命浪漫主义……"

"你这是对马列主义的亵渎,对我们中国革命的偏见!"博古说,"你这哪叫爱?你这是荷尔蒙泛滥的冲动……!"

"我抗议!"李德愤愤地,"你们,你们的功能太低下了……"

第五章　周恩来断然当家

"李德同志,你的话过分了!"博古用中文嘀咕一句,"难怪彭德怀骂你下流!"又用俄语说:"这里就我们俩,我才真诚地提醒你,你有西方人的优越感,总认为我们什么都不如你们……你不但有不自觉的趾高气扬,而且常常出口伤人,甚至伤了我们的民族自尊心。怪不得刘伯承说你有帝国主义者的情绪……"

"刘伯承?他有民族主义情绪!"李德说,"在伏龙芝军事学校时,我们老师就批评他是民族主义情绪……正是他的民族主义情绪,骂我有帝国主义者行为。他侮辱了我的人格,你也因此处罚他,撤了他总参谋长职务,你现在又说他骂我是对的……你不觉得你也有民族主义情绪……这可是要不得的!"

博古不想和李德再争下去,转身要回他屋里去。

"你别走!"李德怒气未消,"我说的不是事实?!"

"你说的让我反感!"博古壮起胆子。

李德:"你也开始反对我?!"

博古:"为了你,我可遭到多少人的反对!"

"反对,反对你?!"李德喃喃,"谁?谁反对你……就应当用布尔什维克的铁拳,给予惩罚!"

"李德同志,你根本就没想到问题有多严重!"博古喃喃,"如果我们不能改正……人家会让我们交出领导权和指挥权!"

"谁?谁能让我们交出领导权和指挥权?!"李德大笑,"放心吧,我的博古同志,你的领导权和我的指挥权,是共产国际赋予的……谁敢让我们交出来?!"

张闻天略带喜悦地走进毛泽东的屋里。毛泽东正坐在灯下卷烟。

"你少抽一点不行吗?!"张闻天煽着烟云,"看你这屋里,乌烟瘴气……我真佩服贺子珍能忍受……"

毛泽东苦笑:"抽烟么的确是个不好的习惯,不过,有时也能拿它解闷……"

"我看你是拿它出气!"张闻天拉着毛泽东,"走,到稼祥屋里……你这屋里烟味太呛人,受不了,我们换个屋。"

毛泽东只好跟着走。他住东厢房,张闻天住西厢房,王稼祥住大厅东耳房。从毛泽东住房到王稼祥住房,只需出一个门,过一米多宽的通道,再进一个门。

王稼祥早听到张闻天在说话。他靠在门框上等着,"我屋里的味道也不好,药味很重……"

毛泽东:"都什么时候了,别那么矫情……说不定以后的环境和条件会更差,你可怎么过……"

"怎么过?该怎么过,就怎么过!"张闻天进了王稼祥的屋里,拉过椅子坐下。

"找恩来和博古、李德反映啦?"王稼祥问。

"我找李德干吗?用你的话说那是对牛弹琴!"张闻天说,"找了恩来,反映了我们的意见,他说要找博古谈,建议到通道后开个会,集体决议!"

王稼祥说:"找博古,那不还是对牛弹琴……他全听李德的!"

"你别急,"张闻天说,"看恩来的意思,是博古同意开会最好,不同意也得开。政治局又不是他一个人,我们开会把决定告诉他,他不同意可以保留意见,但必须少数服从多数……"

毛泽东笑了:"真难得你俩这么坚决!"

"这不是你说的,事关党中央和中央红军的前途命运?!"张闻天说。

王稼祥:"你不认为老毛说得对?!"又问:"开什么性质的会?李德参加不参加?"

毛泽东:"只要我们三人参加,加上朱老总和恩来两票,李德参加不参加无妨……况且,他的一票不算数!"

"那不成了大杂烩!"张闻天嘀咕。

"别计较是什么性质的会。关键是必须解决问题。"毛泽东说,"我说过,恩来在等你俩的表态。你们只要一亮明态度,恩来就有办法……相信恩来能办好!"

张闻天:"你那么相信他?他怎么让李德由着性子胡来……"

"那不取决于他。再说,反对也不一定都得撕破脸皮吵一架!"毛泽东又说:"领导是门艺术。我过去也往往操之过急,操之过急反倒解决不了问题。在这方面,我们都得向恩来学习,他呀,不可为时绝不贸然作为;而事当作为时,断然作为!"

"你对恩来很有深知!"张闻天说。

"不敢说深知,起码说我们直接不直接共事3年了。"毛泽东说,"还有一点,恩来善于沟通……在这一点上,我自愧不如。"

王稼祥说:"我有同感。1932年,我们仨,还有朱老总,在前线,那才叫开心、和谐……后来,后方的同志闹别扭……"他像忽然想起来:"恩来还有个长处,善于变通。那年10月宁都会议,项英、顾作霖几位同志要让老毛离开中央红军指挥岗位,恩来有心留下老毛,提出让老毛协助他指挥,变法子要把老毛留下……"

"不也没留住!"张闻天说。

"那不怪他。他少数票,不顶用!"毛泽东说,"所以,我强调你俩得向恩来表态。你们的态度明朗了,恩来心里有底,该办的事他会去办!"

王稼祥似悟出了道理:"我明白了,党内的事不形成共识,不好办!"

张闻天:"我也明白了,下一步我一定旗帜鲜明地配合恩来……"

"我也豁出这半条命,配合恩来出手纠正党的错误!"王稼祥说。

每次宿营,总是周恩来和朱德住一幢房子,博古、李德住一幢房子,但彼此相距不远,距野战军司令部指挥所也不远。

这天早晨,周恩来刚约上朱德要到野战军司令部指挥所吃早饭,李德怒气冲冲地进来。紧跟着是博古和伍修权。

"周,你解释一下,指示一、三军团侦察'入黔的道路'是什么意思?!"李德挥着手上的《我军十一号西进的布署指示》。

博古:"你们为什么不事先请示李德同志,就擅自作出这样的布署?!"

朱德:"好家伙,这就杀将上门……还擅自布署……!"

周恩来:"都冷静……"

"我没法冷静!"李德一屁股坐在厅堂一侧的长椅上。

朱德:"依你们的说法,我这个军委主席、红军总司令,恩来这个军委副主席、红军总政治政员,连作一个部队行动计划的权力都没有?!"

"问题是你们准备下一步让部队转向西进,到贵州!"博古说。

"你们这是擅自改变我们决定到湘西去的既定计划……这是逃跑主义……"李德说,"这是夺了'三人团'的决定权!"

"好家伙,上纲到夺权了。"朱德也气上心头,"谁夺了谁的权?!"这是朱德第一次这么认真严肃。

周恩来:"李德同志,请你认真地看看敌情。湘敌主力正向新宁、武冈、绥宁、靖县、洪江运动中;而其先头部队第六十三师已到达绥宁,第六十二师进入城步,要向通道截击我军。我们原定的出湘西计划还能执行吗?"

李德听过伍修权的翻译后说:"为什么不可以……你们红军不正好可以乘敌人还没有到达这个区域之前,穿过去……如果要派出侦察部队,应当是命令一、三军团向东边和东北边侦察,而不是相反的方向……总司令,你不会把方向都搞反了吧……"

朱德轻蔑一笑:"你干脆说我连这么点道理都不懂!"

"李德同志,你不可以这样伤人!"周恩来说。

"娃娃,我大你16岁,我上军官学校时,你还在幼儿园吧……我在苏联学习时,你还没到苏联吧……据我所知,你在苏联红军的最高职务不过是师参谋长,你在我面前充什么大尾巴狼。"朱德说。

博古:"朱德同志,他可是共产国际派来的……"

"我忍他已经很长时间了!"朱德说。

博古:"我刚刚强调,我们应当尊重共产国际派给我们的顾问李德同志……"

"是应当尊重,可共产国际给我们派来的是顾问,而不是统帅! 我们把顾问当成了统帅,这才是违背共产国际指示的!"周恩来说。

应当说,这是李德到中央红军以来,他们之间第一次撕破脸皮的争吵。

"你……"博古也有些激动了,"可我们中央赋予他全权指挥!"

"不对。是你博古赋予他全权指挥!"朱德说。

"就算是我赋予他指挥权,我错了?"博古说,"中央决定把指挥权赋予我们三人……他李德当然有权指挥……其他任何人插手指挥,都是越权,都是不符合组织原则的,错误的!"

朱德:"那好呀,你干脆把我这个军委主席红军总司令也撤了!"又说:"不过,在我没被撤职之前,出于对党中央和中央红军的前途命运的考虑,我还坚持行使我的职权!"

"老总,不说气话。"周恩来说,"不错,是中央决定由我们三人全权指挥中央红军,但实践已经说明我们三人的指挥一错再错,已经造成了极为严重的后果……"

"我们的党中央和中央红军的生死存亡已经在此一举了,我的博古同志,你看到没有!"朱德接上。

听罢伍修权翻译,李德冷笑:"纯属狡辩!危言耸听……"

朱德:"难道还要用党中央和中央红军的毁灭代价,来证明我们党中央的这个决定是荒唐的!"

"你……"博古有些气得说不下去。

"朱老总说的不是事实吗?!"周恩来说,"博古同志,这是我们党和革命的大事,我们必须对党中央和中央红军的前途命运负责!"

博古:"你认为我们是不负责任的?!"

周恩来:"我没说你们主观上不负责任,但得讲效果……效果相反,是好心办坏事!"

伍修权把这段争论当成是内部的事,没翻译给李德听。

李德看出他们仨在争论,有些不耐烦,站了起来:"重新发指示。我命令一、三军团向绥宁、城步方向派出侦察,其他军团和军委纵队加速行军,立即进入通道,抢在敌人没到位之前,北出湘西!"

朱德不由一笑:"你再下一道命令,让敌军各部原地不动;还得给我们的红军装上翅膀,飞过去!"

博古忙对伍修权说:"这段别翻译!"又对周恩来说:"按李德同志命

令,立即改过来!"

"不能改。"周恩来说,"不仅不改,到通道后,我们得开会,慎重议决下一步的行动方向和计划!"

第六章　毛泽东出手避劫难

天刚朦朦亮,彭德怀准时醒来。

长期紧张而无规律的战斗生活,使彭德怀的生物钟不亚于闹钟,预定几时起床,他能误差正负不过10分钟准时醒来。他刚穿好裤子下床,起床号响了。今天预定5点钟起床,5点半出发,没敌情顾虑,号兵以日常作息,吹起床号。

这里刚套上棉衣,邓萍推开房门进来。彭德怀没问,忙点上马灯,这种半夜急电的事是家常便饭,用不着问。

兴许是邓萍进屋的动作大了,把住隔墙的杨尚昆招了过来。

"什么新情况?"杨尚昆问。

邓萍:"敌人加紧由绥宁以南及通道截击我军;我们像似有改向西进入贵州的意图……"

彭德怀一把夺过邓萍手上的电报,在灯下看着,不由读出声:"一军团其先头侦察部队,在前进至崖鹰坡向新厂、马路口侦察入黔的道路……"

"我查过地图,新厂在北边靖县的西南部,往西二三十里地就进入贵州黎平。"

彭德怀继续读着:"三军团侦察通播阳所、黎平的道路……"

邓萍:"我也查了,播阳所在通道县的正西,再往西去十几里地就是贵州黎平。"

彭德怀似自语:"野战军司令部以往下达的命令,规定派出侦察有两个内容:一是敌情;二是道路。这电报上明确是道路,那就是说下一步要转入贵州黎平?!"

"要不是要转向贵州黎平,让两个主力军团侦察去黎平的道路,不是没事找事干!"邓萍说。

彭德怀取出地图,对邓萍说:"你立即命令:四师为前卫,进至团头、所头地域,派出侦察队,侦察由播扬所进黎平的道路;五师为本队,进至长安堡附近,不含长安堡,并派1个团向林溪方向警戒;六师为后卫,进到陇城,向龙胜方向警戒。军团部进至长安堡,各部到达后,马上转为就地筹粮。按军委规定,备足4天量用粮。布置好后,电告军委。"

"好。"邓萍走了。

杨尚昆:"真难得呀,博古和李德终于开窍了……"

"没那么乐观……"彭德怀找毛巾要洗脸。

杨尚昆:"命令的意思不是计划要向西进入黎平吗?这不就改变了原定的北出湘西的计划?"

"那为什么不直接命令向西进入贵州黎平?"彭德怀说。

杨尚昆给问住了。

彭德怀的警卫员端来洗脸和刷牙的水。

"看来,你没读懂这份指示背后的意思。"彭德怀开始刷牙。

"这指示还有背后意思?!"杨尚昆似自语。

彭德怀停下刷牙:"我判断,这份指示是恩来和朱老总的意图,但还得经过博古、李德同意。所以,它以指示名义下达,而不是以西进命令下达。"

"所以,只提出道路侦察的方向,而不是直指部队前进方向和目的地。"杨尚昆说,"这样说,还不能认为是决心要转向贵州……"

"可以这样认为,"彭德怀说,"但它说明,恩来和朱老总的意图是要转向贵州……整个局面的改变有希望了。"

又一天。各部依然往前赶路。

二局是大约下午5点随军委一纵到达通道城东南部的,距城里还有三四十里。

已经是夜里10点钟了,曾希圣还没睡,在翻阅这两天破译的敌军电报。他不是战役指挥员,更不是战略决策者,可他获取的情报,系于战役谋划,也系于战略决策,他能一目了然地看出他们破译的敌军电报的分量。他知道,我军的原计划是要到湘西,可他截获并破译的敌人命令电,是敌湘军刘建绪兵团,中央军薛岳兵团,在加快向湘西运动。这让他揪心,睡不着。

破译科长曹祥仁带着侦收员华荣进来。

"坐下说。"曾希圣习惯地收起电文。二局对外极端保密,对内也有严格的保密制度。

曹祥仁:"华荣刚抓住敌'追剿'军刘建绪第一兵团指挥台发出的命令电。"

"确定是刘建绪指挥台?!"曾希圣接过抄报。

华荣:"错不了。我盯了他一个多月了,凡是长电文都是这个发报员发的,他的手法我熟,听过几组电码就能断定。"

兴许是曹祥仁、华荣急急而来的动静,惊动了与曾希圣住隔墙的协理员宋裕和和副局长钱壮飞,两人也赶了过来。

曾希圣:"曹科长,咱俩一人一半,马上译出来;老钱你抓紧睡觉,没准我们译出后用得着你;协理员通知大伙,明早4点开饭,4点半赶路,争取上午9点左右进通道城。"

"还要把敌情标在图上?"钱壮飞又嘀咕:"那位洋顾问布兵谋阵,从来不针对敌情,标了也没用。"原来,以往如有严重的敌情,二局都会由钱壮飞副局长用俄文标在地图上,专门送李德看。

曾希圣:"现在形势的严重性你也知道,如果不改变我军既定的行动方向,后果不堪设想。况且,前天周副主席告诉我,要我们以准确及时的情报保障他……我判断,他对下一步行动有主见,没准我们的情报能促成他的主见。"

"如果是这样,我今晚不睡陪到天明!"钱壮飞说。

宋裕和对钱壮飞说:"你还是回去睡三两小时。到时,我叫你起床吃夜宵,再干活。"

"还有夜宵吃?!"钱壮飞笑着走了。

曹祥仁问:"明早出发不分前后梯队?"

曾希圣有把握地说:"敌人的前敌指挥台刚发出命令电,短时间内不会有什么重大变化;我们到通道城最多也就3个小时,漏不了敌情,就一起走。"

曹祥仁对宋裕和:"你刚才说要弄夜宵,可不许哄人……起码也得是烤红薯……"

"烤红薯?"宋裕和笑笑,"给你们几个烤红署也算数?!"

曾希圣也苦笑:"都穷得快断顿了,有烤红薯就不错了……"

宋裕和:"我让你们吃米粉汤外加腊肉!"

华荣乐了:"有这好事……"

"可不许搞特殊化!"曾希圣说。

宋裕和:"就让你们搞特殊化,吃你们的特殊津贴。从出中央苏区以来,一个子都没动……"

曾希圣:"就算你把我们几个人的特殊津贴存着,这穷山恶水的地方,能买到什么?再说,都夜里10点了,上哪儿买去?"

宋裕和:"我管家,我能不安排、不计划?告诉你吧,我让老傅买了几斤米线,还有一块腊肉,并且交代过,没有我发话,不许动……"

曾希圣:"你也真是……这几天这么苦,几乎是天天吃竹筒稀饭,我见了都想吐……"

"就算拿它共产吧,能顶什么用!"宋裕和说。

"也是,"曹祥仁附和,"有这东西敢情好,我吃……这都两三个月没闻过荤味了。"

"你们四人,一人一碗,多了没有。"宋裕和说。

华荣乐了:"也有我一份?!"

"你就算碰上了,沾局长、科长的光!"宋裕和说。

曾希圣:"好,不扯这些。我们得抓紧干,没准摸到大鱼了。"

"所以,也奖励小华一碗粉汤!"宋裕和说着,走了。

华荣:"下一步的破译我干不了,我给你们当公务员,弄点开水去!"

曹祥仁:"我建议你和山生约会去!"

第六章 毛泽东出手避劫难

"有你这样的科长!"曾希圣笑了。

"这样说,领导是批准我们谈恋爱!"

博古还真让周恩来说服了,同意在通道开会。

出席会议的有博古、周恩来、李德、张闻天、毛泽东、朱德、王稼祥。这会,既不是中共中央会议,也不是中央政治局扩大会议,真说不上该称为什么会议。

议题不言而喻。会议单刀直入,在张闻天、王稼祥鼓动下,毛泽东亮出他的意见。

博古也不含糊,坚持按计划去湘西。

李德跟着博古来,原以为是他们"三人团"碰头会议,这一进屋才发现还有其他四人。又不知何故,他一见毛泽东便浑身不自在。可已经进屋了,又不便扭头走人,再说,他的权威是建立在博古信任的基础上,一旦博古的拍板权动摇了,他就什么都不是了。他得留下来维护博古的领导权。

博古亮出观点后,毛泽东说:"战争是建立在客观物质条件的基础上,指挥员的主观能动作用不能超越物质条件许可的范围。所以,不能是我们想怎么干,就怎么干……"

李德听完伍修权的翻译后,以为抓住了毛泽东的话把:"毛,你现在就是想怎么干,就怎么干,想否定我们三人既定的去湘西的计划?"他没等伍修权翻译,又加上一句:"你这是干扰指挥员的决心,是不容许的!"

王稼祥懂俄语,立即回话:"你不要强词夺理,也不要扣帽子。像你这种指挥员的决心,不仅是必须干扰,而且是根本上要不得!"

张闻天也懂俄语,他接上:"我提请大家注意,我们现在是党的会议,一起商量对敌斗争决策。不同意见可以讨论,不能搞得像对敌斗争一样,剑拔弩张的!"

周恩来接上:"对,我们都是同志,要坚持以同志式的态度讨论!"

"毛的意见是建立在个人对敌情假设的基础上。不能以个人的假设为根据,否定我们三人的决定!"李德说。

张闻天接上:"就算是毛泽东同志个人的假设,也得看他的假设符合不符合情理。毛泽东同志说得对,我们已经输不起了,行动上必须格外慎重,不可以有再一次失误!"

"我来和他说。"朱德忍不住了,"老毛的认识不是假设,而是准确的判断。两天前,我们二局获取的情报,就充分说明敌人在我们北出湘西途中设伏,我们也明写在8日21时给各部行动指示命令中,敢情你们俩都没看?我再提醒你们注意,不能不注重敌情!"

王稼祥更火了:"你们是这样指挥红军的?这简直是拿红军的命当儿戏!这不败才怪!"

"你,你……"博古的脸顿时铁青。

周恩来:"今天的会议就是论事,其他事以后再说。"

李德让朱德的话堵得没法正面回应,他来个歪说:"你们二局,你们二局有破译敌人密电的能力?"他一笑:"据我知道,苏联红军的情报机关,至今也还不具备这个能力!"他的笑本来就很难看,又加上这么一句,不能不令人感到他蔑视红军。

"李德同志,你太小看我们红军了……伯承同志对你的批评没有错。你的身上,的确有不自觉的帝国主义作派!"朱德愤愤地说。

"小伍,后一句别翻译。"周恩来说,"老总,你别发火,我跟他说。李德同志,我再告诉你一次。一年半以前,我们第四次反'围剿',就是靠我们二局准确及时的情报,歼灭了蒋介石中央军2个师!朱老总和我亲自提名,授予二局局长曾希圣二等红星奖章!"

王稼祥:"你以为苏联红军办不到的事,我们中国红军就办不到?!我还告诉你,你们接手指挥之前,我们哪次反'围剿'打不赢?!"

"你们办得到,你们都打赢了……可这一年来,你们的红军哪一次能完成我给予的任务!"李德说。

毛泽东火了:"那是你指挥错误……你给的任务超过了我们红军的力所能及!"

"怎么这样不尊重李德同志!"博古说,"请你们注意,中央政治局赋予我们三人全权负责,必须尊重李德同志的指挥权!仗没打好,主要是因为敌人力量太强大了,同时也因为我们红军的力量还不够强大,不能推到李德身上!"

张闻天:"仗没打好的原因认定分歧先搁下,以后再论理。当下,情况紧急,我请你博古同志为党中央和中央红军的前途命运着想,好好地考虑下一步的行动计划!"

"我们要实事求是,不能个人意气用事。你们客观地想想,我们红军现在的这个状况,还能与强大的敌人决战吗?勉强打下去后果会是怎样?!"王稼祥说。

李德还是听不进去:"我们按原计划北出湘西,就一定得和敌人决战吗?就算两天前你们得到的情报是确实的,那敌人执行了没有?会不会再改变了?一切都是未知数……别像惊弓之鸟,自己吓了自己,飞走了!"

毛泽东说:"你这才是假设,而且是不符合逻辑的假设。"又说:"你还懂得我们中国的惊弓之鸟的成语?!那好,鸟况且懂得惊弓,人不能愚蠢到撞了南墙还不知回头吧!"

"伍修权,这话别翻译。"博古说,"在没有进一步的新情况足以改变我们决心之前,还是按原计划执行!"

就在这时,门推开了。叶剑英领着曾希圣、钱壮飞进来。

叶剑英:"二局有紧急和重要的敌情报告!"

李德并不笨,他猜到伍修权没有全部翻译毛泽东的话,而且没有翻译的是指斥他的,很难听。他正没法反驳,叶剑英、曾希圣、钱壮飞的闯来,倒让他有了抓住话把、抖权威的机会。他抖起"太上皇"的习惯:"这里是指挥的高层会议,你们不请示不报告就闯了进来,你们呀,你们红军的游击习气什么时候能改得了……什么时候改了,就能打胜仗!"

朱德:"李德同志,请你尊重我们红军!"

周恩来挥了下手:"老总,别和他一般见识。"又说:"你们都坐下来,慢慢说。有紧急重要的情报,当然要及时报告,就是深更半夜我们睡着了,也得叫醒报告,不能因为我们在开会就不报告!"

曾希圣:"我们侦收破译了敌'追剿'军第一兵团总指挥刘建绪,于昨

53

晚19至21时,给他各部的要求歼我军于湘黔边的部署命令电。"

李德听罢伍修权的翻译,哼了一句:"这新鲜吗?!敌人不是一直这样叫的!"

曾希圣对钱壮飞说:"把图摊开,让他看!"

钱壮飞把标好的图平摊在桌上,介绍:"敌第一兵团的第六十二师,主力推至通道县临口,截击我军;第十五、第二十三师进到绥宁策应;五十三师进至绥宁城待命。敌第十五师今天到绥宁城。另外,薛岳第二兵团周浑元纵队,第五、第九十六师,9日到武冈;第十三、第九十九师10日续到武冈,11日继续西进到洪江。而薛岳兵团的吴奇伟纵队向芷江推进!"

朱德指着图:"都看清了吧?!敌人2个兵团16个师20万人,从通道、城步、绥宁、靖州、会同、洪江到芷江,纵深布署;前锋直逼到通道城东北方50里处。我军只要北出通道城,就得打……我们有多少兵力和弹药,能突破敌人大纵深防御,能打到湘西北与贺龙、任弼时的队伍会合?!"

"敌人如此大的纵深布署,就给我们留下空子,我们就可以钻过去……绕到他们背后打他们……"李德说。

王稼祥:"李德同志……我真服了你,你是非把我们剩下的这3万人马弄光了才服输?!"又说:"如果是那样,你可不是得自杀,就是得被俘!"

"别争了!"周恩来说,"立即转向贵州东南部,避开敌人的伏击!"

博古说:"那就先绕道贵州东南部,尔后转到湘西……"

"你还想去湘西?!"张闻天急了。

周恩来:"别再争了,就这么定了!"他转而对叶剑英:"你起草命令去,以朱老总名义命令各部,立即启程……此处不可久留!"

李德听完翻译后,扭头走了。

博古也跟着走了。

"你为什么拦住我?"张闻天不解。

"对博古来说,这已经是让步了。"毛泽东说,"能达到这个目的就可以了。下一步的问题,下一步再说,不能操之过急!"

周恩来:"其实,我们前天就已布置一、三军团昨天向贵州黎平侦察,摸一下道路情况。"

朱德:"这阵子,林彪一军团的先头部队,应当到了靖州西边的新厂;老彭三军团先头师,应当到了通道西边的播阳了!"

"那还对牛弹琴,费了半天劲!"张闻天笑了。

周恩来:"稼祥,从现在开始,以军委主席朱老总,副主席你我名义下达命令,指挥红军!"

"我早就忘了我还是中革军委副主席。"王稼祥笑了。

周恩来转而对曾希圣、钱壮飞:"谢谢你们,但还得拜托你们,盯紧敌人的动态!"

"放心!"曾希圣说罢对钱壮飞说,"我们得赶回去,带队走人!"

周恩来目送曾希圣、钱壮飞走后,对毛泽东等人说:"该商量的事,我会和你们商量;你们有什么建议,及时告诉我。我们的问题太多了,积重难返,只能就急放缓,先重后轻,一步步来;问题的彻底解决还要花时间做工作。但请你们放心,从现在开始'三人团'名义上存在,但不会再起实际作用!"

王稼祥:"万幸!"

"恩来,放手干!我支持你!"张闻天说。

毛泽东高兴地说:"此地不可久留。走吧,我们也回去收拾行李,准备进入贵州!"

第七章　几家得意几家愁

桂林,李宗仁寓所客厅里。

侍从献上茶、带上门,退出。屋里只剩下李宗仁和白崇禧。

李宗仁拿起茶几上的报纸:"看了老蒋在四届五中全会上的讲话了吧……"

"满纸大话、空话、废话。"白崇禧说,"最逗的是还他妈在南京、上海召开什么'剿匪胜利庆祝大会'……"

李宗仁也笑了:"他能不乘机大吹一番,也给自己找个台阶下……反正,除前方将士外,谁也不知道真相。"

"知道,也没人敢说。"白崇禧也笑了。

李宗仁拿起茶杯:"我看,湘江这一战很可能会引起共产党的内变……"

"内变?"白崇禧显然没明白李宗仁话意,"怎么个内变?"

李宗仁:"丢了江西地盘,又在过湘江时遭受那么大损失,当家的就得下台。也就是说,由共产国际指定的那个小青年和洋顾问得下台、换将……"

白崇禧明白了:"是这样呀……可能吗?"

"他们和我们不一样,"李宗仁说,"他们是党说了算。要不,毛泽东怎么会下台,弄个小青年当权……如今,小青年把共产党的家业败得差不多了,党内的能人还不把他赶下台?!"

"倒也是。"白崇禧又说,"谁上台?周恩来?朱德?毛泽东?"

李宗仁:"周恩来和毛泽东都会玩枪杆子,上台的可能性更大。"又说:"但不管他们两人中谁上台,都不会像现在这样,那么愚蠢!"

第七章　几家得意几家愁

"倒也是。"白崇禧喝了口茶,"原本是不想与他们拼的,放他们过江,可他们硬是走不动……这不,落了个惨败。如果我没记错,这恐怕是'共匪'有史以来最大的一次惨败!"白崇禧还在得意。

李宗仁:"济深兄说我们出手重了。他们退入西延大山后,我们又派人骚扰他们,挑动少数民族反对他们,有点乘人之危了……"

"你担心日后不好见面?!"白崇禧大笑,"战争嘛,就顾不了那么许多……再说,这不也警告他们,让他们离我们远点!"

李宗仁:"我们本意是让他们过江去,给何键添乱……何键穷于对付共产党红军;老蒋要在湖南'围剿'共产党红军就得求我们出一把力,这些对我们最有利……就像共产党红军在江西那样,对广东的陈济棠最有利。"

白崇禧:"他们下一步出西延大山后,不是进入湖南啦?!"

李宗仁:"可他们经湘江这一战后,已经没有力量在湖南待下去了!"

"你是说他们会进入贵州?"白崇禧问。

"如果共产党换了当家人,必走贵州。"李宗仁说,"他们进入贵州,对我们可是相当不利。"

"怎么会呢?!"白崇禧还是没跟上李宗仁的考虑。

"健生呀,你想到没有,从贵州过来的四川、贵州鸦片税,占我们财政收入的一半。如果贵州成了蒋介石'围剿'共产党红军的主战场,交通就断了,我们的财路也断了。"

白崇禧:"那我们也出兵贵州,一来确保财路通道,二来占贵州一部分地盘,我们的一部分军队刚好到贵州找饭吃!"

李宗仁:"我们想到的,老蒋能想不到?他会糊涂到看不出我们的意图,会让我们出兵贵州?"又说:"陈济棠手下的余汉谋,早把我们两广与贵州的王家烈有默契的关系,有鸦片贩运的情况,密告蒋介石了。"

白崇禧让李宗仁的一语点明白了,许久,他呐呐:"还真没想到,湘江一战,让老蒋露了脸,给我们自己找了麻烦……"

李宗仁感慨:"所以说,战争和政治分不开……有些时候,要从政治的角度考虑!"又说:"在这一点上,老蒋不含糊。他借把共产党红军撵出

57

江西,又在湘江一战抓了一把,大造舆论,玩的就是政治……"

白崇禧一时无语。

李宗仁又说:"所以,我们得想到补招。我已经给陈济棠去了一电,我们两广联合起来,至电南京请愿出兵湖南或贵州,协同'围剿'共产党红军。"

"好,这一步棋走得妙。"白崇禧说,"德公,我明白了,你的这步棋表面上是军事,本质上是政治!"

"老蒋会接招吗?"李宗仁似自语。

"他不是天天喊着要'剿灭'共产党红军吗?!"

"是的,"李宗仁说,"可他骨子里还想铲平我们这些地方势力!"

白崇禧又不语了。

李宗仁:"应当说,在'围剿'共产党和红军问题上,李济深、陈济棠比我们想得深。我也是到现在才明白,这些年,要不是有共产党红军闹得老蒋睡不着,牵制了他的中央军,他能不找我们两广麻烦?能容忍我们一次次公开反对他……他那几十万嫡系部队,压到广东,压到我们广西,我们都受不了……都会被他灭了!"

这番话,好像是给白崇禧上了一课。他一时无语。

李宗仁也适可而止,他把话题又转了过来:"但联合出兵请愿的姿态还是要做的。"

白崇禧:"对,将老将一军,看他怎么办!"

午后,何键在庭院内小石桥上,看着随行侍女掰点心喂游鱼。

何键是昨晚才赶到邵阳的。蒋介石把"追剿军总司令"的头衔给了他,他不能再待在长沙过着事不关己的日子,把"追剿军总司令部"设在衡阳,学他的委员长在南昌设行营,靠前指挥。如今,朱毛"残匪"已过了湘江,就要出广西进入湘西南,他也不能再待在衡阳,这不,又把"前指"迁到邵阳,以示靠前指挥。况且,这次也不完全是做给他的蒋委员长看的。这一次,很大因素上是为他保住自己的地盘做的。

时局的发展,已使得何键空前担心。朱毛"残匪"一旦按他们原定的

第七章 几家得意几家愁

计划到了湘西,与在永顺、桑植一带的贺龙、任弼时红军会合,他的湖南可就成了"剿匪"的主战场,他何键得忙于调兵遣将,筹粮筹款不说,还得时时防着蒋介石乘机削了他这个"藩镇"。每每想想这种情况的出现,他都睡不着。而他们"前指"迁到邵阳,也把原指挥所设在邵阳的刘建绪推到绥宁,并且意在逼刘建绪再不能在"剿匪"大业上玩虚的。

何键对落驻邵阳还满意。首先,是邵阳的地理位置正适合指挥所设在湘西的作战,其次是环境还不错。

眼下的这座官邸,不管是官造的还是当地富贾所建,都称得上是此地最豪华的。它坐落在邵水河湾部,三面环水,院内小桥流水、奇花异草一应俱全;室内,从卧室到客厅,都有壁炉,不烧柴,而是烧炭,想多暖和,有多暖和。这一切让何键还算随心。话又说回来,不满意又能如何?动乱年头,古时的皇帝还得离开京城,御驾亲征。

人世间就是这样,穷苦人为生计操劳,霸主为霸业操心,各有各的所图,各有各的难处。

这不,他的参谋长刘膺古带着参谋处长找来了。

"恢先兄来电,"刘膺古话音先到,"说朱毛'残匪'掉头进贵州啦,已离开通道进入黎平。"恢先是第一兵团总指挥刘建绪的字。那时有身份的人兴以字相称。

何键似自语:"会不会是走3个月前任弼时'股匪'走的路线,从黔东南绕到黔东再进入我们湘西?"

"我也这样认为。"刘膺古说。

何键:"情况不明时,我们还不能不防!"

"是呀,有备无患,是得防着。"刘膺古说,"我的意见是调整部署,让尤处长留下听你的主意。"

"好。"何键听出刘膺古不愿等也顺手推舟,"总司令部刚迁过来,事多,你忙去吧。"

刘膺古扭头走了。

这就是何键与刘膺古之间的心照不宣。原来,何键手上的湘军,隐约有个小保定系。高级军官中的刘膺古、第十五师师长王东原等,与蒋介石的红人兼干女婿陈诚,是保定军官学校同期同学,刘膺古还是浙江人,他们走得近,与蒋介石也近。何键防着有朝一日刘、王等这批保定系的人取代他。刘膺古、王东原也心知肚明,刘膺古与何键公事公办,王东原表面对何键百依百顺。国民党官场上就是这般德行,没有圆滑的处事本领,是很难立足的。

刘膺古走后,何键回到客厅,尤处长也跟着。

"他是什么主意?"何键问。参谋处长是他的亲信。

何键走到墙上挂着的地图前,盯着地图看着。

"通道进贵州,黎平是第一站。'共匪'的下一步会怎么走,现在说不清。"参谋处长说,"所以,刘参谋长也不敢断定……基本是以不变应万变。"

"以不变应万变叫本事?!"何键说,"上次,任弼时'股匪'获得成功,是因为我们在湘西没有大部队,而尾追他们的又是白崇禧桂军。这可恶的白崇禧,存心要把任弼时'股匪'撵进湘西,让我们添堵。这次可不同了,在湘西南和湘黔边,不但有我们刘建绪兵团 10 万重兵,还有薛岳的 10 万中央军。就算薛岳滑头不轻易出手,我们的刘建绪兵团也足以挡住!"

尤处长:"总司令高瞻远瞩!"

"我看'共匪'要是聪明的话,不会转到我们湘西来,而是会打贵州的主意。"何键回坐到椅子上。

"也是。"尤处长应着。

何键:"这回呀,轮到王家烈这个孙子难过了……"

"只要不返回湘西给我添事,'共匪'爱上哪儿,上哪儿去!"尤处长说。

"你说的对。"何键说,"'共匪'在贵州怎么折腾,我们管不着。但我们得防着不让他们东进湖南。你掌握这样原则,让刘建绪悠着点,不要随便跟'共匪'进贵州,别把'共匪'撵进我们湖南来。"

尤处长:"总司令还有什么具体的主意?"

何键:"让刘建绪等到他的兵团全部到位后,布署在绥宁、通道、靖州、会同一线,看看'共匪'进入贵州后怎么走!"

"是。"尤处长说,"还有,贺龙'股匪'从沅陵又转回来,指向桃源,会不会是打桃源的主意?!"

"你让独三十四旅注意就是了。"何键说,"贺龙小股当下还翻不起大浪。"

"总司令的用兵,总是应对自如,有的放矢。"尤处长一副赞许。

何键知道他在奉迎,但何键爱听。

贵阳。王家烈家中。

王家烈在客厅沙发上品茶,夫人万氏喜气洋洋进来。

"完事了?!"王家烈抬了下眼,"看来,今天的手气不错!"

万氏:"真没劲,才摸了4圈……这些人也太小家子气,一输就不干了……"

王家烈:"还想十八摸?!"大笑后又说:"你们女人呀,赢了劲头大着,输了就像男人的劲过去了一样……"

"你不能不这样……俗!"万氏眼中掠过一丝鄙视。

王家烈:"我才没心思扯你们女人的事!"

万氏坐了下来:"又怎么啦?"

"这几天,没了在广西湖南边界的'共匪'的音讯……不知道又窜到哪儿去了!"王家烈仰起身子。

万氏:"和我们有关系?"

王家烈:"你呀……就盯在牌桌上,操心输赢!"

"别忘了,我可比你那个谢参谋长贴心!"万氏说,"说说,有什么难处,我给你参谋参谋。"

王家烈一叹:"我担心老蒋、何键,还有白崇禧合伙,把'共匪'撵到我们贵州来!"

万氏:"报纸上不是说'共匪'给拦在湘江,死伤数万人,还说彻底消灭指日可待。"

"你也信!"王家烈弹了起来,"要是像他们吹的那样,'共匪'早绝迹了……"

万氏没了话。

"这两天,我得和犹国才到马场平去一趟,把指挥所也带去,与侯之担、何知重划个责任区……何知重守乌江以南,侯之担守乌江以北……谁丢了地盘算谁的账。"

这犹国才,是王家烈第二十五军第三师师长,何知重是第一师师长,侯之担是副军长兼教导师师长。

万氏:"给他们划分责任当然必要,但你倒没有必要坐阵前线,要是何知重挡不住共匪,算你的账还是算他的账?!"

还真让万氏一语点破了。

"可不到前线去,老蒋知道了……"王家烈又犹豫了。

"我看你……真不是个男人!"万氏笑了。

"是不是男人你不知道?!"王家烈苦笑,却没忘了要挽回面子。男人让老婆笑自己不是男人,实在没面子。

万氏佯装生气,起身要走:"你比你手下那些扛大枪的大头兵还粗俗!"

王家烈给骂笑了:"好呀,哪天我拿你慰劳顶住'共匪'攻击的大头兵!"

"你想当王八呀?那好,老娘哪天找个小白脸玩玩。"万氏又笑骂,"有种你从今往后别找老娘……你今天晚上就别到我屋里……"

"那好,我今晚去花街……我还真想去见识见识!"王家烈大笑。

万氏一副不在意:"去呀,去吃狗肉吧!"说着走了,回头又抛出一句:"不过,别到我屋里放狗屁!"

"到花溪才是吃狗肉……你没见识过吧?"王家烈冲着万氏的背影,"还他妈放狗屁!他娘的……连花街都弄不明白,还他妈找小白脸!哪个小白脸不怕吃老子的枪子,敢和你玩……"

南京。

侍从领着陈布雷和晏道刚走进蒋介石的办公室,蒋介石已坐在沙发上等着。

蒋介石示意让陈布雷和晏道刚在他的左右侧就坐,便于交代办事。

"你先看这份电报。"蒋介石递给陈布雷电报后,问晏道刚:"朱毛'残匪'到了什么地方?"

晏道刚:"贺参谋长来电,今天可能全部出广西龙胜,到湖南西南部的通道!"

蒋介石说:"还记得上个月17日,我在南昌发出的'围剿共匪'计划大纲吧?!"其实这事上次就说过,蒋介石重提莫过于显摆自己有先见之明。

"我正要说,果然让委座说中了。那时,委座就估计到在湘江以东消灭朱毛'共匪'计划未必能全部达到目的;如果'共匪'漏网了,各部应配合'会剿',将'共匪'歼灭于湘江以西、贵州黎平以东地区。委座真乃先见之明!"晏道刚也乐得顺杆爬,拍马屁。

蒋介石:"为什么共约25万人的大部队围追堵截,还让朱毛'共匪'漏网了?!"

滑头的晏道刚知道蒋介石会自答,他没吭声。

"就是何键不积极,他的湘军行动迟缓!"

"是的,这事还真不好怪广西的李宗仁、白崇禧不配合!"晏道刚说。

陈布雷已看完电报,插上一句:"这回,他该不会不积极了!"

"也不可对他抱更大希望。"蒋介石说,"他会尽力堵住不让朱毛'残匪'到湘西与贺龙'股匪'会合,但也仅此而已!"

晏道刚:"只怕是'残匪'也柿子拣软的捏,调头转向贵州……"

"朱毛'残匪'果真转向贵州,对我们来说也未必不是件好事。"蒋介石颇似胸有成竹。

陈布雷把电文给了蒋介石,蒋介石又转给晏道刚看。

"这太阳从西边出来了,陈济棠、李宗仁、白崇禧,竟联名请愿出兵湘黔边参加'围剿'!"陈布雷说。

"前所未有的积极是吧!"蒋介石笑了,"两个居心:其一,乘机占湖南或是贵州一部分地盘;其二,保住他们的财路!"

"保财路?!"陈布雷不解。

蒋介石:"他们以为我不知道两广与贵州联盟的鸦片过境交易。这湘黔边,尤其是贵州一旦成了'剿匪'战场,交通就断了,他们的财路也就断了!"

陈布雷:"我说他们怎么这样主动,而且冠冕堂皇!"

"晾着,他急我不急。"蒋介石说,"他们以为将我的军了,我就压着。何键堵不住朱毛'残匪'到湘西也无妨;能把朱毛'残匪'堵住逼进贵州更好。"

"委座真是明察秋毫!"晏道刚说。

"但文章还是要做。"蒋介石又对晏道刚说,"你让贺参谋长以我名义,发个命令电给湖南、广西、贵州三方,重申我在湘水以西'会剿'计划大纲,要明确三方的责任!"

晏道刚:"是!"

蒋介石对陈布雷说:"你去趟上海,找我小舅子要钱,让他拨300万元,其中240万元拨给四川刘湘;60万拨到参谋团账上,作为下一步参谋团迁到重庆的搬迁费和机动资金。"

晏道刚:"这参谋团迁到重庆,还得给刘湘买路钱?"

"你以为?所以,党国不消灭'共匪',不铲平大大小小的藩镇割据,怎么抗日呀?"蒋介石说。

陈布雷:"是呀……可惜的是我们党国内部还有些人不理解委座的苦心!"

蒋介石:"我那个小舅子财政部长宋子文,总是认为'剿匪'太花钱了……他就不懂得江山比钱更重要。没了江山就没了安身立命之处,还谈得上去弄钱?!"他感叹:"南后主李煜的词怎么说……"

"雕栏玉砌应犹在,只是朱颜改。问君能有几多愁,恰似一江春水向东流!"陈布雷背出。

蒋介石:"是呀,没了江山,只能空叹春水东流……"又说:"你到上海后,好好开导他。"

第八章　总参谋长回总参

董振堂送刘伯承到村口,竟有些儿女沾巾。看着董振堂的依依不舍,刘伯承的心情也重了,脚步慢了下来。

"你回总部去是大好事,可往后要再和你老兄说句心里话的机会不多了……"董振堂说。

刘伯承让警卫员到前头等他,他与董振堂在路边的大树下又坐了下来。其实,他俩昨晚谈了一夜,但投缘的战友分别时,总有说不完的话。

"昨晚几次想说,但没说,我还得说谢谢你老弟这几个月来对我的关照!"刘伯承。

董振堂:"你这就见外了……要不是你落难到我这个小庙,我一年能见几回你这个总参谋长,更打哪儿能交上你这个兄长、师长!"

"我年长,兄长倒也是,师长就称不上了。"刘伯承说,"其实,我到五军团几天后,就感到你走上共产党红军这条路是必然的……"

董振堂说:"可恨之晚矣。我们北方部队接触共产党少……要说还得感谢老蒋逼我们二十六路军到江西来'围剿'共产党红军,把我们逼成了共产党的红军……"

刘伯承一笑:"其实,蒋介石自以为聪明,岂知聪明反被聪明误,他杀共产党,把共产党杀开窍了,共产党也懂得拿起枪杆子;他逼国民党的官兵'围剿'共产党红军,结果是把他的许多官兵逼成了共产党红军……"

"要不怎么会有'搬起石头砸自己的脚'这句中国老话!"董振堂说。

刘伯承:"我看得出,你从我被博古贬到你五军团这件事中吸取了教训。我直说,你对你的政委李卓然,中央派到你们军团的代表陈云同志,有些敬而远之……"

董振堂苦笑:"也不知怎么搞的,我对从苏联回国的同志,总有心里上的隔阂……我也总想与他们走近些,作为知心战友,但又总是做不到!"

"其实,他们与博古并不走近,更不是博古派来监督你的……杨尚昆和博古都是中山大学的,杨尚昆监督得了彭德怀?!"刘伯承说。

"我哪能比得上老彭……"

刘伯承:"我不这样认为。在我们红军将领中,从国民党军队中来的或者更远些从旧军队中来的,多着呢。朱老总、剑英、老彭、罗炳辉,我,包括林彪等等都是。国共合作时期,我们这些人还都是国民党员,老毛还当过国民党的中央委员会代理宣传部长,恩来还和老蒋搭档过……从某种意义上说,这还是我们的革命资历,博古他们比得上吗?如果没有这些同志,中央红军玩得转吗?!"

董振堂:"说的也是……"

刘伯承:"他们搞宗派主义……有种的,把这些人都搞走!他们还是不敢吧!"

"从你被调回总部,我判断大局面很快就会改变……"

刘伯承肯定:"不改变行吗?!把党和中央红军糟蹋光了才悔悟……那就一切都完了,无可挽回啦!"

"你看,毛总政委会重新上台吗?"董振堂问。

"老毛,毛泽东?!"刘伯承说,"我看非他莫属!"

董振堂:"要真是这样,我相信不出三两年,我们的局面会比之前的中央苏区还大!"

"我也相信。"刘伯承说,"往后,我们五军团的任务还会是后卫……罗炳辉的九军团干不了后卫,他们的长处在佯动,伪装主力;一、三军团是我们方面军的拳和脚,是用于拳打脚踢的……"

"这个,我始终理解。"董振堂说,"让我来考虑全局,使用部队,我也会拿五军团当后卫。"

"这我看得出,也相信你的组织原则!"刘伯承站了起来,"送君千里,终有一别……以后想我这个老大哥了,打个电话,住得近时,到我那里

第八章　总参谋长回总参

坐坐……"

"你有那个闲功夫?！多少事等着你去操心!"董振堂也站了起来,"走吧!"

村里,晒谷场的一角,老傅正在给吊在树上已褪了毛的猪开膛。

山生过来:"提早过大年啦!"

老傅停下手上的活,低声说:"听宋协理员说,供给部给我们局10块大洋奖励。这不,协理员抽出几块钱让买了这头猪,说是让全局同志打牙祭。今晚会餐,大伙儿吃个够!"

"难得呀!"山生说,"打从我们出江西苏区的两个多月来,这是第一次没有敌情顾虑,能安稳地休息两天;也是第一次闻到猪肉的味道……对了,你说上头怎么突然奖励我们局10块大洋?"

老傅:"协理员悄悄告诉我,说是周副主席特批的。"

"这是为什么?！"山生自语。

老傅神秘地:"你注意到没有,打从我们由通道进入黎平以来,局长的脸上有笑容了……八成与这事有关!"

"这有什么关系?！"山生没转过弯来。

"你呀,就知道你的事?！"老傅忽然想到,"去,帮我挑几担水去……没看我现在连个帮手都没有!"

"他们呢?！"山生有些纳闷。

老傅敬业,又善于当家,还有些长辈疼人的风范。他总是想办法把饭菜弄得好下口些;局里的值班人员误了饭点,他都给留着饭,还是热的。这全局上下,无不敬重他,小青年不称他为班长,称傅叔!

山生还是忙去找水桶。

"你先别忙,问你一句话。"老傅停下手头的话,很郑重地说。

"你有话不能一起交代?！"山生还是凑过来。

老傅:"这两天,支部要讨论小李入党问题,你有什么意见?"

"没意见。介绍人要是还没找好,算我一个。"山生找水桶去。

老傅:"介绍人还用得着找你?!"

炊事班副班长和一个炊事员采买回来。

老傅指着副班长挑来的挑子:"我让你买一桶,你买一担呀!"

"是一桶。我看老板还有个空桶,给要来的。这桶带盖子,对我们太有用了。"副班长说着,翻开木桶盖。

"酱油呀?!"山生凑过来一看,大叫,"发疯了,买一桶酱油挑着走?你嫌我们的东西没带够!"

副班长笑笑:"那后几天菜里要是有肉,你别吃!"又指了指树上吊着的猪:"我们局就那么五十来人,今晚能吃得完?班长有经验,说留下今晚吃的,全煮熟,泡在酱油里,往后半个月都有肉吃,细水长流,懂吗?"

"老傅叔,真有你的。"山生操起水桶,"担水,担水,要几担,挑几担?"

"要不怎么说敲锣卖糖,各干一行,行行有道道!"副班长说,"你要是到我们炊事班,也只能是挑水的货!"

这话可把山生戳痛了,他已走出几步又回来:"唉,你当我只是个吃闲饭的?想当年我在军团谍报队,哪回出去空手回来过?我那把二十响,就是摸到一个国民党军卫队长弄到的。是呀,这两年我在局里失业了,打杂。我心里痛快?"

小李过来,听到了插话:"依我看,你们几位谍报员英雄无用武之地倒是好事。就你们出去摸个敌兵回来,能问出的敌情也顶不了大用!"

山生看了小李一眼,想反驳,又一想小李的话不无道理。他知道局里行当的能量,那搞到的情报才顶大用。他怏怏地挑水去。

老傅见小李过来,有点没好气:"不忙你的事,到我这里看杀猪?杀个猪有什么好看!"

"刚下班,看太阳好,今天又不走,想洗被子,过来看你老有衣服没有,我带去一起洗!"小李说。

副班长边收拾,边说:"看看,干闺女孝敬你,你还呛人家!"

"我们父女的事,你掺和什么!"老傅又对小李说,"没有。就是有,我自己搓两把就是了,还用得你操心!"

第八章　总参谋长回总参

副班长打趣:"小李,你当我侄女好吧……别理这个不知趣的老东西……"

"就你！稍息吧!"小李笑笑。

老傅继续着手头的活:"你想当她叔叔？差着辈呢！我还不干!"又对小李说:"我这里你不用操心……得空,多关心局长!"

小李笑了:"他呀,眼睛有神,脸上无光;成天想事,旁若无人,还动不动就急,我关心他？找不自在呀!"

"你得体谅他担子重,压力大。"老傅说,"你还没见过朱老总都蹲在他门口等急用呢。他没给压垮了算不错!"

"你当我不知道我们是干什么的?"小李说,"就晚上为什么有猪肉吃,我比你清楚!"

"那你给说说。"副班长说。

小李:"你忘了？不该说的不说,不该问的不问!"说着,走了。

炊事员老丁凑过来:"老班长,你前世积的德,认了个好闺女……"

"算是老天对我的恩赐。"老傅说,"小李认我这个爹是有原因的。她打小没了爹,想有个爹;二是闺女大了,惦记的人多,我们红军又不兴结亲,有我这个爹护着,没人敢打她的主意!"

"那个程少仲好像对她有意思。"炊事副班长说。

"他有意思,我家闺女可没意思。"老傅说。

老丁插话:"我也看不上……有点娘娘样!"

"看不上就看不上,别埋汰人。"老傅喊着"锅里加大火!"

"他呀,挑女婿比女儿的眼光还要高!"副班长嘟囔着。

"有你的事吗?!"老傅瞪了他一眼。

山生挑水来,一放:"你们人齐了,我走了!"

老傅说:"就给挑一担呀?!"

小河边,小李和华荣的被子已快洗完了。

华荣一边漂洗,一边说:"真难得今天是个大晴天,又没敌人追兵,又

69

没空袭……"

小李:"告诉你个好消息,今天伙房杀猪。"

"真的呀?!"华荣乐了,"这都多少天没闻过油腥味了……敢情我们的天变了!"

山生、大壮、小沙各提着衣服过来。

华荣对山生说:"放一边……待会我一块洗了!"

"嫂子,你也帮我洗吧。"大壮把衣服跟山生的放在一起。

"你再胡乱叫我撕了你的嘴!"华荣说。

山生对大壮说:"你欠揍是不是?"把大壮的衣服丢到水里。

"这里除小李外,又没其他人……再说,我这样叫你心里不美死了!"大壮下水去捞他的衣服。

华荣又说:"八戒,你再敢胡说八道,我打断你的腿,你信不信?"

小沙:"二师兄,玩笑开过头了!"

"把衣服放那儿!"华荣对小沙指了指。

大壮还是把衣服放下:"我再也不敢叫了……嫂子帮我洗吧。"

小李笑了:"不给他们洗……这帮懒鬼,非得穿到发臭才洗……"

"小李同志,我们不是懒,是没条件!"小沙说。

山生从兜里摸出肥皂给了华荣,坐在一边看华荣洗被子。他刚才挑水时,看见华荣和小李来河边洗衣服,把水挑到伙房放下就跑回住处,拿上衣服追到河边来,刚好大壮、小沙也要洗衣服,就跟过来。

"嫂……不,华荣同志,肥皂还是我们大师兄在黎平街上买的,香皂,特地送你的。"大壮说。

华荣掩住心中的美:"都别坐,把我们的被子拧干,晒在那些灌木上……对了,下手轻点,别给拧破了!"

山生和大壮过来接过洗好的被子。小沙帮着小李拧被子。

小李对小沙说:"沙僧,哪天你还得给我的枪弄几颗子弹……"

"那把破玩艺也算枪?"大壮说。

小李:"那好呀,八戒,哪天你给我弄把像华姐那样的枪……"

第八章 总参谋长回总参

小沙:"别指望……我们很难抓到大鱼,弄不到那玩艺……再说,就是弄到了,也落不到你手上。"

"那怎么落在华姐手上?"小李说。

大壮:"这你得问我们大师兄……"

华荣:"宋协理员特批的……就像协理员把他们这次缴的枪批给你一样。不过是我碰上了比你那把漂亮的。"

"二师兄,你怎么还使都掉了皮的破玩艺?"小李说。

"那叫掉了皮?那是我经常擦,把它给磨掉了。"大壮说,"掉了皮也是宝贝……就是那天晚上跟猴哥摸到那畜生缴获的……这么多年,我用顺手了。"

山生瞪了大壮一眼。

大壮知道差点又碰到禁区,忙说:"这一到了贵州,当面的敌人穷得叮当响,家伙还不如我们,更换不上好枪!"

这话倒引起华荣有话题:"我估摸,你们很快就要跟师傅上西天取经了……"

"什么意思?"山生问。

华荣看了山生一眼:"亏你还猴精。现在,当面是贵州王家烈的黔军,小本买卖,都分开一个营,最多一两个团布防,没电台,要弄清他们的情况,还不得靠你们去摸个活的回来问呀!"

"高人呀,华姐!"小沙乐了,"那可是我们兄弟巴不得的事。"

"是大好事。"山生立即想到本行的需要,"可我们不懂贵州话……"

华荣以现学的贵州话说:"学呀,学几句贵州官话应急总不难吧!"

早饭后,李德喊上伍修权和警卫员,陪他到村外小河边散心!

李德已经感到中共中央的领导关系将发生重大变化,博古的大权将要旁落,他也将随之失去"太上皇"地位。但又无可奈何,他的心里烦恼着。

正出村,碰上迎面过来的刘伯承及其警员、马夫,还有驮着简单行李的老白马。一看便知道这是刘伯承调离五军团了。

"李顾问,到村外散散心!"刘伯承倒大度,主动打招呼。

李德尴尬,他还是咧着大嘴,似笑非笑,竟不知作何回答。待到刘伯承一行进了村,李德问伍修权:"这是怎么回事?没人报告刘伯承工作调动……往哪里调?干什么?"

伍修权:"军委命令他回总部,担任合并后的军委纵队司令员!陈云同志回来当政委。"

李德二话没说,扭头回村里。

屋里,周恩来正与博古说事。

李德怒气冲冲进来:"你们给我解释,为什么军委两个纵队要合并;谁命令刘伯承回来当中央纵队司令?!"

"李德同志,你冷静些……坐,坐下来说!"博古劝道。

李德还在气头上:"为什么,为什么这样重大的事,不经我同意,你们就下命令啦?"

周恩来:"军委的两个纵队过于庞大、臃肿,必须精简、合并,使之适应于我们的行动;并且也必须从机关中精简些人员,补充到战斗部队,尽量恢复部队的战斗力。"

"为什么事先不经过我同意?"李德斥问。

周恩来:"这是我们的红军,我们的军委理当行使指挥权。让刘伯承回来担任司令员,是军委主席朱德、副主席我和王稼祥一同下达的命令!"

"你们……你们凭什么擅自免去我的权力?"李德颓坐在椅上。

博古嘀咕:"李德同志是共产国际派来的顾问……"

"不错,李德同志是共产国际派来的顾问,但不是共产国际派来的中国红军总司令,也不是中央革命军事委员会的主席。"周恩来说。

"但中央是授权由我们三人指挥红军。"博古说。

周恩来:"这个问题我们在通道会议前就争论过了,没有必要再争论。我们现在要面对的现实,是实践已经反复说明,我们三人以往的指挥一错再错,一再给红军造成惨重损失;而为了党和中央红军的前途命运,这种状况不可以再继续下去……我们必须把指挥权交还给中央……"

"可你们的中央并没有召开会议,作出更改指挥权的新决定!"李德说。

周恩来说:"会的,会尽快召开会议,作出新的决定,解决这个根本问题!"

李德从椅子上弹了起来,愤然离去。

第九章 政治局终于谋政

中央红军从通道进到黎平后,当说是撤出中央苏区两个月来最轻松的一段。

黎平在贵州东南角,贵州与湖南、广西交界处。这是个大县,面积达4400多平方公里,当时的人口比通道多一倍,虽然也以少数民族居多,但农业经济还算可以,粮食相对富足。这里没有大的敌情顾虑,红军走走停停,借此暂时得以喘息,也因粮食有保障,体力得到一定的恢复。

中央红军先头部队红一军团红一师,是12月15日进占黎平城的。这天,中央和军委机关进到黎平城南50里处的中潮镇地区。

这天是星期六,按惯例是中央领导夫人们回来与先生团聚的"过星期六"。以此往前推,12月8日和1日的两个星期六,都因情况紧急,顾不了"星期六",这也是半个月来的第一次"过星期六",夫人们几乎都回各自的"家"。

李德这几天心情很不好,又显孤独,在盼着夫人回来。

"刘同志,我老婆呢?没和你一起回来?"李德见博古夫人刘群先独自回来,急急地问。是的,往常她俩都是一起回来的。

"她不回来……也许是身体不舒服。"刘群先又笑着说,"李德同志,你中国话没学几句,老婆这个词倒学得快……但我奉劝你,你得尊重你夫人,别开口闭口老婆。她也是革命战士,不是只会生孩子带孩子,围着锅台转的村妇!"

李德:"刘同志,我尊重你们也是革命战士,可你们毕竟是女人,男人的老婆,这是改变不了的……"

"李德同志,这就难怪你所谓的老婆不回来!"刘群先生气地进博古

第九章　政治局终于谋政

的屋里。

李德对着站在房门口听着的博古:"你管不管……你派人把我老婆叫回来!"

"这种事我也管?我怎么管?!"博古说。

李德:"你是总书记,你当然得管,也应当管!"

"有些大事我都管不了,我还管你们家庭琐事?!"博古似自语。

"倒也是,你是连大事都管不了啦……"

博古:"你什么意思?"他反感于李德在讥笑他。

李德:"我们到湘西去的既定计划,都叫他们否定了……你管得了?他们说否定,就否定了,你管得了?!"

"党内有少数服从多数的原则;况且,通道会议并没有完全否定去湘西的原计划,我也没有说不去湘西了。"博古说。

"可是,这是个很不好的开头,是不对的,你并没能制止!"李德又说,"这样说你还坚持去湘西的原计划!"

博古:"我是支持执行原计划的,但现在看来,这个计划怕是实行不了!"

"为什么?"李德不以为然。

博古:"因为多数人不赞成,我得少数得服从多数!"

李德:"在三人团里,就算周恩来反对,我们俩人还占多数。你为什么不坚持三人团领导权的决定权!"

"我也想坚持。"博古说,"但怕是办不到了!"

"为什么?"

"因为我们领导和指挥的第五次反'围剿'失败,丢了中央苏区;因为中央红军在湘江一战中遭受惨重损失!"博古有些痛苦地说,"我已经直不起腰了!"

李德:"我不同意你的认识!"又说:"那不是我们的过错,不是我们的责任。那是敌人力量太强大,你们红军的力量太弱小!"

博古:"我也这样认为……可他们不这样认为!"

"那就让共产国际裁定!我相信共产国际和王明会支持我们的!"

"可惜的是,我们没法得到共产国际和王明的支持;共产国际和王明想支持我们也办不到!"博古苦笑,他好像没兴趣再与李德说下去,回屋里,关上门。

屋里,刘群先扑了过来,拥抱博古:"亲爱的……你受委屈了!"

博古松开刘群先自语:"也许,也许真是我的经验不够……可是,可是我是想我们的革命事业能够快快取得胜利的!"

"亲爱的,"刘群先仍说俄语,他俩一起时,或他们单独与李德交谈时,都说俄语,"也许情况没有那么遭。中央政治局委员张国焘领导四方面军,不也有过第四次反'围剿'失败;他带领四方面军转移到川陕地区后,可创造了一个更大的局面!"

博古:"我何尝不知道……我也想把中央红军带到湘西,再开创一个新局面……"

"那你就应当充满信心地干下去!"刘群先安慰着。

博古痛苦地坐在床沿:"他们不赞成!"

刘群先:"为什么?"

"因为敌人堵在我们去湘西的路上……"

刘群先:"那就打呀,打过去!"

"……周恩来也认为打不过去!"

"周恩来不再支持你?"刘群先似乎也明白了什么,她喃喃地说,"也许,也许往后更不会支持你……"

"为什么?"博古问。

"邓大姐……邓大姐对我们的失败意见大着……休养连的几个夫人,都意见大着……我都快成了孤家寡人……"

博古似乎也明白了什么:"是这样呀……"

中潮镇外有条小河,河滩上是一片草地。

中央和红军总部几十匹马的马夫,这回几乎都在草滩上放马。马儿都悠然吃着草。

周恩来、毛泽东、张闻天、王稼祥走过来,在草地的一边坐下。

第九章　政治局终于谋政

周恩来望着吃草的马儿，万分感慨："这些马，不幸地也和我们历尽千山万水，经历死里逃生……可到底它们用不着思想，没有精神上的痛苦！"

"我们也是马，革命的领头马！"毛泽东说，"我们比他们担当着更重的负载……恩来，过去已经无法挽回了，今后的确要慎重的计划、盘算！"

周恩来："是的，我们党绝不能再走错一步……所以，我找你们协商……"

"这就对了。我们中国老话说，三个臭皮匠顶个诸葛亮。何况，我们不是臭皮匠！"张闻天说。

毛泽东："这个说法不好，皮匠是劳动人民中的一行，不能说人家是臭的！"

"叫劲不是。"张闻天说，"何况，这个词不是我发明的……发明者也不是完全贬他们。这不，肯定了他们三个人的智慧合在一起，超过一个大能人。"

王稼祥没等张闻天解释，说："恩来，这几天我们的处境，说明我们在通道开的那个会，下的决心是对的……看看，连眼前的马儿都有个安然吃草的可能。"

"可下一步怎么办？往哪儿走，去哪里？"周恩来说。

毛泽东："博古和李德是什么个意见？"

"问他们？"张闻天说，"他们死抱着要去湘西……"

"绝对不行。"王稼祥说，"那明摆是死路一条，不能再听他们的了！"

张闻天："是的，再不能听他们的一厢情愿！"

"是呀，他们总是不顾我情敌情，全凭主观臆想。"周恩来随口说。

张闻天："这就是他们决策上成事不足、败事有余的根子。我再次申明，绝不能再听他们的，必须恢复党内民主决策！"

毛泽东问周恩来："你和朱老总是怎么考虑的？"

周恩来："朱老总也建议我听听你们的意见！"

"老毛，军事决策上你在行，你可得有担当。"张闻天说。

"在事关党和中央红军前途命运上，甚至站在我们的生死荣辱考虑上,我们都有担当……可以说,博古、李德也有担当。"毛泽东又对张闻天说:"你刚才说得很好,要恢复党内民主决策,这就是大家一起担当。"

王稼祥:"老毛,不说这些原则话,说你的意见……我就想听你的具体看法!"

"好,我说。"毛泽东说,"敌人把20万'追剿'军摆在湘西,不管我们从通道直接去湘西,还是从现在位置由黔东绕到湘西,除非硬打,否则根本到不了湘西。而我们几个人也都一致认为,硬打根本行不通。所以,可以肯定地说,那个去湘西的原计划,必须放弃!"

周恩来:"昨晚,我们给贺龙、任弼时去了封电报,让二、六军团向沅江上游活动,吸引在湘西的部分湘军,配合我们行动!"

毛泽东:"从战争指导必须关照全局和运用各个方面的有利因素说,你们的考虑没有错。但从我们当前的特殊战争的局面上说,二、六军团向沅江上游攻击活动,能起到的作用有限。他们就是迫使何键从刘建绪兵团中,抽出三两个师去对他们,也不能从根本上改变我们当面之敌的绝对强势!"

张闻天说:"有道理,所以,彻底放弃去湘西的计划,是唯一的选项!"

周恩来:"可放弃后,我们走哪里,到哪里?"又说:"昨晚,我们做部队今天行动计划时,意向是走黎平西北方,进入剑河!"

"对,"毛泽东说,"我也想过了,过乌江,北上黔北,看看能不能争取在以遵义为中心的黔北立足,创建新苏区。"

王稼祥:"我看行……"

"我知道,贵州军阀王家烈的力量弱,他应当挡不住我们到遵义。"周恩来说,"可薛岳的10万中央军必定追过来。"

毛泽东:"那就像在中央苏区反'围剿'时一样,再跟他玩运动战!"

张闻天:"蒋介石是不是还会像第五次'围剿'时搞碉堡主义那一套?!"

"搞可能会搞,蒋介石正得意于他的碉堡主义的胜利。但此一时,彼一时,他没那么大的人力财力。在黔北地区用碉堡把我们围起来,再筑碉堡一步步推进,"周恩来说,"他搞不成!搞了也没用。"

第九章 政治局终于谋政

毛泽东:"你的分析是对的。他搞不成那一套,就是搞了,天下大着,我们干吗要在他的碉堡地带和他打!"

周恩来:"我赞成你这个方案!"

"恩来,我建议你不必再和博古、李德与虎谋皮,直接召开中央政治局会议决议!"张闻天说。

王稼祥:"对,召开中央政治局会议讨论、决定!"又说:"李德可以列席,但他没有表决权!我们党的事,该由我们自己作主了!"

毛泽东:"恩来,是到了该把我们的中央政治局亮出来的时候了。稼祥说得对,我们党的事,应当由我们自己作主!"

12月18日,中央政治局在黎平城召开会议。

李德果然有备而来,先声夺人:"我认为,还是采取我在通道会议上说过的绕到敌人后头去到湘西。"

"怎么绕法?"博古问。

李德:"你们红军从现在的位置北上,经三穗、江口、思南、秀山,到永顺,与在那里的二、六军团会合。而后,在湘西北广大地区,再创造一个中央苏区。"

"又来了,又一厢情愿。"张闻天嘀咕。

博古:"有意见都可以说,不扣帽子,不空谈,说实际的。"

"好,说实际的。"毛泽东说,"李德同志坚持走这一线,会撞上敌人强大的'追剿'军。我们已经知道,敌刘建绪第一兵团的10万大军,已全部进到通道、靖州、会同、绥宁地区;敌薛岳第二兵团的10万大军,已全部进到芷江、洪江、麻阳地区。敌要是发现我军由黎平向北,就会立即地从东往西压过来,挡住我们去路,逼我们决战,我们不打根本过不去。"

李德:"那就打呀!你们不是说善于打运动战么,刚好发挥你们的所谓运动战长处!"

朱德:"李德同志,看来你并不了解我们的运动战的本意。它不是你认为的敌我双方在白区内、在运动中交战,而是以我们的主力大部队,依托苏区在长的战线和大的战区上的外线速决进攻战。那是建立在苏区人民的支持、预有粮食和弹药充分准备的基础上。拿我们现在的情况去与强大的敌人在遭遇中决战,那是冒险的、危险的、没有胜算的赌博。我们现在的家底赌不起!"

"朱老总说得对。"毛泽东说,"好,我们退一步说,即使一路打到湘西,也打过去了,还能剩下多少人枪?到了湘西后,还有什么力量反'围剿',那是消耗战,我们消耗不起,不能去迎合敌人的需要。所以,我不能赞成你的意见!"

"你又粗暴地拒绝我的建议!"李德愤愤地。

周恩来:"李德同志,这是在讲道理,没人粗暴。"

"你不能把别人拒绝接受你的意见,就当成是粗暴地反对你。"王稼祥说,"如果拒绝接受就是粗暴,那么你一直以来就是粗暴地对待别人!"

博古:"都不带情绪。"他转向毛泽东:"那么打下遵义有没有把握?打下后的下一步怎么办?"

"打黔军侯之担的部队,十拿九稳!"朱德说。

毛泽东说:"争取在以遵义为中心的黔北创建新苏区!"

朱德:"那就在长江中游,与川陕苏区的四方面军,湘西北苏区的二、六军团,形成为一个三足鼎立的新的战略态势。"

博古:"如果不成呢?"

毛泽东:"那就或北渡长江进入四川,与四方面军协同,争取'赤化四川';或东出湘西,与二、六军团会合,创造湘鄂川黔苏区!"

"毛,你这个意见不又回到我计划的到湘西去的原计划?"李德冷冷一笑。

毛泽东:"我是指在我们占领遵义得而复失,又不能在黔北立足时,视当时情况而定的两种方案,和你的现在去湘西有时间、条件上的不同之处。"

张闻天:"你这不是抬杠?!"又说:"反正现在不能拿到湘西去冒险……明知敌人在湘西屯有重兵,硬要往上撞,绝不能赞成。我支持老毛的意见。"

"我也支持泽东同志的意见。"陈云说。

第九章 政治局终于谋政

周恩来问博古:"朱老总也表态了,我也赞成泽东同志的意见,你呢?"

"那,那就按泽东的意见办,先走一步再说。"博古说。

李德听完翻译后,扭头走了。

周恩来:"好,通过。"

红三军团部在开晚饭。

晚饭是米饭,菜是圆白菜炒肉片,官兵们一个个吃得兴高采烈。

彭德怀刚放下饭碗,邓萍过来:"老彭,刘总长来电话!"

彭德怀把碗给了警卫员,撒腿往屋里跑,抓起值班电话员递过的电话机:"老刘,我彭德怀,怎么说?"

电话里传来刘伯承的声音:"政治局会议刚通过的决议,马上要发出去。我给你读下要点。"

彭德怀:"你等一下。"他见杨尚昆、邓萍进来,忙招手,让他们也过来听。

"说吧!"彭德怀说。

刘伯承读着:"中央书记处和中共政治局决定:鉴于目前所形成的情况,政治局认为过去在湘西创立新的苏维埃根据地决定,在目前已经是不可能的,并且是不适宜的。下面是政治局的决定:政治局认为,新的根据地应该是川黔边区地区,在最初应以遵义为中心之地区,在不利的条件下应该转移至遵义西北地区。"又说:"全文过两个小时应当会传达到你们军团,你们自己看!"

"谢了,老兄!"彭德怀放下电话机,"听到了?"

"听到了。"邓萍说,"这块石头终于落下了!"

杨尚昆:"中央政治局终于发声了!"

彭德怀:"等文件一到,我们三人,分别到三个师,亲自向师一级干部传达;并要求他们,下一步不论给什么任务,都必须坚决完成!"

杨尚昆:"好!"

第十章 闲情多轶事

　　国民党"追剿"军中央军薛岳兵团吴奇伟纵队的汤师,前天下午到达沅江边的洪江小城,暂且不走,就地待命。

　　部队的官兵最乐得驻县城就地待命。有情人柳海曙与梅云霞相约,今天游沅江。他俩都是身不由己又不得志也胸无大志的小人物,乐得不走,有难得的两人共处时光。

　　先说女士梅云霞的误入歧途和处境。

　　梅云霞是年26岁,很有姑苏女子的楚楚动人。4年前,她医学院毕业,神差鬼使地穿上国民党军军装,来到稍后成为委员长南昌行营军医处直属医院当军医。这年头,大凡有几分姿色的女子很招人惦记,而有几分姿色又身在军纪败坏的国民党军中的女子尤招人惦记。打从穿上国民党军装后,梅云霞就像进了色狼的领地,时时都有色迷迷的狼眼盯着,提亲呀,写情书呀不断,甚至还被色胆包天者咬过。这不,她就是打了咬她一口的流氓军官一记耳光,那流氓有后台,恶人先告状,打从南京军政部来的一个电话,她反倒被贬到柳海曙所在师军医处上了前线。

　　柳海曙是汤师参谋处主任,毕业于黄埔军校早期,要说也是蒋介石校长正牌门生,但并不得志。他的校友已不乏师长、旅长,连同期同队的纯属镀金的"胡少爷"胡钟春,都是同一个师的上校团长。要是这小子不屡犯事,凭他的背景,怕也早已是旅长甚至是师长。可他柳海曙至今还是个大头参谋,军衔也不过才中校。

　　要说柳海曙与梅云霞的相识,实在是缘分。

　　他们虽同在一个师部,但梅云霞被贬到师军医处时,师军医处和其他后勤部门留在靠后的县城;而柳海曙的参谋处是指挥机关,已跟师长进至前线,两地相距近百里,谁也见不着谁,更不知道有彼此的存在。

那是这一年夏天,柳海曙患急性痢疾,拉得都脱水了给送到军医处治疗,主治军医是梅云霞。

这一年,柳海曙28岁,雄姿英发的脸上配着金丝眼镜,即帅气袭人,又文质彬彬。最让梅云霞心仪的是柳海曙不卑不亢,平易近人。感觉的良好,拉近了两人的距离,梅云霞不自觉地关怀甚至亲近柳海曙。

巧的是两人竟然是同乡,老家都在姑苏城外的小城,还是初中校友。他乡遇老乡,不由又亲近许多。更巧的是两人都喜欢唐诗宋词。梅云霞为让柳海曙打发住院时光,还托人从南昌给买来一本清蘅塘退士选编的《唐诗三百首》。

应当说他俩相识初时,彼此都没有动情。各自的不卑不亢性格,决定了彼此不着意造作投其所好、掩己不足。但恰恰是这种真实的朝暮相处,无形中迅速地成就了彼此的赏识。而这种赏识,既在于彼此的颜值,更在于彼此的气质,气场相吸,情投意合。德国诗人歌德诗曰:"青年男子谁个不善钟情,妙龄女人谁个不善怀春。"一个钟情,一个怀春,彼此都应了辛弃疾《青玉案·元夕》词曰:"众里寻他千百度,蓦然回首,那人却在灯火阑珊处。"

而他俩的定情,却又婉约。

这天,柳海曙出院!借此去前线不宜带闲书为由,他把梅云霞给他的《唐诗三百首》留了下来。

这让梅云霞很受挫。她送他书时,虽不以信物,但此后的感情发展当视为胜似信物;而他又把书留下,可看作是还书,也可当成是委婉的回绝。她一时扫兴回到宿舍,把书丢在桌上。可这一丢,露出书中有纸。她欣喜打开一看,又是扫兴,那竟然是叠着的一张无字信。这分明不似看书时夹纸条作记号,哪又是什么意思?

梅云霞忽然想到不会是有什么隐意吧。她不由看夹着的这一页的诗,是杜甫祖父杜甫审言五言律诗《和晋陵陆丞早春游望》,诗曰:"独有宦游人,偏惊物候新。云霞出海曙,梅柳渡江春。淑气催黄鸟,晴光转绿蘋。忽闻歌古调,归思欲沾巾。"梅云霞顿时惊醒,诗中竟然嵌着她和他的姓名。莫不是她俩父辈给她们起名时,不约而同取自这首诗,而她俩成年后竟然在茫茫人海中交会了,这真乃天意也。

她又进而思量,唐诗固然有诗人的本意,但也有后人的读解乃至借用。从后人读解角度说,她和他,又何尚不是离开家乡出外求仕途的宦游人;又如把诗中的"渡江春"当作求姻缘,她和他又都到了春情当有归宿的年华。她认定,柳海曙真乃用心良苦,取"此处无声胜有声"的同义无言胜有言,既什么都没说,又想说的都说了;既不让自己万一有情而尴尬,又不致她万一无意而为难。这等用情和得体、人格和品位,不正是她寻寻觅觅的斯人。

3天后,梅云霞给柳海曙一信,还以"此处无声胜有声",无言胜有言。她原想抄录王维《五绝·相思》,"红豆生南国,春来发几枝。愿君多采撷,此物最相思。"但终觉得太直白了,过于显露是轻浮。她抄王维的下一首《杂诗》。诗曰:"君自故乡来,应知故乡事。来日绮窗前,寒梅著花未?"她来个寒梅已著花,却问绮窗人。也不让自己万一有心而尴尬,也免得他万一无意而作难。

精明的柳海曙,自然理解姑娘的用意。

从此,俩人情书不断,只是虽说同在一个师部,但处在作战状态的流动中,一个在前方指挥机关,一个在后方勤务部门,难得见上一面,更没机会约会,以至于虽热恋半年,竟无人知晓他俩相爱。

这次,难得整个师部到了县城,并传出暂且休整,就地待命的命令。乘此难得之机,柳海曙约梅云霞游沅江,两人也一拍即合,同有此意。

柳海曙与梅云霞约会的这阵子,范有贵已策马走出十几里地,到了他堂弟范有勇部队的驻地。

范有贵是柳海曙参谋处的参谋,比柳海曙早些年当兵,也年长他几岁,参谋业务胜过柳海曙这个主任,运筹能力赶上师参谋长,可他混得比柳海曙还不如。其实他也是科班生,少年就读于广州陆军小学,后进广东陆军学校,毕业后在粤军元老许崇智部队,从排长一路干到营长,后随所部编入蒋介石一军,算进入蒋介石嫡系中央军行列。但他毕竟不是黄埔门生,生性不善阿谀,一副凭本事吃饭劲,仕途上吃不开,营长的位置也被人顶了。好在顶头上司纵队司令吴奇伟看在广东老乡份上,他这才在现在这个师谋了个参谋位置和中校军衔,得有一份薪饷。

范有勇比堂兄范有贵小一岁,出身经历基本相同,但比范有贵更有灵活性和活动能力,尤其是打仗勇猛,也正是凭着有丰富的带兵作战经验,被他现在的师长看重,保住现在的营长位置,但也仅此而已,多少年了也上不去。

兄弟俩虽同在一个师,但一个在师机关,一个在团以下作战部队,也有好几个月没见面了。今天,范有贵抽空到郊外范有勇部队驻地看范有勇。

不巧,这阵子,范有勇正与他的团长胡钟春争执。原来是范有勇手下的一个连长,在报实力时少报2名减员,让胡钟春派来核实的参谋发现了,报给胡钟春。胡钟春追上门来,借欺上瞒下罪名,要打这个连长二十军棍,以示惩罚。

范有勇看到范有贵来了,但没顾得上去接待范有贵,仍在为他手下的连长求情:"团座,那2个兵是前天晚上才失踪,这不还在找……不是有意不上报!"

"找?找到了吗?跑了还找得到?"胡钟春又嚷着,"你小子想不报吃空额……"

"团座,我给他担保,他不是有意少报吃空额……"范有勇陪笑求着。

"你担保?!"胡钟春恶恨恨地说:"老子没连你一起打就算够面子……你担保!"

范有勇强压心中的怒火:"你打他二十军棍,他起码一个星期走不了路,这个连谁带?!"

"你去带!"胡钟春又骂着,"难道还我他妈去带!"

已下马在一边看热闹的范有贵看不下去了:"胡团长,这位营长说的也有道理,你把人打坏了,影响'追剿'任务的执行,不好吧!"

"你是哪儿冒出来的?!"胡钟春似乎这才在意范有贵的到来。

范有贵:"师参谋处,范有贵!"他一副俨然样。"你到我们师没几个月,但几次作战会议上我们见过……"

胡钟春:"你到我的团什么公干?!"

"看看,看胡团座的团是个什么状况,好给师长有个报告。"范有贵抓住他是师机关的人,汇报可以直达师长这一点,吓唬胡钟春。

"我没接到你到我们团的通知!"胡钟春到底不敢对范有贵要横!

"你打电话到师里问嘛!"范有勇说,"你不是也派参谋下来暗查!"

胡钟春惯于对手下人要横,他气不打一处来:"有你他妈什么事……"但范有勇说的"暗查"两字,倒把胡钟春震住了。

范有贵:"你把嘴放干净!"又说:"先不说你敢骂我!我说你一个团长粗言野语,成何体统!"

"你……"胡钟春到底不敢对范有贵造次。

范有贵又说:"如果你还是想让我向师长报告,你把一个连长打得没法带兵行军,那你就打,往死里打!"

这话还真把胡钟春唬住了:"先挂着……老子得空找你们算账!"他甩出一句走了。

范有贵已看出胡钟春色厉内荏,软的欺硬的怕,又冲着胡钟春:"你把要打人的事挂着,我是不是也得报告师长!"

跟在胡钟春身后的参谋立马回头走来,像求范有贵:"兄弟高抬贵手……我们团座是说气话……不会的,不会找他们算账!"

范有贵训着:"告诉你们团长,大家都到此为止!"

柳海曙约梅云霞游沅江,期许是浪漫的,但结果并不尽兴。

两人到了江边,柳海曙虽雇了条打鱼小船,可这段江并没有什么奇观;而小船没遮没挡,又时值隆冬,江风凛冽,船上有渔夫,说话也不方便。柳海曙担心梅云霞感冒,小船没放出3里地,见岸边有小镇,便上岸改为逛小镇、看民俗,买点此地盛产的安江香柚。

可这里是湖南和贵州的边界,穷山僻壤,也没什么好看的。虽说小街逢圩有不少村民赶集,也算是颇有人气,但他俩倒成了展品。兴许是这里的人从未曾见过国民党正规军的军官,而且又是年轻的一男一女,

第十章 闲情多轶事

尤其是梅云霞，不免引得路人和做买卖者看稀罕。无奈柳海曙和梅云霞又改为上菜馆，喝茶吃中午饭。

店家见来了稀客，便让上二楼雅座。吩咐店家上茶和准备午饭后，二楼包间倒成了他们的两人世界。

"对不起，没计划好。"柳海曙笑笑。

梅云霞还以一笑："要是盛夏，我还真的想畅游沅江，来个梅云霞到此一游……"

"你会游泳?!"柳海曙着实惊诧。

"这个时代，会游泳的女孩子稀罕?!"梅云霞笑着说，"老家是水乡，后门就是小河，小时候跟我哥哥学的……中学时，要不是家父说女孩子穿着泳装有伤风俗，我就上运动会一展风采！"

柳海曙感慨："是呀，这个社会还是封建主义当道……从五四运动以来，就喊着要解放妇女，至今乡下女孩子还在裹脚……"

"不说这些扫兴的事，权当出来散散心吧。"梅云霞感叹，"从江西追到湘西，都两个多月了，也算是难得有闲心坐下来喝茶。"

柳海曙："这些天可苦了你……"

"我学会骑马了。"

"也给你配马啦?!"

"我们的设备改由挑夫挑，配给的驮马改成坐骑，我也摊上一匹……我们同事多少还有点绅士风度，女士优先……"梅云霞说。

柳海曙："天天骑在马上也不是个滋味……"

"饱汉不知饿汉饥！"梅云霞笑笑，"苦了底下的兵，还得天天行军……病号太多了，又没什么条件治疗，有些人原本并不是得了什么致命的病，但给耽误……死了！"

柳海曙："你看到的是病号，我知道的是逃亡……每天都有官兵逃亡！"

梅云霞："不瞒你说，我真是后悔莫及……医学院毕业时，怎么会傻到听信校方蛊惑，竟然到军队中服役……"

"可这船上得来就下不去了。"柳海曙换了个话题，"看来，共产党红

87

军聪明了,转向贵州西去,避开我们的锋芒……看这架势,他们是要把我们引进穷山恶水,拖垮我们……"

梅云霞:"这样说来我们的'追剿',岂不是'君问归期未有期,巴山夜雨涨秋池……'"

"得有这种思想准备。"店家送上茶,柳海曙停下话,给梅云霞倒茶。

待到房里又成他们两人时,柳海曙又说:"原本是盼着能尽快结束这种差事,环境安定,如你同意,我们'会当共剪西窗烛,却话巴山夜雨时',但现在看来,即使是到了巴山夜雨涨秋池,仍然是君问归期未有期……"

"只怨我们生于乱世……"梅云霞接过柳海曙倒的茶。

"也怨我们从于乱事!"柳海曙给自己倒上茶。

梅云霞似想起:"记得你说过,你原先也是共产党的人?!"

"那是在一腔热血要跟孙中山救国救民的黄埔军校时代。当时,国共两党合作,黄埔军校有许多共产党人,我被他们的救国救民热忱感染,尤其是被我们政治部主任周恩来的魅力吸引,加入共产党。后来,我们校长当了国民革命军总监,在他直辖的军队中'清党',也就是不许跨党,军中的共产党人要么退出共产党留下,要么走人。我们师长让我跟他留下……这不,退出共产党了……但我自认为,我只是退出共产党,并没有背叛共产党!"

"可是,打上了红色烙印啦。"梅云霞说,"你留在国民党跟着他们,可他们并没有重用你……"

柳海曙似不无后悔:"问题不在于没有被重用,而在于改变初衷了……"

"改变初衷了?!"

"是的。"柳海曙低着头说,"我原以为,共产党和国民党都以孙中山的救国救民为宗旨。既然两党都为救国救民,留在哪一党都一样……哪里知道国共两党合作打下江山后,国民党当权者容不得共产党和他一起坐江山;更没料到这些丧尽天良的人用大屠杀对待昨天的同盟者……那时,我在政治上还很幼稚,说过一些他们不愿听的话,从此被打入冷宫……"

第十章　闲情多轶事

"还好嘛……不是给了你一官半职！"

柳海曙抬起头："这得感谢我的老长官……可是，也成了雇佣兵啦！"又苦笑："这些话要是让政训处的人听到……"

"会招来杀身之祸是吧？！"梅云霞笑笑。

"倒没想到你比我成熟……"柳海曙也笑了。

梅云霞淡定中透着无奈："我在这个环境中也待4年了，知道保护自己……"

"我有时笑话自己……已经胸无大志，为了高薪厚禄，甘愿沦为走狗！"柳海曙不免还有悔恨。

"走狗？！太难听了……不过也是事实。"梅云霞说，"比起被我们苦苦追杀的共产党人，我们的确胸无志向……"

"也没有那个承受力。"柳海曙接上，"我们追得苦，他们走得更苦……"

梅云霞似忽然想起问道："你后悔过离开他们的行列吗？"

"我检讨过年轻时的幼稚……"

"你现在成熟了，可以重新选择呀！"

"性格使然，我只能一条路走到黑。"柳海曙低头喝了口茶，抬头对柳云霞一笑，"也许是命中注定得走这条路，才能在路上遇到你……与你结伴而行……"

不知何故，梅云霞倒叹息："可路漫漫呢……也不知能否天随人愿！"

胡钟春走后，范有勇把那个惊魂未定的连长训了几句，也放走了；把范有贵让进他的住房，又叫来管理员吩咐一番。

"对不起，我这里连口茶都没有。"范有勇尴尬地说着，掏出烟，请他抽烟。

范有贵随便坐下："能见上一面，比什么都好！"

"看你说的……"范有勇说，"我早说过，我们兄弟俩命大……这些年打过多少仗，身边倒下多少人，我们兄弟俩毫发未损！这是命中注定！"

"你以这种自我安慰当护身符……"

89

"要没有这个自我安慰的护身符,我能坚持这么些年干这种卖命的事!"

范有贵苦笑:"兄弟,俗话说,常在河边走,哪有不湿鞋……"又说:"你没听说,湘江一战多惨烈,双方死了几万人呀……"

"可我们中央军一枪没打。这说明什么,说明薛长官对'追剿'共产党红军没那么积极……你在师里,应当比我更清楚。"范有勇说。

"可老蒋能容得他永远不积极吗?!"范有贵说,"知道不,我们当面的共产党红军转向贵州去了……"

"倒也是,好汉不吃眼前亏。"范有勇又问,"那我们的下一步?"

"你说呢?能就这样搬师回朝?!"范有贵笑笑。

"追入贵州?!"范有勇又换上一支烟,"从表面上看,人家走我们追,彰显官军很是主动;但实际上,我们是让人牵着鼻子走,虽说没有战斗伤亡,可几乎是天天都有逃亡,有病号、死亡……"

"有逃亡有死亡,就有空额,你们不刚好可以吃空额……"范有贵笑了。

"吃空额不假,可那轮得到我们?"范有勇苦笑,"现在的这个团长,带兵打仗菜,克扣军饷吃空额倒很精……就这么三天两头派参谋下来点验人头。刚才的事你看见了,不就是怕我这个连长吃空额,要杀鸡儆猴!"

范有贵:"你说实话,从出江西以来,你们营有多少逃兵?"

"到前天统计,快凑上1个连了。"

"能这样说,1个团的逃亡人数得有1个营的员额?!"

"是这个数……还有呢,病号和病死的。"吴有勇说,"这是跑掉的,还有死掉3人。前天死的那个,夜里叫唤肚子痛,躺着打滚,折腾到天亮,死了……"

范有贵:"兴许是急性阑尾炎……这种病抢救及时,死不了……"

"抢救?"范有勇愤慨地说,"谁来抢救?战场上许多伤兵的伤并不重,不致命,结果没能及时抢救,死了……反正呀,我们这些人就像会说话的牲口,尽管使,活着干,死了算……谁看重我们!"

"这样说你们团长肥了。"范有贵算着,"就算跑掉的人都按一个普通兵的月薪 10 元算,减员 300 人,只要推迟一个月上报,空额就是 3000 元;还有 300 人的伙食费……"

"不错,但都是上头的人拿走了。"范有勇说,"要不我们那个鸟团长在实力统计上会那么上心……王八蛋,连 2 个空额也不放过!"

"这家伙钻进钱眼里……也不怕吃黑枪!"

范有勇:"要不说他菜……他没带过兵,不知道把下面的人逼急了,会产生什么样的后果!"又说:"这小子早晚得吃黑枪!"

第十一章　毛先生巧对下联

　　这时的地图没法恭维,错误太多了,有些地名与实地对不上号,有的方位能差上几十度。所以,红军行军路线都得调查,司令部制定计划得调查,各部行军得调查,甚至得找向导。

　　这不,毛泽东、张闻天、王稼祥所在的梯队,眼看快到宿营地了,又走错方向,不得不停了下来,等前头的弄清楚准确位置再走。

　　这一停下,王稼祥的习惯是站起来,的确,长时间躺在担架上难受。张闻天则相反,每当徒步行军停下,他都会就地而坐,歇歇腿。毛泽东则是另一习惯,一停下来便卷烟、抽烟,但这次例外,内急,一停下便到一旁草丛中解决去。他又是便秘,一蹲下就是好一阵子。

　　说来也巧,他们停在一个小山岗下。

　　这回,从岗上下来一个鹤发童颜的老者。岗上有座庙,弄不清老者是香客还是老僧,反正服饰上没什么明显的身份标志。

　　这老者也不怕背着枪的红军官兵,直走到明显与众不同的张闻天、王稼祥的跟前,还捋着白胡子,好一番端详。

　　"倒也没有一人青脸獠牙、凶神恶煞……"老者细细看了一阵子,自语。

　　"看看我们队伍里,可有吃人的怪兽?!"张闻天耳尖,似自语回应。

　　老者见张闻天答话,主动迎上:"你俩还戴着眼镜,一脸和善,想必是读书人吧?!"

　　王稼祥回话:"也可以这样说……着实喝了十几年的墨水,只是学问浅薄!"

　　老者:"你俩是这支队伍的师爷?!"

第十一章 毛先生巧对下联

"也可以这样说。"张闻天回话。

"俗话说:秀才造反,三年不成。你们是读书人,也跟着队伍玩枪杆子?!"老者追问。

张闻天:"受官军追杀,不得不反……"

"孙中山先生不也是读书人,不也拿起枪杆子,造清政府的反?"王稼祥又追一句:"这年头,要救国救民,就得拿起枪杆子……这也就是官逼民反,没了活路,不得不反!"

"说得好。我们中华就得改朝换代……不反,无以救国,也无以救民,更无以雄起,重整中华雄风!"老者说。

张闻天:"这样说,老伯也拥护我们共产党红军,造蒋介石国民党的反?!"

"我倒研究过中山先生的三民主义,他说得好,我拥护。可怎么到了蒋委员长的'朝代',变味了……我很是纳闷,一个党的主义怎么可以乱变……这不是在欺骗黎民苍生?!"老者说,"贵党的主义没有研究过……与你们连一面之交都说不上,不敢狂言是拥护,还是反对。不过,老朽倒有一个提议,即使是一个党也不可以骗人,当记住,水能载舟,也能覆舟!"

张闻天回话:"老伯言之极是。不过,请老伯相信,我们的主义不会变。不但是今天为推翻蒋介石国民党而革命时不会变,就是将来革命成功,为黎民坐天下时也不忘初心!"

"果真是这样,你们党定当被水载,而不会被水覆。"兴许是话投机,老者又说:"你们既然是读书人,又持救国救民主义,老朽有一联求对。"随即说出上联:"天当棋盘星作子,谁敢对弈!"接着,拾起地上根木棍,写在地上。

王稼祥自嘲:"还真给考住了……不才不善诗词歌赋……一时还真对不上。"

"真没面子……"张闻天苦笑。

老者起身走了。看得出,他是乡间自命不凡又不得志的文人。

恰好,毛泽东回来。

王稼祥喊着:"老伯且慢……我们这位同志精通诗词,文采过人,定能对上。"

张闻天喊着:"老毛,老毛,快来给我们挽回面子!"

老者果然止步,转过身来。

毛泽东走跟前:"怎么啦?什么事丢了面子……"

王稼祥:"这位老伯给出个上联,我俩对不上……"

"要是我也对不上,我们红军的确太没面子。"毛泽东笑对老者,"老伯,我试试可好?!"

老者被毛泽东的容颜一震,走回来。"虽形容憔悴,心结沉重,却也气宇不凡,睿智不掩,想必非一般文人墨客!"他自语。

"老伯过誉了。"毛泽东笑对老者,"请您老赐教。"

老者指了指地上的上联:"求对!"

毛泽东读罢:"这上联字面上倒也平白,字底可大气呀……下一盘大棋,天地大棋!"又说:"当下,我们共产党也在下中国天下大棋……还有党内大棋。就按我们的棋路应对啦!"

"不管志士的棋路如何,从你对上联的读解,老夫我如遇到知音,请便。"老者高兴地说。

毛泽东蹲了下来,拾起木棍思考片刻,在地上龙飞凤舞起来。

王稼祥读出:"地做琵琶路为弦,我来弹琴!"

"老伯,你看可对上?!"毛泽东站了起来。

"真乃高人也。这上联,我几乎讨教过我们这里方圆百里的名人墨客,名人为退避三舍。这等人,或是压根对不出,或是把它看成是反联。墨客也多数对不出,偶有勉强应对的结果不敢恭维。唯你此一对,工整、贴切自不必说,尤以气魄契合。"老者激动地:"佩服,佩服!不承想共产党人竟有如此高人也!"

"先生过誉了。高人不敢说,知书达理还是大有人在。"毛泽东指了指张闻天和王稼祥,"此两位是留过洋、喝过洋墨水的。"

张闻天:"先生,你看我们可像杀人越货的匪盗?!"

"是的,我们当下落魄,衣衫褴褛,形容枯槁,为蒋介石官军追杀,形同四处流窜;但我们是为救国救民而聚合的造反派,是坚持践行中山先生三民主义的革命者,中国的天下,可有这般的匪寇?!"王稼祥说。

"志士,你等不必在意当朝者的咒骂。其实,他们骂了你们,也骂了他自己。"老者说,"他们奉行的不过是'坐得了天下为王,坐不了天下为寇'的强盗理论。若依他们所骂,岂不把当年中山先生的革命也骂成了盗寇行为。依老夫之见,凡背叛中山先生主义的才是盗寇,那些坐了天下后不顾黎民苍生死活,刮民脂、榨民膏者,则连盗寇都不如!"

毛泽东:"老先生,你既称我们为志士,说明你是我们的知音。我等向你保证,我们矢志不渝!"

"领教了!你等让我看到希望。老夫也盼我中华来日,国泰民安,重振雄风。"说着转身而去,口中念念,"荀子曰:锲而舍之,朽木不折;锲而不舍,金石可镂!"

邓萍是老参谋长,组织行军的经验丰富,他手下的参谋也让他调教得精明,极少有依地图走错路的现象。日落前,军团部到位,进到指定的今天的宿营地,并依惯例开设了指挥所。

这会儿,邓萍在摊地图,杨尚昆看电报。

彭德怀进来。

杨尚昆把看着的电报递给彭德怀:"你要的,军委昨晚18时发来的电报!"

彭德怀接过:"你俩都看了?!"又说:"不能只关注军委对我们军团的编组和任务规定,得注意全局,注重军委的意图。"

杨尚昆:"注意到了。军委提出战略配合问题,让二、六军团配合不算第一次,可让四方面军配合却是第一次。"

"很好,注意到全局了。"彭德怀说。

邓萍:"还有,军委民主了,这可是一年多以来,第一次征求下面对军委决策的意见。"

彭德怀:"你们考虑意见没有?"

邓萍:"那上头可是指定军委委员得考虑。你是军委委员,考虑

而今迈步——从头越

好了?"

"你就不用动脑子?!"彭德怀说。

邓萍:"我一向听你的,有你想着就行了。"

彭德怀:"你说我不民主?!"

"我说你靠谱,我听你的不好?"邓萍笑笑。

杨尚昆:"别逗了,老彭,听你的意见。"

"你还真得听听。"彭德怀又说,"政委也得署名。"

杨尚昆掏出本子。

彭德怀指着桌上的地图:"我们现在的设想是要在以遵义为中心的黔北建立苏区。这样一来,我们今后的正面主要敌人,将会是蒋介石直接组织的川军;而蒋介石的中央军,将有8至10个师入川,并在重庆至泸州沿长江构成,重点以綦江、合江、赤水等为其战略进出地,阻隔我军与四方面军联系。湖南何键湘军,将沿保靖、秀山、松桃、铜仁、玉屏、天柱,构成封锁线,向乌江威胁我右翼,黔军则为其左翼支队,在我左后方袭扰。预计明年3月后,敌将对我发起大举进攻。"

邓萍:"这样说,我军将又陷于敌人新的'围剿'。"

"我弱敌强,走到哪里都会处于敌人的'围剿'。"彭德怀说。

杨尚昆说:"这倒是。"

彭德怀:"所以,我军首先应迅速地赤化遵义、桐梓、绥阳、湄潭、凤岗、思南六县,凭借东边的武陵山、西边的大娄山和南边的乌江,为战略支撑。"

邓萍:"我说你一个下午不吭声,到了宿营地就钻在地图上,是琢磨这个呀!"

"所以,我活得很累是吧?!"彭德怀说。

杨尚昆:"你是我们的榜样。"

"少来。"彭德怀说,"听着,下面是战略配合问题。四方面军应确实配合我军行动,向南充、合川沿嘉陵江向重庆方向发展,与我们相呼应;二、六军团应迅速占领龙山、酉阳及封锁乌江上游,以牵制湘敌,并威胁入川之敌中央军的侧翼。"

第十一章　毛先生巧对下联

　　杨尚昆:"老彭,你是结合我军战略布局,给我上了一堂战略学的课。"又说:"我说,周副主席怎么把我放在三军团……"

　　"你来三军团就不会是博古派来监督老彭的?"邓萍笑笑。

　　杨尚昆:"按苏联红军的规矩,我这个政治委员还真有监督你们的权力!"又笑笑:"要是博古有这个意思,那才是他走了一步错棋,弄得我反倒被你们同化了,跟你们一鼻孔出气!"

　　彭德怀:"这样说你赞成签字?!"

　　杨尚昆:"沾你的光,我要不干,岂不成了傻蛋?!"又说:"不过,我们是不是得先吃晚饭?听警卫员说,今晚是米饭,菜也不错……"

　　"对了,想起来了,你还欠我一顿饭。"彭德怀难得一笑。

　　杨尚昆:"是吗?"

　　彭德怀:"小老弟,别耍赖,出发前我可是花了一块大洋,在于都城请你吃鱼……"

　　"想起来了,是有这么回事。"杨尚昆说,"行,行,等发了津贴我请你。"

　　"画饼吧!"邓萍说,"发了津贴还不又进了李校长的兜里……"杨尚昆的老婆李伯钊,曾是中央苏区高尔基戏剧学校校长,故称李校长。

　　"你连老婆都没有,还懂这事?"杨尚昆说,"看来,哪天讨了老婆,准是个怕老婆的货。"杨尚昆大邓萍一岁,常逗乐。

　　彭德怀:"你俩小伙子可注意,别乱我军心!"

　　晚饭后,毛泽东让周恩来派来的警卫员接走,这大屋里剩下张闻天和王稼祥。

　　毛泽东走后,张闻天进王稼祥屋里。

　　"老毛不在,你寂寞啦?"王稼祥笑问。

　　张闻天:"我操心。"说着坐下。"李德下台后,你看谁来指挥军事行动?"

　　"你有意向?"

　　"老毛如何?"

王稼祥:"我早有这个意思。"又说:"我是1931初夏到中央苏区的。正赶上中央苏区第二次反'围剿'。好家伙,说敌人是20万重兵杀将而来。我们这些从上海中央刚来的人,哪见过这等世面,都慌神了,有主张撤出中央苏区转移到四川去的;有主张把一方面军分散在苏区,让敌人找不到目标的。老毛则泰然自若,说都用不着,就按前次'诱敌深入'的那招对付,准能打破敌人'围剿'。那时,我们这些人刚到苏区,还不敢自以为是,就放手让老毛指挥……"

"结果是取得第二、第三次反'围剿'重大胜利。"张闻天说。

"这些,你到苏区后一定都听说了。"王稼祥接着说,"1932年,中央红军进入进攻作战。我们这些人想来个争取江西一省首先胜利,让中央红军先从赣州打起,而后沿赣江而下再打吉安,夺取南昌。老毛说这不行。我们哪听他的,就让他少数服从我们多数。"

张闻天:"结果碰壁,攻赣州吃大亏了!"

"赣州撤兵后,分东西两路军找战机。那时,恩来在东路军,老毛也跟东路行动。老毛建议恩来,说既然是进攻作战,又要攻城市,何必去打那得不偿失的城市,就袭击敌之闽南重地漳州。那里敌人力量弱,经济较发达,既有把握打下,又利于筹款,何乐不为?"

张闻天:"恩来从了。你们打下了漳州,发了财……"

"可不是吗?光是食盐就弄了10万斤。你可别小看食盐,在苏区内有时食盐比等重的猪肉贵多了。"王稼祥说。

"你们还把华侨陈嘉庚在漳州的胶鞋厂给共产了!"张闻天笑了。

"是有这回事。红军第一次发胶鞋,有些战士从来没见过,更甭说穿过,乐坏了。"王稼祥又说,"这之后,我也到前线和他俩在一起。可是,前方和后方在战略方针认识上矛盾了。后方的同志说老毛不听指挥,不执行中央的政治路线和军事战略;老毛说他们过去几个月来的战略方针都是错误的。这就召开宁都会议,把老毛给挤出了中央红军。"

张闻天:"老毛从此就赋闲了!"

"是的。"王稼祥说,"事实上说,回想起来,大凡是老毛说可以打的也应当打的仗,都打赢了,都有重大缴获;反之,不是攻而不克造成自己重大的伤亡消耗,就是打成平手,实际上也是消耗了自己。我开始服他……"

张闻天说:"恩来也服了他!"

"后来,连任弼时的态度也改变了。"王稼祥说,又一叹:"可是1933年春你们来了,把党政军全权都抓在手上不说,还对人家不放心。博古借让老毛去莫斯科补马列主义课,要把他彻底挤走;借朱德在前方不便于领导中革军委工作,让项英代理军委主席;借给恩来腾位置,免去了彭德怀军委副主席的职;最后,把中央红军兵权全托给李德……现在看来,还真别小看了博古,他和王明一样,可太懂得了组织路线是政治路线的保证……在党内排挤异己,搞宗派!"

张闻天笑了:"我听说慈禧老佛爷有句名言:宁给外人,不给家奴。这博古在权力上玩心眼了……他怕中央红军对他有二心。"

"小人之心度君子之腹。我们这些外来的,没有根基,他们要让我们一边待去易如翻掌。可人家没这样做,人家服从了;明明看出我们这样干不行,人家还是听我们的……你不能不承认他们是立党为公的模范,是纯粹的共产党人。"王稼祥说,"好了,他们交了权,也听我们指挥……可我们干成什么样?怪不得老彭火了,骂博古、李德是崽卖爷田心不痛!既然是实践检验我们干不了,勉强为之,只能给党和革命事业造成损失乃至失败,那么再把领导权交还给他们,不也是天经地义的事!"

张闻天说:"既然我俩意见一致,你与老毛更熟,你摸摸他的底,看他愿不愿接这副担子。"又似自语:"弄成现在这个局面,毕竟是个烂摊子,棘手。"

王稼祥:"好,我和他谈。不过,我们既然把这个问题捅开了,可得保证把他推上去,否则,不成了逗人玩……"

"这是党的大事,当然不能逗着玩。"张闻天说,"恩来那边估计没问题,我和他谈!"

王稼祥:"这还不够,还得做几个武将工作,像彭德怀、刘伯承他们分量重,在红军中有影响。"

张闻天:"对,老彭举足轻重……他会同意的。"

王稼祥:"这边工作我来做,你协助恩来工作。你是中央政治局常委,又是书记处书记,你责任重大……可得抓紧了!"

"我有数。"张闻天说。恩来让我与陈云同志交换下意见,取得他的支持,这工作也由我做。

第十二章 闻天、稼祥"非组织活动"

今天宿营早,晚饭也早。

晚饭后,毛泽东在屋里看报。看报,是毛泽东打"上山"以来就养成的习惯。那还是井冈山斗争时,他就从报纸上披露的信息中,获取政治、军事战略情报。

王稼祥披着棉大衣拄着单拐,走进毛泽东房门。"蒋介石都不在意我们,你倒念念不忘他!"王稼祥知道毛泽东的看报习惯和意图。

"错了,蒋介石可是念念不忘我们的。"毛泽东指了指手上的报纸。"这上头报道,南京于10日举行'首都剿匪胜利庆祝大会',蒋中正发表讲话。我给你念一段他的话:'赣省残匪尚有漏网西窜之徒众。然吾人深信赣南积年盘踞根深蒂固之匪巢,既经铲平,其残余流窜之匪,狼豕奔突,已失凭借。惶骇散乱,势弱力分,此后彻底消灭,必不如进剿其老巢时为力之难……'"

"听他吹!"王稼祥示意不听了。

"他还是有吹的资本。"毛泽东说,"他毕竟把我们在赣南的'匪剿'给铲平了;而我们现在,也的确'已失凭借'了。"毛泽东放下报纸,给王稼祥拉过椅子。

"那是因为我们自己犯了大错误。"王稼祥艰难地坐下,"所以,当务之急是我们要立即彻底地纠正错误。张闻天和我交换过意见。一致认为说什么也不能再让博古当家,更不能听任李德的指挥了。张闻天刚才去向恩来建议,在环境许可时,召开中央政治局会议,解决党的领导和红军指挥问题……反正,这个问题是非解决不可!"

"我赞成收回'三人团'的领导权和指挥权。"毛泽东说,"实践已经检验,他们担当不了党的领导和红军指挥重任。为了党和红军的前途命运,也只好更换领导……他们如果尊重现实,从党和革命大业着想,应当也想得通……"

"想得通最好,想不通也得这样做,我们没有资本让他们再糟蹋,也没有时间等他们觉悟了。"王稼祥说,"问题是他们下去,谁来主政指挥。现在,军事问题摆在第一位,党中央和中央红军的生死存亡,全看我们能不能突破敌人的围追堵截,党的主要领导不懂战略指导绝对不行。"

毛泽东:"你说得对。政治路线上的是非问题暂且可以搁在一边,过去军事斗争是非和责任问题,一时达不成一致认识也没关系,但紧迫的是从现在开始,在军事斗争指导上容不得再犯一次重大错误!"

王稼祥:"我与闻天也是这样考虑的,但问题是博古、李德下去后,谁来接班?这是同一个问题的两个方面,必须同时考虑和解决!"

"你俩有意向?"毛泽东问。

"我们以前认为,俄国十月革命造成苏联的成功经验有普遍的意义,但现在看来的确如你说的,中国革命有自己的特点,全盘照搬苏联的经验的确不行。我们已认识到中国革命的确得靠我们党在革命实践中造就的领袖;党的革命斗争实践,也的确已经造就了自己的领袖,相比较而言,你更全面,更杰出。我俩一致认为,你来接手最合适。"王稼祥又说,"我们知道,以前让你交出的是一个胜利的大好局面,现在让你接手的是一个败局、危局,也可以说简直是副烂摊子,这委屈你,也难为你!"

"你们能这样认识,我很欣慰。"毛泽东说,"古人云:天下兴亡,匹夫有责。一个普通的黎民百姓,对国家的兴亡尚且有责任,何况我是个共产党中央政治局委员,对党的生死存亡理当有担当。但在具体做法上,还是要讲智慧、讲策略……"

"你有顾虑?"王稼祥又问,"你认为怎样做更合适?"

毛泽东没正面回答:"如果我们现在与共产国际还有联系,博古同志一定会提出由他负责主持中央工作是共产国际定的,现在换人,是不是也得有共产国际首肯?"

王稼祥:"要是我们与共产国际还有联系,问题能解决吗?他们根本就认识不到中国革命有自己的特点,也根本就不了解博古给中国共产党和中国革命造成的危害有多严重,我们当下的处境有多危难,他们怎么会否定他们自己做出的决定。也正因为现在与共产国际失去联系,我们才有自主权;再说,这个问题是刻不容缓的……"

毛泽东说:"是的,客观上是给了我们一个独立自主纠正错误的机会。但从实质上说,归根结底说,这个错误是共产国际教条主义造成的,我们党有勇气纠正这个错误,共产国际的多数人有这个勇气吗?王明同志有这个勇气吗?再说,我们党不可能也不会永远与共产国际失去联系……"

"你担心将来与共产国际联系上了,他们不认可,甚至又推翻?"王稼祥说。

"不是没有这个可能,"毛泽东说,"但我们得讲策略,得做工作。讲策略是处理上得留有余地,得考虑到共产国际这个因素。做工作,是党内要团结同志,包括博古同志,再就是适当时机派出代表,向共产国际解释。还有,一是我们党内的认识要基本一致;二是人事更动后的中央,必须能带领党和红军走出危难,开创新局面。这后一个问题是关键,不论是谁接手,都得做到,否则党会摒弃他,他还得下台!"

王稼祥:"你考虑很对,很全面,但具体是怎样做才留有余地?"

毛泽东还是没有正面回答:"1932年10月宁都会议,你也在场。后方的同志要我离开红一方面军,恩来想保我,提出一个变通的办法……记得你也赞成……"

"那时,意见分歧太大,后方的同志认识一致,恩来想变通也没能成功。"王稼祥说,"可当下的情况不同,我们的意见足以取得多数票……还用得着变通?!"

"但对共产国际来说,必须变通。"毛泽东苦笑,"在共产国际那里,我可是从山沟里出来的,没有马列主义……"

"你别在意他们的看法。"王稼祥说,"他们把马列主义当成教条,本身就没马列主义!"

毛泽东:"可从组织关系上说,我们还不能不顾及他们的态度;况且,也没办法征求项英、张国焘、任弼时同志的意见,所以还是得变通。由我出面挑头太显眼,把它变通成为我协助恩来。这样,性质上就只是书记处同志分工的调整,而不是改组,震动就小多了!"

"我明白了。"王稼祥说,"老毛,我更应当投你一票!"

毛泽东:"还得做工作……"

"会的,我和张闻天同志会协助恩来做工作!"王稼祥拄着拐杖走了。

刘群先刚迈进博古住的小院大门,一头撞上怒气冲冲的李德。

"我老婆呢?她为什么不和你一起回来?!"李德的问话像在咆哮。

刘群先给吓了一跳:"李德同志,你冷静些……这样影响不好!"

"影响,影响!我不知道该是什么影响好!"李德还是像窝着火,"你们,你们剥夺了我的指挥权……不听我的了……甚至连我老婆也不见我,还要我冷静!要注意影响!你怎么不考虑这样做对我的影响!"

刘群先随口:"那你就应当想想,他们为什么不再听你指挥?为什么你老婆不愿意回来见你!"

"为什么?为什么?"李德在屋里打转,"我弄不清楚你们中国人会有那么多的为什么……为什么!"

博古走出房门,用中文对刘群先说:"你让他发泄去吧……我们突然不再需要他了,他突然被冷落、无所事事,一时抓狂,应当给予理解。"又一叹:"何况,一个外国人,语言不通,除了我之外,再也没有朋友,孤独苦闷,无处倾诉……的确令人同情!"

"你说的也是。"刘群先也显得同情。许久,又无奈地说:"可我们也无能为力……他老婆硬是不回来,我们总不能把她绑回来……"

博古用俄语说:"要不,你自己去休养连,把她请回来……你和气些……感动她……"

"什么?让我自己去休养连请她回来?!"李德又如同咆哮。

"这是最好的办法……"博古嘀咕。

李德接上:"我去休养连?我去了,周恩来老婆,李富春老婆……尤其是李富春老婆,还不围着我……"

第十二章 闻天、稼祥"非组织活动"

"你也有怕的人……"刘群先用中文说。

博古:"你怎么这样说……"

"你知道不,休养连的女同志没一人不同情他老婆……"刘群先说。"他去吧,去挨一场批斗……"

李德见博古和刘群先用中文交谈,有意不让他听懂,又冲着博古嚷着:"你,你凭什么放弃领导权……你们为什么抛弃我……"

这让博古夫妇一时无法回答。

"为什么不听我指挥,为什么我的决定你们改变了,说变就变了……"李德有些语无伦次。

博古终于忍不住了:"我们是改变了原来的行动方针和计划,但带来的是情况的缓和……你冷静想想,是不是值得改变!"

"幼稚!"李德教训般地对着博古:"不到湘西,不打开一个新局面,他们会更加地否定我们……"

博古还是耐心地说:"是得打开一个新局面,但这的确应当根据情况的许可……不尊重实际,是会犯新的错误……"

"不去做,怎么就知道会犯新的错误!"李德继续教训着,"你们根本就不懂得战争,不懂得打仗……战争,打仗,不能只看眼前的损失,要坚持下去,坚持下去才有胜利,懂吗?"

刘群先用中文嘀咕:"就你懂……怎么越说越像个赌徒……"

李德又冲着博古嚷着:"继续右倾保守主义,才是当前的最大错误!懂吗?"

"得,你就让他撒气吧!"刘群先说。

"是应当把他老婆叫回来……"博古说。

刘群先:"你知道吗? 他老婆天天喊着要离婚……我看,无可挽回了!"

"这不行,绝对不许可!"博古又嚷着,"我绝对不同意,不批准!"

"你要是强迫婚姻,不尊重女权,连我都会反对你!"刘群先生气地进了博古屋里。

博古也撇下李德回屋去。

"这种做法,符合《共产党宣言》吗?"刘群先说。

"怎么扯到《共产党宣言》啦?!"博古说。

刘群先回过身来:"那好,扯女权。站在女人角度上想想,和这样一个暴戾的男人生活在一起,有多难受、多恶心!"

"又扯哪儿去了?"

刘群先见屋里有清洁的洗脸水,转而洗脸:"如果有一天你也变得这样俗不可耐,我也会恶心!"

博古从后腰抱住刘群先:"我让你恶心!"

"现在……我虽不恶心,但也不开心。"刘群先闪过博古的拥抱,"我洗脸,别闹!"

"你吃饭了吗?"博古没趣地看着刘群先。

"几点了,能没吃饭?!"刘群先边洗脸边说,"米饭、炒菜……的确应当承认个事实,转向贵州后,情势的确和缓了许多,给养保障也好多了,大家都说这是离开苏区后,各方面最好的一段……"

"今天是星期六?"博古似不爱听。

"董老特别让我回来。"刘群先挂毛巾。

"做我的工作?"

"也安慰你!"

"让这些老同志费心了。"博古说,"邓颖超也回来?"

"没有。她说她相信周恩来会处理好一切。"

"什么意思?"博古坐到床上。

"纠正党的错误呗!"刘群先坐到博古身边,"他们都认为必须纠正党的错误了……"

"党的错误?"博古站了起来,"党错了吗? 我错了吗?"

"我们的确是丢了中央苏区……在过湘江时死了那么多人……受到了惨重损失!"刘群先也跟着站了起来。

"可是,不能把这个责任摊到我头上……我是遵照共产国际旨意办的……我想的是一省数省的首先胜利,是为了党的革命大业……"

"我理解,我相信你本意是好的。"

第十二章 闻天、稼祥"非组织活动"

博古像念念有词:"如果要有人负责,那也不应当是我……"

"可你现在就在负总责的位置上……"刘群先转了角度又说,"我现在也觉得你过于相信和依赖李德!"

"共产国际不相信国内的这些领导,才让我们来接班……我还能相信和依靠国内的同志……在军事上,我除了相信和依赖李德外,还能靠谁?!"博古显得很委屈,"我哪想到会造成现在的这个局面?!"

刘群先:"凭现在的这个局面,他们就有理由让李德交出指挥权……"

"是呀,他们有足够的理由否定李德的指挥,可否定了李德,也就等于否定我……"博古喃喃自语,"下一步,恐怕是我也得交出领导权!"

刘群先:"让你交出领导权……可你是共产国际指定的,他们可以不经共产国际的批准……"

"我们没法联系到共产国际。"博古明显地陷于痛苦,"我不是恋权,但我不能承担错误的责任!"

刘群先拥抱住博古。

王稼祥回到屋里后,让警卫员把装在厅里的电话挪到他屋里。自从进到黎平后,当是周恩来的交代,每当宿营时,野战军司令部的通信兵,都会向他们三人架电话。

警卫员把电话挪到屋里,带上门走了。王稼祥叫通了三军团指挥所的电话,找彭德怀。

彭德怀一听是王稼祥,很是意外,两人坐在一起亲切地聊了起来。

"王稼祥呀,难得……我们得有一年多没见面时吧……怎么样?伤口还没有愈合?!"

"是呀……你放心,虽然走不了路,但看来死不了。"王稼祥说,"看到没有,月亮出来了……"

"难得你这么细心。"彭德怀说,"想起来了,过湘江那几天,伸手不见五指……我是粗人,但我不迟钝。13日晚,你们军委主席、副主席三人联名下命令,让伯承回军委,我就品出味,天要明亮了……再不改变,我们可就完了!"

"老兄,正和你说这事呢!"

"那是中央政治局应当考虑议决的事……我算哪根葱?"

"你是中央红军第一战将,曾经是中革军委第一任副主席之一……在红军将领中,你可是根大葱!"王稼祥说。

彭德怀大笑:"老弟,我可没骂过你,你笑话我。"又说:"我喜欢小巷里赶猪直来直去,什么事你直说。"

王稼祥:"是这样,张闻天和我都认为不能再听李德胡来了,得让他交出指挥权!"

彭德怀:"你没听说过我骂博古、李德的事?!"

"你骂他们'崽卖爷田心不痛'8个字,都成了名言,我能不知道?"王稼祥大笑。

彭德怀:"要是早收回他们的指挥权,那得少死好几万人的红军官兵……"

"老兄,世上没有后悔药。"王稼祥说,"还是说眼下的事……"

"说!"

王稼祥:"让他们下去,谁接这一摊子?总得慎重地找个靠谱的。"

彭德怀:"让他下去你有把握?"

"你说,还有谁拥护他们?!"

彭德怀:"他们的'娘家'势力很大呀!"

王稼祥:"就算他是皇帝的女儿吧,那也山高皇帝远!"

彭德怀:"这样说,你和张闻天的态度是坚决的?!"

"这种事能口是心非?!"王稼祥说,"老兄,我和张闻天的确是从莫斯科来的,我们过去也的确是站在王明、博古一边的,但现在认识到我们错了……我们有责任和同志们一起纠正党的错误。"

"那由谁来接这个摊子,你们可有意向?"彭德怀问。

"我们想请老毛出山。"

"看来,你是摸过底,知道我会投老毛的票。"彭德怀大笑,"6年前,我上井冈山找老毛拜师学艺,后来我带三军团跟他到赣南……我彭德怀不轻易服人，但我还是服老毛的……稼祥呀，没有他，我们能在三四年内拉出一方面军，打下一个中央苏区大局面？……老毛可是我们中央战略区的主心骨，实践已经证明他是我们党的大能人，跟他走没错。跟着他，我们的党和红军就有希望，我们的事业会很快地复兴的！"

"所以么，我才打电话找你。"王稼祥说，"老兄，我们还得争取更多的支持者，把老毛推出来！"

"说吧，要我找谁？！"

"你找刘伯承总参谋长，摸个底。"王稼祥说，"他可是我们红军的'智多星'，足智多谋！"

"王稼祥，你这可是搞非组织活动！"彭德怀大笑。

"好大帽子！我怀疑你是站在博古一头的。"王稼祥还以玩笑，"党之兴亡，党人有责，我们这可是为了党的大业！"

"那好吧，为了党的大业，我坚决站在你们这一头。"彭德怀还在笑。"行，这事我来办！"

第十三章 泽东、恩来智慧合计

双脚走天下的时代,中国的许多地区,尤其是古驿道途经之地,通常是约半天路程有一个大一点的村镇,而一天路程内必有城镇;村镇和城镇又通常是集市。贵州东南部也大体是这么个情况。

中央政治局黎平会议后,中央红军行动目标明确,直指黔北遵义。这阵子没有重大敌情和敌人飞机空袭顾虑,他们沿着大路往前,几乎天天是日出赶路,日落宿营,一天七八十里,很有规律,也走得欢快。

这天是阴天。天一阴,山区里寒气袭人。

约摸下午5点钟,毛泽东所在的军委纵队的梯队就要到宿营地了,官兵们加快了步伐。

前方约50米处的路旁,几个战士在围观什么。毛泽东即赶上前去:"怎么啦?"

"饿得走不动了。"一个战士似自语回答。

路边,一个老妇搂着一个七八岁的男孩,蜷缩着,瑟瑟发抖。不言而喻,饥寒交迫!

毛泽东当即从马背上的行李包中抽出一条夹被:"老人家,披上吧,挡挡风寒。"把夹被披到老妇和小孩的身上后,他又脱下身上毛衣给了老妇:"穿上……你冻坏了,也没法照顾孩子!"

老妇默然接下毛泽东的施舍,眼里涌出泪水。

毛泽东蹲了下来:"家在哪里?"

"哪还有家?!"老妇已经一无所有,并不怕眼前的这些带枪的人;况且,这些人分明不是王家烈的兵,而是有同情弱者的好兵。她操着黔东南口音,但毛泽东还能听得懂:"儿子前年走在我前头……儿媳妇带着5

第十三章 泽东、恩来智慧合计

岁的小孙女走了……"

毛泽东站了起来,对围观的战士说:"都把你们米袋里的米给她……"

警卫员蹲下,主动地把一条条米袋里剩下的米,倒在老妇讨饭的草兜里。

毛泽东:"老人家,我们还得走……走很长很长的路,没法收留你们……这点米留给你们,你找个地方烧饭,也让孩子吃口热饭!"他的心情显然有些沉重。

老妇当即跪地作揖。

毛泽东和一个战士忙把老妇搀了起来:"去吧……找个地方做口热饭!"说着,掩脸向前走去。

这天,三军团和军委纵队编在一路,晚上宿营地相差没几里地。军委纵队在前头大镇,还有附近的村庄;三军团部就在眼下这个村。三军团负责侧卫,比军委纵队早走半小时,已宿营。

这阵子,彭德怀独坐在村路口小桥头。

警卫员小林兴冲冲地过来:"我刚看见司务长把村里肉铺的猪肉包了……看来,晚上有肉吃……"

"就知道吃肉!"彭德怀似乎不在意。

小林嘟囔:"我知道你更喜欢吃鱼……可这里有鱼吗?就是有,也得是早市才能买到!"

"我说要买鱼?!"彭德怀抬起头看看小林一眼,"去,告诉伙房,多做几个人的饭,留菜……告诉他们,别把留下菜里的肉给挑光了!"

"请客呀!"小林又抖了下机灵劲走了。

前头过来大约一个连以后,十几骑人马夹在机关人员和挑夫的队伍里迎面而来。

彭德怀站了起来,张望着。

不远处的马队突出一骑过来,距有一二十来处爽笑着:"彭大军团长亲自迎接呀……"来者是干部团团长陈赓。

111

"我亲自接你个头呀!"彭德怀上前两步又说,"显摆你肚里的墨水呀,军团长就是军团长,还得加个大字,抢眼是吧!"又说:"刘总长过来没有?"

"你不知道刘总长给发配到五军团去啦!"陈赓颜值不错,又喜欢说笑,总是嘻嘻哈哈的。他下马又说:"不过,前几天他回军委了,但没听说他官复原职,让他当军委纵队司令,在后头呢……看见不,老白马背上的那位就是,过来了。"

刘伯承也看见彭德怀,策马赶了过来。

"他的马是有点老了!"彭德怀自语。

"可不,老了,脚力赶不上趟……你给换一匹年轻力壮的吧!"陈赓说。

彭德怀随口:"我看你年轻力壮……"

刘伯承已走到跟前,下马。"他不合适,眼力差点劲……我俩凑在一起,真成了那句成语……"他全听到了。

"盲人瞎马!"彭德怀大笑,又对陈赓说,"你家司令我扣下了,你得留人待会护送他到宿营地!"

刘伯承:"我们的宿营地不就在前头,距这里也没过三五里地,留人干吗?"

"就是相距半里地,我也得留下……把你这个司令员丢了,我的脑袋也丢了!"陈赓说着走了。

刘伯承:"扣住我你管饭!"

"我吃什么,你吃什么!"彭德怀说着,往一旁树下走去。

桥头距大树也就 50 米。大树一边有个水臼房,已近黄昏,没人舂米,水车不转了,但流水依然,水声不断。树下,有几个石墩。

他俩在石墩上坐下。

"这是我到中央苏区以来,你第一次找我吧?!"刘伯承说。

彭德怀:"你到中央苏区快 3 年。这之前,我一直在前线,你在后方,我俩碰不到一块……"

"还因为是同病相怜……"

第十三章 泽东、恩来智慧合计

"骂李德,让我俩骂到一起了!"

"真是天大笑话。"刘伯承看着彭德怀:"我猜,你今天找我与这事相关。"

"要不,怎么说军委选你当总参谋长。"彭德怀说,"真让你猜对了。"

"你直说。"

"是这样,昨晚王稼祥给我打电话,说他和张闻天要把老毛推出来,接替博古当家和李德指挥!"

"可真难得。"刘伯承说,"他俩终于觉悟了!"

彭德怀:"要不是他俩觉悟了,能有通道会议、黎平会议?能有当下你我坐在这里?!"

刘伯承:"所以,得佩服老毛的厉害,终于把这两位莫斯科来的'大臣'的认识给扭过来了。"又感慨:"我从苏联回国后在中央军委长江局时,只是知道你们毛泽东、朱德、彭德怀三人厉害,搞出个全国最大局面;到了中央苏区后,才进一步看到这个局面比我想象的要大多了……"

"你要说我们三人搭档合拍是对的,但主心骨是老毛……他和我一样,毛病不少,但他绝对是能人。"彭德怀也感慨,"每回他说该怎么打,我带兵去打,听他的没有一仗打不赢……我服了他!"

"我正要说老毛。老毛能把政治的高层指导原则和艺术运用到军事上,成了军事天才。"刘伯承又说,"我到了红军学校的一段时间后,曾萌生一个想法,要组织几个人好好研究总结你们的经验,编成教材,在红军学校开设个高级班,收师、团级干部,让他们从理性上认识你们的这一套。我在苏联伏龙芝军事学校待过两年,学了他们的战略学、战役学,他们那一套对我们不适用。李德的错误就在于他教条了苏联红军的战争经验;而你们实践的这一套,才是对症下药……可还没来得办,把我和剑英对调,让我到总参。"

"你的想法太好了,等今后我们恢复稳定有了条件,红军大学复办时,你给他们建议。"彭德怀又说,"我和老毛共事早一些。那年平江起义后,没经验,不出3个月,几乎把队伍弄光了。我对滕代远说这样瞎弄不行,我们得到井冈山找朱毛取经,看看他们是怎么弄的。到了井

113

冈山,果然大开眼界,怎么建设红军,怎么和敌人作战,怎样创造根据地,老毛一套套的……你知道,我彭德怀并不轻易服人,可老毛让我服了他,我跟定他了……"

"所以,你宁可不当红军第三方面军总指挥,独当一面,情愿让三军团挂在红军第一方面旗下!"刘伯承敬佩地看着彭德怀,"彭老弟,仅此一点,你就让我老刘刮目相看。是呀,没有当年你们立即成立红一方面军,哪有后来的中央苏区这么大一个家业……我在地图上粗略看了一下,中央苏区面积近于蒋介石老家浙江省,人口比西北一些省多多了……我们中央红军的兵力,比贵州王家烈的军队多1倍以上,也远远超过云南龙云的部队……"

"提起这些,我就来火……全给毁了!"彭德怀又愤愤地说,"就我的三军团任何的一个师长来指挥,也比李德强多了……听说他还想毙了周昆……周昆的八军团为什么会损失那么大,还不是他瞎指挥造成的,该死的是他……"

刘伯承:"这回总算好了,让他一边凉快去!"

"他再不一边凉快去,剩下的这3万多人也得折腾光了……"彭德怀说。

"真成了那样,中国共产党就完了……还有什么中国革命?!"刘伯承感叹,"想起来都怕呀……"

彭德怀忽然想到正题:"你投赞成票?!"

"当然,"刘伯承也像忽然想起,"我有发言权?!"

"没有发言权,王稼祥找我有什么用?"

"你可别小看你自己的能量,有人怕你!"

"怕我投反对票? 还是怕我老彭乘机毛遂自荐?"

"想哪儿去了?"刘伯承又说,"稼祥找你,是知道你和老毛合拍,为老毛拉票;有人怕你,是知道你老彭在中央红军中根深,战斗力强……"

"我的根比老毛深?"

"那我问你,你骂他们,让他们丢尽颜面,他们怎么没敢惹你?!"

彭德怀:"他们怕动了我,没人带得动三军团听他们发号施令!"

"好了,不说逗乐的话。"刘伯承收起笑容,"看出来了,张闻天、王稼祥正在配合恩来,要做一个大动作,从组织上解决党的领导和红军指挥问题,他们要我们给予支持。你放心,该表态时我绝不含糊。博古必须下台,李德必须靠边站,老毛出山是众望所归。"

"那好。"彭德怀站了起来。

刘伯承看着彭德怀:"慢,我还有事。"

彭德怀又坐下来。

刘伯承说:"你既然找我,我也不客气,你得支援我。"

"说吧,要人、要马、要枪、要钱?"彭德怀又说,"要子弹我可没有……"

"别的都不要,只要人。别怕,只要三两个人。"

"要什么人,说吧。"

刘伯承说:"是这样,恩来交给我一个差事,让我准备下,下一步到前敌带先遣队。这样,我得有个小的指挥班子。参谋、电台、警卫分队,这些军委纵队都能解决,唯独是得有个谍报队不好办。可先遣得有当面的情报,没有谍报队可就寸步难行!"

"恩来找你,真是知人善任。"

刘伯承:"怎么样,从你们军团给我抽三两个好手?!"

"有,现成的。"彭德怀说,"不过,这个队不在我们军团,在你手下,曾希圣二局里。是这样,军委总参谋部侦察科扩编为二局时,我给了他们我们三军团最好的谍报员袁山生,帮他们组建了谍报队。后来他们突破了破译敌人电报难关,重点转向战役情报,谍报队这种玩战术情报的没用了。但曾希圣没把人还给我,还留下他带谍报组……实际上也是当特殊情况下的警卫组用,你找曾希圣要,现成的班子,又都是好手。"

"看看,我真官僚主义,舍近求远。"刘伯承站了起来,"这回好了,班子齐全。"

彭德怀也站起来:"估计到了乌江边你就得上任!"

月光下,毛泽东和周恩来向小河边走去。他们的警卫员离得远远的,有前有后,跟着走。

"我们已经有几个月没交换过意见了。"周恩来感慨。

毛泽东:"不方便么……"

"以后就方便了。"周恩来说,"张闻天找过我,我们初步拟定,是占领遵义后,如果情况许可,待它十天半个月,政治局正式开个会,从组织上把问题解决了。"

毛泽东:"应当可以按这个计划进行。王家烈黔军不敢反攻的;估计蒋介石会做一个通盘的围追堵截计划,在这个计划没出台、落实之前,他的薛岳兵团也不会单独行动。所以在遵义争取到十天半个月时间,是完全可能的。"

"从这一点看,我们转进贵州也是完全正确的。博古表面上已接受现实……"周恩来笑了,"李德则从另一方面提出问题,担心乌江会成为第二条湘江……"

毛泽东:"他的最大问题,就是不懂得战争有时间、地域和条件的不同……让他去杞人无事忧天倾。"又问:"会议准备解决哪些问题?"

"检讨过去的政治路线和军事战略,重新确定中央的主要领导和红军的指挥人事。"周恩来说。

他俩已走到小河边,找了个干净的地方坐下。

周恩来掏出一包烟,从中抽一支,拿在手上,整包给了毛泽东:"听说前一段时间,有时连烟叶都断顿!"

毛泽东接过烟,点上一支。"是够狼狈的。"他吸了一口后说,"这一次党的严重失败痛苦考验,应当说是我们党有史以来的第二次……"

"是的,第一次是7年前,中国大革命的失败。"周恩来说,"都是极其危难的……置以死地而后生!所以,这次的纠正,不仅要达到而后生,而且不能使严重失败的情况再出现……毕竟代价太大了!"

"所以,这次要好好规划……"

周恩来:"只是时间太紧了……一方面我们主观上刻不容缓;一方面是客观上敌人不会给我们太多的时间。"

"我倒认为问题全在于我们的精确计划。"

第十三章 泽东、恩来智慧合计

周恩来看着毛泽东:"你有腹案?"

毛泽东:"我认为把握两个原则。第一,议题要集中。集中纠正军事战略错误。因为它事实明显,容易达成一致认识……"

"即使有不一致,也只表现在责任归属问题,不会连事实都不承认。"

"对。至于责任问题,能认识到,承担了固然好,一时认识不到可以放一放。"毛泽东说,"政治路线问题暂时不碰它。因为它的根子在共产国际,我们否定它,等于否定共产国际,当前还不能公开这样做;再说,一但讨论政治路线问题,认识也未必能一致。既然条件不成熟,何不先放一放。暂时不分清是非,无碍于我们当前的斗争重心。"

周恩来:"你的意见很对,就这样办!"

毛泽东接着说:"第二个原则,是只对政治局常委分工作调整,而不作组织上的改组。"

周恩来:"我们党在纠正第一次严重错误时,是改组政治局常委委员会;而这次是不改组,只作分工调整?"

"是的,这样震动小,又不会留下后遗症。我们与共产国际总会恢复联系的,最好不把按他们旨意组成的政治局常委会推翻。"

周恩来:"你的意见是怎么调整?"

毛泽东:"让张闻天接博古主持中央工作,博古还是政治局常委、书记处书记;你负责军事指挥……"

"让张闻天主持中央工作?"周恩来诧异。

毛泽东:"我看他有这个想法。再说现在的状态,党中央工作并不是主要的;主要是红军,是军事斗争必须取得胜利……"

"也对。"周恩来说,"正因为军事斗争是当前的关键,所以张闻天、王稼祥还有我,红军的朱德、彭德怀、刘伯承、叶剑英等,也都主张由你负责军事指挥……"

"我知道。我不是推托责任,也不是没有信心,但处理方式上,还是采取两年前宁都会议上你提出的方案……"

"让你协助我?!"周恩来说,"但现在的情况和两年前的宁都会议不同……那是没有办法,我才那样说……"

"宁都会议时的中央代表团和苏区中央局,和现在的中央政治局的基本组成,有相似之处。"毛泽东说。

"基本成员来自莫斯科?!"周恩来说,"但那时他们的认识还没有转变,通不过;现在多数人已经认识了,陈云也明确表示赞成,可以通过。"

"那也暂不这样做。"毛泽东说,"我们不是为争个人的权力作这样的调整,而是为了党和中国革命的前途命运……有一个事实我们必须清醒,如果我俩不能把党和中央红军带出危难,开创一个发展的新局面,我们也得下台。所以形式没有意义,实际的担当是关键的。"

"暂且照你说的办。"周恩来说,"但也得师出有名,得把你增补为中央政治局常务委员,这样才能名正言顺地参加决策,在决策中起主导作用。"

"有把握通过?!"毛泽东说问,"如有把握,就按你的意见办!"

"没问题。"

毛泽东苦笑:"还真得感谢暂时与共产国际联系不上……"

"还幸亏你当时跟着走,项英留在中央苏区!"周恩来说。

两人会心一笑。

毛泽东又说:"既然是政治局正式会议,工作分工也变了,按惯例,博古应当作工作报告,你得提前和他打个招呼;我和张闻天谈谈,让他作一个系统的发言准备。"

周恩来:"好,我也准备作自我批评。我是'三人团'成员,总不能把责任推得一干二净。"

毛泽东:"从这个意义上考虑,也是必要的。但大家心里都有杆秤,你也不必太自责!"又说:"这些工作都要抓紧,总之要确保会议成功!"

"当然!"

毛泽东站了起来:"人会有过失,党也会有错误,所以,问题的关键不在于党有没有犯过错误,而在于党有没有纠正错误的勇气和能力。我相信,我们的党有纠正错误的勇气和能力!严重失败和惨痛损失已经不可挽回,下一步我们团结起来,从头开始!"

第十四章　恋人、夫妻有夜话

　　山生跟着华荣来到村东头水臼房外。

　　这时夜里9点多了,没人舂米,水车已截流不转了,没有了流水冲击和水轮磨合的响声,只有潺潺流水和水渠两旁偶尔的夜虫鸣叫,给宁静的夜色以生命的气息。

　　他俩在水臼房外的长椅上坐下。

　　"猴子,又犯职业习惯!"华荣瞪了东张西望的山生一眼,"是怕周围潜伏着敌人,还是怕有我们的战友在跟踪我们?!"

　　山生笑笑:"地方选得不错……"

　　华荣还是照她的思路说:"这方圆几十里地都是我们的队伍,就算有敌人的小股袭扰,能混到我们军委机关宿营地？如果你担心局里的同志看见了,那就更没必要……让他们看去,谁不知道我俩的关系……"

　　"我是说你挑的这个地方不错。"山生重复着他的话。这小子平时倒也伶牙俐齿,可一到与华荣单处时,嘴就笨了。

　　华荣说:"晚饭后,我和小李来过,在这里洗衣服。"

　　"我说呢,原来你踩点过!"山生顺口。

　　"你们捕俘踩点,我抓你这只猴子不也得踩点!"华荣正眼对着山生,又似抱怨,"看着我！我丑得让你不拿正眼看我?!"

　　"说什么?!"山生又说,"你比小李好看……"

　　"好呀,你倒注意小李啦!"

　　山生忙说:"我更注意你……看你。要不,怎么会说你比小李好看!"

　　"狡辩!"华荣满意于山生的机灵,"好不好看都归你……"

　　"我妈要是还在世看到我有这么好的媳妇,不知该怎么乐……"

"别跟我抖你的机灵劲!"华荣说,"坦白交代,最近两三天你们上哪儿去了?"

"你知道啦?!"

"你们仨都不见了,我能想不到!"

"刘总长让我们跑了两趟活……没让过江去,摸不到具体的情报。"

"为什么没让过江?"

"说是怕我们惊动了敌人,反倒暴露我们的过江意图!"

"很不过瘾是吧?!"

"有点。"山生说,"刘总长让我们待命,随时准备跟他走……"

"这不正合你的意么!"华荣又说,"我要是不叫你出来,你打算不告诉我对吧?!"

"这不是怕你担心嘛!"

"木头,你不告诉我,我更担心!"

"你不用担心……我们都是看准了才下手,出不了差错的。"

"你就那么自信!"华荣说,"骄傲使人落后知道不?……干你们这一行的,骄傲大意失手了,没人帮得了你们……那就不是落后问题,是会丧命的!"

"你和首长交代的一样。"

"好了,不说首长交代的事。"华荣装出一副严肃劲,逗着山生,"今天找你来是向你打个招呼,以后你要不主动约我,保不准局里哪个小子约我,我可跟他约会去!"

"他敢!"山生说,"那我得找协理员说说,不许有人约你……"

"这主意不错。让协理员在全局大会上宣布,只有猴子可以约华荣,其他人都不许打华荣的主意!"

山生笑笑:"可我怕协理员骂我笨蛋!"

"我要是协理员,也得骂你……骂你不是个男人,是个大熊包!"华荣大笑。

"那我以后可要勇敢……你可别……"

"可别什么?"华荣笑对山生,"勇敢?怎么个勇敢?敢拥抱我,

第十四章 恋人、夫妻有夜话

亲我?!"

这阵子,博古和刘群先披着棉衣,并靠在床头。

他俩似乎很压抑。

许久,刘群先问:"政治局还是坚持黎平会议的决定?"

博古:"黎平会议是预定在川黔边地区创建新苏区,最初应以遵义为中心的黔北地区,在不利条件下,应移至遵义西北地区;这次猴场会议,是明确要创造川黔边新苏区根据地,首先是以遵义为中心的黔北地区,然后向川南发展。两会之差,不过是后者步骤更明确,又多了个口号,转入第五次反'围剿'的反攻,'消灭蒋介石的主力部队'罢了。"

"那岂有再开个猴场政治局会议的必要?"刘群先说。

"对他们来说,很有必要。他们意在强化政治局集体决议意识,宣示原来的'三人团'不再有全权地位。"略停,博古又说,"现在看来,他们是有计划地一步步地取消'三人团'的权力。"

刘群先喃喃:"这样说,周恩来已经完全与毛泽东、张闻天、王稼祥站在一起了!"

"恐怕还不能这样认为。"博古说,"但他们表现出极大的默契……我不理解的是张闻天、王稼祥,为什么会倒向他们的一边。"

刘群先:"是不可理解。如果我们不是中山大学的校友,如果不是王明同志的提携,他们能一回国就进到党中央和红军领导的最高层?!"

"但他们并不这样认为……不领情共产国际和王明同志的知遇之恩。"博古又一叹,"我倒成了孤家寡人……"

"也不能这样认为,"刘群先安慰着,"你并没违背共产国际和王明同志的'旨意'……这副担子落在王明同志身上,结果也会是这样……"

"都把问题看得太简单了。"博古说,"我一直琢磨不透,王明同志为什么丢下国内的斗争回莫斯科去?总不能说驻共产国际代表团的工作,比在国内领导党的革命斗争工作更重要!"

"你怀疑王明同志是怕在国内出危险,也怕领导不了国内复杂的斗争局面?!"

"他的性格是不甘人下……可他又的确躲到莫斯科图清闲……琢磨不透。"

"他的城府更深!"刘群先随口。

博古自语:"我看他像是知难而退!"

华荣和山生还在水臼房外坐着。

从乡村出来的山生,还真不懂得文化人说的亲是什么个意思。"亲你……我可不敢……我们还没结婚就弄出个孩子,可怎么了得……怎么向组织交代……"

华荣大笑,山生真是傻得可爱。可一想,也难怪,她是上过学的,青春期时不是也不懂得性知识,不明白公牛为什么爬母牛的胯,公鸡为什么踩母鸡。她到了师范学校,在图书馆里看到这类的书,才知道生物有个性问题,雌雄得有交配的性行为,才能繁衍后代。她明白了山生是缺乏性知识,才有这样的误解。

"亲是什么个意思以后我教你。"华荣收起笑容,换了个话题,"你跟刘总长一走,也不知道哪天能见着……"

"不就是我们走在前头,你们走在队伍的中间,最多相差一两天路程。"山生显然没有明白和理解华荣的话意。

华荣嘀咕:"都说男人粗心,我看你够粗心的……"

"我本来就是粗人……"

"想哪儿去了?一说粗心大意,你就敏感。我是说在情感问题上,相对而言,女人心细,男人粗心,听明白了吧?"华荣又说,"你总觉得你没上过学,配不上我。我对你说过多少次,那不是问题,我也根本不在乎……往后可不要这样想……"

"可我得向你学习……往后,你得多教我,要不,我还真是跟不上你。"

"这就对了。"说着,华荣掏出缝好的布袜套,"给你!"

"什么呀?"

"穿草鞋套在脚上……别把脚磨破了;再说,天也冷了,穿上它多少

第十四章 恋人、夫妻有夜话

暖和点。"

"谢谢!"山生深情地看着华荣,"我哪舍得穿……"

"傻样,就会谢谢!"华荣又说,"抽空把头发理一下……都像树上的喜鹊窝了;还有,别留胡子……年纪轻轻,弄得像小老头一样,能讨姑娘喜欢……"

"我去招惹姑娘?不会的,你放心……"

华荣给逗笑了:"还有,不能放松学文化。不光要能看报纸,还要练习写……我还指望将来你把你一肚子的故事写成书……"

"我能写书?!"

"能,只要你勤奋,多练习,一定可以的。"

"好!我今后练习写。"山生又俏皮地问,"能把我第一次遇见你的事写出来?"

"你敢!"

"不就说个玩笑。"山生说,"放心,那天晚上很黑……什么都没看见……"

"没看见你怎么给我穿衣服……就算看不清,你的手也碰我了……"山生的诚实可爱,倒让华荣不觉发笑。

"我发誓,给你穿衣服时,我的头是撇向一边的……"

华荣心中暗笑,竟然有这样的傻男人!

一时无语。

许久,华荣站了起来:"走,到水臼房里看看……"她径自进水臼房。

"那有什么好看的……"山生跟着。

华荣见山生跟着进了水臼房,站住对山生说:"你不是不懂得亲是什么意思吗?来,我教你!"她主动地拥抱山生,亲他。

山生起初不知所措,接着用力抱住华荣热切地亲吻。

忽然,华荣推开山生,她明显感觉到山生的身子在发抖。"不能……"她喃喃自语。

山生纳闷:"怎么啦?!"

博古和刘群先还没入睡,还在谈着让他们睡不着的事。

刘群先:"你是说,如果是王明同志主政,他也是奉行苏联的革命经验,而苏联的经验并不适用于中国革命斗争实际?!"

"不这样认为,就不能解释怎么会把中国革命斗争弄成眼下的局面……"

"那不承认犯了教条主义错误?"刘群先说,"他们都这样说……党犯了教条主义错误!"

博古痛苦地说:"第五次反'围剿'失败了;中央和中央红军这一走,中央苏区也丢了;过湘江又遭受那么惨重的损失,三大事实摆在那里,又不能不面对事实……"

刘群先一时说不出什么。

博古:"可我不能承担这个责任……我是按共产国际'旨意'办的……我诚心诚意想着中国革命能快一天早一天胜利……"

刘群先安慰着:"算了……不想它!"她轻轻地靠在博古的肩上。

博古一叹:"党内有先例,陈独秀机会主义下台;瞿秋白盲动主义下台;李立三冒险主义下台……这回,我给扣上教条主义帽子,不也得下台……"

刘群先:"他们会要你下台……"

"我看出了,很快会是这样……"博古说,"我可以不再对中央负总责,但我不能承担错误的全部责任……我接受不了这千古骂名……我成了王明同志的替罪羊……"

刘群先一时找不到话安慰博古。

博古还不能释怀:"局面是搞砸了,可主观上说,我是执行共产国际和王明同志'旨意';客观上如李德同志所说,敌人的力量太强大了……"

刘群先:"你找恩来和张闻天谈呀……他们也是中央政治局常委、书记处书记,他们也有责任……"

"你还不明白?他俩如果和我一样认识,不就没这回事了……没了什么要纠正党的路线错误的事了……什么纠正党的路线错误,不就是纠正我的路线错误……"博古痛苦地自语,"我就不该接王明同志留下的

第十四章 恋人、夫妻有夜话

摊子……"

刘群先:"你得这样想,你勇敢地担当了……对得起共产国际和中国共产党!"

博古没有回话,一把搂住刘群先的肩。

许久,刘群先说:"事已至此,不要后悔,也不怨天尤人。如果他们一定要换领导,你一个人也挡不住,不再担这个担子咱就不担,还落了个清闲……谁想担谁担去,去尝尝什么叫不当家不知柴米贵!"

"你倒想得开……"

"想不开又如何?与其想不开也得接受,不如自我解脱了轻松。"

许久,刘群先着意把沉重的话题叉开:"你说,李德现在会是个怎么情况?"

"也睡不着?!"

"躺在床上烙饼!"刘群先笑了。

"烙饼?烙什么饼?"博古没反应过来"床上还能烙饼?!"

"真是……在床上翻来覆去睡不着呗!"

"是这呀!"博古的右手使劲地搂了下刘群先。

刘群先说:"他呀,一个外国人跟着我们走,语言不通,朋友又少,加上权力旁落了,的确也很凄凉。"

"所以,他老婆就应当回来安慰他!"博古倒有些愤愤,"她叫什么名字……也太过分了,这个时候躲在休养连不回来,董必武同志也不帮着做工作……"

"亲爱的,你又犯教条主义啦!夫权主义的教条主义!"刘群先说,"你不了解李德太粗暴,全不把老婆当成生活伴侣、革命战友,而是把她当成是合法的性发泄对象……和这样的人生活在一起,我都会感到恶心,和这样的人做爱,简直如同被强奸……绝对不能接受!"

"有这么严重?!"

"你以为?"刘群先说,"我们都支持她离婚!"

"离婚,这不可以!"博古说。

"那你认为,是为了所谓革命工作的需要,连她的人格意愿也得牺牲!"

"起码是现在不行,不能离婚。"博古又说,"睡吧,明天过乌江!"说着,脱下棉衣盖在被上钻进被窝。

刘群先也把披着的棉衣盖在被上,钻进被窝:"你睡得着?……"

毛泽东和贺子珍也还没睡。

马灯下,毛泽东在给贺子珍洗脚。

贺子珍:"行了……把擦脚毛巾给我……"

"坐着,再泡一会儿……泡泡热水好,舒筋活血,也好睡觉。"毛泽东边把水淋在贺子珍脚上,边说话:"这孩子来得真不是个时候……"

贺子珍说:"谁让我生为女儿,又要嫁汉,可不得生儿育女……"她苦笑:"革命是讲男女平等,可免不了妇女暂且不生孩子!"

"兴许下一步会好些,你也能得到多一点照顾……"

"你能多一点照顾我?"贺子珍笑笑。

毛泽东开始给贺子珍擦脚:"我可能更顾不上你……"

贺子珍接过擦脚巾,自己擦:"他们让你接这个摊子?!"

"有这种可能。"毛泽东自己也洗脚。

"这不是你想要的吗?"贺子珍趿着鞋,上床去。

"往大了说,这是为党和红军前途命运的担当;从个人角度说,与其在台下看拙劣的演出,不如自己上台唱他一番!"

……

贺子珍钻进被窝里:"我现在想的,是希望局势快快稳定下来……大人少受点罪,也让孩子少跟着受罪……"

"我何尝不这样想,可事实不取决于我们的希望。"毛泽东倒洗得快,开始擦脚。

"你心里也没底……"

"毕竟是力不从心。"毛泽东端起洗脚木盆,"蒋介石不会对我们手软的,他必然会对我们进行更大规模的围追堵截!"他到外面倒水去。

"是呀,我们的力量已经遭到了严重的削弱。"贺子珍自语,"还能再往哪里退呀……"

　　毛泽东听到了,他也回屋里,说:"我们中国有句老话,叫天无绝人之路;况且,现在的主观条件要比井冈山斗争时强多了,现在的兵力是那时的10倍……"他坐下卷烟。

　　贺子珍:"还信你的星星之火,可以燎原!"

　　"坚信不移!"毛泽东点上卷好的烟。

　　"董老他们也希望你出来……还说了个对子。"贺子珍努力想着,"好像是诸葛亮出师表上的话……"

　　"受任于败军之际,奉命于危难之间!"毛泽东说。

　　"是这样说……"

　　"也许是时势在成全我。"毛泽东又说,"他蒋介石出10万块大洋要买我毛泽东的头,不就是怕我这把火烧了他的蒋家王朝。倘若果真时势成全我,我老毛要与老蒋大战五百回合,决一雌雄……"

　　……

第十五章　敛财议事各行其是

中国有句老话,叫家家有本难念的经。贵为一省主席、国民党第二十五军长的王家烈,也有一本难念的经。

王家烈原是贵州军阀周西城的一个主力师长。周西成的黔军投靠国民党政府后,编为国民党第二十五军。1929年周西城在战争中负伤落水身亡。经过一番权力争斗后,王家烈接手二十五军军长兼贵州省政府主席,原为旅长的侯之担任副军长兼教导师师长。此时的二十五军虽有5个师,但王家烈能控制的唯何知重第一师、柏辉章第二师。第三师师长犹国才虽与他走得近些,但居于盘县八属,基本是自治;蒋在珍的暂编第八师割据于黔东北正安、洛河等地区,自成局面。而侯之担的教导师有8个团,点据遵义、桐梓以西到赤水东岸各县,该地区的习水、仁怀、赤水有巨额的酒税和盐税,赤水还有兵工厂,这一带是贵州经济力最好的地区。这一军四派,平时虽各自为政、相安无事,可这回红军进入贵州,贵州成了"追剿"红军的战场,王家烈作难了。

作难在于要防御的地方多,他的兵力又不能统一调动集中使用;而且,部队建制架子不小,但各部编制并不满员,平时压根没训练没打仗准备,实在无战斗力,更无斗志,这可如何是好?另一方面,他虽向老蒋和各方求救,请派兵入黔协"剿",老蒋也派薛岳带领中央军追入贵州,湖南何键、四川刘湘、云南龙云都答应出兵,但倘若这些兵来了,结果又会是怎样?他恨蒋介石了,不是把共产党红军围歼于江西,而是把这"祸水"引到他贵州来,给他带来了一场可怕的结果莫测的灾难。

初始,王家烈作出了立足自己的应对方案。他与侯之担划一个责任区分,乌江以南归他和犹国才负责,乌江以北由侯之担负责。按照这个

第十五章 敛财议事各行其是

区分,他让何知重带 6 个团,在施秉、黄平一线组织第二道防线,却不料红军一出黎平往北而来,何知重竟不打而退,全线撤到福泉、贵定,让开大道放红军一路前行。如此一来,红军会到何方？蒋介石又会如何反应,这让他一时头痛不已。

这阵子,王家烈正对着墙上的贵州地图凝神。

侯之担也坐不住了。

他原以为进入黔东南的红军会冲着贵阳而去,却不料前天得悉红军竟北上黄平、施秉,朝着瓮安而来。贵州的地理他还是熟的,到了瓮安,也就到了乌江边。这样说,红军是企图北渡乌江;而北渡乌江,显然是冲着他的地盘黔北而来。他急了,第一步是把他的家眷和能带走的家产迁往重庆;第二步是捞钱,先向赤水商贾要钱,再向习水酒业、盐商要钱。今天路过仁怀,他让县长把当地大商户召来,摊款。

这阵子,仁怀商会议事厅里聚集着仁怀税务局长、茅台镇的华家、王家、赖家三大酒坊老板,还有仁怀其他富商。

身着国民党黔军少将军装的侯之担在刁县长陪同下进入议事厅。跟在侯之担身后的有他的参谋长、军需官和几个凶神恶煞的马弁。

侯之担堆着笑意向众人作揖:"侯某今天路过贵方,让刁县长把各位召来,一是向各位衣食父母致谢……"

"侯军座言重了！"刁县长说。

侯之担接着说:"是的,侯某一是答谢各位老板这些年来对军界的支持。二来,是向各位老板通报东来的共党'赤匪'已抵达瓮安乌江南岸,眼看着就要北渡乌江,冲着我们的家园黔北而来……"

会场一片哗然。

刁县长:"各位莫慌,有侯军座呢……听侯长官说。"

"是的,有侯某和手下的弟兄们顶着。"侯之担又说,"侯某很体会大家的惊慌。那共产党是共字当头,奉行共产共妻,在座各位都有丰厚家业,一旦'共匪'到来,占了家园,其后果不言而喻……"

又一时哗然。

侯之担示意众人安静:"是的。所以,侯某和手下弟兄定当全力守土保安。我这回路过贵地,就是要去遵义谋兵布阵!"

"我们这就放心了!"刁县长说。

侯之担:"请各位相信,也请各位转告商界同仁放心,侯某手下2万余官兵,定会不惜用命守住乌江,不使'共匪'越过雷池!"

"我们这就放心了!"有人说。

侯之担:"但兵家有道:兵马未动,粮草先行……现如今我手下的2万余兵马要动了,侯某不能不备足粮草……今天把各位老板找来,是想让各位老板带个头,号召商界,有力出力,有钱出钱,支持我的兵马守土……"

参谋长接话:"我们2万余人马,就算每个官兵发2元钱辛苦费,全军也得5万块钱。更何况这仅仅是临战让官兵用命的酒肉钱,还有官兵日常吃饭的饭钱……"

刁县长抖起机灵:"侯军座打共党军是为我们守土保安,我们理当支持他们……"

"是的。"侯之担又开口,"我的军需官告诉我,仅靠这个月的税赋,也只够我的弟兄们吃饭而已,但眼下是要弟兄们去用命,所以侯某向各位老板开口,给我的弟兄们一点犒劳……"

王家烈的参谋长谢汝霖进来。

"何知重是怎么搞的?成了惊弓之鸟啦!"王家烈听出是谢汝霖的脚步声,转过身来,"总得打几枪吧!怎么一枪不打就放弃第二道防线……要是老蒋知道了,可怎么交代呀……你说他怎么就这样没脑壳……"

"军座倒也莫担心,俗话说,山高皇帝远。老蒋远在南京,怎么知道我们打没打。"谢汝霖安慰道,"打没打,还不全靠我们怎么上报……"

王家烈落坐在沙发上:"可你别忘了,薛岳跟着进来了,能不知道……"

"军座多虑了。"谢汝霖也坐下,"薛岳距'共匪'还远着呢。我查了报纸,打从他们出江西'追剿共匪'至今,一枪没打过……"

第十五章 敛财议事各行其是

"我们和他能比吗？他是大娘养的，大娘会打他板子？！"王家烈一叹。

"没那么严重。"谢汝霖说，"薛岳现在顾不上告我们的状。我正要给你报告，薛岳刚给我们来电，他连'共匪'在什么地方都弄不清。你看，他在来电中这样说：窜匪豕逐狼奔，备极饥疲，此次入黔必妄期夺取中心城市，以为驻足养息之计。现由黔东而迄黔中，均未北窜。此时陷施康、黄平、瓮安，其必越清江转扑贵阳北郊无疑。"

"真他妈的糊涂蛋。'共匪'要冲着我贵阳而来，何不直向西，而要舍近求远北上黄平、瓮安再向西南而下绕个大圈！"王家烈不屑一顾。

谢汝霖："所以，你也不必责怪何师长。依我看，何师长撤得对，一来增强了对贵阳东边的防务，二来保存了我们的力量。我们本钱小，不能和红军拼血本。再说，没准还是因为何师长把部队撤到贵阳东边的贵定，使'共匪'不敢轻犯我贵阳。"

王家烈："那么'共匪'北上瓮安，下一步是要北渡乌江，冲着黔北而去……"

谢汝霖："那就是侯副军座的责任区，我们大可不必为他操心。总之，'共匪'不犯我贵阳，我们就万幸了。"

王家烈的心稍稍宽了："薛岳的部队到什么地方啦？"

谢汝霖："他的电报上说，其周浑元纵队于2日出阳州、瓮安，衔尾跟追'共匪'；吴奇伟纵队则循炉山、羊老、平越之线，追'匪'于清水江东岸。"

"真他妈能吹人，连前方到没到镇远还是个问题，还于2日出阳州、瓮安！"王家烈说。

谢汝霖："你就权当他是说给老蒋听的。反正是不论'共匪'，还是薛岳的中央军，不图我们贵阳就万幸！"

"何键的湘军呢？"王家烈问。

谢汝霖："好像进到湘西南后没动……何键么，怕是只扫自家门前雪，防着共党经黔东转进他的湘西，不会顾及已进入我们贵州的'共匪'！"

131

"北边的刘湘川军呢?"王家烈问。

"这与川军有何关系?!"谢汝霖说,"再说,那也是侯副军座关注的事,我们操哪门子心?"

王家烈:"好吧,今朝有酒今朝醉,明日愁来明日当!"

谢汝霖:"不过,我建议还是得给侯副军座发个电报,让他务必守住乌江,守住遵义……"

"对,对,各负其责!"王家烈说,"你以我的名义给他发报……我们把丑话说在前头,要是放'共匪'过了乌江,占了遵义和黔北,他向老蒋交代去!"

侯之担终于到了遵义城。当晚,走第三步把除留守仁怀、赤水的一团和七团团长外其他的6个团长,召到遵义他的临时指挥所开会。

侯之担刚说明情况,会场便炸了锅。

有团长开骂:"什么玩意,何知重一枪没打?!"

"他这不是存心放给我们来挡么!"有团长说。

有团长:"妈的,要是这样不讲行规,往后我们也不和他讲规矩!"

"可眼下躲不开、闪不掉的是我们!"有团长说。

侯之担:"是呀,弟兄们,我们躲不开、闪不掉。要是黔北落在'共匪'手里,我们就没了安身立命的地方啦!"

有团长说:"实在不行,我们撤往川南,躲过'共匪'的锋芒……"

"不行,不行。老弟,那是四川的地盘,川军能让给我们,我们也打不过川军呀!"有团长说。

有团长说:"可黔北也是贵州的一部分,得让王军座派一、二师来协防,不能让我们教导师自己扛着。"

侯之担一叹:"你说的没错,但王军座事先就让我们负责乌江以北防务,他现在注重的是保贵阳,不会顾及我们的……黔北的事,不就得我们自己扛着!"

"这就是说扛得住也得扛,扛不住也得扛,没得商量!"有团长说。

有团长骂道:"这他妈不像话!"

第十五章 敛财议事各行其是

这群团长虽说是国民党正规军团长,可一个个形同山寨王手下的金刚,人人为私利义愤填膺。

侯之担:"老弟,弟兄们,骂没用,得靠我们自己用命。"又说:"好在老天给了我们一道乌江。那是天险,我们只要把守住各渡口,还是能把'共匪'挡在乌江以南……"

"那能挡几天?!"有人说。

参谋长:"不要说挡上十天半个月,只要挡他三五天,后面的老蒋派出的中央军就追上来了,可以把'共匪'围在乌江南岸,聚而歼之。"

"所以,我们这一仗,不仅是为保我们生存之地而战,也是为配合中央军聚歼'共匪'于乌江南岸而战。我们只要能堵上三五天,中央军薛岳兵团过来聚歼了'共匪',南京的委员长也会记得我们、奖赏我们的!"侯之担说。

有团长说:"别来华而不实的奖励好听话,真要奖赏,就来点真金白银……"

"那是后话。"有团长说。

有团长说:"要是中央军能在三五天内赶到,这事还是有门的……"

侯之担:"就是嘛,弟兄们得有劲头,拿出点烟泡后的精神头来,硬顶住!"

有团长说:"刚才刘团座说要真金白银是实在话。现在是我们用兵之时,怕是得花点钱了,给下面的弟兄意思意思……他们的劲头也才能上得来……"

"想到了,侯副军座能想不到吗?也带来了。"参谋长说。

侯之担:"各位弟兄,每人500块大洋,你们每团5000块,够意思了吧!"

有团长奉迎:"是呀,侯副军座毕竟是带过兵的……爱兵如子!"

"说吧,怎么个守法?"有团长说。

侯之担:"参谋长,你把方案告诉大伙。"

参谋长说:"遵照副军座意思,一、三两团守江界渡……"

"江界渡当是'共匪'北渡乌江主要的渡口,所以必须重点防御!"侯

133

之担强调,"你们两位团长可要给我守住,绝对不可以让'共匪'突破过江!"

参谋长又说:"六团守袁家渡;五团一营和机炮营守孙家渡,二营守茶山渡;八团守湄潭,防止'共匪'从东边绕过来;四团为预备队。军座带特务营在遵义坐阵!"

"兵力是不是分散了些?!"有团长说。

参谋长:"侯副军座已说过了,重点防御在江界渡,而且从江界渡到孙家渡,我们已用了近3个团……总的看还是有重点的!"

"从茶山渡往东到江界渡上百里地,况且,还得防'共匪'由江界渡下游偷渡向湄潭过来。我们只有6个团,总得留1个团预备队,还能怎么集中……太集中,漏点了,正是'共匪'希望的,也会弄得我们措手不及!"侯之担说。

参谋长:"所以,这个部署也是副军座反复考虑权衡的最佳方案!"

"照此执行吧!"侯之担说,"这只是一个以团为单位的大概任务区分,各团的具体布防你们回去自己定夺。但要提醒你们,据我知道,这些渡口都局限了兵力的展开,你们各团都得考虑到纵深防御和对渡口重点防御的增援。还有,渡口守备碉堡作用很大,得让你们防守的官兵加强碉堡整修,还得构筑战壕……"

参谋长:"你们得赶快布防。部队到后得收缴控制所有渡船,不让它们落到'共匪'手中。"

侯之担:"弟兄们,钱也给了,话也说了,你们看着办。丢了乌江渡口,遵义不保,黔北也不保,甭说我们都没法交代,就说我们到哪儿吃饭去……"

这天,"追剿军第七纵队"司令官吴奇伟,和他的参谋长魏鉴贤、亲信汤师长一起行军,三人并骑策马漫步在西去的路上。

魏鉴贤像忽然感叹:"真没想到,这贵州的东南部基本上是番夷之地……"

"我的参谋处调查报告,说贵州地无三分平,天无三日晴……"汤师

第十五章 敛财议事各行其是

长说。

魏鉴贤:"要不,怎么说我们又沾吴长官的光,得到薛总指挥的眷顾!没让我们北上去追'共匪'……而是直向西去!"

汤师长:"看这个样子,薛总指挥是另有所图。"

吴奇伟:"他是不是另有所图,是他的依据和目的,到时候,谜底就揭开了。不要猜,就是猜到了也不要说出来。"走出两步又说,"老弟,官场上不聪明不行,太聪明也不好……"

魏鉴贤:"对,对!不读出上司命令电上的话外话不行,过于把它当真了也不行,捅开了更不行。"他让马靠紧汤师长这边,"我就不相信周浑元长官,会照着命令电上给他们纵队的指定,到黄平后会直指乌江南岸,追朱毛'残匪'去……"

走出几步,魏鉴贤见吴、汤二人不语,又说:"我们从江西出发以来,快3个月了,得找个合适地方让部队休整一下……这'追剿共匪'的事急不得……急也没用。"

汤师长:"老蒋可是恨不得我们明天早上就把朱毛'残匪'歼灭了!"

"他又不是没亲身干过!这都几年啦,把朱毛'共匪'灭了?!"魏鉴贤说。

吴奇伟以长者和智者自居,说:"要不说世间上的事,不是想怎么样,就能怎么样……"

"司令说的极是。"走出几步,魏鉴贤像忽然想起什么问汤师长,"听说5年前的这个时节,你和朱毛'共匪'干过一仗?!"

"是有那回事。"汤师长明白瞒不了,又苦笑,"参座可笑话我走麦城……"

"不,不,"魏鉴贤说,"连关云长关公这等的战神,不也有走麦城的时候……打个败仗,有什么可笑的?!"

汤师长说:"那是我在独立第十五旅时,刚由湖北大冶地区调到江西'围剿'朱毛'共匪',在吉安水南、直夏初次与他们交手……我以为他们不过是一帮草寇,'剿灭'他们不是手到擒来的事,哪知道他们战法上有板有眼,士气上锐不可挡……好在我撤得快,又有赣江天佑我……"

135

"你当数中央军'围剿'朱毛'共匪'的第一人?!"魏鉴贤说。

吴奇伟说:"所以,与朱毛'共匪'打仗,万不可轻敌……"

"是这个道理。"汤师长说。

吴奇伟接话:"所以,你们当明白自'追剿'以来,薛岳长官因何不慌不忙……主动权呀,他还是紧紧地把握主动权!"

"的确如吴长官点拨。"汤师长策马一步与吴奇伟并行,"紧贴着朱毛'共匪',形似主动进攻,实有可能让敌人反手为攻丧失主动!"

"是这样。"魏鉴贤说,"但就我们这一头内部说,也不完全取决于我们自己……"

"这段时间,委员长一定被其他的事缠住了!"吴奇伟听明白魏鉴贤所指,委婉点题。

汤师长:"你是说,委员长没过多过问'追剿'的事?!"

"要不,我们能走得这样轻松?"魏鉴贤说。

"也不可以把他看得那样简单。"吴奇伟又摆出深谋远虑的老道,"朱毛'共匪'跑到贵州来,老蒋得有新的全盘谋划……'追剿'这一块,不会是仅仅交给薛长官负责,况且就薛长官带来的我们这2个纵队也不够,他势必把西南各地方势力也动用起来,调动他们参加'追剿'行动……"见魏鉴贤和汤师长没反应,又说:"很可能也在考察并采取措施,让这些地方诸侯确实地归顺于中央!"

……

第十六章　乌江不是第二湘江

入夜。

野战军指挥所灯火通明。朱德、刘伯承、叶剑英围着摊在桌上的地图,关注战局。

叶剑英放下手头的红蓝铅笔,直起腰来:"一师一团的杨得志团长打得聪明,绕开敌人防御的渡口,从敌人没有设防地段偷渡,再从侧后攻击渡口的守敌,一举夺取渡口,这个经验很值得推广!"

刘伯承也直起腰:"要不,怎么说得给战役、战斗指挥员以临机处置权,发挥他们的聪明才智。像李德那样一统到底,连一门迫击炮、一挺重机枪放在什么位置都得听他指定,这不硬是把我们聪明的战役、战斗指挥员,变成了木头般的傀儡。"

"决不能容许再有这样的荒唐事了。"朱德放下手头的放大镜,直起腰,似自语:"光是拿下个回龙场渡口也不够呀,都集中在一个渡口得多少天才能全部过乌江?!"

刘伯承:"从已知的敌人是以1个营兵力守一个渡口的敌情看,我们要夺取其他渡口应当也不难。关键是得看我们的战斗指挥员聪明不聪明。"

"对,关键是怎么打。发挥主观能动作用,扬我之长,克敌之短!"毛泽东进来。

跟着是周恩来、张闻天、王稼祥。

"博古呢?"朱德问。

张闻天随口:"他哪关心这个……在李德那里!"

"夺取渡口的情况怎样?"周恩来问。

朱德:"一师一团已拿下回龙场渡口。林彪报告正在组织架浮桥,计划一军团主力和九军团全部从这个渡口过乌江。"

"就是二师四团夺取江界河渡口还没得手,有些犯难。"叶剑英说。

王稼祥:"林彪把夺取江界河渡口的任务交给陈光他们就算完事啦……"

刘伯承:"是这样,我们让张云逸同志过去协调。林彪要是能带军团主力迅速过江,打守渡口敌军的后方,能动摇守渡口敌军的信心,也是对全局的一个配合。"

周恩来问:"三、五军团到达什么地方了,他们的过江是怎么安排的?"

刘伯承走到地图前,指着图:"他们都已进入瓮安了。计划三军团经紫阳过清水江,从茶山渡过乌江。我们派谍报队侦察过,敌人没在清水江渡口设防,茶山渡的守敌也仅1个营,应当不难。计划五军团执行后卫任务,随军委纵队之后,从江界河渡口过江。"

周恩来看完地图直起身:"这样说,当前的北渡乌江行动重心在于夺取江界河渡口……"

"是这样。"刘伯承回答。

周恩来对刘伯承说:"你马上到二师去。我们这就下命令,从今晚起二师和干部团暂受你统一指挥。还有,把军委的工兵连、炮兵连也带去,明天午前一定要夺取江界河渡口。"

"我这就去。"刘伯承走了。

毛泽东问:"薛岳的中央军和刘建绪的湘军,都到什么位置了?"

叶剑英:"从二局刚送来的破译的薛岳命令电看,他命令吴奇伟、周浑元两纵队以一部尾我追击,主力挺进贵阳……"

毛泽东:"尾我的一部是多少部队?怎么追?具体情况如何?"

叶剑英翻出二局之前送来的译电:"是这样:薛岳命令吴奇伟纵队于1月4日到贵定,7日到贵阳;命令周浑元纵队于1月1日到黄平,5日到贵定;他的总指挥部也是7日到贵阳。"

"完了?那尾我的一部呢?"张闻天说。

第十六章 乌江不是第二湘江

叶剑英:"电报里没具体说。"

"这不是虚晃一枪?"王稼祥说,"实际并没有派出一部尾我追击!"

"可以这样认为,"叶剑英说,"还有更逗的事。薛岳命令电的最后交代,'本路军部署,不得向友军宣泄,希遵办!'"

王稼祥接过译电看。

周恩来笑了:"真多心。第一,他的电报是用他们中央军专用密码发的,他们的友军即使收到,也译不出来;第二,他们的友军王家烈黔军和刘建绪湘军,与他们根本不照面,怎么宣泄给友军?"

"这叫欲盖弥彰!"张闻天说。

王稼祥放下电报:"说白了,叫做贼心虚!"

叶剑英:"要不是怕暴露了我们二局的破译能力,真该把薛岳的这封电报转发给他的友军……"

"那倒也不必。他们之间各怀鬼胎,彼此彼此,各自都留一手。"朱德说。

周恩来又问:"湘军的刘建绪兵团到什么地方了?"

"对何键的刘建绪兵团,大可放心。"朱德说,"他呀,必然是自扫门前雪!"

"没错。"叶剑英说,"应当是奉何键的'旨意',刘建绪于大前天调整了部署,重点是置于黎平、靖州沿湘黔边界北段,至江口、铜仁地区。看这个架势,是意在严防我军转进湘西……"

朱德:"何键现在最怕的是我们转进湘西,与贺龙、任弼时红军会合。他呀,顾不上也不管对我军的追击了……"

张闻天感慨:"真是指挥上的外行与内行,结果大相径庭。过去是外行说了算,弄得我们天天让敌人撵着跑,还差点在过湘江时全军覆灭;现如今是内行说了算,倒过来了,玩得敌人团团转……有防我们的,有怕我们,还有顾不上我们图他们自己的目的去……这把敌人玩在股掌之中,才叫指挥的艺术!"

王稼祥也感叹:"悔之晚矣,要是早就不听李德瞎指挥,得少死多少的官兵呀!"

周恩来:"要不,怎么说是千万先烈的鲜血和生命,换得了我们的觉醒!"

抢夺江界河渡口的红四团的确遇到了麻烦。

开始,他们把问题想得简单,一到江边就让三连连长毛振华带7个水性好的战士泅渡,拉起架桥的引绳。这大白天的干,能不让敌人发觉?他们当即遭到对岸敌人机枪、步枪的一阵猛打,更严重的是敌人还有迫击炮。虽说他们的迫击炮是赤水兵工厂仿造的,打得不远也不准,但架不住数门集射,一阵乱轰竟然把绑在南岸江边树上的引绳给炸断了。毛振华几人只好游了回来。入夜,毛振华又带18人分乘3条竹筏偷渡,可水太急,2条给打了回来,还有1条不知下落,毛振华等5人生死不明。

时间不等人,刘伯承到后即与张云逸,还有二师师长陈光、政委刘亚楼、红四团团长耿飚、政委杨成武,召开"诸葛亮会",协商攻取渡口的办法。最后决定,吸取红一团攻占回龙渡的经验,以主力在渡口上游一里地处敌人没有碉堡防御地段主攻;另以小分队佯动,作出攻江界河渡口架势,吸引守备的敌人兵力、火力,配合主力强攻,并且立即布置全团扎竹筏。

天亮后,全团扎完60多条竹筏,军委炮兵连长赵章成和指导员王东保带队的迫击炮也赶到了。

上午9时许,强渡开始,佯攻战斗也打响。

主攻的1个营乘坐60多条竹筏,顺水斜向对岸冲去。

但敌人也发觉了,后置的1个营扑了上来,形势万分危急。如果这一营敌兵先到对岸建立阻击线,我强渡的队伍很可能被压在滩头,甚至在江面上,不仅夺不了渡口,反而可能遭受惨重损失。

刘伯承叫来赵章成:"你自己看。"他把望远镜给了赵章成:"看到没有,朝着冲上来的敌人最密集的地方打,把他们打回去!"

"得令!"赵章成把望远镜还给刘伯承,回到炮位。他不是立即射击,竟然跪在炮前,嘴里念念:"各路神明在上,我是奉上司之命开炮的;被炸死的冤鬼,不怨天,不怨地,只愿你们赶上了,可别找我算账!"

第十六章 乌江不是第二湘江

赵章成是旧军队过来的迫击炮射击好手,能目测距离精度打击,甚至可以不要炮盘炮架搂住炮筒发射准确命中目标。但他就是至今还改不了从旧军队带来的封建迷信陋习,每次射击都得先跪拜,祈求倒在他炮口下的死鬼别找他讨命。这笑话,几乎是军委机关和见过他打仗的人无不知晓。但领导没有苛求他,用他的长处,还提拔他当了连长。

"真扯蛋……又来了,影响多不好!"赵章成的指导员王东保嘀咕着。

刘伯承摆摆手,让王东保别干扰他。

赵章成拜罢起身,接过副射手递来的炮弹打了1炮。炮弹倒是在敌军队形中炸了,但偏了些,没命中密集的人群。

王东保:"老赵,单炮射击还不靠谱……"

"别急,这是试射。"赵章成说,"炮兵在正式射击前得试射……说过多少次啦,你就是不懂;再说,不就是打两炮吓唬他们,用得着全连射击!"

刘伯承:"赵连长,我们的炮弹可不多!"

"有数!"赵章成调整射角,又接过副射手递来的炮弹,"看好!"他话音一落,炮弹飞出炮口。

这一炮在敌人集群的密集处炸了,顿时炸死炸伤一片,那伤了的哭天喊地。黔军哪见过这般场面,前头的吓得趴在地上不敢动,后头的有人扭头往后跑。

赵章成待到趴地的敌兵再站起来往前冲时,又打了1炮,又是炸死炸伤好几个敌人。这回,没伤的敌人官兵全扭头跑了。

就在第一炮响时,全团十几把冲锋号同时吹响,夹江的山谷回荡着令人惊心动魄的军号声;竹筏上的一营官兵也杀声连天。

站出掩体举着望远镜的耿飚顿时自语:"你个毛振华,我还当你昨晚淹死了……"

"他们还活着?!"一旁的杨成武忙接过望远镜。

耿飚自语:"全明白了。毛振华他们偷渡上岸后,可能是顾及到人少不顶用,没立即攻击敌人,而是潜伏在江边等得今天大部队再进攻时当内应!"

陈光:"这小子有头脑,应当表扬!"

举着望远镜的刘伯承兴奋地叫着:"上去了……好!"

这里,赵章成对副射手说:"撤出战斗!"

"不打啦?!"王东保问。

"你给炮弹!"赵章成又说,"再打就浪费了。把炮弹浪费光了,咱俩下步兵连当兵呀!"

陈光放下望远镜对刘伯承说:"成了,全部上岸了……我有1个营顶在对岸渡口,敌人就是有1个团反攻,也别想夺回去!"

刘伯承:"马上向军委首长报告渡口夺下了;还有,让工兵连立即架桥。军委纵队和五军团从这里过江,你们师先利用竹筏过江,能过去多少算多少……过江后给我1个团,准备跟我奔袭遵义城!"

赵章成过来颇有些得意:"刘总长,我这几炮打得还靠谱吧?!要不要我也跟你去抢占遵义城!"

"只能算2炮靠谱。"刘伯承说,"不过这两炮顶大用了……下一步暂且用不着你!"

陈光笑笑:"刘总长是怕带上你,用得着时又得拜天拜地,误事……不是我说你,哪有红军的炮兵连长开炮时干这事的……丢人!"

刘亚楼:"老赵呀,要是有神鬼,那些死在你炮口下的冤鬼还不照样找你;可你至今还活得好好的,说明这世间上根本就没神,也没鬼!那是你的心理作用作祟!"

"我说不过你们这些知识分子。"赵章成又笑笑,"这不,过去的师傅传下来的,我这不是习惯了……也是尊敬师傅!"

"还有理!"王东保看了赵章成一眼。

赵章成也笑着对王东保:"滚一边去……帮炮手背大盘!"

野战军司令部里,毛泽东、周恩来、朱德还守着。此外,还有叶剑英和其他值班人员。

朱德有些坐不住:"看来,这江界河渡口还真难啃……"

周恩来说:"刘总长去统一协调了,应当没问题……"

第十六章　乌江不是第二湘江

毛泽东说:"虽然薛岳没计划追我们,但我们也不宜在江边耽误太久了。"

朱德:"得考虑到敌人如果发现我们的大部队滞留在乌江南岸,也不是不敢仗着他们优势的兵力火力,逼我们背水决战。如果出现这样的局面,那可就糟透了……"

"那就真成了李德说的,乌江会是我们的第二条湘江。"周恩来说。

叶剑英接话:"巧了,这里还真有条江叫湘江。"他指着地图:"在遵义县和瓮安县边界,从紫阳的东北部流入乌江。"

"此湘江不是彼湘江,也绝不可能使它成为彼湘江。"毛泽东说,"就算他发现我们的主力还在渡江,要追上来决战也得在3天后。难道3天内我们还过不了江?!"

周恩来:"但我们也必须争取在1月5日前全军过乌江……得给老彭和董振堂发个报,催他们行动快些。是得注意对后面的警戒,但得提醒他们,不要顾虑过头了,放开走我们的路!"

就在这时,二师师长陈光来电话,报告江界河渡口已经拿下,工兵连开始架桥了。

张闻天搀着王稼祥进来。

周恩来端过一把太师椅让王稼祥坐下:"不是让你俩休息下,准备晚上过江么?告诉你俩,陈光刚报告,已夺下江界河渡口,工兵连正在架桥……晚上我们过江!"

"可能是有些兴奋睡不着,闻天说干脆到这里听听新消息。"王稼祥说。

刚好,野战军总部二局局长曾希圣进来。

"还真让你俩说着了,我们的情报局长来了,真有新消息。"朱德说。

曾希圣:"也算不上新的情报。我们刚破译薛岳关于进出贵阳给吴奇伟、周浑元的电报,想必你们关注于薛岳兵团的动态,这就送过来。"

毛泽东:"我们还真的关心薛岳部的动态,你来得正好,给说说要点吧。"

曾希圣坐了下来,从作业包里拿出译电,念道:"甲、匪主力经开州、息烽、修文间地区西窜,一部过乌江北岸。现余庆、瓮安一带已无股匪!"

张闻天:"等等。我没听错吧,他是说我们的主力已到了息烽、修文西边去了;我们已不在瓮安了……那么,还在瓮安的我们算什么?!"

"你没听错……"曾希圣说。

毛泽东笑笑:"看来,得找薛岳的情报官论理,竟然把还在瓮安的'共匪'头目之一的张闻天,剔除在'股匪'之外!"

王稼祥笑得直摇头:"把我们行动的大方向搞错90度,这情报,错得也太离谱了!"

曾希圣接着念:"乙、本路军以进出贵阳保有中心城市为战略上基地,以利尔后向四川进剿之目的……"

毛泽东:"听明白了吧?'进出贵阳保有中心城市为战略上基地',这才是他们的本意。"

"这也是蒋介石的本意。"朱德又似自语,"看来王家烈蹦不了几天啦,非让老蒋收拾了不可……"

"蒋介石让薛岳带领10万大军入贵州,总不能一无所获吧?!"叶剑英说。

曾希圣接着说:"薛岳命令吴奇伟纵队于1月7日到达贵阳,限5日内构筑据点所要碉楼36座;命令周浑元纵队于1月5日到达龙里、贵定、平城一线,也得在5日内构筑碉楼36座;他的总指挥部于1月8日到达贵阳。"

张闻天:"老蒋筑碉楼成瘾了……"

周恩来:"此前,我们犯了教条主义错误;这回,老蒋也在犯教条主义错误了,把在江西实行'堡垒主义',搬到了贵州来了……"

"那就让他筑他的堡去吧。"毛泽东说,"诸位,看到了没有,我们在遵义争取十天半个月的稳定期,是大有可能的。"

"我们不应丧失这个天赐良机,到遵义后召开中央政治局扩大会议,从组织上纠正党中央此前的错误!"张闻天说。

王稼祥:"我赞成!"

值班电话员喊着:"刘总长电话找军委值班首长……"

第十六章 乌江不是第二湘江

周恩来过来接过电话:"我恩来呀,伯承你说……江界河渡口拿下了我们知道啦……你准备待浮桥一架好,就带1个团过江直奔遵义城,很好,我们批准了!"

毛泽东过来。

周恩来对着电话机:"伯承,老毛和你讲话!"说着,把电话机给了毛泽东。

毛泽东:"伯承呀,你也猜到中央到遵义后有大事要办,拜托你尽快抢占遵义,给中央多点准备的时间……你保证呀,那太好了。"毛泽东见朱德在身边:"伯承呀,你四川老乡有话说。"随即把电话机给了朱德。

朱德:"伯承,抢占遵义的重要意义老毛说了,我不重复。这里说两点:第一,你得活着,也不能伤了;第二,你要是不能尽快拿下遵义城,就不是再发配你到五军团当参谋长问题,而是让你到司令部伙房当伙夫……什么?你当伙夫就不给我饭吃……你敢?!"朱德放下电话。

众人哄堂大笑。

毛泽东打趣:"这四川老乡更是一点情面也不讲……"

周恩来叫着:"剑英,你起草封电报给林彪、聂荣臻,让他们命令已过了江的一师协同二师,攻击猪场的敌人,配合夺取遵义城行动!"

"好的。"叶剑英回应。

毛泽东:"也给老彭发个电,让他们军团不得晚于6日晚过乌江!"

王稼祥:"我们回去收拾下,准备过乌江。"

第十七章 "国军"兵不如"匪"

打从进入贵州后,共产党的中央红军直指遵义,国民党"追剿"军中央军薛岳兵团直指贵阳。真是大路朝天,各走一边。

薛岳是按蒋介石的密令直指贵阳的,但在具体行动部署上自有亲疏。他让走得近的广东老乡吴奇伟纵队进驻贵阳、清镇地区,整训待命;让配属他的周浑元纵队在乌江南岸对遵义地区的红军警戒。不用说,贵阳、清镇的条件比乌江南岸好多了,足见薛岳对吴奇伟部队的关照。

吴奇伟的部队进入贵阳城后,就像饥饿的狼群见到群羊,各自扑上前去,一下子散了摊。

要说也是,就不算在江西南部深山中"围剿"红军之苦,仅从江西出发"追剿"战略转移的中央红军,这两个多月来几乎是天天跟着跋山涉水,日日也是餐风饮露,苦不堪言,能驻进一个县城,就像是进了天堂。虽说贵阳远不及沿海省城繁华,但也算得上是花花世界,国民党军的军纪原来就松懈,眼下又没有敌情顾虑,这上上下下,谁还会老老实实圈在军营里?

进城的第三天,柳海曙约梅云霞逛贵阳名圣甲秀楼。

受姑苏文化影响,梅云霞和柳海曙的便衣既入时考究,又显然与贵阳上流社会的小姐、少爷的打扮有些不同,很抢眼,更让人一看便知道是外来的阔人。

也因此,他俩引来了一路乞丐的讨要,弄得两人把零钱都散光了。为了应付局面,柳海曙不得不在街面的烟店买了包烟,借此破了一元零钱。

拐进公园小路,柳海曙感叹:"我们的蒋委员长真该来贵阳看看……

第十七章 "国军"兵不如"匪"

如此民不聊生,可了得……"

"他就是来了,看得到这满街的乞丐?!"梅云霞说,"可小心呀老兄,你的言论有些红了!"

柳海曙笑笑:"我得推荐你到政训处。"

"我要是到了政训处,第一个就办你!"梅云霞笑笑。

"那我不成了像委员长一样,自找掘墓人。"

"此话怎讲?"梅云霞没听明白。

柳海曙:"共产党原本并不拿枪,蒋委员长来个屠杀政策,逼得他们拿起枪造反。这一下有事干了,又是'围剿',又是'追剿',多少年了,内战不息……"

"我的柳主任呀,你这话更红了。"梅云霞说,"可小心呀,你底色就红,如今又露红……"

"放心吧,我嘴紧着。"柳海曙说,"我知道,祸从口出……只要不在不该说的场合说不该说的话,就不可能招来杀身之祸!"

"难为你啦……"

"从1927年政治气候变了后,8年来,我早习惯了……习惯于把自己打扮得忠于党国、忠于我的校长蒋委员长!"柳海曙苦笑。

梅云霞又笑了:"好么,你个阳奉阴违更了得!"

"阳奉阴违连动物也会,"柳海曙说,"听说猴子就会。在猴王争夺中,力量不成熟的公猴,会主动给老猴王梳毛捉虱子,讨好猴王;而一旦强壮时,他便一击至老猴王以死地,或者把它逐出猴群而自己称王!"

"好么,你还有争当猴王的雄心壮志!"梅云霞大笑。

"我是说动物尚且懂得生存竞争之道,何况我们是人。"柳海曙说,"当然,人的世界更复杂,而我们又生活在尔虞我诈的环境中,即使不随波逐流,也得学会保护自己。"

"柳兄所言极是。"梅云霞学苏州评弹念唱,俏皮回话。

这引得柳海曙大笑。

兴许是他们的有说有笑,引来了迎面的3个散兵。

"站住!"那个斜挎着驳壳枪的兵油子喊着。

柳海曙、梅云霞倒也配合，停下脚步。

兵油子："你俩哪来的?"

"关你什么事?!"梅云霞说。

柳海曙把梅云霞拦在身后，对着兵油子："有什么事吗?"

"我看你俩可像是'共匪'的密探!"兵油子把手压在驳壳枪匣上，一脸蛮横。

柳海曙大笑："从什么地方看出我们俩是'共匪'的密探?!"

"你俩不是当地人!"赶上来的两个兵中岁数小的兵说。

"不是当地人就是'共匪'密探？这贵阳城里这类密探可多了。"柳海曙逗着，"看来你们不是宪兵吧!"

"我们是国军，国军就可以查你们……"兵油子一副横劲。

柳海曙又逗着："说吧，你们想怎么着?"

跟过来的那个年纪稍大些的兵说："我们也不想找你们麻烦，就讨点中午的酒肉钱!"

梅云霞："早说呀!"

"要多少?"柳海曙还逗着，"一块钱够吗?"

兵油子："打发叫花子呀!"

梅云霞："我看你们还不如叫花子……"

"你妈的找死!"兵油子拍了拍驳壳枪的匣盖，"是想就地挨顿揍，还是押到我们团部去……"

"看来是非给不可。"柳海曙笑笑，把右手伸进大衣内兜，像是要掏钱包。

年纪大点的兵："就是么，这年头好汉不吃眼前亏……"

柳海曙拔出随身的左轮手枪："你看这个值多少钱?!"见兵油子要掏枪，呵斥："老实点！我的子弹比你掏枪快!"

"瞎了眼，敲诈也不看对象!"梅云霞说。

柳海曙用枪指着兵油子的头："转过身子!"在兵油子转过身时，他下了兵油子的枪，退出弹夹，"转过来，说！哪个团的!"

"兄弟，开玩笑，开个玩笑别当真……"年纪大的兵忙赔不是。

第十七章 "国军"兵不如"匪"

柳海曙用枪戳了下兵油子的头:"说!"

兵油子:"我们是胡团长团的……兄弟我是他的勤务兵!"

"把身上的弹夹交出来!"柳海曙命令着。

兵油子回答:"没了。"为证明确实没有,自己翻出口袋。

柳海曙:"把地上弹夹拾起来,给我!"

兵油子照着做了。

接过兵油子递来的弹夹,柳海曙说:"回去告诉你家胡团长,让他到师司令部找参谋处主任要回弹夹!"说着,把驳壳枪还给兵油子。

梅云霞从手包里抽出一元:"足够你们仨的中午饭钱吧!"说着,给了年纪大的兵。

柳海曙呵斥着:"滚!"

3个兵落荒而逃。

梅云霞直摇头:"这样的兵……"

柳海曙苦笑:"我们口口声声骂共产党红军是'匪',殊不知我们的兵比'匪'还不如;是盗,任意打劫的强盗!"

"算了,别生气!"梅云霞说。

这阵子,柳海曙所在部队的汤师长,正在拜会他的顶头上司吴奇伟司令。

在吴奇伟纵队的4个师长中,汤师长与他走得最近。其实,汤师长与他的吴司令原先并不同山头。吴司令是粤军编成的老四军出来的,汤师长则是黄埔军校一期出来的,算蒋介石的门生,早几年蒋介石扩军时任命汤为独立第十五旅旅长,后升他为师长,拨归吴奇伟纵队,当说有掺沙子的意思。但汤师长与吴司令同是广东人。像吴司令与薛总指挥同是广东人一样,这层关系拉近了他们的距离。还有,吴奇伟堪称是国民党军将领中性格上的另类,脾气特好,人称"阿婆"。广东话里"阿婆"是奶奶、外婆级的慈祥老妇的通称,也是敬称。"阿婆"性格和军人气质相差甚远,但吴奇伟的"阿婆"性格,却赢得了官兵的普遍亲近。

汤师长所以一进贵阳就找吴奇伟,在于有话要说,也说得上话。

吴奇伟见汤师长找来，自然先用功夫茶招待。吴奇伟是广东大埔人，粤东地区的人普遍兴功夫茶，吴奇伟也有这个嗜好，并且有条件保持嗜好。

　　"都安置好了?!"吴奇伟招呼汤师长坐下递过功夫茶。

　　汤师长示意答谢："光杆一条，走到哪儿找间房子，被子一铺齐了。"又说："托你的福，驻进贵阳城……这可是几个月来没驻过的好地方。"

　　"得托薛长官的福，他关照咱们进了贵阳城。"吴奇伟也坐了下来。

　　汤师长："要是这样说，还得托委座的福，没让我们立马追过乌江去与'共匪'厮杀！"

　　吴奇伟端起小茶杯，闻了闻："老弟，你当明白，委座不是不想追杀'共匪'，而是局势走到了这一步，得通盘考虑，得把消灭'共匪'和解决西南地方势力问题结合起来，从长计议。"

　　"你这一点拔，我茅塞顿开了。"汤师长说。

　　"部队情况怎样？"吴奇伟心中有数，汤师长无事不登三宝殿。他主动引入正题。

　　"正要向司令禀报呢。"

　　"说吧，实话实说，直说。"

　　"减员几乎达到一半……"

　　"有这么严重！"吴奇伟想得到这一问题，但想不到有这么严重。

　　"这一路走来逃跑的不断，还有病了掉队的少数人死了……没断过。"汤师长也习惯于功夫茶，拿了一小杯品着。"这样说吧，现在的1个连队，多者剩下七八十人，少者仅三四十人，平均起来得减员一半。"

　　吴奇伟站了起来，自语道："这才追了两个多呀……你说的这个问题应当是共性，各师都会是差不多！"

　　"可不是么！太苦了；而且长期长途行军，部队也不好管理，逃兵往路边草丛、树林里一窜，追都没法追，很难防逃亡事故的发生。"汤师长给吴奇伟满上茶，又给自己满上。

　　吴奇伟回坐，喝茶。

　　汤师长："还有呢，欠饷。不说'追剿共匪'这苦差事应当给赏钱，但正常的薪饷总不能拖欠吧……这都几个月没发饷了！"

吴奇伟："这个问题早有耳闻，我也几次向薛长官反映过……真是，南京的那帮人，总是既要马儿跑，又要马儿不吃草！"

"可没钱不行呀！"汤师长说，"军中老话，重赏之下必有勇夫。现在不说给重赏，也不说给赏，就是法定的薪饷都不按时给，这部队能巩固吗？"

吴奇伟："你说的是我们部队当前存在的两大共性问题，我立马向薛长官反映……要是不能有根本上的解决，可影响作战任务的执行。"

"就是么。"汤师长说，"但当前最根本的问题还是钱，得尽快把欠饷发了。还有招兵买马补员也得要钱……不赶快动员，再追下去，用不着'共匪'消耗我们，我们也会自己把人员丢光了，队伍搞没了！"

吴奇伟："对，对，让薛总长向南京要钱！"又转了个话题："你们可得抓紧整训，养精蓄锐，尽可能募兵补员。形势不可能让我们老待在贵阳城。"

"你估计我们在贵阳能待多久？"

吴奇伟："我断定蒋委员长正在调兵遣将，等川军、滇军派出的部队到位后，势必对'共匪'发起围追堵截！"又说："估计我们在贵阳也就半个月吧，最长也不会超过一个月。"

汤师长："为什么只等川军和滇军的部队，湘军和桂军不用？他们不出兵'协剿'？"

"你想想，湖南的何键怕什么？是'共匪'东进湘西对吧？所以他的湘军必定是扼守乌江东岸，不许'共匪'东进湘西。而广西的李宗仁、白崇禧想出兵贵州，可老蒋不会同意的。"

"为什么？"汤师长没明白吴奇伟的话。

"桂军出兵贵州，目的在于确保四川、贵州鸦片进入广西出口的通道。"吴奇伟说一半，另一半留给汤师长思考。

汤师长反应倒快："保财路呀……蒋委员长当然不干！"

吴奇伟："所以，下一步的'追剿'任务，只能由我们中央军、川军、滇军和黔军这四家。而川军必定以严防'共匪'北渡长江为主；滇军是客军,黔军毫无战斗力……主要得靠我们中央军……"

"可我们已经严重减员……力不从心!"汤师长说。

吴奇伟:"不错,当面的'共匪'在湘江一战中遭受惨重损失……他们的力量和锐气已经今非昔比了!"

柳海曙和梅云霞看罢甲秀楼后,在附近街上找了家饭店要吃中午饭。

这刚踏进大堂门,只见有人惊跑,又听有人大叫:"当兵的要杀人啦……"

梅云霞眼尖,指着大堂中间三个当兵的说:"那不是刚才敲诈我们的兵渣!"

柳海曙大喝一声:"把枪放下!"他也认出来了,走到三个当兵的对面:"怎么啦?"

"吃饭不给钱,还要动枪……"有人说。

又有人说:"还大言不惭地说,国军到贵阳'剿匪',商家理当犒劳他们!"

还有人小声嘀咕:"这光天化日之下打劫,比土匪都不如……"

那个拿着驳壳枪吓人的就是自称是胡团长勤务兵的油子,他也认出了柳海曙,随手收回枪,放进枪匣里,低下头。

范有贵和另外两人也从楼梯上冲了下来。

"怎么啦!"范有贵问。

柳海曙见了范有贵:"你也在这里?!"

"和两个弟兄刚上楼要点菜,听到楼下喊着,当兵的要杀人,这不,下来看看。"范有贵说。

柳海曙指着三个兵:"他们呀,刚才还要敲诈我们呢……"

和范有贵一起下楼的那个穿便衣的说:"这不是胡团长的勤务兵?跑这儿来撒野!"

柳海曙对着那三个兵:"我真该把你们拉出去毙了!"

和勤务兵一起的另两个兵当即跪下:"长官饶命,我们错了,再也不敢了!"

和范有贵一起下楼的那位穿军装的对勤务兵说:"你是要等着这位长官把你拉出去毙了,还不认错……"

勤务兵有些不情愿地跪下:"我错了,再也不敢了!"

梅云霞说着:"店家……"

人群中走出一个中年汉子。"鄙人是。"他有些诚惶诚恐。

梅云霞诚意:"替我们当兵的无礼给你道歉,他们的账待会一起算在我们账上!"

店家:"不敢。他们的账算了,就算是犒劳吧……"

范有勇对着三个兵:"滚!"

三个兵起身撒腿跑了。

"不,一定得付账!"柳海曙说,转而指着老范给梅云霞介绍:"我们处的首席参谋老范,我的老大哥。"又指着梅云霞:"我们师军医处梅云霞军医,我的姑苏同乡。"

范有贵指着范有勇:"我的堂弟,胡团一营营长。"指着着军装的军官:"我堂弟营一连连长!"

"幸会两位长官,一起吃饭?!"范有勇邀请。

范有贵看柳海曙,柳海曙看梅云霞。

梅云霞:"好,一起坐坐,热闹!"又说:"柳兄的官最大,他请客!"

"当然,当然我结账!"柳海曙招呼,"走,上楼。"

五人来到楼上范有贵他们订的包间坐定,柳海曙把菜单推给梅云霞:"女士点菜!"

梅云霞倒没推却,很快地点了几个菜,要了酒,服务员刚要走出门,她又加了一句:"先来一壶好茶。"

服务员带上门走了。

"柳主任,那个兵油子要是真不服软,你怎么下台阶?!"梅云霞对着柳海曙笑笑。

范有贵:"柳主任是吃定他必服软。这种狗仗人势的东西本质上软的欺,硬的怕!"又说:"我倒很赞成我们主任那样做。在这种时候、这种场合,就要拿出长官的派头,吓吓这些混蛋,也平民愤!又挽回点面子。"

"能平得了民愤吗?!"柳海曙一副感慨,"听到没有,老百姓骂我们当兵的比土匪还土匪!"

范有勇对着柳海曙:"主任长官,今天的事是让你撞上了,而这种事在下面官兵中司空见惯……老百姓骂得在理……"

连长接话:"这样说吧,我们的确该让老百姓骂。这一路走来,我们几乎是靠抢吃过日子,见粮抢粮,见猪牛羊杀猪牛羊,见鸡鸭鹅杀鸡鸭鹅;没有猪牛羊鸡鸭鹅就杀狗……能不让老百姓骂我们?可因何会是这样?上头没给养保障,又欠饷好几个月了,不能按时赶到指定地域,又得受军法问罪。你说不吃能走得动?!不抢老百姓的东西有吃的?"

范有勇:"是呀,下头也委屈……"

柳海曙:"我们的军纪也够呛……太败坏!"

"是的,我们的军纪的确历来败坏。"范有贵说,"像共产党的部队不也没给养保障,不也得天天赶路……"

范有勇:"他们不也共老百姓的产!"

范有贵:"老弟,共产党共的是地主老财的产……如果他们也共老百姓的产,老百姓怎么会拥护他们?"

梅云霞借着服务员端着茶进来,起身给大家倒茶:"诸位,莫谈军务,为我们今天的幸会先喝茶,待会喝酒!"

柳海曙敬佩地看了梅云霞一眼,接过茶。

范有贵接过茶:"梅军医,领教了,难得呀!"

……

第十八章　生死攸关的会议

军委纵队是在刘伯承率领红二师六团巧取遵义城两天后,进入遵义城的。

毛泽东、张闻天、王稼祥仁还住一起,管理员把他们安排在新城古寺巷黔军旅长易少荃的宅院里;周恩来、朱德住黔军第二师师长柏辉章住宅的主楼二楼,楼下和配院是野战军指挥所和军委作战、通信以及情报局。博古、李德还在一起,住在更敞亮的杨柳街侯家公馆。但这几处彼此相距不远。

这天下午,周恩来、张闻天一起到侯家公馆找博古。

恰好博古一个人在屋里。刘群先白天有集体活动,红军进城后,立即开展群众工作。编在休养连的领导干部的夫人们,白天依然过集体生活,她们也有群众工作任务,刘群先也不例外,得参加。博古这阵子也烦李德,打从通道会议失去实际指挥权后,李德变得更暴戾,动不动就找博古泄愤、抱怨。开始一段,博古还安慰他、劝他,听他发泄,当他的出气筒,但渐渐地也烦了,尽量避而不见。

三人坐定后,张闻天先开口,直奔来意:"当下的中央政治局常务委员和书记处书记就我们三人,恩来和我都认为我们应当利用到了遵义有个短期的喘息机会,召开中央政治局扩大会议,对此,当前迫切必须解决的问题是讨论决议。这事也征得朱德、陈云的同意了。"

"拟定要解决什么问题?"博古问。

张闻天:"讨论我们下一步的战略计划;检讨第五次反'围剿'以来军事指挥上的失误;还有从组织上正式解决领导和指挥问题……"

博古一听,当即意识到提议要召开的会议,不似此前召开的通道会议、黎平会议、猴场会议，单纯地议决战略转移的方向和计划问题。在他认为，张闻天、周恩来提议要召开的会议，是要检讨此前以他为核心的中央的政治路线和军事战略，改组中央政治局。会议是冲着他来的，要赶他下台，他顿时产生逆反心理。

博古迅速地想到否定的理由："一年前党的六届五中全会是向共产国际报告并得到共产国际同意后召开的；中共六届五中全会中央政治局和书记处，也是得共产国际认可的。我们现在要召开中央政治局会议，改组六届五中全会的中央政治局，也必须得到共产国际同意吧！可是，我们已经与共产国际失去联系，没法请示报告；再说，分散在其他地区的中央政治局委员和中央委员也不能到会，我们这些人自己召开，这合适吗？合法吗？"

周恩来说："博古同志，你没听明白呀！我们提议召开的会议，是中央政治局扩大会议，而不是党的六届六中全会。当然，从组织关系上说，应当请示报告共产国际，应当通告其他战略区有关同志到会。但你也知道，这些都不可能办到，我们当下的形势又万分紧急，就只好自主。再说，当下能到会的中央政治局委员、候补委员也占多数，会议是合法的。况且，这样的会议在党的历史上也有先例。1927年8月7日在汉口召开紧急会议不也是中央政治局扩大会议，不也是能到多少同志算多少同志，特事特办。"

博古虽然没有参加周恩来说的党历史上所谓的"八七会议"，但他在中山大学研究党史时了解过这个会议，那是批评纠正当时的总书记陈独秀路线错误，改组中央政治局的会议。从此以后，曾经是党的总书记的陈独秀在党内什么都不是了，甚至成了被党抛弃似的。他不能让自己推到被批评的地步，不认为也不能承认他这个总书记犯了路线错误，更不能接受被党抛弃的命运。

"现在的情况不同于大革命失败……没有那么严重、那么危急吧？！"博古嘀咕。

"在你看来，我们的党和革命的损失还不严重？情况还不危急？现在的领导和指挥状况还应当继续？"张闻天激动地说，"这样说得把剩下

第十八章　生死攸关的会议

的这点力量全搞光了,你才承认是失败?!"

"你别危言耸听!"博古也有些激动,"急于要召开中央政治局扩大会议,改组中央政治局,他好上台,这是毛泽东的意见吧?"

张闻天回应:"你站在维护你个人地位立场上,把问题都想歪了。要召开中央政治局扩大会议,也是我和恩来的意见!"

"我也认为你想歪了。"周恩来说,"即使要召开中央政治局扩大会议的意见是毛泽东提出的,组织上也是合法的,提议也是正确的,书记处应当听取……博古同志,我还告诉你,党内的其他同志和红军将领中,也普遍认为必须改变领导和指挥的现状!"

张闻天:"我还可以告诉你,有同志提出,如果中央不能改变现在的不正确领导,就不能再跟着这种错误领导走下去……"

"什么意思?"博古说,"不听党的领导指挥?!"

周恩来:"首先应当指出,听党指挥不是听哪个人指挥。还有,我们是应当坚持党指挥枪原则,但也要强调党必须善于指挥枪……我们的党中央的主要成员,如果弄得红军回回打败仗,一次次地遭受惨重的损失,有资格让红军听我们指挥吗?!"

博古知道理亏,避而不谈这个问题:"我知道,毛泽东早就在活动,要我下台……这回抓到了机会了……"

"干脆把话说开,不就是说老毛、我还有王稼祥是'小三人团'吗？可我们在一起议论的是事关党和红军前途命运的大事,扣不上非组织活动的帽子。"张闻天愤愤地说,"毛泽东是中央政治局委员,我是中央政治局常务委员书记处书记,王稼祥是中央政治局候补委员,我们在一起议论党和红军的前途命运是责任所在。你们'三人团'根本就不听我们的意见,还不许我们议论？这个问题就是摆在中央政治局讨论,甚至让共产国际裁决,能扣得上我们是非组织活动帽子?!"

"我没说你们搞非组织活动!"博古说。

"都冷静些。"周恩来说,"我认为问题的根本不在于意见是谁提出的,而在于他的意见是不是出于立党为公,是不是从党和革命的前途命运着想。"他又加了一句:"不要把党和革命的问题,看成是个人的问题。"

"可是,可是你们现在是借机冲着我个人来的……是要改组中央政治局,以我所谓犯了路线错误之名义,要我下台!"博古仍然气愤。

张闻天:"我们这样说过?!"

博古:"毛泽东有这个意思吧?!"

周恩来:"博古同志,不要以你的成见度他人的境界。我告诉你,恰恰是毛泽东提出的,不要像'八七会议'那样改组中央政治局,而是只对中央政治局常委的分工作调整……具体说吧,就是正式撤销'三人团'负全责之决定!"

博古一时无言。

周恩来又说:"你还认为我们'三人团'有能力负全责?还能继续由我们说了算?"

张闻天接上:"实践已经检验过了,以你为核心的'三人团',已经把我们的党和红军带到生死存亡的边缘,为了党和革命的前途命运,我们应当否定'三人团'的领导。不行就得下,让行的人上。从以往实践成绩上看,我还有陈云认为毛泽东行,建议在这次会议上增补他为政治局常务委员,参与对党和红军的领导指挥!"

"我赞成把毛泽东同志增补为政治局常务委员。"周恩来说。

博古:"你们认为他能带领党和红军走出危难?"

周恩来:"起码是过去的实践证明他行。将来的实践检验他还行,他就成了我们党的领导核心;倘若不行,党自然会也必须是另选他人!"

博古给堵得无言以对。许久,又说:"既然你们都商定要开这个会,我只能少数服从多数……"

张闻天:"那好,按党的组织程序,你必须作工作报告!"

"要我作检查?!"博古又激动了,"凭什么?!"

周恩来:"你是六届五中全会产生的中央书记处的总书记,你理当作主持书记处的工作报告。至于检查不检查,我个人认为你对党过去的失误负有主要责任,应当检查!"

"我负有主要责任?我不能接受!"博古最怕是这一点。

张闻天:"你不负主要责任,谁负主要责任?!"

周恩来:"报告你得做。这是你的职务责任!至于你要不要自我批评,就看你的认识。不过在我看来,错了就作自我批评,党和同志们会谅解;你不作自我批评,也没人会强迫你。但有一点得明白,也应当坚持,批评和自我批评是马列主义的武器,我们党的优良作风,我们应当允许同志的批评。"又说:"过去的'三人团'的失误,我也负有一定责任,我会作自我批评,也欢迎同志们批评!"

博古:"李德同志参加吗?"

周恩来说:"这是我们党中央的会议,从组织原则说,他不应参加;但他是我们中央过去指定负全责的'三人团'成员之一,又应当请他列席。"

博古:"预计什么时候开?"

周恩来:"得有所准备。但局势又不允许我们有更多的准备时间,几天后相对准备好了就开。"

"扩大到哪一级?"博古问。

"具体再商定。"周恩来说。

"好吧。"博古轻轻一叹。

5天后,也就是1935年1月15日,中共中央政治局在遵义召开扩大会议。后来的历史把它称为遵义会议。

会议在周恩来住处二楼西厅召开。出席会议的中央政治局常委书记处书记博古、周恩来、张闻天,中央政治局委员毛泽东、朱德、陈云,中央政治局候补委员王稼祥、刘少奇、邓发、何克全;扩大到会的总参谋长刘伯承、总政治部代主任李富春,一军团长林彪、政治委员聂荣臻,三军团长彭德怀、政治委员杨尚昆、五军团政治委员李卓然,中共中央秘书长邓小平;列席参会的共产国际派来的军事顾问李德和翻译伍修权,几乎无序地各坐各的。李德刻意地坐在门里一旁。人们几乎都各在考虑各自的意见,会议气氛有些凝重。

会议由博古主持。按事先商定好的不针对人事的问题开始,首先复议下一步的去向和大体战略设想。

与会同志分析了黔北地区的人文、经济力和地形条件,认为此地不适合于红军大部队长期生存发展,决定放弃黎平会议预定的在黔北创建新苏区设想;又吸取了刘伯承、聂荣臻提议,决定中央红军北渡长江,在川西或川西北建立苏区,会同川陕苏区的四方面军,争取"四川赤化"。

会议的第二个议程,由博古作第五次反"围剿"的总结报告,周恩来作副报告。周恩来在副报告中作了自我批评,也指出了第五次反"围剿"失败的主观原因,是由于中央的军事战略错误。他态度诚恳,也指到了问题的实质,获得了同志们的谅解。但费时间和口舌的是博古的报告,他强调第五次反"围剿"失败原因在于敌人力量强大,白区革命运动和苏区周围的游击斗争配合不力,而没有认识到是由于主观指导错误造成的,也没有对自己领导错误作必要和诚恳的自我批评。这引起了与会者纷纷批评。

对此,早已有准备的张闻天作反对"左"倾军事战略错误的反报告,比较系统地指出博古、李德在战略指导上的错误。

毛泽东、王稼祥也作较系统发言,支持张闻天的反报告。周恩来、朱德、李富春、聂荣臻等也发表意见,表示不赞成博古的看法,支持张闻天、毛泽东、王稼祥的意见。

会议的第三个议程,是从组织上正式取消'三人团'指挥权,决定由周恩来对军事斗争负总责,增补毛泽东为中央政治局常务委员,参加对党和红军的领导,协助周恩来指挥中央红军行动。会议委托张闻天起草遵义会议决案。

这是党在特殊情况下召开的一次特殊会议,但又是党的生死攸关的会议。

博古几乎是抱着抵触的情绪到会乃至主持会议。这天晚上会议结束后,他拖着沉重的脚步回到住房,颓然坐在桌前,脑海里又闪现会议的情景。

应当说,会议的一边倒是他想到的,但万万没想到的是,除了何克全一人外,与会者会对他的报告那么反感,甚至是气愤。会议虽然没有免去他的总书记一职,可这些高级干部对他如此反感,今后他可怎么能站

第十八章 生死攸关的会议

得住?

他从眼下的处境,又想到4年前王明与他分手时交代的"切记",即不要召开中央全会,不要改变经共产国际同意并批准的中央政治局人员组成。可王明说来容易,他博古做起来难。他不能阻止得了毛泽东进入中央政治局常务委员会,参加对党和红军的领导。

他虽然只有27岁,可他已经在中共中央最高领导大位上坐了多年,尝到了权力的可爱和可贵,以至于生怕得而复失。

不知几时,窗外又下起淅淅沥沥的雨。他不由起身走到窗前,打开窗子,顿时,一股带着梅花香味的寒气扑面而来。他这才意识到腊梅绽放,已是腊月,严冬的寒冷。

梅花的香气,兴许令他不由想到陆游的《咏梅》,又兴许令他感叹自己何尝不也是"无意苦争春,一任群芳妒"。只是,他仍然没有想到他不会也不可能有"香如故"!

兴许是由想到陆游的《咏梅》,又回到他当下的心境,竟然也来了诗意。他关上窗子回到桌前,顺手操起桌上的纸和笔,写着:"我是多伤惨,光阴犹如胆。何日胆光转,红军出青天。"

他实在没有诗的才气,不过是一时的宣泄。然而这又的确是他此时的心结,唯有他自己才知道,他想诉说些什么?!

会议结束后,周恩来如释重负,轻松地回到他的住房。

邓颖超已先回来了。她见周恩来回来,指了指脸盆上的热水:"小邵刚送来的,水还热着,你洗把脸吧……"

周恩来放下手头上的本子和笔,解开棉上衣,在脸盆前洗脸。房子主人柏辉章的家奴逃跑时,只带走细软,屋里的用具一应齐全留着。周恩来和邓颖超享受着主人留下的铜脸盆和梳妆镜。

"扩红的成绩还好吧?!"周恩来问。扩红是扩大红军的简称,也是动员地方青年当红军。中央红军急于补充人员,进入遵义后各部都把扩红当成重大任务之一,连邓颖超她们所在的休养连也出动配合。

邓颖超高兴地说:"原以为这里没有革命基础,短期内要扩红会很困难，没想到经过这几天的宣传，群众竟然一天比一天踊跃，今天招收了好几百人。还有女孩子要当红军……我们不收女兵，有3个学生竟然和我们论理，说我们重男轻女；还说我们不也是女红军，为什么不收她们。弄得我们这些女同志都答不上来！"

"这就叫着穷则思变。穷人更要求革命，也更愿于投身革命。"周恩来又用洗脸水洗脚。

邓颖超："会议的议题都完成了？！"

"完成了，也相对达到预期的目的。"周恩来说，"把老毛增补为中央政治局常委的事也成了……压在心头上的这块石头终于卸下了。"说着，端起脸盆下楼倒水去。

邓颖超又往火盆里加了几块木炭，一月的遵义天还很冷。这黔军师长柏辉章的家里存有很多木炭，警卫员共他的产，给首长住房里的火盆都点上火。

周恩来端着脸盆回来了。

"你说压在心头上的一块石头放下了是什么意思？"邓颖超说，"以前可没听你说过这件事！"

"那是因为时机不到。"周恩来把脸盆放在架子后坐到桌子前，"我到中央苏区3个月后就和老毛在一起。这之前，只是从他们给中央的报告中感觉到他很能干，和他在一起后才身临其境看到他能干。1932年上半年，他领着红一军团打漳州，打乐安、宜黄，战无不胜。我这才体察到他不但有政治家的能才，还有军事家的天才，文武双全，人才难得。可就在这一年10月宁都会议上，后方的同志坚决地把他撵出中央红军，自此，一直让他赋闲到现在。我有心保他，无力办到，总觉得委屈他了，对不起他……"

"记得你说过，老毛的性格有弱点，过于强势！"

"他是有这个问题，但俗话说金无足赤，人无完人，要看一个人的大节，用之大才。"周恩来又说，"我们伟大的党和革命，需要领袖，也在造就领袖。这些年来，党试用了好几个领袖，实践说明都不具有必需的素质、智慧。而在我看来，老毛才是我们党在革命斗争实践中造就的领袖。看他的过去,相信他的将来,他一定能带领我们党和红军走出眼下的困境,开创发展的新局面。"

"你看好他,决心辅佐他?!"邓颖超走到周恩来身旁,"可他不过才被增补为中央政治局常委……总书记还是博古……"

"博古的素质和威望当不了总书记,只是时间问题。"周恩来说,"现在是战争时期,党和革命的前途命运全取决于我们在战争中能不能战胜敌人。所以,总书记并不关键,关键的是红军的统帅……"

邓颖超:"可我听说,会议决定你还负军事的全责,老毛不过是协助你……"

"但我可以把权力托给他。表面上他听我的,实质上我听他的。"周恩来说,"政治斗争是要讲策略的,有些事,哪怕是对的,不可为时万不可轻易作为;当可为时,必须断然但又有策略地作为!老毛毕竟赋闲两年多了,得让党和红军有个再认识他的过程。以他的魄力和智慧,他会潜移默化成为党和红军的领导核心的。"

邓颖超笑了:"看来将来的党的历史,也会记上你周恩来的一笔!"

"我连领袖都不争,还在乎这一笔!"周恩来也笑了。

邓颖超:"如果将来我给你结论,那是 8 个字——立党为公,相忍为党!"

……

第十九章　人约黄昏后

黄昏时分,彭德怀在警员护送下,在召开遵义会议那幢楼下的大门口下马。

这阵子,邓颖超和周恩来在"家里"吃晚饭。一个用的是磁缸,一个用的是饭盒,都没有碗,饭菜各分一半。

彭德怀一头撞了进来。

邓颖超忙起身:"还没吃晚饭吧?一起吃!"

"是吃你这一份还是吃恩来的那一份?"彭德怀往前一看,"直说,你们吃的还没有我们的好。路上听警卫员说,我们晚上的菜有肉!"

"那就不请了,你还是回去吃肉吧!"周恩来说,"你先坐,等我把这几口吃完,到值班室说。"

"不急,我到朱老总家看看!"彭德怀扭身走了。

周恩来对邓颖超说:"你让小邵到老毛家,告诉他说老彭来了。"

"是呀,老彭大老远赶来,一定有要紧的事。"邓颖超放下磁缸走了。

也就不到 20 分钟,周恩来、毛泽东、朱德和彭德怀汇聚在指挥所值班首长的屋里,刘伯承也在。

人一到齐,周恩来对彭德怀说:"抓紧吧,你还得赶回去吃晚饭呢!"

彭德怀:"听杨尚昆说,遵义会议最后还顺利,老毛进了中央政治局常委……据说博古连自己的错误都不作自我批评,他还能再当总书记?……"他因处理敌情,没参加开完会议。

"他一时认识不到,我们可以等待嘛!"毛泽东说。

"好,等待。"彭德怀转了话题,"不会怪我一言不发吧?!"

第十九章　人约黄昏后

周恩来:"你不是才参加会议的一半就走了……还来不及发言。"

"我看你是顾虑到一开口忍不住又骂娘,干脆不开口?!"毛泽东说。

彭德怀:"要不怎么说老毛料事如神……"又一笑,"我这个人臭脾气,忍不住会骂人……"

毛泽东笑了:"老彭,你是不是鼓动我到遵义街上摆个摊子,打着'小神仙'幡帐当个算命先生?!"

"那我就在一旁给你收钱……"彭德怀说。

毛泽东:"可别……还不把顾客都吓跑了,我怎么做生意?"

周恩来说:"老彭呀,你连晚饭都没吃跑来,不会是专给老毛戴高帽的吧?快说正事……你还得赶回去呢!"

"是呀,说正事吧。"毛泽东也催着。

彭德怀:"是这样:我们的警戒部队报告,从上午开始,王家烈的黔军进入我们撤出的刀把水,顶到一线与我们对峙……"

"多大兵力?什么企图?"毛泽东问。

彭德怀:"我们的谍报队刚摸到他们的一个小官,供出总兵力是黔军6个团,扬言要收复遵义城……"

"就他们6个团敢来收复遵义城?"朱德似自语。

毛泽东:"是不是你的几个师长又手痒痒,想揍他们?!"

"可不,他们说我们太需要来个胜仗。倒不是稀罕黔军的破枪烂炮,只是想弄点子弹,也鼓舞士气!"彭德怀说。

毛泽东:"你的意见?"

"我也认为我们现在的确需要有个胜仗;黔军又是弱敌,符合拣弱的打的首战原则。"

朱德打断彭德怀的话:"你也想打?"

"不是,"彭德怀说,"我们过去的经验是反攻的第一仗要慎重。就是老毛常说的慎重初战,得确实有把握才下手,必须保证首战告捷。但就进入刀把水的黔军而言,虽说其本身是弱敌,但紧挨着他的是薛岳兵团两个纵队,只要一打响,用不着半天吴奇伟纵队就能过江赶到增援,如果我们不能速战速决,反倒陷于被动……"

"而我们的其他军团高度分散,形不成兵力集中;就是增援你们,也得有两三天才能赶到。仅就你们三军团打,不可能速战速决地吃掉他6个团。"毛泽东说。

周恩来:"所以,虽说当面是弱敌,总的看又是不好打之敌,不能打!"

朱德:"是不能打!"

彭德怀:"我也主张不打!"又说:"我们总不能一边批评博古、李德实行冒险主义,一边自己犯冒险主义错误!"

刘伯承:"但王家烈的黔军敢于进到刀把水,扬言要收复遵义城,倒给我们一个信号,老蒋不让我们再在遵义待下去了!"

毛泽东:"老蒋能让我们在遵义城待了10天,把该办的大事办了,对我们已经够客气的了,我们不能不客气地再待下去,该走了!"

刘伯承:"我们既然已决定北渡长江进入川西或川西北,而在遵义要办的大事也办了,是该走了,赶在刘湘的川军还来不及调兵遣将堵截我们时,抢渡长江……"

周恩来:"伯承,你马上和云逸、剑英起草全军于明天拂晓撤离遵义地区,向合江、赤水、仁怀地域推进的行动命令!"

"好,我们这就办。"刘伯承走了。

彭德怀:"我也该走了。回去吃晚饭,睡两小时……"

"快走,回去吧!"周恩来目送彭德怀走了。

毛泽东:"不怕你俩笑话,我昨晚梦里想着打一仗,出出这口恶气!"

朱德接话:"我也赞成我们急需打个胜仗……只可惜,眼下送上门来的虽说是弱军,但不好打!"

周恩来:"就按老毛常说的,耐心等待吧……战机总会有的!"

从遵义城到北边的四渡站恰好是徒步行军一天的路程,算第一站。不知是不是因此四渡加了个站字。但军委纵队撤出遵义城往北走的第一站,就在四渡站宿营。

这四渡站虽说也不过是大一点的村子而已,但有条小街,街上客栈、饭店、日用杂货铺倒也俱全。红军到遵义地区已有10天了,老百姓早已

第十九章 人约黄昏后

感知红军不是"匪",也比王家烈的黔军规矩许多,早已不逃兵灾。街上人来人往,倒也热闹。村东濒临小河,河岸边绿草间或着丛丛翠竹,景致也宜人。

晚饭后已是黄昏,月亮升起了。

周恩来约毛泽东到村外走走。

出了村口,毛泽东不由抬头望着天上的圆月:"忙得都忘了时令啦。今天是腊月十五吧!"又心情不错地说:"月上柳梢头,人约黄昏后!恩来,我们难得呀……"

"是你力主转兵贵州,我们才有一系列的难得。"周恩来说,"约你出来,是有件大事征求你的意见。朱老总找过我,提议让博古下去,推荐你接博古的工作,陈云也有这个意思,我也赞成,你看呢?"

"我认为不合适……起码是操之过急。"毛泽东说,"记得遵义会议前我对你说过,先集中解决军事指挥问题,仍由你出面承担军事指挥,我协助你,其他问题暂且可以放一放……"

"是的,我也接受你的意见,并且通过遵义会议落实,形成为中央政治局扩大会的决定了。可当时我们并不能想到问题的解决会是这么顺利,大家对博古的意见会如此强烈……从现在的情况看,博古是不宜再挂着总书记一职……人心军心不服他……"周恩来说。

毛泽东回话:"博古的确干不下去了,可由我来接也不合适……起码是现在不合适!"

"你顾虑共产国际……等到将来恢复联系,他们知道你换下博古,总不能再干预吧?"周恩来说,"我们也要开始独立自主了,不能再事事听他们的!"

"你说的有道理……但现在,甚至是以后,我们没必要表现出对共产国际的不尊重!"

周恩来说:"也是,别弄得王明再回来,更麻烦……"

毛泽东又说:"另一方面,是我的目标太大了。你知道的,我是原来的中央红军和中央苏区的领导核心,是他们把我搞下来的,我现在若接手,表面上成了我又把他们搞下去……我们不能弄成这么个现象来……"

周恩来:"你这样一说,我也觉得不合适……那谁来接?"

"张闻天。"毛泽东不假思考。

"他合适吗?"周恩来说,"甭说他没有把握全盘的能力,就说军事斗争吧,他也不懂。总不能让一个不懂军事的人下去,又换上个不懂军事的人上来……这能服人?!"

毛泽东:"我相信只要我俩做工作,把他推出来问题不大。况且,虽说当前是军事斗争关系到党和红军的生死存亡,但这一摊子有我俩操盘,他不懂没关系。还有,你看出来没有,他想接博古……既然他有这个意思,就让他干一段吧!"

"有道理。"

毛泽东又说:"还记得遵义会议前我对你说过吧:我们这次会议是自主的。要采取与'八七会议'不同的做法,不是改组中央政治局常务委员会,而只是在中央政治局常务委员会内部作分工调整。不搞共产国际干预下动不动就改组中央政治局常务委员会那一套……再说,张闻天是政治局常委书记处书记,他接手,也只不过是他与博古的工作对换而已,博古虽不当总书记了,但他还是政治局常委书记处书记……"

"明白了。这样做利于党内的团结,将来也好向共产国际交代!"周恩来说,"还是你的考虑周全!"

毛泽东:"我也是吃一堑长一智。你知道的,在这一方面我有教训。原先,我并没有认识到共产国际加给我们的王明、博古和他们的教条主义,会成为党的领导主流意识,总认为我是对的,也是为党和革命事业着想,我行我素和他们顶着来对着干,甚至公开地批评他们不对,结果被这股潮流冲到一边晾着……人家不用你,也没了话语权,你的意见再正确,也白搭……这说明我还没认识到政治也讲艺术……"

周恩来:"我也吃一堑长一智。立党为公必须坚持,但我偏重于组织服从,而且缺乏政治上的敏感性,并没有认识到王明、博古的教条主义发展下去,会给党和革命造成这么严重的危害,随波逐流……现在想起来都痛心。

"可你也是纠正王明错误路线的主将。"毛泽东又说:"我倒应当向你学习,你更讲政治艺术。博古和李德一定对你在遵义会上站在批评他们的一边感到诧异,甚至愕然,其实他们并没有看出你政治上的练达。你是知事虽大,但在不可为时绝不贸然作为,当可为也必须为时,断然作为!"

"你过誉了。从全面素质上说,我远不如你……我有自知之明,挂不了帅,更适合做些具体工作。"周恩来感慨,"我们党的伟大革命需要英明领袖,也在造就英明领袖。但共产国际却不明此理,以为他们办的中山大学就能给我们党培养出领袖。现在好了,吃了大苦头,转了个大弯子,终于回到了原点,回到了我们党在革命斗争实践造就的领袖的原点上……我们把你推出来,对党有个交代了……"

毛泽东感慨:"即使如你所说,我也自信能经得起实践的检验。但俗话说一个好汉三个帮,我也需要你,需要你们……没有你们,我怕也是难以成就党的革命大业!"

"立党为公是我的信条,我也会竭尽全力辅佐你!"周恩来说,"只是又委屈你啦,还给你的是个残局!剑英引用诸葛亮《出师表》的一句,说你也是受任于败军之际,奉命于危难之间!"

"倒也贴切。当前的我们,还真是处于败军之际,危难之间。"毛泽东说,"我的老对手蒋介石可能认为他稳操胜券……从报纸上看,他回到浙江溪口老家去了……好安逸呀!"

周恩来接话:"是呀,老蒋以为我们还是博古、李德在操盘,他可以不用亲自上场了。"

毛泽东忽然问:"你最了解老蒋,你说他的战略战术素质如何?"

周恩来不假思考:"作为一个战术家,他是拙劣的外行;作为一个战略家也许好一些。作为一个战术家,他惯于采用拿破仑的方法。可拿破仑的战术需要极大地靠士兵的高度士气和战斗精神,依靠必胜的意志,而老蒋正是在这方面老犯错误,他过于喜欢把自己想象成为一个带敢死队的突击英雄。不过,他在战略上要比战术上强一些。他的政治嗅觉要比军事嗅觉强,这就是他能战胜国民党内其他军阀的原因。"

而今迈步——从头越

"他所以每每得以战胜其他军阀,主要是靠银元和委任状挖人家的墙脚。而他的这一套则无奈于我们,我们可以以战争的谋略战胜他!"毛泽东说。

周恩来:"你信不,老蒋要是知道你出山了,准得又跳到前台,与你较量!"

毛泽东:"我也正想与他对弈。"他点上一支烟。"记得我在长沙第一师范读书初学游泳时,就夸下海口:自信人生二百年,会当水击三千里!"

"这就是你可贵的性格。"周恩来又笑笑说,"不会是又来了诗意……赋上一首?"

"要的,但不是当下!"毛泽东弹了下烟灰,"留待我们从头越之时!"

这天夜半,周恩来、毛泽东、朱德相继在睡梦中被叫醒,来到野战军指挥所。指挥所里,刘伯承、张云逸、叶剑英已候着。

刘伯承见人齐了,对叶剑英说:"抓紧时间,你把二局刚破译送来的蒋介石关于在长江南岸'围剿'我军的命令电念一下。"

叶剑英念道:"现查朱毛残匪,大部仍在遵义、桐梓、湄潭一带,已陷仁怀、茅台,并连日在湄潭构筑工事,建设伪政府机关,似有休息整理、再图窜据模样,为歼该匪计,兹定围剿计划如下……"

"刚要表扬老蒋这回没冤枉我,可他还是冤枉了我……"毛泽东不由点上烟。

刘伯承:"这话怎讲?!"

毛泽东:"此前,我都下台两年多了,他还总是把我与朱老总挂在一起,称我们是'朱毛共匪'。这回我又参加指挥'残匪',称'朱毛残匪'倒也不为过,不算冤枉我。可当下他又说'朱毛残匪'已陷仁怀、茅台,岂不又冤枉人!"

朱德笑着:"老毛,别鸣冤叫屈。要是没有你一直伴着我,我岂不独背'朱毛共匪'或'残匪'的名,我冤不冤?"

众人哄堂大笑。

叶剑英接着说:"下文分甲方针,乙指导要领,丙兵力部署共 8

点……"

"又凑成八股文?!"张云逸说。

刘伯承接话:"老蒋出题,他的参谋团得做;我们算评卷的,总得耐心看……你就别在意他字面上扯什么,琢磨它背后的东西。"

"这就对了。"毛泽东说。

叶剑英又用了3分钟,才说完8点。

朱德:"老蒋终于明白过来了,猜到我们要过长江……"

"老蒋也算当代中国军事舞台上的风流人物,要是连这都看不出来,岂不白混呀!"毛泽东说。

周恩来说:"他给何键湘军的任务,是占领乌江西边的黔东北地区德江、凤冈、湄潭,进出绥阳、桐梓、松坎,何键能照着执行?"

"何键当下最怕的是我们东进湘西,与湘西红军会在一起。他绝不会让他的刘建绪兵团到乌江以西,肯定会在乌江东岸严防。这部分敌情可以忽略不计!"朱德说。

毛泽东接上:"他让薛岳兵团和王家烈黔军收复遵义,并向黔西和川南的古蔺、叙永兼程,除王家烈黔军会回占遵义外,薛岳会听命,他们在贵阳的被窝还没捂热会跑到穷山恶水的黔西和川南?……这部分敌军也暂可把它放在一边。"

周恩来接上:"老蒋在命令电里规定入黔的滇军必须在2月15日前完成在叙永、毕节之线的部署,更可以看成是暂不在敌情之列!"

毛泽东:"由此可见,我们下一步的对手会是南下川南和黔北的国民党军川军!"

张云逸:"这不刚好符合'反攻的首战拣弱的打'的条件!"

毛泽东:"朱老总、伯承,你俩是四川老哥,更了解国民党川军的战斗力。你们认为川军在西南国民党地方军里排老几?"

刘伯承:"当说强于王家烈黔军,弱于李宗仁、白崇禧桂军;龙云的滇军这几年没打过仗,不好比……"

"川军也分三六九等。一般说,刘湘的部队要强些,刘文辉、邓锡侯、田颂尧这些人的部队就菜了。但刘湘的部队战斗力也不如老蒋的中央军和李宗仁的桂军。"朱德说。

毛泽东:"好,撞上川军,只要好打就坚决打!"

周恩来:"就是我们还不了解刘湘的反应,他的川军对长江沿线布防情况……"又问:"二局还没突破对川军密码的破译难关?"

叶剑英:"那又是读另一种天书,得费点劲。"

"的确得给他们一点时间。"毛泽东又说,"相信曾希圣有办法!"

朱德:"估计刘湘还来不及全面部署。"

毛泽东:"那我们就加速向江边接近,尽量赶在他们各部兵力到位之前抢渡长江!"

第二十章　各有各的盘算

刘湘虽为国民党四川省主席兼"剿匪"总司令,但基本上还是在家里办公,他的刘公馆专门布置了作战指挥所和议事客厅。

这阵子,刘湘正对着墙上的四川省地图看着、沉思。民国以来,四川的地方势力也形成军阀割据,派系林立。刘湘虽说是四川军阀大户,占有重庆和周边的经济区,但树大招风,引来其他派系或单独或联合与他叫板。这也难怪,军阀谁不想坐大?而已经坐大的刘湘,也不能高枕无忧。

他的麻烦事多着呢。前头说的是四川内部国民党军阀其他各派盯着他的位置。此外,近两年来又多了个盘踞川陕边的徐向前红军。开始时,刘湘和相关的邓锡侯、田颂尧各派,都并不看重徐向前红军入川的严重性,等到徐向前红四方面军在通江、南江、巴中立足后,这才组织"三路围攻"和"六路围攻",以求"剿"灭他,却不料都让红四方面军打败了。到如今,红四方面军号称兵力8万人,除占据通南巴3县外,又扩展好几个县,赤化人口达约500万人,已经成了刘湘及其他派别的心腹大患。无奈之下,他不得不与蒋介石妥协。去年11月中旬,他到南京与蒋介石交易。20日,蒋介石接见他,答应委他以四川省主席兼四川"剿匪"军总司令,统揽政权、财权、军权,并答应在"剿匪"所需的经费和弹药上给予补助,条件是刘湘得答应他的"委员长行营参谋团"从南昌迁到重庆,并允许他的中央军过境四川,进入四川"剿匪"。正无计可施的刘湘,不顾过去与各派达成的不许蒋介石势力入川的默契,答应了与蒋介石的交易。

这里,刘湘正与他的部属弹冠相庆于他身居四川的霸主,让他操心的事找来了。逃过湘江一劫的朱毛"共匪",转进贵州并且占领黔北的遵义地区,倘若再往北就过长江进入四川了。朱毛"共匪"一旦进入四川腹地,再加上已经让他无可奈何的徐向前"股匪",他的四川可成了国共两党内战的主战场,那可就更加天无宁日啦。这可是当前为他们自身利益计的大事。

他的军务处长徐恩平进来。刘湘的军务处长可不是国民党军司令部八大处之一的那种军务处处长,只管部队人员实力的部门长官,而是如同参谋长一样统管军事事务;并且,这徐恩平是他的绝对亲信,走哪带哪儿。

"大帅,喜从天降……"徐恩平人没进门,声音已先到。

"什么喜从天降让你高兴成这样?!"刘湘转身坐到沙发上,又示意让徐恩平坐下说。

"是这样,"徐恩平坐到他习惯的地方,"贵州二十五军副军长兼教导师长侯之担,投靠你来了……"

刘湘反应倒也快:"他从前怎么不投靠我,这阵子突然找上门……"

"这不,大概是既没有顶住朱毛'共匪'过乌江,又丢了遵义城……怕过不了老蒋这一关,想找你保他……"徐恩平说。

刘湘说:"你倒门清……"

徐恩平说:"他可是带着厚礼来的……"

"说说,带着些什么?"刘湘似故意问。

徐恩平:"这第一,他的部队。其实他手下的8个团并没受多大损失,凑在一起足编五六个团,也是1个师的架势。第二,是他的地盘,他控制的赤水、仁怀、习水可是块肥肉。赤水的盐税,仁怀、习水的酒税,一年少说得几百万。第三,他在赤水的兵工厂,能造步枪、迫击炮和枪炮弹……这些都是我们用得着的。第四,93担鸦片。"

"收了他?!"刘湘逗徐恩平。

徐恩平果然不禁思考:"干吗不收?!"又说:"先收他的部队,几个月后把各级长官一换,他的部队就不姓侯而改姓刘了……而控制了他的部队,不就控制了他的地盘啦;控制了他的地盘,我们有些部队也可以过去在这些地盘上找饭吃……那鸦片钱可不少。"

第二十章 各有各的盘算

"我的徐处长呀,你想得真美。"刘湘大笑,"老蒋的参谋团就在我们重庆,在我们的身边,我收留了侯之担参谋团,他们能不知道,能不报给老蒋?我犯得着为败将侯之担去得罪老蒋?!第二,老蒋的下一步会把我们西南各家的部队都抽一部分到贵州围追堵截朱毛'残匪',贵州马上就天下大乱,我们犯得着以收留侯之担为代价,丢了占黔北的地盘?!还有,我明目张胆吃他的鸦片……"

"倒也是……"徐恩平嘀咕。

刘湘:"下一步呀,老蒋还不拿侯之担杀鸡儆猴……侯之担不是猴子而是那只鸡,他能不能活着过这一关还是问题啊!"

"你这一说我明白了,还真使不得。"徐恩平又问,"可侯之担已找上门来了,打发他走人?!"

刘湘问:"是派人来,还是他亲自来?"

"他亲自找来。"

"人在哪?"

"在我办公室里候着,听回讯。"徐恩平说。

刘湘:"先把他扣起来,立即报告给老蒋的重庆参谋团,让他们处理去……"

"可惜呀,送到嘴的肉吃不得……"徐恩平嘟囔着。

"他的部队吃不得,鸦片也吃不得?!"刘湘笑笑,"但他的地盘还是可以吃的!"

徐恩平停步:"不明白大帅的意思……"

刘湘似自语:"侯之担的部队不能吃,让给喜欢吃人部队的老蒋吃。我们么,可以吃侯之担的地盘。老蒋不是让我们出兵进入黔北,参加围追堵截朱毛'残匪'吗?那我们就一举两得,一来严防朱毛'残匪'北渡长江到我们四川腹地,二来也让我们的一部分部队到黔北侯之担的窝里找吃的……"

"明白了。"徐恩平又奉着,"大帅太高明……"

刘湘又说:"你马上给潘文华总指挥发个电,让他命令陈万仞和郭勋祺的部队立即过江,抢占赤水、仁怀、习水,并尽量控制这些地区,就地取得给养。"

"我这就去办。"徐恩平走了。

刘湘不无得意一笑。

这阵子,潘文华正召集他手下的师长、旅长,布置参加围追堵截在贵州的红军。

"诸位,大帅提出的我们四川'剿匪'的总方针是北守南攻。我理解,是指对北边川陕边地区的徐向前'股匪'取守势,而对南边的已窜到贵州北部的朱毛'残匪',取攻势……"潘文华说。

陈万仞接话:"但是,南边的敌人可有两种情况。一是要北渡长江进入我们四川,这可容不得,我们自然要和他们拼了,坚决进攻。第二种情况是,'共匪'只在黔北或川南活动,我们就得小心了,能不攻他们尽量不去惹他们,一旦打起来,我们的部队分散设防,又背靠长江,未必占了得便宜……别偷鸡不成蚀把米。"陈万仞是刘湘第二十一军第五师师长,资格老、职务高,向来敢说,也好插个话。

潘文华接着他的话说:"所以么,我们在执行大帅北守南攻的方针时,还得根据我们当面的情况。我们的根本任务是不让黔北的朱毛'共匪'北渡长江进入四川腹地,这就有刚才陈师长说的两种情况,这也就得借用大帅的北守南攻方针,并且改一个字作为我们的方针。那就是北守南拒。所谓北守,就是要守住长江北岸;所谓南拒,就是拒止黔北的朱毛'共匪'北渡长江。"

"这好,"陈万仞说,"潘总改得好……"

有人说:"南拒也得打……"

"当然,撞上了该打就得打!他打我们时,也得坚决打。要是让共军把我们给吃了,我们可就没颜脸见江北父老。"郭勋祺说。

"很对!"潘文华又说,"下面,由参谋长布置我们的战斗编组和部署!"

参谋长掀开墙上的部署图:"总编组是分三路军和一个总预备队。教导师第二旅范子英旅长为第一路指挥,率所部和原边防第四路顾晓帆团,由泸县进入川南叙永、古蔺,并扼守这一地区;陈万仞师长为第二路指挥,着该师赵凤冈、袁筱如两旅,由涪陵船运到合江,转进黔北赤水,控制这一带渡口;第三路由第三旅和原川南边防第三路军编成,由第三旅旅长廖泽指挥,还在川南江安、长宁地区,注视'共匪'动态,随时听候命令出动。总预备队由教导师第三旅和潘左旅长的独四旅编成,由第三旅郭勋祺旅长统一指挥,由江津进入黔北习水温水、良村等地,监视并拦阻遵义地区的'共匪'渡江。郭旅长,你们虽称总预备队,但实际上是主力,没准仗就从你们这边打响!"

郭勋祺:"我们总预备紧挨着黔北的'共匪',可不是随时都可能撞上……撞上可不得打!"

"那就祝你旗开得胜。"潘文华说,"诸位,任务和部署都明确了,马上回去布置、行动……可别让'共匪'抢了先机。"又像忽然想起似的交代:"可别像黔军的侯之担那样,没挡住'共匪'过乌江还丢了遵义……等着委员长拿他开刀杀鸡儆猴!"

参谋长:"还有,蒋逵司令,你的长江公安舰队就按潘总指挥的方略,作相应的布防。'共匪'要是北渡长江,你们可是关键的一着。"

蒋逵:"卑职一定照办,但也有三个难处。第一是舰少,我还得征用一部民间汽船,并得让沿江各县政府管控住民船,不能让它落在'共匪'手上;第二是弹药补充,我的机炮都是专用弹,得给我发配;第三是钱,没有钱行不通……"

潘文华:"这些你找大帅要,我这里解决不了。"

贵阳,黔灵公园。三步一岗五步一哨,园里没有一个游客。

薛岳和吴奇伟并行走向树下。树下,侍从早已准备歇脚的坐处和茶水。

"我还以为贵州省城有名的黔灵公园会是秀丽无比,真没想到是这般……"薛岳换了个说法,"像这样的山、水和树木,我老家随处可见。"

吴奇伟随口说:"城里嘛,有个小山有块奇石就不得了,成了公园,可以理解。"又笑笑:"就我们广州说,越秀公园又有什么稀罕的?"

"说的也是。"薛岳快走几步,在侍从准备好的树下坐下,对侍从说,"你们下去吧,我和吴司令自己来。"

侍从知趣,退走了。

薛岳见侍从走远了,直奔主题:"我们派到南宁的联络团长萧文奇来电了,说李宗仁、白崇禧表示,他们可以立即出兵推进贵阳,与我们连成一气入川,以后更依一个中心,协同一致,并以党国大业为重,共同努力,避逸内战!"

"这话哄得了老蒋呀?!"吴奇伟不屑一顾。

薛岳边倒茶边说:"李宗仁、白崇禧还说,他们定积极策进'剿匪',贡献委座,拥护中央,决不含糊推诿,并敢保证陈济棠必与我们各军一致努力!"

吴奇伟笑着接过茶:"他们净拣老蒋爱听的话说……"

薛岳也不由一笑:"还有,李宗仁、白崇禧表示,以后的战斗编组也不在意,但求亲爱精诚。"

吴奇伟:"要不,怎么会有'在人屋檐下,不得不低头'? 为了他们桂军能进入贵州、四川,确保鸦片输入两广通道,他们可不得净挑老蒋爱听的话说!"

"是呀,我们中央军一旦进入贵州、四川,卡住了他们的巨额鸦片过境税财路,不说是要了他们的命,也够他们受的!"薛岳说。

吴奇伟说:"你我都是从广东出来的,得将心比心,体谅到他们的困境。我倒建议你不要把他们对老蒋的实质上的哀求,在你这里就卡住;你不妨以第三者的立场,原封不动报告给老蒋,让老蒋看着办。这样,老蒋不能怪罪于你,对两广的朋友也有个交代,日后好见面。"

"我也是这样想的。"薛岳又说,"前天给委座去电了,建议暂不出兵黔北,逼朱毛'共匪'北渡长江;并且也把李宗仁、白崇禧的表示如实发给他。但委座没回复,我拿不准他是不是不感兴趣……"

"倒也未必。"吴奇伟喝了口茶,"我料定他下一步该怎么走,一时心中还没底。"

薛岳:"可日前他又来电,要我们兵团全部进入川南古蔺、叙永地

第二十章 各有各的盘算

区……"

"他呀,想一出是一出。"吴奇伟把茶杯里的茶一饮而尽,又倒上一杯。"他想到没有,我们兵团每天的用粮不说得十万斤,但也得七八万斤吧;让我们兵团进入那个地区,喝西北风!他还嫌我们不够苦,官兵因受不了苦的逃亡还不够多?……去吧,去了可用不着'共匪'打我们,光我们官兵的逃亡,就可以把我们的部队消耗光了……真是……"

薛岳借倒茶没接话。

吴奇伟问:"老蒋现在在哪儿?溪口?杭州?上海?还是南京?"

"估计已回南京了。"薛岳说。

吴奇伟:"怪不得又瞎操心了!"

薛岳随口:"他最好别操心……要不,我们可就无所适从了!"

两人相对苦笑。

许久,吴奇伟问:"老蒋让我们去川南的事,你想怎么办?!动吗?"

"暂且按兵不动……"薛岳又说,"我担心的是这道命令刚执行,下一道命令又来了,而且两道命令风马牛不相及……"

"这就对了。"吴奇伟说,"我们都没弄清'共匪'的下一步企图,自己倒贸然行动了,弄不好让自己处于被动地位。"

"我也是这样考虑的。"薛岳说,"委座把我们部队的移动看成棋盘上挪个子那么简单……其实,走是我们的短板。我们走不过'共匪'的,如果跟着'共匪'节拍,今天东明天西,累也会把我们累垮的。"

吴奇伟说:"还有一个问题,如果'共匪'向东,我们就追向东;'共匪'向西,我们又追向西,弄不好会给了'共匪'杀回马枪的机会。"

"绝对不可以让'共匪'抓住机会咬我们一口。"薛岳站了起来,"老哥,给你透个底,我是不求有功,但求无过。宁可没和'共匪'交战,也不能让'共匪'歼我一部。"

吴奇伟也站了起来:"你说得对。"但又一叹:"可只怕是老蒋不会让我们自主的……没准那天,会让老蒋逼得我们栽在'共匪'的手里!"

"有什么办法呢?我这个总指挥也得听他的。"薛岳一叹,走了。

吴奇伟跟着走。

蒋介石坐在他的办公桌前,低头看着晏道刚送来的电报,全不顾一边伫立的晏道刚。

突然,蒋介石猛地把电报推向一边,暴戾地说:"钱,钱!都要钱,薛岳要钱,王家烈要钱,刘湘又要钱……都把我当成摇钱树,仗还没打就张口要钱……"

"刘湘过分了,上个月才给了他240万元,这又张口要钱!"晏道刚说。

蒋介石像这才发觉晏道刚在身边:"你坐吧!"他也离开办公椅,坐到一旁的沙发上。

晏道刚这才坐在他惯坐的地方。

"薛岳的钱是要给的……王家烈也可以给他10万元……"

晏道刚:"给王家烈10万元?!"

蒋介石说:"我暂且还用得着他,不给钱他会效命?!"

晏道刚:"重庆的贺参谋长来电报告,朱毛'共匪'已离开遵义地区,向西北方运动……"

"由遵义向西北方运动?"蒋介石似自问,"他们会上哪儿?目的是什么?"

"贺参谋长没说。"晏道刚又说,"看来,一时还弄不清……"

"我们的情报是个问题……"略停,蒋介石又说,"得给贵阳派飞机。让飞机紧跟着朱毛'残匪'……还能弄不清他们的去处?!"

"这样好。"晏道刚附和,"我们用飞机在天上监视着,这样的情报来得又快又准确。"

蒋介石似忽然想起:"贵州要多修机场,尤其是贵阳的清镇机场,跑道要拓宽加长,使轰炸机也能起降;公路也得抓紧,尤其是洪江至贵阳的公路,今后从湖南向贵州运粮得靠它。钱由湖南、贵州财政支付,桥梁和涵洞的费用中央补助。告诉薛岳,他得督办修机场开公路的事!"

"委座要在贵州与朱毛'残匪'打持久战?"晏道刚问。

"总得从长计议吧。"蒋介石说,"我们在湘江时都没能彻底歼灭朱毛'共匪',说明要歼灭他们并不是容易的事。按照在江西的经验,只有把他们围困在贵州和他打持久战,一步步地消耗他们,才有可能达到最终消灭他们的目的。"

晏道刚又说:"再把委座的碉堡战略用上去……"

"那是下一步。而现在,首先第一步,是要修好天上和地下的交通线。"蒋介石说。

"'共匪'要是再走呢?"晏道刚又斗胆问。

蒋介石自信地回答:"就那个像懵懵懂懂的小孩一样的博古和那个洋顾问,他没那个谋略能走得掉……"

"可如果'共匪'换人操盘呢?"晏道刚嘀咕。

蒋介石说:"当然不是没这种可能……但退一步说,就是毛泽东东山再起,我也能赢他……我正想和这个聪明的乡下人决战呢!"

第二十一章　都想打个胜仗

这两天,军委没有得到蒋介石、贺国光和薛岳新命令的情报,进占遵义城的王家烈黔军也没有新的动静。因为二局还没有突破对国民党川军密码破译的难关,我方仍不清楚川军对我方撤出遵义地区后有什么反应,更不知道他们的兵力部署和意图。而黔北地区的黔军侯之担教导师各部,因为侯之担到重庆寻求保护被扣留,群龙无首,基本上是以团或营为单位,散布在习水、仁怀、赤水地区的城镇,各过各的日子。

据此,毛泽东、周恩来、朱德协商,部队乘机迅速转移到赤水、土城及附近地域,过赤水河,夺取蓝田坝、大渡、江安之线的各渡口,以便下一步北渡长江,并责成刘伯承立即制定《渡江作战计划》。

这天晚饭后,毛泽东、周恩来、朱德依旧聚在野战军指挥所。刘伯承和叶剑英、张云逸在忙着制定渡江作战计划。

几人暂时无话。毛泽东坐在一边抽烟;周恩来、朱德围着桌上地图各看各的;王稼祥在警卫员搀扶下进来。

"你不抓紧休息,到这里干吗?!"毛泽东问。

王稼祥:"你还说我?遵义会议后,你不和我们一块了;张闻天一宿营就关在屋里写他的遵义会议决议,丢下我个伤员孤苦零丁的,你也太残酷了……我不到你们这里凑热闹,躺在床上生闷气?!"

"对不起,对不起……坐,你坐!"毛泽东忙起身拉过一把靠背椅。

周恩来直起身:"这里也暂时没事……"

朱德则转身走了。

"恩来,看了好一阵图,琢磨出什么啦?"毛泽东问。

"我还是看重我们原来的在黔北和川南待下去的设想。"周恩来对着

第二十一章 都想打个胜仗

地图,"你看,我们如果能在黔北和川南建立新苏区,这不就与川陕苏区的国焘、向前的四方面军,湘西的贺龙、任弼时的二、六军团,在长江中游形成三足鼎立的战略态势。这对我们来说,三军战略上相互呼应和策应;而对蒋介石的战略上可就顾此失彼了……"

"若能形成这种局面,当然是很理想的。"毛泽东把烟头丢在地上踩灭,"可惜是此地的人文、地理、经济力诸条件,难以支持我们大部队长期生存发展……"

王稼祥:"可我们改为预定要去川西或川西北,那里的人文、地理和经济力,就适合我们长期待下去?!"

"所以,才又加上会同四方面军,争取'四川赤化'这个战略目标。"毛泽东又点上一支烟,"战争指导不能没有计划,但也不能死抱计划。现在总体上我们还是被动的,主观上计划了,客观上能不能办到,并不完全由我们说了算。所以,现在也只能是走一步看一步,不适合不可行就改变计划……因势利导么!"

"因势利导?!"周恩来说,"好,这四个字说得好,应当作为我们下一步的指导原则!"

王稼祥:"我也投赞成票!"

毛泽东似乎对周恩来、王稼祥的表态不感兴趣:"我现在纠结的是我们不了解当面的四川国民党军的反应……他的长江防御部署对我们的行动关系极大!"

"可仅靠我们各级的谍报队是不可能获取这等战役情报的。"周恩来说,"只能等待我们的二局突破对敌川军密码的破译难关!"

毛泽东苦笑:"不统一是落后,可不承想国民党军各派系密码的不统一,却给我们造成了破译获取情报的困难……看来,事物都有它的两面性是颠扑不破的真理。"

周恩来笑笑:"看来你的辩证法是学到家用到家了……"

"也不能这样说。"毛泽东感慨,"我还真想到莫斯科中山大学拜师,好好学学马克思恩格斯列宁主义和他们的哲学思想……"

"别,中山大学的老师水平还没你高。"王稼祥说,"别弄成像我们犯教条主义,还得回到中国革命的山沟里接受再教育……"

"我倒主张待我们稳定下来,你抽点时间把你的哲学观点、辩证法,加上你的实践体会,好好总结一下,写出来,教育全党!"周恩来说。

毛泽东:"那是将来的事。"他又忽然发现了什么:"朱老总呢?不会掉到茅坑里了吧……"

"哪能?"周恩来说,"我猜到他去了哪里了……"

"去哪里啦?"王稼祥问。

周恩来:"二局。"

还真让周恩来猜对了。这会儿,朱德就蹲在二局局长曾希圣的门外。那样子,就像从乡下到城镇赶集卖鸡蛋的老头,裹着个破大衣,无言地傻等买家。

二局局长曾希圣这些天来,除了行军和难得睡觉外,天天和他手下的破译高手曹祥仁、邹碧兆关在屋里。这会儿,他们全然不知道朱老总就蹲在他们门外。

恰巧,二局炊事班长老傅走来:"这不是朱老总么?!怎么不进去呀!"

朱老总指了指屋里,没说话。

老傅低声:"好些天了,一到宿营地这几个人就关在一起,不吃不喝的……这不,今晚的饭我都热过两次了……"

门突然开了,曾希圣探出头,没好气地:"我的老总呀,你急我比你还急……回去吧,弄出来我会第一时间报告你们……"

老傅:"怎么给总司令说话……好话也不会慢慢说!吃饭了,要不都得饿死!"

"你别叫啦……饿不死!"曾希圣似又想起:"老总,刚才失敬了……回去吧,别蹲在门外,天寒……"说着,关上门,不理朱老总和老傅。

老傅扶起朱老总:"老哥,要不你到我伙房待着……伙房生着火,暖和些!"

朱老总的警卫员过来:"说你不听,蹲在这有用吗?招人嫌!"

第二十一章 都想打个胜仗

"你胡说什么?!"朱老总冲着警卫员说,怏怏地走了。

这里,毛泽东、周恩来、王稼祥还在聊着。

朱老总回来。

"怎么样?八成是挨呛了!"周恩来又似自语,"曾希圣也难呀!"

朱德坐了下来:"我们到现在还不了解当面敌人川军的江防部署……心里不踏实!"

"可你去了也帮不上忙呀!"毛泽东说。

"知道,知道急不得……可这两条腿不自觉地就往他们那里走去……"朱德说。

毛泽东:"来,坐下来烤烤火……"说,"要不,我们一起聊聊……"

"聊什么?渡江计划不是正在做,还有什么聊的。"朱德嘀咕着,还是坐下烤火。

"聊战略。"毛泽东说,"恩来,你刚说到我们的战略态势,我忽然想到,我们得给国焘、向前和贺龙、弼时去个电报,告诉他们我们的渡江计划,也请他们给我们以战略配合。"

周恩来:"对呀!说说你的具体想法!"

毛泽东:"电告国焘、向前,说我们约于二月中旬北渡长江进入四川,建议他们以独立师在群众武装配合下坚持苏区,以四方面军主力在最近时期内向嘉陵江以西进攻,若能依战况的发展,进入西充、南充、蓬溪地带,则与我们的配合最为有利。"

朱德一下子站了起来,转身看图:"那可是威迫四川军阀刘湘的根本重地……这一来他就顾不上我们啦……老毛呀,你这可是绝招!"

毛泽东又说:"告诉贺龙、弼时,让他们的二、六军团在湘鄂川黔边广泛游击,牵制两湖的国民党军,既保护川陕苏区东部的安全,让四方面军放手威迫刘湘的要地;又在战略上与我们的行动呼应,也算是间接地策应我们行动!"

周恩来:"好!我赞成……这就起草电报……这样一来,战略上全活了!"

"老毛呀,你这可是中革军委成立以来,第一次真正指挥全军!"朱德说。

毛泽东:"可打的是你这个中革军委主席的旗号……"

"不,"周恩来说,"对国焘还要加上中央政治局的旗号,以中央政治局和军委联名!"

朱德说:"你担心国焘不听我们发号施令?"

王稼祥说:"也对,国焘是中央政治局委员,理当执行中央政治局的意见!"

许久,毛泽东说:"恩来这一说倒提醒了我想得更深。从六军团西征与贺龙的二军团会合,中央又率领中央红军战略转移,这在客观上已促使我们红军的主体,开始由分散各自为政各自为战,走向集中统一指挥协同作战……这可是个历史性的转变,需要各战略区领导要有全局观念和组织观念。可我们长期的各自为政各自为战,无形中不自觉地会让人有山头观念,可能会产生山头主义。这就是说,要实现这次历史性转变,我们的各山头的领导,必须克服山头主义……"

"这也许是我们的党和红军内部下一步要面对的重大问题。"周恩来说。

刘伯承进来:"各位领导,渡江作战计划制定好了,请你们过目,签发!"

"就请老毛和朱老总看看吧。我去起草给四方面军和二、六军团的电报。"周恩来说着,走了。

毛泽东:"不全文看了,但在作战方针部分,要加上这么层意思:渡江后,转入新的地域,协同四方面军由四川西北方向实行总的反攻,而以二、六军团在川黔湘鄂交界活动,牵制四川东南'会剿'之敌,配合此反攻,并争取四川赤化。"

"就是把我们刚才议的,要四方面军和二、六军团作战略配合的意思加上,很对!"王稼祥说。

毛泽东又说:"在初步任务中,要加上:在沿长江为川敌所阻不得渡江时,我野战军应暂留于上川南地域进行战斗,并准备从叙州上游渡过

第二十一章 都想打个胜仗

金沙江。"

"很对,得有两手准备。"朱德说,"把老毛的这些意见加进去,马上发下去!"朱德说。

毛泽东对王稼祥说:"我陪你回去吧。抓紧时间睡……没准半夜有事,又得给叫起来!"

傍晚。

山生和大壮进了小街的饭店。

他俩化了装。山生像生意人;大壮背着布包,像跟班的伙计,又像保镖。

饭店门脸不算小,有好几张桌子,就是没顾客。他俩选了张靠后门的桌子坐下。

店家过来:"客官用饭?"

"要不到你这里白喝茶?"大壮说。

店家赔着笑,搭讪:"听口音二位客官是外地来的……"

"老板到底是耳听八方,见过世面。"山生说,"到你们这里跑点酒……听说你们这地头的酒地道。"

"这话不假,我们这里的酒没得比。"店家来了劲,"那可是得了把洋奖的,名气大呢!"

"你说的是仁怀茅台镇的酒,得过巴拿马万国博览会奖。"山生说。

"客官门清。"店家又问,"吃点什么?"

山生掏出一块银元:"你看着办……不过我们还得带走两份夜宵,还有,快点。"

店小二送来茶。店家给他菜单,又亲自给山生、大壮倒茶。

大壮:"你家茅房在后门?"

"对,开门出去左手边就是。"店家回话。

山生:"老板,你这生意可不咋的……都傍晚了,还这么冷清。"

"别提啦,"店家抱怨,"我这店主要是过路客,可当下兵荒马乱,断了来往,生意做不下去啦。"

山生明知故问:"怎么个兵荒马乱?"

"原先,我们这里驻的是侯家军,就是我们这地头最大的官侯之担长官兄弟侯之喜的兵,得有三四百号人,龟孙的说是'共匪'红兵来了,前天退走。这不,没见红兵来,倒是下午从四川下来的川娃子兵到了……这侯家兵、红兵、川娃子兵三家,搞不清是谁打谁……"

山生:"你见过红兵?"

"没得……没从我们镇上过。"店家说,"不过,听见过的人说,不像侯家兵说的是'匪',反倒比侯家兵强上百倍……"

大壮回来:"老板,你家后门出去就是菜园,再去是竹林……瘆得慌!"

"我们这里说是镇子,其实跟村子差不多。乡下么,可不就是这样。"店家说,"没事,我们这里不闹土匪。"

这时,闯进来两个兵,一看就知道是川军的一兵一官,都背着驳壳枪。当官的应当是连长,最高是营长一级,兵自然是勤务兵。

那兵喊着:"店家,先来一只烧鸡一壶酒……快上!"

店家忙迎上去。

山生低声地:"买卖送上门了……"

"我看行。"大壮小声地,"待会儿捂住,从后门撤进竹林里!"

饭菜上来了。

山生:"快吃……还得赶路!"

毛泽东、周恩来、朱德刚到宿营地,刘伯承迎上来。

"什么情况?"周恩来问。

刘伯承:"刚收到林彪午后发来的电,说他的军团部已到猿猴场;建议他的二师抢占赤水,一师兵进土城。"

毛泽东:"他摸清赤水的敌情啦?!"

"说是据俘获的黔军人员说,他们在赤水的黔军已全部撤到赤水河西;赤水城已由川军1个旅占领,而这个旅只有2个团。林彪估计进占赤水的川军初来乍到,又孤立无援,只要我们一攻,他们必定撤走!"刘伯

第二十一章 都想打个胜仗

承说。

朱德说:"赤水城有侯之担的兵工厂,林彪是不是想弄点子弹……我们现在弹药奇缺!"

毛泽东:"我看行……可以打!让一师也去。"

"同意他的意见。"周恩来说,"但不可以强攻!"

朱德接话:"这你就别操心。林彪精着呢,历来不做赔本的买卖!"

毛泽东:"我们直抵土城!"

"对,军委纵队明天进土城。"周恩来又似自语,"看来,我们全军上下都急着打一仗!"

朱德:"这不都憋着一股劲想打一个胜仗呢!"

毛泽东:"不论是从给敌人一个打击让他们对我们畏惧来说;还是从我们急须夺取敌人的弹药补充来说;抑或是从借胜利提高我们的士气说,我们都需要尽快打一个胜仗!"

这边,山生和大壮已把那两个川军官兵灌得半醉,下了枪匣进竹林里。

山生和大壮是谍报队员老手,什么场合都经历过,也能对付。酒喝一半,提着酒瓶向这两个当兵的敬酒。这两人也贪杯,竟然开始称兄道弟,不觉就乱神,给下了枪,从后门给推走了。

到林里隐蔽处,大壮问山生:"留下这个当官的?!"

"两个都带走!"山生说,"四川出兵,要是他们被我们说服了愿意留下,我们不又多了两个兵。"

大壮知道该怎么做,命令那个兵:"把绑腿解下来!"

被俘的敌兵早已惊出一身冷汗,酒醒了:"跟你们走,老实跟你们走!"说着解下绑腿。

大壮用匕首割下一小块绑带堵在俘虏嘴上,又用剩下的大块绑带把俘虏的双手反绑着:"没办法,先委屈你俩。"

"慢。"山生问那个当官的,"你们到了多少人,都驻哪里?说实话,要不你知道结果!"

189

"兄弟说实话,说实话!"那个当官的说,"我们是搜索连,大部队明天路过这里,说是去追你们。兄弟我是连长,我们连3个排,也将近100人,连部和一排驻街中,就是饭店对过那家大院,伙房在院内,二排驻街东头,三排驻街西头……"

山生似自语:"也就是说饭店对过大院里得有约40人……有机枪吗?"

"差不多是这个数。"俘虏的长官说,"没机枪……我们一般的连哪能摊上那家伙。"

山生对大壮说:"天黑了,好干活。我们到他的连部和一排走一趟,给他们连提个醒,晚上精神点,就别睡了!"

"好主意,就让小沙多等一会儿。"大壮自然明白山生想干什么。

他说的让小沙多等一会儿,是指他们上午摸到黔军的一个班长,放在隐蔽处,让小沙看着。

大壮随即从布包里抽出绳子,把两俘虏背靠背绑在一起,又拴在一根粗壮的毛竹上,堵住敌连长的嘴。他对俩俘虏说:"你俩老实待着,我们走一趟不会超过一刻钟,我俩回来时要是发现你们想跑,逮住了你们也就玩完了!"

说着,山生和大壮一手提着自己的二十响,一手提着刚缴获的两个俘虏的半自动驳壳枪,朝着饭店后门而去。

不到10分钟,街上响了4支驳壳枪时而连射,时而点射的声音。远远听去,这猛烈的枪声,像是一支火力颇强的小分队在进攻。

第二十二章　朱总司令的"犟劲"

中央红军西进到习水、赤水境内的赤水河东岸,形势更紧张了。

毛泽东、周恩来、朱德也更紧张了。晚饭后,他们又聚在设在土城的野战军指挥所,围着摊在桌上的地图琢磨着。战役指挥离不开地图,况且他们谁也没到过这里,全靠地图定方位。

叶剑英从西厢房的无线电通信室过来,指着地图:"一军团报告,他们的一师受阻于赤水城西南的旺龙场。林彪已命令二师向赤水城南的复兴场攻击,协同一师以求夺取赤水城。"

毛泽东问:"赤水城的川军有多少?还是1个旅?"

"不,"叶剑英说,"已增加到2个旅了,是川军第五师的第十三、第十四旅,共6个团。"

朱德:"我们的兵力不构成优势……"

"是呀,虽然是我们2个师对敌2个旅,但从战术单位上说,是6个团对6个团,而我们团人数还远不及敌人的团的人数,火力就更不用说。看来,未必拿得下赤水城。"周恩来说。

毛泽东:"林彪的决心还是蛮大,就让他试试。"又说:"现在,的确像朱老总说的,上下都想打一场胜仗……只要不冒险强攻硬打,就让他打去!"

"我们后面的追兵情况还不完全清楚。"周恩来自语。

叶剑英:"刘总长派出去的谍报队摸回来川军的一个舌头,他正在亲自审问……"

朱德直起腰,似感叹:"二局还没能攻克破译川军密码的难关,难为伯承还用这种原始的情报获取手段……"

"敌人的情报手段也好不到哪里去!"周恩来说。

毛泽东倒笑:"两个盲人,一场瞎打!"

"横批:胡闹!"周恩来随口对上。

刘伯承进屋。

朱德急问:"问出点东西?"

"山生他们这回摸到的是郭勋祺搜索连连长,还能说个大概。"刘伯承说,"后头追上来的是敌人川南'追剿军'总预备队,由教导师第三、第四旅编成,每旅3个团;由第三旅旅长郭勋祺统一指挥。第三旅已到了良村、习水一线,第四旅在后头。这个家伙供述,他的任务是向土城搜索。可以推论,郭勋祺是冲着我们土城来的……"

"这个郭勋祺还有点头脑,追得紧不说,还企图要在战役上配合他们的部队守赤水城!"朱德说。

周恩来说:"可他孤军突出了……要不是我们急着北渡长江,他可是送上门来挨打的货!"

毛泽东:"如果是这样,我们可以打郭勋祺旅……把他打怕了,他也就不敢紧追,对我们下一步北渡长江可是有利和必要的。"

朱德接上:"打!为了走得成,我们必须打!"

"好,打!"周恩来说,"乘敌人兵力不集中又处在运动中,以我们的三、五军团打他1个旅,应当能得手……现在是军心思打,能打个胜仗对全军是极大的鼓舞。我看机不可失。"

"剑英,你记一下。"毛泽东说,"命令三、五军团由彭德怀、杨尚昆统一指挥,在土城以东枫村坝一带选择有利地形,攻击运动中的南下黔北的川军总预备队先头旅!"

周恩来补充:"命令九军团背靠鸡飞岩有利地形,阻击滞迟由习水西进的总预备队后续部队,配合三、五军团对他的先头旅战斗!"

叶剑英回身起草命令电去。

毛泽东问刘伯承:"你说我们当下两边作战,是不是有点冒险?!"

"是犯了兵家之忌!"刘伯承倒坦率,"我也想打……战机没有绝对好的,难免有冒险……"

第二十二章 朱总司令的"犟劲"

周恩来:"不是说战场如赌场么,既然有赌的意思,那就有输有赢的可能……只要不赌红了眼,有所进退就行了……"

毛泽东一笑:"老总呀,伯承、恩来在给我们放宽心……"

"在给我自己宽心。"周恩来往火盆里加了几块炭,提上水壶给大家倒水,"中央政治局委以我负责……打吧,万一不能得手,一切责任我担当!"

……

又是一天过去了。

江南的赤水以南、土城以东,双方在激战。

红军和川军的指挥员都不消停。

江北合江,川南"剿匪"军陈万仞第二路军指挥所大厅里,气氛紧张异常。

陈万仞没在吵吵嚷嚷的大厅里,而是把自己关在厢房自酌。他好此地的泸州老窖配上酱猪尾巴。

参谋长推门进来。

陈万仞指了指小椅子,让他坐下:"看来有喜事?"

"是有喜事。"参谋长坐了下来,"从赤水弄来东西的船到码头了,我让他们先往大屋里搬,那是侯之担设在赤水的兵工厂里的成品、半成品,主要是枪炮、零件和搬得动的工具……真没想到侯之担这么肥……"

陈万仞:"让船再返回赤水城,凡能搬的都搬来……大的机器也拆了,搬回来……改天找个地方,我们也办兵工厂……交代下去,东西都要,技术工人也要。"

参谋长逗乐:"据说还有鸦片和女人……"

"那不是钱?!"陈万仞半当真。

"'共匪'也看上赤水了。"参谋长往前凑了凑,"前方来电,说'共匪'一部已占了赤水城东南的旺隆场,另一部逼到城南复兴场,看这架势,他们也想抢赤水城……"

陈万仞:"命令达凤岗、袁筱如二旅长,要不惜一切代价反攻……绝不能将到嘴的赤水城这块肥肉吐给'共匪'……他们2个旅6个团万把人,又有侯之担兵工厂的子弹供给,还守不住赤水城!"

屋里的电话响了,是总指挥潘文华从泸州打来的,询问赤水战况。两人扯了一阵,陈万仞放下电话:"潘总也看好赤水城,又把徐国喧支队加强给我们;还说郭勋祺总预备队已到了习水在攻土城,威逼'共匪'首脑地带,策应我们守住赤水城,严防'共匪'从这里北渡长江。"

"如情况属实,郭勋祺这一着厉害……迫'共匪'两面作战,可是有力地支援我们守赤水城。"参谋长又言不由衷:"行呀,这后生可畏……很会抓展示的机会!"

陈万仞:"要不怎么说时势造英雄……时势让这后生露脸了……"

"师座,你得这样看,他得他的名去,我们得我们的利。"参谋长说,"再说,还不知道真打起来结果会是怎样……我们当面的这股'共匪'可不是省油的灯……委座'剿'他们几年了,还是这么大一股;前段,中央军薛岳、湘军刘建绪、桂军白崇禧都没能把他们拦在湘江……"

陈万仞:"那就看郭勋祺这个后生的造化了,咱管不住。我们操心的是必守住已到手的赤水城,不让'共匪'从我们这个地段过长江。"又起身冲着门外,叫着:"参谋处来人!"

也就几十秒钟,参谋处主任进来,站着。

陈万仞:"你亲自到码头去,传我的命令,让徐国喧支队立即上船到赤水城,火速增援赤水城防务……就算情况紧急,他们支队明早也得到赤水城,投入守城战斗……船不够,他们自己想办法去!"

参谋处主任走后,陈万仞回到原地坐下,给自己酙上一杯酒。他知道参谋长不兴这个,还是自酙。"我们的2个旅加1个支队要是守不住赤水城,可就是侯之担的结果。"他说,"你这就以我的名义给达凤岗、袁筱如、徐国喧发电,要是他们丢了到手的赤水城,自己向大帅交代去……侯之担的下场他们都知道,我不想他们成为第二个侯之担,让委座当鸡杀了儆猴!"

"是得把丑话说前头。"参谋长奉迎。

第二十二章　朱总司令的"犟劲"

陈万仞像忽然想到："你还以我的名义单独给达旅长和袁旅长发个电,说我这里又派徐国喧支队增援,明天早上到赤水城;他们南边有总预备队郭勋祺的2个旅攻土城'共匪'的本队,让他们放心守城!"

参谋长："这就去办。"也像忽然想起："我们要不要意思意思?!"

"给钱呀?!"陈万仞说,"我手头上哪有这笔钱?告诉他们,等把从赤水运回来的鸦片脱手了,我奖励他们,重奖……赤水城不是肥着吗?他们可以自己找吃的!"

土城,野战军指挥所。

周恩来接过译电员递过来的电报："林彪没能打下赤水城,请示或增援,或是撤出战斗……"

朱德像是不相信："他没能打下赤水城?!"

"是预料之外,也是情理之中。"毛泽东感叹,"此一时彼一时,眼下的一军团,可不是当年的战无不胜、攻无不克的一军团啦!"

"怎么着?放弃!"周恩来说。

毛泽东："放弃。不能再两面作战了,把主战场集中到老彭这边。"

"同意。"周恩来说。

毛泽东对着桌上地图："伯承,命令:一军团停止向赤水城之敌的攻击;军团部及二师集中到猿猴场待命;一师监视赤水城之敌,并滞阻其向猿猴场反攻!"

刘伯承当即写好,交周恩来签发。

"我得到老彭那里看看……就寄希望于他这边啦!"周恩来说。

朱德："我也去!"

"一起去,我们的指挥所已没大作用了。"毛泽东说。

周恩来："你还是留在这里坐阵,一、九军团随时会有报告、请示……"

"有伯承留下顶住就行了。"毛泽东说,"放心,我从不干涉老彭的前线指挥……看他打心里踏实。"

刘伯承："既然你们仨都去,我把陈赓的干部团带上一起走,这里留给剑英,基本意图他知道,能对付!"

"是得把干部团带上……那可是我们的杀手锏!"周恩来说。

毛泽东:"可以。"

青杠坡西侧山头上,彭德怀指挥所。

彭德怀放下望远镜:"邪了,不是说当面之敌只是郭勋祺旅3个团……怎么就打得这么吃力……"

杨尚昆赶来:"军团长,毛主席、朱主席、周副主席和刘总长全来了!"

"来看我老彭的笑话?!"彭德怀还真有点不高兴,"这么多的主席全来了,我怎么主席?!"

走在前头的毛泽东:"没人看你笑话;还有,你该怎么主席就怎么主席,全当我们不存在;如果还碍事,我们可以到一边待着!"他笑笑。

"攻不动?!"周恩来问。

彭德怀:"原来是想打个围歼战,没想打成了对峙……还有被敌反包围的危险!"

朱德自语:"怎么会成了这样……"

"我的总司令,听到没有,我们的轻重机枪不敢打长点射,更不用说打连射……是到了万不得已时才打个短点射!"彭德怀又愤愤地说,"现在要能给补充三五万发子弹,我老彭要是吃不掉当面之敌,情愿当马夫……"

毛泽东:"我们不能给你三五万发子弹,也不会让你去当马夫!这样吧,把一军团二师调过来,归你统一指挥!"他回身:"伯承,你用老彭的电台给林彪发电,让他的二师跑步过来增援,归老彭指挥!"

一时,山谷里又枪声大作。

彭德怀:"敌人又发起冲击了……按说,川军没这么凶……打得比老蒋的中央军还凶!"

朱德自语:"看来,川军的这个少壮派郭勋祺还真有名堂,不但有谋,还会带兵,他的旅战斗力可不一般!"

"什么呀!"彭德怀气呼呼地说,"我就缺子弹……"又忽然想起:

"你们几位还是散开隐蔽……他要是有迫击炮又发现了我们,可不是闹着玩的……"

周恩来:"当面的川军打过迫击炮?"

"没有……看得出装备很一般,轻重机枪也不多!"彭德怀又上火了,"欺侮我他妈没子弹!"

"既然敌人没迫击炮,我们就放心坐吧!"毛泽东在地上坐下,抽起烟来。

青杠坡东边一个小山头上,郭勋祺用望远镜看着他的部队在作战。

"混蛋,上呀!"郭勋祺愤怒地说,"怎么对方的枪一响,我们全都趴下了……这不敢攻哪行?!"

四旅旅长潘左在警卫排护卫下上来,大老远叫着:"郭旅长,看来当面'共匪'的火力不行……"

"他的火力要是行的话,我们早垮了!"郭勋祺把望远镜给了潘左,"你自己看,只要人家的枪一响,我们全趴下不动……这能攻得下?"

"我们的官兵不是没见过这种世面。"潘左还是接过望远镜,装模作样地看着。

郭勋祺:"那就得给督战队生杀大权……凡是后退者,格杀勿论!不打不成兵……这是带兵之道的基本!"

潘左:"可我们的伤亡够大了,再逼着往前……不玩完了!"

"可我们要是打败了,你我都玩完了。"郭勋祺说,"要知道,委座可是不惜杀鸡儆猴的;落到那种地步,大帅也保不了我们!"

潘左不言语。

郭勋祺:"我们旅从正面攻,你们旅从右侧迂回,咱们可是各负其职!"又喊着,"老潘,命令你们的后续部队跑步增援!"郭勋祺看了眼潘左:"再不用劲地攻,不赶来参战,我可不讲情面,如实上报!"

……

青杠坡西边,彭德怀指挥所。

炊事班长送上饭。

彭德怀:"几位主席,乘敌人攻击被打下去的空档,赶快吃两口吧!"

"吃完饭后,几位首长还是回土城吧!"杨尚昆说。

"别费劲,他们信不过我老彭,会走吗?"彭德怀说,"你们不吃我可吃了……"

"你老彭的激将法我不吃,饭还是要吃!"毛泽东说,"连个吃饭的家伙都没有,用手抓着吃呀!"

"我听说手抓饭可是请客用的!"彭德怀笑笑。

"别老土啦,你这也叫手抓饭?!"周恩来说。

彭德怀:"你就别穷讲究了……"

就在这时,枪声和喊杀声又起。

彭德怀丢下饭缸抓起望远镜:"奶奶的,这回更凶……想包围我们……"

毛泽东接过望远镜:"不对劲!"

山生气喘吁吁地跑上来:"报告刘总长……"

"别急,别急,慢慢说!"刘伯承说。

"是这样,我们谍报队后半夜又出去一趟,上午才弄到个敌人的传令参谋。他供述,我们当面的敌人是川军教导师第三、第四旅,每旅3个团……"

彭德怀:"我说怎么就这样难啃!原来得悉是敌人1个旅共3个团,最多也就加上跟着上来的1个团。现在却打成了2个旅6个团,怪不得敌人的底气这么足!"

毛泽东:"撤!这仗不能再打了!"

"我同意撤!马上撤!"周恩来。

彭德怀:"可现在撤得下来吗?胶着了!"

朱德:"我去,我到一线组织部队来个反攻,乘敌后退我们撤走!"

"岂有此理!"彭德怀说,"老总呀,打我的脸!要去也得我去,哪有你总司令亲自上场的!"

毛泽东:"是呀,那有总司令亲自到战斗一线……"

"老伙计,打井冈山斗争以来,我朱德几次到一线让子弹碰着过?"朱德说。

"咱俩可是朱毛连在一块的,你去我是不是也得跟你去?!"毛泽东说。

"我是带兵打仗的,你是运筹帷幄的,所谓朱毛,是这样组合和分工的。我去是本分,你去是分外……"朱德笑笑,"不是我笑话你,你怕是连机关枪是怎么打的都不懂吧?所以,你的作用在这里,去了用不上……"

周恩来:"你的生命是党的、红军的,不是你个人的……要是万一出了事,我们怎么向党向全军交代?!"

朱德把帽子一甩:"你们的好意我领了,但只要党好、红军好,我区区朱德算得了什么?看在老战友份上,你们成全我!"

刘伯承:"好,我陪你去!带上陈赓的干部团,我们去!"又喊着,"陈赓,带上你的团跟我陪朱老总上前线!"

陈赓过来:"我们当然得上,可朱老总……"

"陈赓,别磨嘴皮子了,你可得把朱老总给我带回来!"毛泽东说。

周恩来:"陈赓,你就是把干部团打光了,也得把朱老总保住……"

"明白!"陈赓说,"相信我,我给朱老总挡子弹!"

朱德:"走!"说着抢过哨兵的冲锋枪,下了指挥所。

刘伯承、陈赓跟着走了。

毛泽东对周恩来说:"我们也走,回土城去谋划准备全军撤往赤水河西边……"

周恩来对彭德怀说:"老彭,你的指挥所也可以撤了。部队撤下来后,一边监视敌人,一边准备随时西渡赤水河!"

彭德怀:"这就活了……打得赢就打,打不赢就走。天无绝人之路!"

第二十三章　有喜有愁过大年

长江,文昌舰溯江而上,江流被舰首犁出两道白色的波带,向舰后滚滚而去。

蒋介石在晏道刚陪同下,按住右弦的护拦,时而看着远去的江涛,时而放眼两岸的青山绿树,好不悠然舒心!

晏道刚看出此时蒋介石的心境,找话让蒋介石开怀:"这个时节的庐山,当是瑞雪纷飞,美不胜收……"

"是的,夫人喜欢雪,又说庐山的雪景最好,这才想到庐山过年。"蒋介石又感叹,"也是今年的这个年关顺畅,有这个心情……像去年的这时,江西的'剿匪'、党内广东军人在福州造反,搅得哪有这个心思……"

"老天总不能不考虑委座的苦心,也会有风调雨顺的回报。"晏道刚说。

蒋介石感叹:"还是江南好,绿水青山……"

晏道刚随口:"极是!记得委座去年秋视察北方时,才是十月,就已经无边落木萧萧下,到处灰茫茫……真不知明清的皇帝怎么会定都北平……"

"这也许就是一方水土一方人。北方蛮子习惯北方的旷野,我们江南人喜欢山清水秀……"

"委座真乃天之骄子,慧眼灼见,定都金陵,设夏都庐山……可造福黎民,我们也跟着沾光……"

蒋介石回过身来,靠着护栏:"得感谢祖宗给我们留下偌大国土,偌大的江山。"

"可江山越大,治之越难!"晏道刚说。

第二十三章 有喜有愁过大年

"你说得不错。但古往今来天子的使命不就在治天下,治天下哪有容易的事?"蒋介石又问,"你对当下我们党内的纷争,党外的'匪患'是怎样看的?"

"无非是都想坐天下。"晏道刚说,"就算把天下给了他们,他们有哪个雄才大略的能治得了……岂不更是天下大乱!"兴许是立刻感到自己话中的天下大乱会造成蒋介石误解,又说:"都说天下无派,岂不千奇百怪……可又应当说英明的天子,终究能平天下!"

"平天下就得有谋略。"蒋介石忽然来个思维的大跳跃,"这回呀,我要大奖刘湘手下的那个旅长……叫什么名字?"

蒋介石任性,思维也自然随性,想一出是一出。

但晏道刚还能跟上蒋介石的意识流,他回答:"郭勋祺。"

"对,就是几天前土城一仗,旗开得胜,把朱毛'残匪'赶到赤水河西的那个郭勋祺。"蒋介石说,"奖励他晋升为师长……中将"。

晏道刚:"黔军将领侯之担丢了遵义,扣押查办;湘军将领郭勋祺土城一战有功,荣升师长,委座真乃赏罚分明……"

蒋介石不无得意:"恩威并施,赏罚分明,乃是治国治军平天下之道,懂吗?"又说:"我奖励郭勋祺,就是奖励刘湘,奖励潘文华,奖励南下'剿匪'作战的川军。相信这个举手之劳,会起到意料之外的鼓励作用。"又转换话题:"你还记得五次'围剿'末期,在闽西连城温坊打了败仗的师长李玉堂、旅长许永相吧,我把中将李玉堂降为上校,把少将许永相处死……他俩都是黄埔一期的,我的学生呀!"

晏道刚:"兴许委座当下一奖,收了个不是黄埔生胜似黄埔生的忠臣、良将……"

蒋介石的思维又跳跃:"你说朱毛'残匪'的下一步会怎样走?!"

"怕是走投无路了。"晏道刚也会外交辞令,完全答非所问。

蒋介石自己回答:"北渡长江进入四川,为潘文华川军重兵所阻;东渡或南渡赤水河,返回黔北或窜经黔西,为薛岳兵团所挡了……"

"他们只剩下继续西去,进入云南北部一条路。"晏道刚的反应倒也跟上了。

蒋介石："所以,我给云南的龙云派个差,不能让他袖手旁观。而派差就得给官……就委任他为'剿匪军第二路军总司令',与第一路军总司令何键对等。"

"那薛岳总指挥怎么安抚?"晏道刚斗胆问。

蒋介石："就委以他为第二路军前敌总指挥,把实际的指挥权给他!"

"可上次,在湖南'追剿'时,不也这样……"

蒋介石："他薛岳该明白此理。何键和龙云都是一方霸主、地头蛇。俗话说,强龙压不过地头蛇。前回已托陈诚把这个道理和他说过,他该明白……他呀,得有点政治谋略,不能是个斤斤计较名利的莽夫……那是成不了大才的,不堪重用的!"

"他真应当感谢委座对他的苦心栽培!"晏道刚说。

侍卫官送来貂皮大衣："委座,夫人说江面风大,让你披上她的大衣……"

"难得夫人一片心。"蒋介石笑笑,"好,回舱里!"

都说过大年是几家欢喜几家愁,这阵子的王家烈就是愁家。虽说是收复了遵义城,共产党红军已经西渡赤水河,听说到川南古蔺、叙永去了,但他不仅放不下心,反而意识到自己已是穷途末路了。

这两年,他曾庆幸过蒋介石名义上一统国民党党政军,从表面上平息了各省纷争,不再提心吊胆于云南龙云对他的贵州的觊觎;可是哪料到一下子风云突变,来了共产党红军,蒋介石中央军顺理成章地进入贵州,薛岳兵团不是去"追剿共匪",而是直指贵阳,鸠占鹊巢,不由分说地把他逼出贵阳,而失去省城,也失去了大部分的财源。这年头玩枪杆子的人都知道,"一日无粮千兵散",没了钱就没兵,没了兵就没了一切。他已给不了几个师长给养补贴,几个师长对他的态度也明显冷淡了。

按往年惯例,年前他都会把手下的师长召在一起喝这一年的最后一场酒,享受着部属对他的敬重。今年他发不起红包,也就罢了。

当下,他的唯一知己只有身边的大老婆万氏。万氏帮他分析,下一步他的黔军和贵州将不保,一切都会改姓蒋。万氏提出必要时由她去南京运动,也放放风,倘若蒋介石把他逼急了,他就投靠两广的李宗仁、陈济棠。他与他们有鸦片生意来往,客观上有同盟关系。这原先是防云南龙云对他下手,鉴于蒋介石在内部最怕的是两广李宗仁、陈济棠势力造大,他认为这样做是抓住蒋介石的软肋,兴许有用,能让蒋介石顾及到逼他的后果,放他一条活路。

军事上还算能与他同心的是他的参谋长谢汝霖。这一天,他把谢汝霖找来,两人密谋。

谢汝霖似乎是有备而来的。听罢王家烈提出的议题后,直言:"我的意见是,当务之急抓两条……"

"其一?"王家烈迫不及待。

"晓以利弊,让何知重、柏辉章守住遵义、桐梓一线。告诉他俩,薛岳中央军占贵阳已不可逆转;黔北的习水、赤水被南下的川军占有,也不可挽回;毕节、黔西一带的下一步,必然被滇军占去,我们当下的较好地盘,仅剩下遵义、桐梓这一块,倘若再丢弃,我们将无生存之地。让他俩务必守住这一块。'共匪'已到赤水河西的川南,想必难以返回遵义地区,只要他们2个师占住桐梓、遵义地区,川军的郭勋祺部队不敢明目张胆进这一地区,而郭勋祺的部队时时得防'共匪'东渡赤水返回黔北,也无心占我桐梓、遵义。他们坚守这一线,不担待风险。"

王家烈频频点头:"这其二?"

"二是我们立即回贵阳去。"谢汝霖说,"这也出于两个考虑。第一,是我们必须尽快搞到钱,没有钱,没人会听我们的。而在遵义和桐梓搞不到多少钱的,你现在还是省主席,回贵阳去,好歹能从省财政厅弄些钱。第二,侯之担的前车之鉴,我们必须吸取,不是老蒋逼得万不得已,我们大可不必亲自待在遵义,担当再失遵义的责任。"

王家烈:"你认为'共匪'有可能再回黔北,又占遵义?"

"从现在的态势上看,不可能。"谢汝霖说,"但'共匪'惯于神出鬼没,被逼急时也不是不敢铤而走险的,更何况我们'围剿'军的构成和部署,也不是无懈可击的。我认为,南下的川军根本目的在于不让'共匪'北渡长江,进入他们的四川腹地,至于能不能消灭'共匪',他们才不在乎呢……"

王家烈接上:"薛岳的根本目的在于占我们贵阳,他并不在乎于'剿匪'!"

"所以,这给了'共匪'有神出鬼没的可能!"谢汝霖说。

王家烈:"你说得对,我们是应当回贵阳去……回去过年!"

这天,川南"剿匪"军总指挥潘文华在宴请他手下的师长、旅长。

要过年了,带兵南下黔北和川南的师长、旅长们,纷纷返回江北家中过年。潘文华乘此之机把他们约在一起,一来以示慰劳,二来有军务要事办。

宴会就开两桌,人员到齐一目了然。

宴会由参谋长主持。人一齐,参谋长站了起来:"诸位,再过两天就是除夕了,你们该与夫人孩子团聚,不好把你们召来,过完年各赴前线,也聚不成了。所以,今天潘总指挥特备薄酒,与同僚们提前拜年。下面,请总指挥宣布一道命令,训示!"

潘文华站了起来,清清嗓子:"诸位,前不久我们在土城大捷,委座通令嘉奖,特命这一次战功卓著的郭勋祺旅长,晋升为本军模范师中将师长;刘总司令命令,此战有功的袁治团长接任荣升为教导第三旅少将旅长!"

一时掌声四起,不少人把目光投向郭勋祺。

陈万仞的参谋长咬陈万仞耳朵:"这后生果然得了面子……"

"走狗屎运了。"陈万仞低声说,"他最得感谢的是那个倒霉蛋侯之担,从反面推了他一把……"

参谋长低声说:"老蒋的这官可不会是白给的……往后,他更得打头阵,卖命!"

"那就看他识不识相……不过,子弹不长眼,听说死在'共匪'枪口下的国军师长、旅长不乏其人!"陈万仞低声说。

"陈师长,祝贺话大声说。"潘文华看到陈万仞在私语。这老家伙自命位高,敢于与潘文华当面较劲,潘文华拿他也没脾气。

第二十三章　有喜有愁过大年

"说郭老弟荣升模范师长,往后应当更加模范,不负委座皇恩浩荡!"陈万仞说。

这话,迎来一片赞许。

潘文华:"诸位,待会再给郭师长祝酒,考虑到再召集一次会议,又得耽误大家的工夫,乘这个机会,下面由参谋长宣布'追剿'部署。参谋长,请!"

参谋长一本正经地宣读:"顷奉刘总指挥电开:综合情报,军以不失匪踪彻底歼灭之目的,特部署如下:第一,着郭勋祺师长,指挥袁治、廖泽、刘兆藜三旅,自建武、洛表、筠连各点,全力分别向南窜之匪跟踪进入滇境之威信、牛街、盐津一带,与滇军第三纵队切取联络,压迫匪部于横江东岸而歼灭之!"

陈万仞:"有郭师长领兵打头阵主战,我们川南'剿匪'军必再创辉煌。潘总指挥你真是知人善任。我提个议,这命令要是再这样念下去,怕是桌上的菜全凉了。建议参谋长找几个书爷抄几份发给我们,回头我们各自领会,分头贯彻!"

陈万仞的提议果然受到附和。

潘文华无奈:"好,就抄发下去。不过,本总指挥再强调一句,都看到了吧?委座可是严惩丢了遵义的侯之担,重赏土城之战有功的郭师长,这叫赏罚分明……希望我们的各位师长、旅长都受委座的赏,万不可挨委座的罚……"

"潘大人,过年了,说点吉利话。"陈万仞说。

潘文华端起酒杯:"好,给诸位拜年!祝大家来年人人升官!干杯!"

昆明的龙云也在请客,设家宴。

龙云接到蒋介石委任他为第二路"剿匪"军总司令的电报,不禁窃喜。喜的倒不是他升官了。他并不稀罕于这个空头衔,清楚地知道蒋介石给的这个官,是要他出兵贵州参加对共产党中央红军的围追堵截。喜的是他如意的算盘又可以打了,可以名正言顺地出兵贵州,吃掉王家烈的黔军和贵州地盘。

龙云的这种图谋,其实是滇军历史企图的承袭。打从辛亥革命后中国形成为军阀割据开始,云南军阀就把贵州看成附属,多次出兵贵州,相继搞掉了贵州军阀彭祖铭、周西城,控制过贵州。到了龙云这一代,虽说时势变了,云南和贵州同属国民党南京政府统辖下的一个省,不能再明目张胆兵进贵州,但龙云终没有放弃吞了贵州的野心。这回可好,蒋介石要求他出兵贵州,岂不是给了他实现这个野心的机会。

这天,他把计划带队出兵贵州的参谋长孙渡,还有所属部队第一旅旅长刘正富、第二旅旅长安恩溥、第五旅旅长鲁道源、第七旅旅长龚顺壁,请到家中,借钱行面授机宜。

酒过三旬,龙云切入主题:"南京的老蒋委以我这个头衔,无非是要我们云南出兵贵州,帮他消灭从江西退到贵州的'共匪'红军。但你们的给养仍然得由家里出,我是让你们带钱到贵州打仗的……"

"南京不给我们给养和弹药补助……找他要,和他讨价还价!"孙渡说。

"是的,我们不能倒贴!"安旅长说。

龙云:"那是下一步。适当时我会找他要的……但总不能是部队还没动就张口要钱……"

"没动要钱就对了。"孙渡说,"兵马未动,粮草先行,他不懂?!"

龙云:"老弟,你到了我这个位置,就知道现如今不能这样做……"

"没倒贴钱帮人打仗一说。"有人嘀咕。

龙云:"你这话说得对。所以,我们不能白去,也得图我们自己的目的……"

"司令的意思?"孙渡明知故问。

龙云不得不说明:"弟兄们都经历过,也清楚,我们滇军历来有兼管贵州的愿望,甚至行动,这次老蒋有求于我们,刚好给了我们一个出兵贵州的机会……"

"搞掉王家烈黔军,占领贵州地盘?!"有人问。

龙云:"不说得这么露骨、直白,但意思到了,我们总不能白白出兵贵州!"

第二十三章　有喜有愁过大年

孙渡："总司令,此一时彼一时。当下,可不是我们当年搞袁祖铭、周西城的时代。那时,天下大乱,大鱼吃小鱼天经地义,都这么干,谁也不说谁,让人吃掉只怪他自己是小鱼。可如今,我们云南和贵州同是南京政府管治下的一个省,一个省公然吃掉另一个省,怕是不行,会招来反对,南京会出面干预……再说,老蒋派出的中央军薛岳部队已进入贵阳,据说川军也南下黔北,他们不会看着我们吃王家烈的……如果我们的部队与王家烈黔军挨在一起,制造磨擦,借口吃掉他一部分部队,倒也还可能……"

"这不就存在着可能吗?"龙云说,"我所说的是个大体方针……你们到贵州后见机行事……"

"我看,王家烈的部队绝对不敢和我们挨在一起……"有人说,"怕是连这个机会都没有!"

龙云："那我们总可以借担负靠我们云南东边的毕节地区的防御任务,实际上占领这一地区……起码用不着我从云南给你派粮吧?!"

人们不语。

许久,孙渡说："这也得看薛岳怎么给我们派差……"

"那好,薛岳要是让你们和他的中央军去打红军,你跟着就是了!"龙云不爱听,"你找他要给养和弹药补充,还省得我为你们的给养弹药补充操心!"显然,龙云的话一语双关。

孙渡："我们当然不会傻到给他当枪使!"

"我想也是。"龙云说,"要知道,'共匪'不是好惹的,老蒋'剿'了他们七八年了,不是还没灭吗?……我希望你们都活着回来,也希望你们带出去多少官兵,给我带回来多少官兵!"

孙渡："你的意思我们明白了……能沾点便宜就沾点便宜,沾不到便宜,也不能赔本!"

……

207

第二十四章　周恩来的肺腑之言

中央红军西渡赤水河后,还是受到南下的国民党川军潘文华部队的拦阻和追击,不能靠近长江边,更不用说北渡长江。为避免久留川南陷于被动,全军继续往西撤,退向云南、贵州、四川三省边界。

这里虽然没有了川军攻击的危险,红军官兵却受到恶劣的气候和环境的强烈压迫。时已年关,此地山深林密、水冷刺骨;这里基本上是彝乡苗寨,能买到的粮食更多的是棒子、杂豆。红军官兵处在前所未有的饥寒交迫中。

这一天,是农历甲戌年的最后一天,中央纵队进驻鸡鸣三省。这个村名直白形象。这里处在云贵川三省之界的交会点上,雄鸡一唱,三省都能听到。红军落难了此地,若以革命浪漫主义而言,到此一游实属难得,普天之下的大众,有几人能听得鸡鸣三省?

对了,怎么又出来个中央纵队?原来是中央红军撤出遵义城后,军委又对党政军机关作了一次精简,整编成3个梯队加1个干部团,改称中央纵队,总参谋长刘伯承兼总司令,一局局长叶剑英兼副司令。中央纵队成了名副其实的中央党政军总部。

除夕夜,中央政治局的几位常委和总参谋长刘伯承、总政治部主任王稼祥一起开会。这时开会议很随便,需要开就召开,需要谁参加谁参加,一切以随时解决问题为原则。

这是土城战斗失利后,中共中央和中央红军被迫西渡赤水河以来,几个议事决策领导的第一次碰头会。因为前阶段的受挫和连日疲于行军,会议气氛显得凝重。

博古显然带着复杂心情到会,一进屋就开口直露情感:"你们可知道下面的同志是怎么个反应……"

"怎么个反应?"张闻天问。

博古坐了下来:"他们说,看来教条主义不行,经验主义怕是也不成……"

毛泽东笑笑:"干脆就说我毛泽东也不成!"

"下面同志有反应?这个下面同志不就是凯丰……我早听他嚷嚷过,拿一些自己都没弄懂的概念装学问!什么经验主义?!"周恩来说。

"让博古同志继续说,还有什么话都说出来。"毛泽东说。

"好,直说。他还说你毛泽东也莫过如此……想着旗开得胜,却来个出手就败!"博古说。

王稼祥:"他这是什么心态?幸灾乐祸呀?什么立场?!"

"仗没打好,让人说两句难免。"毛泽东点上烟,"我毛泽东检讨。此仗没打好原因有四:其一,求战心切,战机选择不当。第二,两面作战,分散了兵力;第三,轻敌,低估了川军的战斗力;其四,敌情保障不好,造成了敌情不明,盲目决战。这些,都由我负责,我必须认真吸取教训!"

"该负主要责任的是我。"周恩来说,"求战没错,所以决定打这一仗,是因敌情不明,误把敌人2个旅6个团,当成1个旅,最多4个团……不过,我以为这一仗没打好也不完全是件坏事……"

"你们打了败仗倒成了好事?!"博古嘟囔。

朱德:"博古同志莫急嘛,急了,看问题就会偏了。"又说:"这一仗受挫我也有责任。第一,我也一直主张打,犯了求战心切的毛病;第二,轻视川军战斗力的错在我,我一直认为川军战斗力弱,好打。这些都影响到老毛的决心,我理当承担应有的责任!"

"我也求战心切。我是四川人,自认为了解川军,也犯了轻敌错误;我是总参谋长,没能提供准确及时的情报,更应当承担责任!"刘伯承说。

王稼祥不耐烦:"我说你们的检讨有完没完?退一步说,打好了,下一步会是怎样?再继续向长江边接近,让敌压迫,背靠长江决战,岂不更要命……我倒认为好在没打好,及早提醒我们检查下战略计划的可行性!"

"对了,我说的没打好未必是坏事,就要说这个。"周恩来说,"看来,我们计划从宜宾到泸州地段北渡长江未必可行……"

"已经很明显了,不可行!"毛泽东说。

刘伯承:"北渡长江进入川西或川西北的计划是我提出的……看来,我对敌我双方的能力估计都不符合事实……"

"这检讨有完没完?!"张闻天说,"仗是没打好,可我们有所进退,果断撤过赤水河进入川南,保持着主动……起码没受致命损失!"

博古笑笑:"还真找到论据。"

"你能不能把偏激的情绪放一放?"王稼祥针砭博古后又说,"我建议讨论下一步亟须解决的问题!"

毛泽东接上:"我考虑过,放弃原计划,改在云贵川边寻求立足……"

"你认为这可能吗?!"博古问。

"走一步看一步。"朱德又说,"有人批评经验主义,我还就谈经验。当年,南昌起义军主力在广东潮汕地区失败后,我带的队伍简直到了走投无路的地步,只能避开强敌往赣南走。到了赣西南打探到老毛带的队伍上井冈山,我带队找老毛,也上井冈山。井冈山养不了我们这么许多人,我们下山想到赣南找出路,发现闽西不错,在闽西待下来……不就是走一步看一步,终于走出中央红军和中央苏区这么个大局面……我倒认为走一步看一步,是在严重的敌强我弱条件下行动的指导原则。"

"老总,经验和经验主义不是一个概念。"张闻天说,"你们这是用深刻实践换来的宝贵经验!"

周恩来:"怎么样,老总说的这些话有充分的说服力吧!能不能增强我们的信心?!"

"我同意老毛的意见。"张闻天说,"也有信心……现在不走一步看一步,我们有条件一切都计划好?!能一切都依计划进行,都能达到预期目的?!"

王稼祥:"博古呀,这就是我们这些缺乏实践经验的人,与老毛和朱老总他们的认识和胆略差距之所在……跟着走,相信他们一定有办法!"

毛泽东忽然想到似的:"闻天,你那个遵义会议总结写得怎样了?"

第二十四章 周恩来的肺腑之言

"快完了。"张闻天说。

周恩来:"好,刚才议论的战略方向计划问题,到扎西后开会正式决定。还有讨论闻天起草的决议,向全党传达。"

刘伯承:"我有个建议,部队必须整编,撤销师一级,军团直辖团;充实连队,1个军团能编几个团,就编几个团,以战斗团能独立投入战斗为原则……不求编制大,但求基层充实,有战斗力!"

毛泽东:"这一点很重要。恰好,到了扎西部队也有事干了。"

周恩来:"好,你们先拟个整编方案,到扎西后落实。"

刘伯承:"前面说到土城一战情报误大事,我们有责任……"

"又来了,我的总长,怎么又检讨!"王稼祥说。

"别急,我告诉大家一件喜事。"刘伯承说,"战役情报获取问题彻底解决了……"

朱德:"川军密码的破译突破了?!"

刘伯承:"对……我们的二局真行!"

大年初一早晨,喝过棒子面粥后,二局局长曾希圣和协理员宋裕和,把山生、华荣、李玉红、程少仲还有炊事班长老傅,叫到一起。

人一到齐,李玉红吵吵:"局长找我们来,给压岁钱?!"

曾希圣:"你干爹昨晚给你压岁钱了?"

"当然。"李玉红拿出一把银毫、铜板,"怎么,他老人家把家底都给我了……"

"姑娘,你干爹这一年分到的伙食尾子都在里头!"曾希圣难得一笑。

"给你压岁钱你也没地方花。"宋裕和说,"局长哪来钱给你压岁?!"

曾希圣:"压岁钱是发不起。"他转而对宋裕和:"老宋,我们家底有钱吗?拨几块钱让老傅去办点肉……今天是大年初一,总得让大家打打牙祭……"

"真难得局长也关心起伙食的事!"老傅说,"我当找我来干什么,原来是这事。只要有钱,我就是掏老鼠洞,也得弄出米粮给大伙儿吃上一餐米饭……"

"外加老鼠肉?!"宋裕和说,"你们闽西人才吃老鼠干……我们吃猪肉!"

"我这是比喻。"老傅说,"天寒地冻的,你就是想吃,我也没地方挖出老鼠……"

"不用你挖那恶心的东西。"宋裕和说,"我正要向局长报告,刘总长特批奖励我们局5块大洋……怎么样,这个年有加菜的钱吧!"

曾希圣真是开心到难得说笑话:"刘总长还没有周副主席慷慨……上次,周副主席可是奖励我们10块大洋!"又说:"好吧,让老傅操办去,晚上会餐!"

老傅接过钱,高兴地走了。

曾希圣对大伙儿说:"第一,我得表扬你们女生,这段时间辛苦了,把川军来往电报都侦收了。知道不,这些太有用了,没有一定量的抄电,问题很难突破……"

"主要是小李侦收的……这几天她一直加班。"华荣说。

曾希圣:"小李,我给你明确,以后你专盯川军电台;华荣,你还是盯住中央军,南京台、重庆台、贵阳台还有吴奇伟和周浑元与他们部队来往的电台……土城一仗部队没打好,我们责任重大……当然,从今往后再也不会出现战役上敌情不明的事!"

"这就是局长难得开心。"宋裕和说。

小李说:"川军几个台发报员的手法我基本抓住了……"

"中央军的来往电台我们盯死了!"华荣说。

"很好!"曾希圣对程少仲说,"叫你来,是要给你指定个师傅……你是中学生,数学有基础,你得上心学,尽快入门!"

小李和华荣都知道,局长指的是让程少仲用心学破译。

"小程呀,你还是真得上心,"宋裕和说,"得向小李、华荣学习,用心!"

程少仲自知局领导把他叫来,是不批评的批评,低着头回应:"往后我一定用功!"

"让我来干什么?!"山生耍起小聪明,"让我去兴文、长宁、珙县摸

第二十四章 周恩来的肺腑之言

摸……"

曾希圣:"让你们从现在开始,基本上不用再出去啦……"

"又没用了?!"山生嘀咕。

华荣:"傻子,问题解决了,不明白……你们是能摸到当面敌情,可打仗不光是对面的敌人!"

曾希圣:"你们谍报队得表扬,这几天摸来的情况作用大着呢……不细说,听不明白也没关系,反正你们对我们攻克难关起了大作用!表扬你们!"

宋裕和说:"该我给你们布置工作了。待会就去参加村里的歌舞会。今天是大年初一,村里的彝族、苗族姑娘小伙子对歌、跳舞,你们代表局里参加……军民同乐也是宣传工作,懂吗?"

"我不会唱歌跳舞……"山生嘟囔。

宋裕和:"让华荣教你……这是政治任务!"

小李:"不会跟着学么……"

"走吧,执行政治任务去!"华荣瞪了傻站着的山生一眼。

刘群先也到村里参加群众歌舞会,屋里就剩下博古一人。

"还在困惑、郁闷?!"周恩来进来。

博古有些激动:"为什么他打了败仗你们不仅体谅他,而且一个个替他承担责任;我和李德有些失当,你们一个个不依不饶……我想不通。"

周恩来反问:"是呀,为什么土城一仗没打好,我、老总、甚至伯承都感到有责任,而没有全推到老毛身上?!"

"我问你!"

"你就不应当深思?!"周恩来说,"好,谈谈我的看法。这一仗没打好,是个案、特例;是在上下都想打,情报部门又给了他不确切的情报情况下,判断上的失误;并且在发现情况不对后,部队立即果断撤出,使全军摆脱险境,保持行动的主动权。事后,老毛认真检讨,找出原因,表示要吸取教训,所以大家体谅他了。而我们过去'三人团'的失误,是战争指挥上的一系列错误,造成了整个的战局逆转,反映出'三人团'缺乏战争指导能力,两者的差别就在这里。"

博古一时无话。

周恩来:"我们检讨,是因为我们也求战心切;我们也轻视川军的战斗力;我们没有给他提供准确及时的情报。这些严重地影响了他的指挥决心,所以,我们也有过失,也应当承担自己的责任,吸取教训!"

"这样说,我的认识又偏激了?!"博古自语。

"是的,"周恩来进一步指点,"博古同志,偏激就易于看不到问题的根本,就会把人和事的本质看错了,就会造成判断错误,所以,偏激是作为一个领导的大忌……万万要克服偏激的坏毛病……"

"你容我想想……"博古似听进去了。

"你的确应当好好想想。"周恩来说,"我今天找你,就是要与你交心,也谈当前你必须认识的一个问题。"

"你坐,坐下来谈。"博古的情绪似乎安定了许多。

"博古同志,恕我直言,你不适合当党的领袖。"周恩来见博古在控制自己听下去,又说,"我们党和革命处在战争状态下,一个不懂军事和指导战争的党的领袖,就像是一个骑着战马奔驰却由别人拿着缰绳的人,窝心不?!你自己不难受?别人能服你……"

博古说:"你这么一说,我能接受……我本无领袖欲,是时势把我推到这个位置上……连我自己都有些莫名其妙。"

"你这话我信!"周恩来说。

博古接着说:"我并不恋权。我也认为事关党和革命的大业,应当推举真正的能人……可我不明白,为什么毛泽东、朱德,包括张闻天、王稼祥他们,不能推心置腹和我交换意见……孤立我……"

"你先问问你自己,你从心底里接受他们吗?"周恩来说,"坦率地说,除了李德,还有我也除外,你还接受谁?你心里是不是无形中也把这些共事的同志都看成是对立面?是你首先把你自己孤立起来,是你首先不能推心置腹地与他人交流……你这样的状态,怎么领导别人,别人又怎么服你领导?!"

博古又不语。

第二十四章　周恩来的肺腑之言

周恩来:"问题挑明了,我也不能不直说。现在,你在中央和红军中的威信都很低……如果用投票选举,你现在怕是只能得到凯丰的一票……博古同志呀,党和革命给了你展示才华的机会,可你没有把握住,经历了第五次反'围剿'的失败,战略转移初期的严重损失,中央和红军的将领已经不可能再让一个不懂军事又不善于调动集体智慧的人来领导他们了……"

对于博古来说,这个问题他早有考虑,也有思想准备,可临到要成为事实,他又患得患失了。他不由流露:"是毛泽东'逼宫'吧……"

"看看,怎么一谈到这些问题,你就联想到毛泽东……退一步说,毛泽东如果要'逼宫',我们这些外来的人早就给赶出中央苏区啦……"周恩来不禁苦笑。

博古倒给笑毛了:"这话怎么讲?"

"你不是也懂得军权的极端重要吗?! 所以,你让李德为你控制军权!"周恩来说,"可你想过没有,他们要不是出于党性原则、组织观念,你和李德控制得了军权吗?! 那是他们一手创造出来的红军,哪一个军团长、师长、团长不听他们的? 他们只要动用1个营,就足以把我们这些外来的领导全部赶走!"

"说到这事,我倒想问你,遵义会议时,你们为什么撤换了中央警卫营?!"博古似忽然想起,把这个心结摊开。

周恩来大笑:"真没想到你这么敏感。这事我得先向你检讨,我忙昏了头,忽略了给你打个招呼。借这个机会给你解释,是这样,湘江战役受损后,我们撤销八军团,把人员补进九军团,但严重缺乏基层干部。而我们中央警卫营,原是项英代理军委主席时,从各部队抽调来的基层干部和战斗骨干组成的。朱老总提议让中央警卫营的这些骨干到九军团充实基层,而从九军团调1个营担任中央警卫任务,我觉得他言之有理,同意了。就是这样换的,没有别的意思。你想想,我们可能和有必要以武力胁迫,召开遵义会议吗?! 博古呀,我们和我们党,没到这样的程度……不要把我们看得这么不择手段……博古呀,在这个问题上你又偏激了。我再强调你好好想想,如果要武装政变,还会等到遵义会议?!"

博古又不语了。

周恩来:"说到毛泽东,我也坦率地谈谈我的看法。他不是完人,也有缺点,但他立党为公,精于政治和军事谋略,有魄力有智慧,有洞察力,又有丰富经验,能指挥我们的红军战胜强敌,这是极难能可贵的大节。现在是武装革命,党和革命的前途命运完全取决于红军是否能战胜强敌,所以,毛泽东的这些素质,符合党对领袖的要求,所以,我衷心地拥护他,举荐他!"

"这样说,你心里早就想把他推出来?"

"也可以这样说。"周恩来说,"我有自知之明,只适合于做具体工作,而不适合于担任统帅。但我有责任力所能及地为党选择领袖……我想,我大体完成这件大事了,接下来我会竭诚辅佐他……"

"你今天是挑明让我交班?!"博古指着屋里的两只箱子:"那两箱文件我早整理好了,挑走就是了。"

"如果是这样,恕我直言,博古同志,你心胸狭隘……我认为你应当表现出一个共产党人立党为公的积极态度!"

"请教了,我应当怎样才算积极?!"

周恩来:"我把你当成是真情实意、不乏有共产党人胸怀的人,建议你抛弃与老毛的前嫌,和我们同心协力支持老毛的领导……一切为了打败蒋介石反动派,夺取我们革命的胜利!"

……

第二十五章　新计划的出台

中央纵队到达扎西城后,毛泽东、周恩来、朱德住地和野战军指挥所,设在江西会馆。

从江西会馆到三军团部驻地不远,朱德和他的警卫员一阵快马加鞭,倒也很快就到了。

彭德怀见朱德来了,迎上:"咱俩是土城战斗时见过一面吧……我料定你们会有人来,或者让我去一趟。"

"尚昆和邓萍呢?"朱德问。

彭德怀:"我把他们都派到部队去,整编了,有些工作不好做,不能都推给下面。"

"对头。"朱德说,"刚好,我们俩谈。"

"中央想听我的意见?!"彭德怀快人快语,"我认为中央改变战略方针的决定绝对必需、正确。下一步就是要以打为主了,打出云贵川新苏区。"

彭德怀把朱德让进屋里,又说:"这几天我也想过,以我们现有的力量,怕是难以过得了长江。那好,就在贵州与国民党争天下!"

"你认为有可能吗?"朱德也不兜圈子。

"起码是有这个前途。"彭德怀说,"虽说老蒋调兵遣将要在贵州围追堵截我们,那纯属他一厢情愿。你想,湖南的何键现在最怕的是我们东渡乌江进入湘西,他除了重兵严防我们过乌江外,绝不会介入在乌江以西对我们的围追堵截;四川的刘湘,怕的是我们北渡长江进入他的四川腹地,他的潘文华兵团主要是防我们过江,只要我们不靠近长江,就相安无事;云南龙云虽然派出孙渡纵队,但绝不敢主动与我们交战;广西的李宗仁巴不得出兵贵州,分到一块蛋糕,但老蒋绝对防着他另有图谋;贵州的王家烈弱不说,正自顾不暇防着老蒋乘机吃掉他。剩下的,是中央军薛岳兵团,可薛岳并不追我们,而是占贵阳,至今没动窝。所以,从表面上看敌情很严重,实际上并没有什么了不起的……只可惜是我们自己已是元气大伤!"

朱德:"可就这么个现状,我们的部队在短期内是不能恢复的,根据地苏区也不是短时间内可以建成的,而没有苏区人民的支持,我们是绝对难以在贵州长期支撑下去的!"

"是呀,所以我们现在既不能没有战略计划,又只能是走一步看一步……要不怎么说博古、李德造成的危害,影响深重!"

朱德看着彭德怀,似不好开口。

"怎么,还有什么话……"彭德怀笑笑,"说吧!"

"老毛说你彭德怀同志的全局观念最强……"

彭德怀大笑:"老毛不会是只让你朱老总来给我戴高帽吧……"

"老毛说把你的三军团由原来的3个师共8个团缩编成4个团,你连一句话都没有……表现出对我们最大的支持。"朱老总说。

"好吧,我帮你说。"彭德怀还是笑笑,"是要部队还是要干部,还是要枪?!其实,我一看我们军团缩编成4个团,我心里就有数了……你们另有打算。"

朱德终于直说:"既要部队,也要干部……你知道我们如果要在云贵川边建立根据地,就要有一批干部做地方工作,还得组织一支游击队。而这里没有党的基础,更没有群众基础,这地方干部和游击队,只能由我们派出。"

彭德怀:"干部你要谁给谁。游击队要多大规模?1个营够不够?"

朱德:"干部是要你原五师政委徐策,让他和干部团上干队政委余鸿泽搭档,组成中共川南特委;游击队想从你这里抽出1个营的人枪。"

彭德怀:"我让杨政委立即与徐策谈话,马上去中央报到。游击队今天一定到人,组队,明天来带走!"

朱德:"我就不说谢谢你啦……"

第二十五章　新计划的出台

"你不是还是说了?"彭德怀说,"这老毛,想要我的人和枪,还不好意思……"

朱德:"他在和小伙子交代呢……"

林彪在大门外翻身下马,把缰绳给了警卫员,整了整臃肿的棉衣,走上石台阶,进入石门,到了下庭院。

"奶奶的,这偏远的扎西,还有这么大的一座寺院!"林彪有些意外。

毛泽东刚好送张闻天下楼走到上庭院,看见林彪到了:"你看清楚再发议论。这里叫江西会馆,可不是寺庙,瞎说让业主听见了,可不高兴!"

"江西老表跑到这里来弄了个这么大的会馆?"

"出乎预料?!"

"不,应当说牛!"

毛泽东笑笑:"我们不也是从江西过来的?"

"这样说,你们借老表的房子住,顺理成章。"

"亲切……还有点遥想江西了。"毛泽东回应。

"怕是回不去了。"林彪随口。

"鼠目寸光。"毛泽东说,"总有一天我们要回来的……得有信心!"说着,在一边石凳上坐下,掏出烟。

"就坐这?!"

"怎么?!"毛泽东边点火,边抽烟,"还得到屋里烤火?"

林彪没坐:"石头凉……老辈人说夏不坐木,冬不坐石……"

"怕你的屁股给坐感冒了?"毛泽东笑笑,"你火气那么旺,还会感冒……长话短说,就这里说。"

"那就说吧!"

"你先说!"

"你叫我来,让我先说?"林彪诧异。

"你不会没话说吧? 就你先说。"毛泽东坚持。

林彪到底在石头上坐下:"我说就说。这次整编,怎么把我们军团的第十五师给拆了……"

219

"如果你能在这几天招到三五千名新兵,把你们军团基层的缺员补足了,可以考虑不拆!"毛泽东不紧不慢地说。

"你不强人所难么！这我哪能办到？"林彪说,"还有必要保持4个军团的建制……"

毛泽东吐出一股烟:"真不知道你那个蒋校长是怎么教你的？要我说,就凭这一点,该把你退回到你们蒋校长那里补课去!"

"你要把我退回去,我们蒋校长还不得给我个军长干干!"林彪嬉皮笑脸。

毛泽东:"是呀,朱毛'共匪'把你林彪的名气抬起来了,没准他还会给你个中将抖抖威风,也让你光宗耀祖!"

"不干,不当他的军长和什么将,我就跟'共匪'朱毛干到底啦。"林彪大笑。

"算你孺子可教!"毛泽东说,"我教你,我们现在是长途转移,部队要轻装简从,尽量减少指挥层次,所以要撤掉师一级;我们现在严重缺员,又一时没法补充,所以要拆掉一些建制,充实基层;我们现在面对着强敌的围追堵截,所以得有锐利的前卫开路,有力的翼侧保护,要有坚兵断后,必要时还得有队伍伪装主力。所以,得保留4个军团建制,用之所长。据我知道,这次整编把4个军团压缩成共编16个团,唯独你的一军团保留2个师编制,给你们6个团,你还不满足?!"

"这我知道……"

"知道你还说什么!"毛泽东说,"人家老彭的三军团名气不如你们一军团大,还是战绩比你们差？他们撤了师建制,才编4个团,你2个师6个团还嫌不够……"

"不是说我知道么,没嫌不够。"

毛泽东:"知道不？往后你一军团还是得挑大梁,担负主要的拳打脚踢角色!"

林彪:"这个我清楚。"

"你清楚?!"毛泽东说,"上次让你打赤水城,你打进去了？说是有一个师就足够了……足够了,怎么攻不下?!"

"悔死我啦。"林说,"我要知道赤水城有侯之担的兵工厂,就把整个军团都压上去了。现在,我们一缺兵,二缺弹,要是打下赤水城,还不得弄它几百万发子弹……"

"行了,天下没有后悔药。"毛泽东又问,"你当面的敌情怎么样,有好的战机?"

"悬。"林彪说,"滇军孙渡纵队很谨慎,不一个旅单独前出,他们两三个旅抱团,怕打起来吃不下……又打成像攻赤水那样,影响和后果都很不好。"

"滇军能不能打成当然得从实际出发。这一仗你说了算,你说可以打,我就同意你打,但你一定得打下来……"

"没把握……那就不能打!"林彪说,"反正滇军也不敢进攻我们。"

"行,就不打!"毛泽东说,"我可告诉你,政治局已作出决定,放弃北渡长江进入川西计划,转为在云贵川边建立根据地。要建立根据地,就得打,从现在开始,以打为主,以走促打,你要随时准备走与打,走在前头,打头阵,并且必须打赢……"

林彪嬉笑:"不给人,不给弹,不给粮,还要胜仗……你真不讲理!"

"你要讨价还价,我让左权干。"毛泽东笑笑,"反正朱毛手下的老蒋学生还有好几个,都拿得上场,还都是共党铁杆子……"

林彪:"让他们指挥我,还不如我指挥他们,干!'共匪'朱毛指哪儿,我打哪儿!"

毛泽东:"别忘了,你还得给我打赢!"

董振堂和刘伯承拥抱在一起。

看得出,刘伯承刚到董振堂的五军团部。

董振堂放开刘伯承,对身边的一个参谋说:"告诉管理科长,弄只鸡,中午吃,钱从我的伙食尾子里扣!"

"中午在你这里吃饭?!"刘伯承说。

"怎么?不给我面子!"董振堂又说,"别忘了,两个月前你可在我们五军团打工呢!"

"好吧,就算回东家了!"刘伯承笑笑。

董振堂感慨地说:"想到你这个参谋长,我心里就来火……荒唐到拍洋顾问的马屁,把个总参谋长贬到我这座小庙里当参谋长……"

刘伯承:"过去啦,不说它……起码是通道会议以来,大局理顺了,我们的心里也舒坦了!"

"那是。"董振堂说,"这博古和李德可把红军的元气大伤了……我在想,要是五次反'围剿'之前,像土城这么个战斗,就我们三、五军团,甭说川军郭勋祺1个旅,就是他的总预备2个旅全上,也不在话下……"

刘伯承:"不是说好汉不提当年勇……昨晚,老毛和恩来交代,他们太忙走不开,让我代表他们来看你,也向你传达中央政治局的决定,听听你的意见。"

"你转告他们,他们的决定我都举双手赞成,没有意见,坚决执行,信心满满!"董振堂说。

"是这样,中央政治局认为土城一仗失利给我们提了个醒,不可低估川军的战斗力,也不可高估我们中央红军的战斗力。毕竟如你所说,我们现在是元气大伤。所以,要从宜宾、泸州地段北渡长江已不可能,改为在云贵川边落脚,争取创建新苏区。"

"好,我们从头开始……"董振堂说,"你转告他们,他们指到哪里,我打到哪里!"

刘伯承:"根据地是靠打出来的,下一步得打,而且得打赢……要打,部队就得整编……"

"我理解。"董振堂说,"我要是看不到这步棋,这二十多年的枪杆子白玩了。拆掉师建制绝对正确,由军团直接指挥更灵便……"又忽然想起问:"下一步大体上怎么走?怎么打?"

"老毛和恩来商量,转入反攻以创建根据地的第一仗,是往南打滇军孙渡纵队。"刘伯承说,"但也没把握。上午,老毛正在与林彪谈……"

"反攻的第一仗要慎重,要找好打的敌人打,确保首战告捷!这是我到红军后,学到毛主席教导的第一条经验。"董振堂说,"反正毛主席、周副主席有道道,听他们的没错……"

刘伯承问:"你对中央军薛岳兵团的态度怎么看?"

董振堂不假思索:"老蒋名义上是围追堵截我们,实质是想乘机收拾西南的地方势力;薛岳秉承老蒋旨意,直扑贵阳,至今也没动窝。看着吧,王家烈完蛋了……"又说:"当年,我们看透了老蒋的本质,看透了他先是利用地方杂牌军与红军拼命,然后等到时机成熟再收拾地方杂牌军。所以,我们认为与其被他利用最终还得被他收拾,还不如造反,当红军去……这不才有了宁都起义!"

刘伯承:"可对不起你们,宁都起义的部队,折腾到现在就剩下3个团,还不满编……"

"不提了。"董振堂说:"跟着毛主席,我们从头来……我说过,信心满满。"

刘伯承似忽然想起:"对了,毛主席和周副主席让我给你解释一下,你们建议五、九军团合为一个军团,这一点没被采纳,原因是你们两个军团的角色不一样。你们五军团善打恶仗,虽然现在部队不多,但魂在,有你们断后,中央放心;九军团历来是担负佯动任务,他们善于伪装主力牵着敌人走……说不定往后用得着他们的这个特长,所以保留它的建制。"

"还是你们考虑全面。"董振堂说,"现在看来,我和李政委是瞎操心……中央比我们高明,想得周到!"

刘伯承:"五军团就按你们的意见,编3个团……每连只有50人太少了,我们再想办法,给你们补充些人,你们也努力扩红……"

董振堂:"太好了!"

楼下大屋里,二局没值班的人都在一起给棒子脱粒。

扎西地处西南偏远山区,高寒水冷,水田少,旱地多,盛产玉米。老百姓收下玉米后,通常都是临到要吃前才将之脱粒磨成面或渣子,红军大队一到,只能买到棒子自己脱粒加工。二局也不例外,而这几天吃的和下一步要带走的量不少,单靠炊事班几个人忙不过来,协理员宋裕和把不值班的人员都集中来脱粒,好让炊事班去加工。

这阵子,局长曾希圣、破译科长曹祥仁也参加,刚下班的小李和华荣,也主动到场。

十个八个人围着一堆玉米脱粒,倒也新鲜热闹。

小李看程少仲一粒一粒地掰,对他说:"你不会两个对搓……"又给示范。

"还是我们老家的大米省事,又好吃!"程少仲嘀咕。

"能不能不说丢人的话!"小李低声顶他,"一个地方有一个地方的气候、土壤和相应物产,你在地理课里没学过?再说,米就不用加工?种植的辛苦复杂就不说,收下来的也是稻谷,也得加工……要不怎么说,锄禾日当午,汗滴禾下土。谁知盘中餐,粒粒皆辛苦!"

"得,又挨呲了……"华荣笑笑。

小李嘀咕:"发贱……"

小程追小李,总是要挨着她,又总是挨小李呲,屡见不鲜。没办法,一厢情愿追姑娘的小伙子,通常犯贱。

山生扛着一袋棒子进来,倒在华荣她们这一堆里:"你们干得快,加码……"

"我们这两位女士手头麻利……可你也不能见谁干得快就给谁加码!"有人说。

"不是说能者多劳么!"山生又把已脱下的玉米装袋,要扛去磨成渣。

小李打趣:"袁队长,这个能者多劳用得准确……"她看了华荣一眼,笑笑。

华荣会意也不掩饰:"还得继续努力……局长说过,我们局应当成为提高文化的模范!"

"将来,你们都得堪大用,不提高文化行吗?!"曾希圣说。

突然,有人进来喊着:"华荣,小李,科长让你俩快过去!"

华荣、小李放下手头的活冲向机房。

曾希圣和曹祥仁也跟着站了起来,走到外头走廊上,背靠着木栏杆。

"看来,是网上大鱼了。"曹祥仁说。

曾希圣指了指楼下大厅:"那边正等着我们的情报。"又说:"滇军打不成了,老总他们正愁着下一步往哪里走。我们要是网上大鱼,可就解决大问题了!"

　　这里正说着,朱德上楼走来。

　　曾希圣迎上去:"要等一个小时!"

　　朱德不语,回头下楼去!

　　"历来都是朱老总最急!"曹祥仁笑笑。

　　"可以理解。"曾希圣说着,进机房去。

第二十六章　易将战遵义

野战军指挥所里，两盏马灯压着摊在桌上的地图两角，泛黄色的光照着灰白的地图，看起来着实有些费劲。

视力不是很好的刘伯承为介绍敌情，预先熟悉了大方位。这阵子，他对着地图："我把这两天二局报来的敌情作一个综合，要点是这样：潘文华的川军大部集中在高县、珙县、长宁一线及其以南地域……"

"你停停。"毛泽东说，"显然，潘文华意在阻我北渡长江。"

"对。"周恩来示意刘伯承继续。

刘伯承："西南边的滇军孙渡纵队，先头2个旅到了扎西城南40里处的大湾，又1个旅由毕节向大湾运动。"

"好在我们没有攻击进到大湾的滇军先头旅。"朱德说。

"但滇军也就到此为止……"毛泽东说。

周恩来："他们绝不会尾追我们……"

"为什么？"博古问。

"很简单，他的部队没打过仗，孙渡不敢发飚。"朱德说。

刘伯承接着介绍："王家烈黔军的何知重一师、柏辉章二师等部，在赤水河东黔北地区，具体位置不详。"

"此前不是说过黔军以6个团重占遵义，他们的主力当在遵义一线。"毛泽东说。

周恩来说："应当是这样……"

"王家烈必坚守遵义。"刘伯承接着介绍，"中央军薛岳两纵队共5个师，向黔西集中，拟向古蔺、叙永追击，另1个师守贵阳，其余2个师大体还在贵阳以北乌江南岸。"

张闻天:"是不是可以这样认为,敌人南、北、东三路杀将而来,是要把我们包围在扎西地区而聚之,或者逼我们继续西去。"

毛泽东:"闻天,大有长进了……"

"这叫近朱者赤。"张闻天说,"幸亏我们抢先一步跳出扎西地区,要东渡赤水转进黔北……真乃棋高一着!"

博古:"可我们并没有摆脱敌人的围追堵截!"

毛泽东:"我们要彻底摆脱敌人的围追堵截,单靠走不行,还得打!不打怕敌人的跟追,是走不掉的;更何况我们已拟定要在云贵川边创建新苏区,这就更必须打。苏区首先是打出来的。"

博古:"下一步往哪里打?打谁呢?"

"现在拟定的是在赤水河东的黔北寻找战机,至于打谁,只能走一步看一步,谁好打,有把握打赢,就打谁!"朱德说。

"这不有很大的随意性……"博古似自语。

王稼祥:"不是,这里贯彻着立于主动和从实际出发的原则!"

"真乃学问……"张闻天自语。

毛泽东:"我们为什么得走一步看一步?因为现在是敌强我弱,从总态势上说是敌人进攻,我们防御,我们没有想打谁就打谁的力量;但是,在总体被动的态势下,我们又应争取具体的主动,往有利于我们的方向走,打有把握歼灭的敌军一部。"

张闻天感叹:"好家伙,学问更大了!"

"我们基础知识不足,慢慢学。"王稼祥说,"好在有这么好的老师……"他笑笑。

张闻天:"老毛,以后你给我们办学习班……"

"这主意不错,"周恩来说,"但这得以后再说,当务之急是走我们的下一步。"

就在这时,叶剑英兴冲冲进来:"二局刚送来的,老蒋从庐山又发号令了,当说给了我们战机!"

"快说具体的!"朱德说。

叶剑英:"电报只有三点,也就百把字,我来念。一、乌江以北之仁怀、鸭溪、二郎庙、赤水之线,为一、二两路军作战地境,线上属薛岳第二路军……"

"这什么意思,听不懂!"张闻天说。

"就是以他划的线为界,何键、薛岳一人负责一边。"毛泽东说"往下念。"

叶剑英:"二、第二路军须协同川军,在大江以南,横江、筠连以东地区,将西窜之匪完全消灭!这条听得懂吧?"

"这就是说命令薛岳率领的部队,全部压向赤水河西的川南!"博古似自语,"不对呀,蒋介石搞错了……"

"蒋介石是搞错了,他还误认为我们在川南!"周恩来说,"他要是对了,我们就不好办了!"

叶剑英:"三、第一路军迅速协同徐清泉部,限三月底以前,将萧、贺股匪完全消灭;以有力之一部,集结于习水、东皇殿一带,策应第二路军。全文完了。"

毛泽东:"诸位,老蒋命令上的一、三两点可以不考虑,抓住第二点做文章!"

"攻遵义,打王家烈占遵义的黔军!"周恩来说。

"对!"朱德说,"以我们现有的力量,打王家烈的何知重、柏辉章2个师,应当没问题!"

刘伯承:"如果连这样的弱敌都打不下来,那我们的前途真是堪忧了!"

周恩来:"命令林彪、彭德怀,必须打下来,只能打赢,重占遵义!"

毛泽东:"这样说你们都赞成打!"

"打!就打位于遵义地区孤立无援的黔军!"周恩来说,"伯承、剑英,你们拟定作战计划!"

毛泽东:"一、三军团主打,由林彪统一指挥;五军团为预备队;九军监视并牵制可能追过赤水河东的川军郭勋祺部。"

张闻天:"要是乌江南岸吴奇伟纵队的2个师增援怎么办?"

毛泽东:"乘其立足未稳,一起打!"

第二十六章 易将战遵义

朱德:"别担心,我们一、三军团的脾气我了解,只要他们第一仗得手,后面的仗就势如破竹……"

王稼祥:"我经历过第二、第三次反'围剿',那可是横扫七百里,连打五仗,仗仗胜利!"

"老总说得对!"毛泽东说,"别担心,坚决赌,这一局准赢!"

博古:"何键的部队会不会增援?"

刘伯承:"绝不可能。退一步说,他的部队要过乌江增援得好几天,等到他们赶到,黄花菜都凉了,弄不好还得送上门挨打!他没有那个全局观念,也没有那个胆量,更不会傻到干这种愚蠢的事!"

"他要蠢到增援倒好啦,我们的一、三军团刚好可以再来一个横扫七百里……"毛泽东说。

周恩来:"要求他们,总的原则是要快!速战速决!"

"对!"毛泽东说,"既然抓住战机了,兵贵神速,命令所有部队急行军,向战区挺进!"

张闻天对王稼祥说:"咱们也得有所作为,起草一个中央和军委告全体红色指战员书,把劲鼓起来!"

"这叫战争的政治动员!十分必要!"毛泽东说。

周恩来:"博古同志,你参加他们工作,你们把战争的政治动员和战时宣传鼓动工作抓起来!把气鼓得足足的!"

"好,我参加。"博古说。

不知不觉中,柏辉章回到遵义已一个多月了,元宵节也过去五六天了。

这天,何知重、柏辉章在遵义城柏辉章的家里,等待王家烈的到来。

"我说,'共匪'还算客气,不但没把你家房子给烧了,这里里外外也完好无损……看来,'共匪'并不像老蒋口口声声骂的是杀人放火不眨眼的山野草寇……"

"他们要是杀人不眨眼,老百姓会跟他们?!"柏辉章说,"知道不?他们在遵义前后10天,几千个年轻娃子跟他们走,当红军去;传说他们在遵义地区寄养了上千名伤员,我让地方官好好查,没抓到几个,老百姓舍命保他们!你我听说过有这样的'匪'?!"

何知重:"我就不明白了,那共党的人图个什么?为什么要不要命干共党?!"

"还是老蒋搬起石头砸自己的脚!"柏辉章说,"他们原来是跟着中山先生救国救民的,可北伐一胜利,老蒋翻脸不认人,为独吞江山,反目杀人家……好么,把共产党杀聪明了,拉起红军和他干……这红军呀,其实是老蒋杀出来的!"

"怪不得老蒋一提起共产党就咬牙切齿,恨不得灭绝他们!"何知重说。

"其实,老蒋才是当下最大的匪。那薛岳一进贵州不是先去追共党红军,而是抢我们贵阳……这都到贵州两个多月了,你见过他们的中央军向共产党红军打过一枪?"柏辉章愤愤地说。

何知重:"他妈的川军是比匪还匪的强盗。潘文华的部队到赤水,把侯之担的家底扫光了……兵工厂搬走了不说,凡值钱的、能搬的都搬到四川去了……"

"滇军的孙渡那孙子也不会是好鸟!"柏辉章一叹,"我看呀,我们贵州完了……我们黔军也没几天了……"

何知重:"我说我们王老板家烈,怎么不给我们关饷……会不会是为自己准备后路……"

柏辉章:"待会到了,我们得找他要军饷!"

"那是一定的。"何知重说。

外面传来小汽车的声音。

柏辉章站了起来:"老板到了……他现在毕竟还是我们的老板……走吧,迎接去。"

和王家烈一起来的还有参谋长谢汝霖、第三师师长犹国才。

这里刚座下,送茶的侍从才退出,王家烈说:"大前天,薛岳转给我一封委员长给我的电报,说'共匪'已回师东下过了赤水河到土城附近,似有取道川黔边界往酉阳、秀山进入湘西,会同那里的'共匪'模样,命令我

第二十六章 易将战遵义

亲率我们黔军,在松坎以北,赶水之线堵截。接电后我赶了过来,到刀把水时听说,你们在娄山关的部队已与'共匪'接火了。这'共匪'到底到了什么地方,是什么企图?"

何知重:"据我收到的报告,'共匪'的确已东渡赤水河了,向桐梓方向而来,至于是什么企图,连委座都没弄明白……我们哪敢猜!"

王家烈:"也是……"

柏辉章:"虽说我们现在还不明了'共匪'的企图,但我们不能不防,万一他们是冲着我们来的,如果他们真的再攻遵义城,你看就凭我和知重兄2个师,能守住吗?!"

谢汝霖:"我明白你们的意思,是要把我们黔军都集中到遵义。可是,蒋在珍的教导师驻黔东北,万一如委座分析,'共匪'可能由黔东北进入湘西,我们把兵调走了,怎么向委座交代?!"

犹国才接话:"我的师散布面那么大,说什么也不可能在几天内集中到遵义!"

"这样说,遵义可没得把握守住!"柏辉章嘀咕。

王家烈说:"弟兄们,前途没那么悲观。我们现在不是还不能断定'共匪'是要从黔北北渡长江进入四川,还是经黔北东渡乌江进入湘西;也不能排除'共匪'就是冲着我们遵义而来,那就等几天动态明朗再说。还有,'共匪'东渡赤水返回黔北,川军的郭勋祺总预备队,中央军周浑元指挥的5个师,不都跟过来了;还有乌江南岸中央军吴奇伟纵队的2个师,距离我们也很近,说增援就增援。所以,关键的是如果'共匪'攻遵义,你们两师要协力把'共匪'吸引在遵义城下,等这三方面的部队赶到,刚好可以把'共匪'包围,聚歼在遵义城下!"

柏辉章:"你是来给我们施压的,还是来和我们一起担当的?"

谢汝霖:"自然是一起担当的。军长从贵阳赶来,就是要和你们一起守遵义的。"

王家烈:"但我还是得把丑话说在前头。我们现在是同舟共济……如果'共匪'真的攻遵义,我们守得住守不住都得守。我向你们打个招呼,这次和我一起来的,还有委座派来的督察专员路帮道和潘

231

壮飞，我让车子和副官直接送他们到宾馆，管他们住，管他们吃，管他们玩。为什么没带他俩来参加我们这个会？那就是我们是自家人，有话好说，方便……"

柏辉章："委座直接给我派督察专员？太过分了吧？！"

谢汝霖："他是委座，我们能说什么？！"

王家烈："所以，话又说回来，如果我们守不住遵义，侯之担的前车之鉴，就是我们的后车之辙……侯之担副军长丢了遵义，至今还让委座扣在重庆，下一步是死是活还难说！"

许久，何知重说："我们当然要用命死守。但你是知道的，兵无钱不打仗……现在已到了花钱的时候。这钱不花，下面的官兵能用命？他们不打，准能守得住？"

"知道，知道，我正在搞钱。"王家烈说，"你们告诉下面官兵，钱一到手不但欠的饷一笔清算，还要给赏……"

"你一准能搞到钱？！"何知重说。

谢汝霖："军座一面向南京要钱，一面向薛总指挥借……有门。"

柏辉章："那就好……不过得尽快，别到打起来钱还没到，一切都完了！"

王家烈："我何尝不知道……我比你们还急……"

要说急，红军也急，但不是急于弄到钱调动士气，而是急于对敌攻击不失战机。

中央红军二渡赤水后，一、五、九军团和中央纵队走习水中部良村，由北向南指向桐梓城；三军团走习水南部，直指桐梓城的西南部。

红军逼近桐梓城时，守城的一个团的黔军弃城，退到桐梓与遵义边界险要娄山关，凭险待援。彭德怀率部进入桐梓西南部，得悉守城敌军撤到娄山关，当即以所部十三团攻击娄山关守敌，以求控制娄山关通道。

25日午时，红十三团从俘获的黔军口中得悉，守遵义城的为黔军柏辉章第二师；又从窃听敌电话通话中获悉，配属于第二师的黔军杜肇华旅守娄山关南坡黑神庙。这让惯战役思考的彭德怀，顿觉必须尽快地

第二十六章 易将战遵义

攻击守黑神庙之敌,打通由桐梓南下遵义城的通道,进而攻击遵义城守敌,不给敌有战役防御兵力重新调整的时间。

但这一仗,军委指定的是由林彪统一指挥,彭德怀和他的三军团得听林彪施令。彭德怀纠结于这些,整整一个中午不得安分,直到午后2时,终于决心向军委发电,建议一、三军团于26日拂晓攻击黑神庙之敌,发起遵义战役;并提出三军团除以十三团继续娄山关的正面战斗外,主力由赵家湾攻黑神庙七层岩,配合一军团由大银厂攻点灯山;也建议干部团赶上作战役预备队。

这天入夜,在九坝的毛泽东、周恩来、朱德仍守在指挥所。

毛泽东时不时反复地看着彭德怀25日14时来电,无言地抽着闷烟。

"这个林彪是怎么啦!还稳坐钓鱼台……等到敌人增援娄山关或兵力全部集中到遵义城防御,这一仗不又打不成了……"周恩来知道毛泽东在想什么,也说出心里话。

朱德接话:"他呀,年纪不大,主意不小。就是求稳妥……"

"求稳是对的,但得有度!"毛泽东说,"过于求稳,会给战况带来麻烦,甚至丧失战机!"

刘伯承进来,晃着手上的电报:"林彪终于来电了……"

毛泽东看了下桌上的马蹄表:"这都晚上9点了,他才来电……"说着,接过电报。

电报共8点,得有1000字。毛泽东看了有两三分钟,生气地把电报给了周恩来:"你们看看……他是不是过度吸取此前赤水、土城战斗的教训……"

周恩来、朱德一起看电报,也看了两三分钟。

"老彭是7个小时前就来电,建议一、三军团于26日拂晓发起攻击黑神庙之敌战斗!这林彪整整晚了7个小时才来电,还提出于27日才发起攻击;而27日还没个确定时间……"周恩来也有些气愤。

朱德:"林彪的理由是等五、九军团到位,一起参加战斗!"

"把五、九军团也投入对黑神庙、遵义城的作战,北线追过来的川军郭勋祺部谁看住?敌人要是也积极增援遵义的黔军作战,谁来阻击……怎么这么聪明的人,一时倒犯糊涂了。"毛泽东说。

周恩来:"就按老彭的意见干!限26日拂晓打响!"

"把战役指挥权交给老彭,一军团和干部团都归老彭统一指挥!"毛泽东说,"让五、九军团统一归董振堂指挥,严密监视北边的川军郭勋祺,如敌增援,坚决阻击,保障一、三军团和黑神庙、遵义城战斗!"

周恩来对刘伯承说:"按老毛的这个意思,立即起草命令电,争取一个小时内发出!"

……

第二十七章　奇伟兵败出奇

蒋介石终于下山了。

2月17日,他携夫人宋美龄下庐山到星子军官训练班训话,后从鄱阳湖乘水上飞机到南昌,先办政治急事。

如果有人认为蒋介石不过是由一介武夫而长成的一代枭雄,那就错了,其实,他很懂政治。他这次下山先到南昌,可纯是政治之行。18日,他出席励志社南昌分社成立一周年纪念大会;20日,出席南昌市"新生活运动"周年纪念大会。励志社,名字很积极、提气。那是6年前他处于党内各军事势力众矢之的时,他的幕僚挖空心思给他出点子成立励志社,重在笼络军心,准确地说,重在笼络他的中央军军官的心。它以黄埔军校师生为对象,冠冕堂皇的宗旨是弘扬"革命精神",强化"笃信三民主义最忠诚之党员,勇敢之信徒"意识,塑造"模范军人";不言而喻,它以黄埔军校为精神纽带,把军队的骨干维系在他麾下,让他们效忠于他,为他而战。而所谓的"新生活运动",是他的幕僚一年前为他设计的,重在笼络民心的精神运动,准确地说,重在笼络社会精英的意识形态。其冠冕堂皇的宗旨是倡导"礼义廉耻",号召"生活军事化、艺术化",实质在宣扬封建礼教道德和时兴的法西斯主义,推崇他作为领袖的人格、主义魅力。

这两件政治之事办完后他立即赴汉口,侧重抓军事。前天,他得悉朱毛"残匪"回头东渡赤水河指向黔北,其第一判断是朱毛"残匪"又回到原来的目的,企图到湘西与贺龙"股匪"会合,经营湖南的苏维埃运动。23日,他给薛岳手令:"朱毛如果东窜,切勿使其窜过遵义、桐梓、松坎、綦江线以东。"待到27日,他又得悉朱毛"残匪"再陷桐梓又攻娄山关,有再犯遵义城的企图时,他又给薛岳命令,就近以吴奇伟的2个师策应遵义、娄山关之防务;并令周浑元的3个师收复桐梓,后一部守桐梓,主力南下遵义追击朱毛"残匪",务求与吴奇伟部协同将朱毛"残匪"聚歼于遵义地区,并且说,他很快地会从汉口前往重庆,亲自"督剿"。

他没流露出是否知道他的老对手毛泽东已东山再起,如知道,又是何时和怎样知道的?但从他下庐山到汉口并表示要亲临重庆"督剿"的行动看,他似乎已感到中共的首领有变化,战略操作上不再是此前的机械死板,反应在行动上不再是被动挨打,遭撵着逃命,而是与他玩起捉迷藏,弄得他既不知道朱毛"残匪"准确的位置,更弄不清朱毛"残匪"的行动企图。

蒋介石自以为是的性格,使他总想压过、征服毛泽东。

薛岳接到蒋介石手令后,不敢耽搁,当即让吴奇伟看了蒋介石点名要他带兵前往增援遵义防务的手令。

其实,吴奇伟手下的汤师和韩师,前天就过乌江进到遵义县的刀把水、懒板凳一线。这回,既是蒋介石点名要他亲赴前线负责,他只好离开贵阳,当即坐上从贵州省政府弄来的小车,过乌江到遵义。但他并没有一头扎进遵义城里,而是把指挥所设在遵义城南的忠庄铺。当说这就是吴奇伟作战经验丰富之所在,如果设在城里,红军一旦破城,他就插翅难飞,不是被击毙,就是被俘虏;而设在城外,进可指挥所守城,退可沿来路南逃,过乌江到安全地带。

这里刚安顿就序,王家烈就找来了。吴奇伟也刚好急于要知道战况。

但王家烈并没有如实告诉吴奇伟形势已十分严重。原来,红军已于26日发起对娄山关和黑神庙守军的猛攻,两地皆失;而且,红军已兵分两路,直指遵义新城和老城而来,正在攻击城区制高点老鸦山和红花岗。

王家烈也是在枪杆子上滚了许多年的一方统领,懂得说行话。他告诉吴奇伟,他已把城外分点设防的部队收缩到城内要地防御,欲求凭险扼守,把红军吸引在遵义城,等待中央军吴奇伟援兵和周浑元出击部队的到来,南北夹击加上他在城内反攻,把"共匪"聚歼于遵义城地区。

第二十七章 奇伟兵败出奇

王家烈编得合情合理,吴奇伟宽心了许多。

王家烈见吴奇伟让他说动心了,又进一步忽悠:"吴司令可以放心,我原在遵义地区是6个团,现在已全部收缩在城区;这回,我又带2个团加强,现在城里的防御共有8个团;还有,我已预先运来10万发储备子弹。现在是兵强弹药充足,应当能顶得住'共匪'的攻击。就是我们与'共匪'拼消耗,也能把'共匪'耗得差不多……"

吴奇伟说:"如果如你所说,最终把'共匪'聚歼于遵义城下,那可是委员长求之不得的……"

"我绝不辜负委座的希望,况且,有你吴司令长官亲自坐阵,当说我们胜利在握。"王家烈又把话锋一转,"但是,当下我的部队士气不太高……"

"这话怎么说?"吴奇伟说,"俗话说,养兵千日,用兵一时。在这个节骨眼上,岂容士气不高!"

"是这个话,但你是知道的,我们贵州经济历来不好,当下又是'匪'乱搅和,赋税收不来,军费很困难……这回,我把家底都派上,才勉强保证给养……"

"有这么困难吗?你们的鸦片可是黑黄金。我可听说,侯之担这回带了93担烟土,要作为投靠刘湘的见面礼。"吴奇伟笑笑。

"这不假,可刘湘不敢收,让贺国光贺参谋长给扣了。"王家烈说,"但现在刚开春,哪来的鸦片?再说,新任的贵州绥靖公署薛岳主任明令禁烟,我还愁往后的军费可怎么办?"

吴奇伟:"你不会没办法吧?"

"但我眼下这一关难过……"

"怎么啦?!"

王家烈一叹:"眼下是要官兵用命了……总得给他们一点犒劳……我实在拿不出来!"

"你找委座要呀!"吴奇伟似乎听明白了王家烈的意思,他合理推开,"中央应当给你们补助!"

"说的是。"王家烈又把话锋一转,"可那终是远水不解近渴!"

"你的意思是让我给钱?!"吴奇伟看了王家烈一眼。

"哪能找你要钱?"王家烈陪着笑,"是斗胆开口,向你吴大哥借点……委座一经拨款,我立马还你……"

吴奇伟一听,王家烈的话倒也在理。现在的兵倒是有这个通病。他记得早年廖仲恺先生说过,现在的兵,都让袁世凯带坏了。袁世凯用钱收买官兵,养成了官兵为钱而打仗的习惯,不给钱就不用命。所以,也才有"连长连长,枪炮一响,黄金万两"的军中戏言。他这回也带着钱来,准备必要时撒钱,买官兵用命作战。他理解王家烈的苦衷,并且他也需要王家烈的官兵协同作战。他让王家烈说动心了,想拉他一把。

"可我没有多少钱借你。"吴奇伟说。

王家烈是有备而来的,心里有个在吴奇伟这里演戏的本本:"我也多少准备了一点……现在大体还差5000块钱……"

5000块对吴奇伟来说倒是区区小数。"好吧,就借你5000块钱!"随即,吴奇伟喊来副官说,"你这就到经理处主任那里支出5000块钱……说王司令等着有急用,让他立马送来!"

副官走了。

王家烈:"那就千恩万谢你老大哥……都说你吴大哥菩萨心肠……我给你写个借据吧……"

"写什么借据!"吴奇伟不屑一顾。

一个参谋进来报告:"司令,前头传来'共匪'攻得很猛的消息,据说新城快守不住了……老城的红花岗也让'共匪'攻占了……"

"不可能这么快失守的。"王家烈装成一副急着走的样子:"我这就亲自去组织防御……老兄借给我的钱真是及时雨,刚好派上用场……钱一撒下去,官兵就来劲了!"

吴奇伟:"传我的命令,让韩师长组织部队反攻红花岗……一定要给我夺回来,坚守住!"

"我说,有吴司令长官坐阵,我们遵义城固若金汤!"王家烈继续吹捧。

吴奇伟心里明白事态的重大:"老弟,我们现在是同舟共济,一定要通力合作,打退'共匪',否则,大家都不好向委座交差——别忘了,你的副手侯之担丢了遵义的下场……"

"那是,那是……"王家烈连连点头。

副官领着经理主任进来:"司令让我支5000块钱给王军座?!"

吴奇伟:"对!"

经理主任拿出包好的钱:"现在是野战不便带银元,这5000块纸币你点点……"

"不必,不必!"王家烈欣喜接过,"吴司令,不言谢了,我得赶去组织防御!"

吴奇伟摆摆手:"走吧,快办去!"

这边,王家烈的参谋长谢汝霖和一帮随从警卫在等着。

谢汝霖见王家烈回来,忙迎上:"怎么样……"

"5000块,没敢多开口。"王家烈问,"战况怎样?"

谢汝霖:"新城丢了,老城早晚也完了……柏辉章早溜了……现在是各团各走各走的……"

王家烈:"我们也快走……"

"往哪里走?"谢汝霖问。

"还能往哪里去?!"王家烈没好气地又说,"去城里等着当俘虏? 去贵阳让薛岳把我们扣起来? 往鸭溪走……再不行到金沙去!"

谢汝霖回头招呼:"走了……都跟上!"

一时,西去的大路上,尘土飞扬。

已经亥时了,彭德怀屋里的马灯还亮着。

杨尚昆进来,倚着门框,一副悲伤样子。

彭德怀把盯着桌上地图的目光移向杨尚昆:"别撑着,顶不住就回去躺一阵,有事我叫你!"又似仔细看了杨尚昆一眼,笑了:"看你那样子……"

杨尚昆把头扭向门外……

"邓萍呢？还没回来呀！老城的战斗不是结束了吗,他还留在部队干什么?"彭德怀似自语。

杨尚昆终于突然扑到彭德怀的怀里,失声痛哭。

"怎么啦?!"彭德怀莫名其妙。

"邓参谋长牺牲了……"杨尚昆哭诉。

"什么?!"彭德怀吼着。

杨尚昆放开彭德怀:"下午看地形时中了流弹,当时就牺牲了……没敢告诉你……"

彭德怀一下颓坐在凳子上,一时无语。

"我真该死！我怎么放他去……"忽然,彭德怀站了起来,锤着自己的头。

杨尚昆:"你阻挡了……可他非去不可!"

"我没拉住他……"彭德怀又怒叫,"谁跟他一起?!"

"张爱萍……"杨尚昆说。

"人呢?"彭德怀喊着,"他躲到哪里去了?"

"不敢见你。"杨尚昆说,"他痛哭着恨不得替邓参谋长死……"

"屁话……谁能代替谁死?!"彭德怀又愤怒地吼,"怎么偏偏就跑到前线去中流弹!"

……

彭德怀又昂天吼着:"邓老弟呀,邓老弟,7年前我们一起平江起义以来,你就是我的参谋长……这革命还没成功,你倒死了……"

没人敢吭声。

彭德怀对杨尚昆说:"明天,弄口上好棺材,你亲自去找个好地方把他葬了,记住地方……有朝一日我们回来,再厚葬他!"又说:"你替我告诉他,我老彭记住他,我要不死,一定要重新厚葬他……"

"知道了。"杨尚昆说。

一个参谋进来:"彭总,军委首长来电……"

"说关键的!"彭德怀还没完全冷静。

参谋:"电文第二点最关键,是这样说:我军应该于今夜火速解决消

第二十七章 奇伟兵败出奇

灭残敌,另以有力的追击队乘势跟追退敌,并截击其左侧直与其援队敌保持接触,侦察其部署,而一、三军团主力则在残敌解决后,集结于遵义城南适当地点,先准备今夜或明28日拂晓,攻击敌增援队;如明日援敌不北进时,则准备后日横下击之!"

彭德怀扭头走进隔屋有线指挥室,操起电话机:"给我接我们军团各团长!"没半分钟叫通了,彭德怀说:"你们几个团长都给我听着,敌人已全线崩溃,正是我们横扫他们的好时机;你们以团为单位,在打退当面敌韩师的反攻后,转入猛追,冲跨他们,冲乱冲散他们,绝不给他们组织反攻或防御的时间。我要的是你们进一步扩大战果!好了,都执行去!"

彭德怀放下电话又对电话员说:"接一军团,林彪军团长。"

也就半分钟,电话员递上电话机:"通了!"

彭德怀对着电话机:"林军团长么,我老彭,接到军委刚发出的电报了。好,我这里还有敌人一部缠住,已命令有关部队反攻后转入追击,冲垮他们。你们军团的战斗早结束了,抓紧休息准备。我的意见是用1个师攻击忠庄铺,直捣敌人指挥所。攻击时间由你定,越快越好……老弟,你们一军团可是最善长于猛打猛冲,这回看你的……"

彭德怀打完电话后又回他屋里,颓坐在椅上。

许久,喃喃自语:"邓萍呀,邓萍!你怎么偏偏在这个节骨眼上战死……你怎么可以死……"

他的眼里涌出泪水。

午后,吴奇伟纵队汤师一线阵地上。

团长胡钟春蹲在战壕里,一个劲地抽烟。

突然,枪声又大作。

参谋长过来:"团长,'共匪'像是要总攻了……"

胡钟春小心地从战壕里露出半个头,看一眼,又蹲了下来:"撤……再不走待会就走不了!"

参谋长:"可师长命令黄昏后才可以撤……"

"他怎么不来坚守?"胡钟春沿战壕向撤退方向走去。

"那得请示吧!"

胡钟春:"你榆木脑袋……一请示,他还不让我们掩护他们先撤……"

参谋长:"那得通知一营吧?"

"不让他们顶住,我们走得掉?!"胡钟春撒腿跑了起来,"什么脑袋!"

昏暗的公路上,小车像在爬行。

路边,时不时有或三五成群,或十几人或几十人成队的溃兵,像躲洪水猛兽一样,向着与小车同一个方向奔走。小车时不时擦着人群而过。

"不开灯实在不行……"司机自语。

坐在副驾驶位置上的副官:"开着灯几里地外都看得见……岂不等于告诉'共匪'追兵,我们就在这里。"

车子躲过路面水坑,差点碰倒一个挂着扁担的伤兵,吓得紧跟伤兵的几个兵忙往一旁闪开。

"妈的,你瞎了眼!"一个兵骂着。

司机探出头:"你才瞎了眼……老子撞死你白撞!"

又一个兵骂着:"有种你就撞……你敢撞,老子就让你躺在这儿……"说着,端上步枪。

坐在后座的吴奇伟开口了:"这个时候,你可千万别撞了人……你一撞,他们的子弹就会跟着过来!"

"这他妈没了王法……"副官嘀咕。

吴奇伟:"溃兵如洪水猛兽,顺之则昌,逆之则亡,哪来王法?"又说,"小心点,别碰着他们,否则,我们会死在他们的枪口下!"

副官又骂开:"妈的,怎么会乱成这样?……"

"查,一定得查……哪支部队先溃逃的……"吴奇伟自语。

后面传来猛烈的枪声。

司机不得不使劲按喇叭。

副官:"到渡口还有多远?"

"下去就是了。"司机说。

吴奇伟:"开灯,快下渡口!"

小车果然到了渡口。车灯下,浮桥上满是溃兵。

"停车!"吴奇伟喊着,"走过桥去!"

跟着小车的骑兵警卫排也追了上来。

副官命令着:"你们都下马,给司令开路!"

吴奇伟终于在一群警卫护卫下走过桥上了岸:"命令工兵,这就把桥砍断!"

"砍桥?那后头的人怎办?!"副官自语。

吴奇伟:"你想把桥留给'共匪'追过江来?"

……

第二十八章 毛泽东来了诗情

夕阳西下时分,毛泽东、周恩来、朱德策马要翻过娄山关向遵义城挺进,这阵子刚好到娄山关上。

周恩来若有所思:"这就是老彭三军团十三团攻歼娄山关之敌的地方!"

"这么险要的地方,我们1个团仰攻敌人1个团的抵御,难为他们啦……"朱德又骄傲地说,"也只有我们的红军能办得到。真该让李德来看看,凭什么老说我们红军不行……"

毛泽东说:"老彭是抓住了黔军战斗力弱,又是立足未稳……我们的战役指挥员也是出类拔萃的。"

朱德接话:"不是我量小,是他们动不动就无端指斥我们红军不行!"又对毛泽东说:"你采纳老彭的意见,乘敌立足未稳强攻娄山关,这是这次战役胜利的首先一着……老彭善于抓战机又不冒险,着实十分可贵!"

"更难能可贵的是,他很有全局观念和战役眼光。在这一方面,林彪差多了。"毛泽东略停又接上,"林彪在这一仗没打响之前,的确表现得过于慎重,但在打响之后,也拿出了猛打猛冲劲,尤其是对吴奇伟纵队的忠庄铺作战……也只有他那股猛劲,才能冲垮吴奇伟的部队!"

"遗憾的是没能俘虏吴奇伟……"朱德说。

周恩来笑了:"老总,你的胃口也太大了!"

"是呀,这可不是从前我们在苏区内的反'围剿'。"毛泽东接着说,"在苏区内反'围剿',有苏区人民的全力支持援助,有相当的准备,有兵力的集中,有我们选择的战场,这才能有对敌的全歼……看看我们当下的条件,有打歼灭战的可能吗?!能达成歼敌一部击溃其全部,就相当不错了!"

他们拐过一个弯,遇上刘伯承带着几名骑兵警卫在等候。

"几位领导,陈赓和董振堂来电。"刘伯承迎了上来。

毛泽东他们翻身下马,凑在路旁。

刘伯承报告:"陈赓报告,干部团已接防遵义城,并说据他了解,老彭带三军团追向鸭溪;林彪一军团在遵义城南搜查被击溃的吴奇伟部队的散兵,收缴散落的枪支弹药。"

周恩来一笑:"林彪在缴获上很精!"

"这也是他的一大优点,"毛泽东说,"只是不可以太本位主义!"

刘伯承继续报告:"董振堂报告,我们后头的川军郭勋祺部和中央军周浑元部,已经停止前进,没追击我们的意思。他的五军团和罗炳辉九军团,已按计划向遵义城开进。"

毛泽东:"好,你让二局严密监视敌人各方的反应和动态!"

"好的,"刘伯承招手让他的警卫员把马牵过来,"我先走一步,赶到遵义城开设指挥所!"说着,翻身上马,挥鞭走了。

"诸位,我们是不是也得对娄山关表示敬重!"毛泽东说着,掏出烟。

朱德:"此话怎讲?"

毛泽东边点烟边说:"我们湖南民谣:上有骷髅山,下有八面山,离天三尺三,人过要低头,马过要下鞍。这娄山关虽说不到离天三尺三,但也突兀、险要,我们是不是也得下鞍?"

"你就说等你抽根烟不就得了。"朱德笑了。

周恩来接上:"老毛的意思是让我们走路翻过娄山关。这一方面嘛,表示对娄山关的敬重,另一方面也让马歇歇脚。"他仰望群山,不禁感叹:"看来,这娄山关不愧是黔北大娄山的一个关隘,着实雄伟!"

朱德也感叹:"一场严重的失败,让我们不知道还得经过多少的关山……"

面对群山的毛泽东随口附和:"好一派苍山如海,残阳如血!"

"看这个意思,你是来了情趣和灵感,那就赋上一首吧!"周恩来对毛泽东说。

"好,来一首。"毛泽东略加思考,沉吟,"西风烈,长空雁叫霜晨月。霜晨月,马蹄声碎,喇叭声咽。雄关漫道真如铁,而今迈步从头越。从头越,苍山如海,残阳如血。"

"雄关漫道真如铁,而今迈步从头越!"周恩来咏叹,"好,莫说我们前程的关山险阻如铁,让我们迈开双脚从头越过!"

朱德也被感动了:"是的,我们的前景虽是苍山如海、残阳如血,但那是美景……美好的!"

毛泽东站了起来:"走吧,从头越!"

……

夜。鸭溪。三军团司令部。

马灯下,彭德怀在洗脸。

杨尚昆进来。

"部队情况摸清了?!"彭德怀拧着毛巾,不禁自语,"这水怎么这样浑……"

"不说你几天没洗脸了!"杨尚昆说。

"也是。"彭德怀转而洗脚。

杨尚昆开始说正事:"没想到十团和十一团的伤亡,比攻娄山关的十三团伤亡还大……"

"老鸦山和红花岗的敌人防御预有准备,兵力也密集许多,我们的十团和十一团的攻击代价当然也大些。"彭德怀擦脚站了起来,把水泼在天井,"就像这盆水一下子泼到地上,水花就大多了。"

"你这叫什么比喻?"杨尚昆说。

彭德怀:"那么些官兵伤亡我也心痛。我的参谋长战死了,更让我欲哭无泪。可是,我们要从绝境中杀出一条生路,只能靠我们上下用命!"

"能向军委要点人吗?!"

彭德怀看了杨尚昆一眼:"军委哪来的人补充我们?"又说:"不过,让干部团抽些干部,把我们伤亡的营连长补齐,当是可以的。对了,邓萍牺牲了,我建议让彭绍辉担任参谋长,把司令部工作抓起来,你看呢?"

第二十八章 毛泽东来了诗情

"当然好。"杨尚昆还想他的事,"可是,有些连队连5个班都编不满……"

彭德怀忽然想起:"对了,一个半月前我们第一次占遵义地区时,留下许多伤病员寄在老乡家里,应当养得差不多了,让各单位派人去接回来,这也是人员补充的一大方面……还有,加大宣传群众的力度,努力扩红……"

"我这就去布置。"杨尚昆说,"差点忘了告诉你,有件好事……"

"怎么不早说?!"

"现在说也不迟……东西又不会跑了。"杨尚昆说,"怎么也没想到在鸭溪发现一个盐仓,里头屯积了20万斤的盐……这要是粮食,够我们全军吃上一个星期……"

"对,这里有盐。"彭德怀似想起来,"在土城时听老板说过,四川自贡产盐,赤水、土城是川盐进入贵州的集散地,鸭溪的盐仓当是进入遵义及以东地区的仓储。盐是官办的,可以没收它……把这卖了,换成钱买粮食,不就可以当饭吃了……"

"我怎么没想到……这一斤盐能顶好几斤粮!"

"杨少爷,这得我们这些穷孩子穷则思变才能想得到的。"彭德怀又似鼓励,"不过,你现在也跟着我们这些穷孩子思变,经历多了,也就能想到。"

"彭穷小子,你别忘了我背叛我的出身阶级造反了,是你的革命战友了,你还当我是少爷!"杨尚昆倒也没有不高兴,"你说得对,把它没收卖了换粮。我们建议军委,发动遵义市民来买盐……便宜些,1块钱10斤,20万斤能卖2万元,够买多少粮呀!"

"好呀,给军委发电报……干部和彭绍辉当参谋长的事也一起说。"彭德怀说,"我得睡觉去……快一个星期了,我还没睡过一个好觉。"

杨尚昆:"我来办……你就放心睡吧。最好做个好梦,梦见娶媳妇……"

"你要是想你家媳妇,去遵义城找她……我批准了!"彭德怀又加一句,"臭小子,净想好事!"

247

杨尚昆:"你也可以想好事。我早说过,让我家媳妇帮你说一个,可你不要!"

这天,军委从董公寺转移到遵义城,路近到得早。宿营后,毛泽东、周恩来、朱德又聚在指挥所,这已成了习惯。

这里刚汇聚,张闻天、陈云搀着王稼祥进来。

"还是你们这里热闹。"张闻天说。

毛泽东说:"我们是责任使然,你们大可以等着吃晚饭,洗洗睡觉,放心好了。"

张闻天接话:"不是不放心,而是睡不着。打了个翻身仗,兴奋……晓得不!"

王稼祥兴奋地说:"同样一支红军,换了指挥,生龙活虎劲就出来了……我们真该早开这个遵义会议……"

"没到遵义这一步,哪来的遵义会议?!"周恩来一语双关。

陈云:"也是……这一仗真带劲……我们太需要这样的胜仗了!"

"这一仗要是再打输了,又得开遵义会议,该我下台!"毛泽东点上烟。

张闻天拉过椅子坐下:"放心吧……这一回,博古、李德应当服了!"

"怕没那么容易,但往后的事实一定会说服他们的。"周恩来说,"你们刚好也在场,我提个建议:老毛的指挥不能师出无名,得有个名分。"

"你说,给个什么名分。"张闻天说。

周恩来:"我建议,为加强和统一作战指挥,特设前敌司令部,委托朱德同志为前敌司令员,毛泽东同志为前敌政治委员。如果你们同意,我再转告博古。"

"同意。"张闻天附和。

王稼祥:"同意。可以以军委主席副主席名义下达任命,不必再征求书记处全部成员意见!"

"那不成了我自己给自己封了个官。"朱德大笑,"不过,我同意恩来的提议,让老毛名正言顺地担待这个责任!"

第二十八章 毛泽东来了诗情

周恩来："好,这事定了。"

"好吧,听你们的。"毛泽东说,"从现在情况看,老彭杀到鸭溪,威胁到敌中央军周浑元纵队的侧后,我料定周浑元绝不敢贸然反攻遵义。"

朱德接话："川军郭勋祺部的任务,是防止我们北渡长江。所以,他虽然进到桐梓了,但绝不会南下遵义寻衅找打……"

刘伯承也凑过来："中央军吴奇伟身边的部队,刚挨打,短期内也不会过乌江与我们对峙。东边的湘军刘建绪兵团,西边的滇军孙渡纵队,就更不用考虑!"

毛泽东接上："所以,我们现在处在一个极有利和主动的地位。我们既然已决定在云贵川边立足创建新苏区,就得打……不打得迫使敌人全线转为防御,我们就难以转为分兵发动群众,建立苏区……"

"那下一仗打谁?"张闻天问。

朱德："从以往的经验看,下一仗得打对我们来说举足轻重之敌。"

"那就是打周浑元啦!"王稼祥说。

朱德："对,再打王家烈的黔军意义不大!"

周恩来："所以,我们得命令各部一是抓紧休息整顿,二是分片搜查敌人的散兵和枪支弹药,准备下一步再战。"

刘伯承："现在报来的是这一仗,俘敌2000多人,缴枪1000余支,子弹10万发,轻重机枪数十挺。我建议尽快处理。还有,老彭刚报来,他们在鸭溪查到20万斤盐……"

陈云既惊诧又兴奋："什么,20万斤盐?!"

"对,他们建议发动遵义的百姓去买,1元10斤,也算是筹款。"刘伯承说。

王稼祥说："搜查敌人溃散的官兵和枪支弹药。可以发动群众举报……用盐奖励举报人!"

"可以,你让总政治部和没收委员会去办。"毛泽东说,"2000俘虏让一、三军团处理,争取一部分补入他们的部队。明确缴获的10万发子弹和1000支枪,还有轻重机枪,主要补给五、九军团和干部团……"

张闻天："不给一、三军团?!"

朱德回应："一、三军团的官兵老经验,一有子弹缴获,首先是装满自己的子弹袋。我们现在缴获的10万发子弹,是敌人库存的;敌人官兵随身带的,远不止10万发,丢下的都在一、三军团战士的子弹袋带里。"

王稼祥自语："真没想到这一仗还有这么个重大的意义,获得了及时的弹药补充。"

刘伯承说："可以说,没有这一仗的弹药补充,往后的仗就没法打了!"

毛泽东又点上一支烟："我们不能坐等战机,得给老蒋造点假象,让他忙起来,他的部队也动起来……"

周恩来接话："对,从军事上说,老蒋并不在意我们抢占遵义,他知道我们早晚会放弃的。他最怕的是我们东渡乌江进入湘西与贺龙部会合。我们就在这方面给他假象!"

"咱俩想到一起了,"毛泽东说,"所以,我想让罗炳辉充当这个角色,派出1个团向绥远方向运动,把动作弄大些,伪装成主力东进"?

"赞成。"朱德说,"这一招是一举两得,不仅搅乱敌人的判断,还可以掩护部队在遵义的休整。"

张闻天："又学了一手……不坐等战机。"

王稼祥："这就是老毛说的,既要善于捕捉战机,又要主动创造战机,两者相结合。"

"打仗的学问真大呀!"张闻天感慨。

二局也在忙碌。曾希圣、曹祥仁在汇总近日侦察的敌情。

华荣进来："首长有什么指示?!"

"你坐,坐下记录。"曾希圣示意,"钱副局长已调总部另有重任,往后,你兼文书给我们记录。"

"我当是任命我接任副局长呢!"华荣说笑。

曹祥仁："你要升任副局长,估计还得有几年……"

华荣："那就先从文书干起……"她大笑。

"那就开始吧,你记。"曾希圣说,"据悉,敌川军郭勋祺部3个旅,计

第二十八章 毛泽东来了诗情

划于6日内由桐梓向排居场集中,准备向遵义进攻。黔军蒋在珍部守桐梓;原侯之担部的3个团,在桐梓至仁怀之间;王家烈嫡系6个团,现在金沙收容。滇军孙渡纵队计划于6日集中黔西。"

华荣记得倒也快:"好啦,该敌中央军了。"

"我来。"曹祥仁说,"敌中央军周浑元纵队3个师,计划于5日到达枫香园、长干山,6日到鸭溪、白腊坎,7日完成对遵义的攻击准备。吴奇伟纵队沿乌江南岸布防,策应周纵队作战,其欧师和汤师残部,于6日集中在大渡口,梁师集中在息烽,韩师残部集中修文、六广渡。周纵队的郭师留守贵阳、清镇。"

"记好啦。"华荣合起钢笔,"敌人看样子是四面围住我们,实际上根本拧不成一股绳。要说有威胁的话,也就是周浑元带的那3个师!"

"行呀,华荣!"曹祥仁说。

华荣:"那收我当徒弟吧!"

曾希圣:"现在顾不上这些,以后说。"

灯下,贺子珍在缝婴儿的上衣,毛泽东推门进屋。

"看来,今天的事不多!"贺子珍仍专心缝着。

毛泽东脱下棉大衣:"现在处于游居不定的流动中,天天晚上都得判断敌情,做出应对部署。这日复一日的程序,怕是还得持续相当一段时间。"

贺子珍没抬眼:"只要挑着这副担子,你这一辈子都会是这样天天忙于开会……"

"我这一忙,可就顾不上照顾你……"

"你肩负着我们这个队伍的希望,我应当照顾你才是。可我现在身子重……力不从心。"贺子珍若有所思:"火盆里坐着热水,你洗把脸,也烫烫脚!"

"我先给你烫脚,你的脚都浮肿了。"毛泽东提起水壶往脸盆里倒水。他们今天住的是大户人家的房子,房东逃难时,屋里的用具全留着。

贺子珍:"我烫过了,这水是留给你的。"

毛泽东把脸盆放在架子上,洗脸:"真不巧,这孩子得生在路上……"

贺子珍一叹:"上帝把我造成女人。女人,就得生儿育女。既然嫁给你,就得给你生儿育女……既然许身革命,就得在革命斗争的苦难中承受。这有客观上不可改变的既定,也有我主观上的选择,我能怨谁?!"

毛泽东无语地洗完脸,又坐下泡脚。

贺子珍收起针,把婴儿的衣服摊在床上,看着,禁不住泪下。

"又想毛毛啦?!"毛泽东说。

他们有个两岁多的儿子叫毛毛,从江西出发战略转移前,送给苏区老表代为抚养。

毛泽东又说:"有你妹妹经常关照,应当没问题。"

贺子珍说:"只怕是她也顾不上……我们这一走,敌人来了,他们也得疲于应对,顾不上这事……"

毛泽东无语。

贺子珍:"我快临产了……看来,这个孩子又得托给老乡……"

毛泽东自语:"但愿我们的孩子能理解我们……不是父母只管生不管养育他们,而是父母重任在身……身不由己,不得不为之!"

"可不知道他们能不能活下来……"贺子珍泪水涟涟。

第二十九章　蒋介石沉不住气了

吴奇伟的惊魂刚落定,薛岳找上门来。

薛岳与吴奇伟,或者说吴奇伟与薛岳的关系,非同一般。

第一层,他俩是广东老乡。薛岳是粤北乐昌人,吴奇伟是粤东大埔人。虽说一个在广东北部,一个在广东东边,两地相差千里之遥,但两人毕竟是广东老乡。广东人老乡观念很强,在外时他们不仅是老乡见老乡两眼泪汪汪,而且是老乡与老乡在外多帮忙。

第二层,两人是保定军校校友。他们都毕业于保定军官学校。虽说薛岳是年36岁,吴奇伟已44岁,两人相差8岁,进校也差几期,但那时的国民党军讲学派,他俩与蒋介石、陈诚都是保定系的。薛岳所以与陈诚走得近,就因为他们是保定军校的同学,有陈诚的引进,薛岳与蒋介石关系近了;有薛岳与陈诚乃至蒋介石关系的近,说得上话,吴奇伟也就挤进蒋介石嫡系中。

第三层,两人殊途同归、同舟共济。薛岳在北伐时,服役于蒋介石起家的第一军第一师,任第三团团长,是蒋介石嫡系班底圈里的人,故而,此后官运亨通,到1934年2月,他已是指挥10个师的第六路军总指挥。吴奇伟资格比薛岳老,北伐时任李济深第四军张发奎第十二师参谋长,后任张发奎手下师长,官位比薛岳高。但他的门庭投错了,张发奎后来反蒋介石,并且失败。吴奇伟只好于1931年改换门庭,投靠蒋介石,谋到个师长位置,再后来才受薛岳担待,升任薛岳的副手,出任第六路军副总指挥兼第七纵队指挥。中央红军撤出中央苏区战略转移以来,薛岳奉蒋介石之命,率第六路军第七纵队和周浑元第八纵队,担任"追剿"任务。他们同上一条船,但在"追剿"军的薛岳、吴奇伟、周浑元三人中,薛岳和吴奇伟走得近。也所以,他们一进贵阳,薛岳就让吴奇伟纵队驻贵阳市,此后吴奇伟纵队虽离开市区,但也没过乌江。

这次吴奇伟率部增援遵义,是蒋介石点的名,薛岳也无奈。况且,他也没料到会是这样一个结局。薛岳登门造访,一来是给吴奇伟一个慰问,二来是与吴奇伟商量怎么向蒋介石交代。

两人坐定,上茶的勤务兵退出后,薛岳进入主题。"昨天,我给重庆参谋团贺国光参谋长打了个电话,问委员长对这次遵义战役失利是什么个反应。他说报告给委座了,但没有回应。"

"你担心老蒋会追究责任?"吴奇伟问。

"摸不透。"薛岳又说:"四次'围剿'时,陈诚败得那么惨,委座没当回事。五次'围剿'后期,李玉堂三师温坊失利,也不过只损失一个多旅,委座大动肝火,把中将师长李玉堂撤职,降为上校;把第八旅旅长许永相杀了……这李玉堂、许永相可都是黄埔一期的,是他的门生呀,他都下得了手!"

"要我说一点都不怕。"吴奇伟喝了口茶,接着说,"此一时彼一时。这回是千里万里'追剿'的苦差事,老蒋有求于你,甚至也有求于我。他把你我办了,找谁来接这一摊子? 找陈诚? 陈诚要是乐于干,还用得着你来挂帅?!"

"他就不会找下面的哪个师长接你我?"薛岳又说,"官还是有人想当的……"

"可他信得过吗?!"

"你说得不无道理,"薛岳喝了口茶,"但总得找个台阶,我们下得去,也让委座下得去!"

"好说。"吴奇伟显然预先考虑过,"到这个份上了,我只好实话实说。这次战役失利,检讨起来,不外乎四大原因。其一,轻敌。从委座到你我,都低估了'共匪'残部的战斗力,让我带2个师去增援,不说失之过迟,起码是投入兵力不够。其二,周浑元第八纵队畏缩不前。他3个师的兵力,徘徊在怀仁境内,不敢放手向遵义追击,陷我们于孤军作战。其三,王家烈和他的黔军简直是无用之师,'共匪'一进攻,他们一触即溃,

第二十九章 蒋介石沉不住气了

各自逃命,陷我于孤军。其四,敌情不明,我们根本没掌握'共匪'的动态和部署、企图,就仓促应敌……这仗有这样打的?这样打能不败!"

薛岳听出吴奇伟话中有话,要把责任推给他。但他又不能否定吴奇伟说的是事实。他借喝茶,一时没接话。

吴奇伟继续:"这四点,第二、第三点是内推给周浑元,外推给王家烈,但这是事实,并无透过于人;而第一、第四点,让重庆参谋团和老蒋自己想去。尤其是第四点,他们至今还没有解决战役情报保障问题,全靠想当然发号施令,又远在千里之外,东一道命令要在这消灭'共匪',西一道命令要在那聚歼'共匪'!要是问题有这么简单,'共匪'早就绝迹了。而这些问题如果不能有效解决,你我又不小心,机械地执行命令,说不定哪天会败得更惨!"

薛岳不置可否,站起来在屋里踱步:"对上,就按你说的这四点写检讨;但对下也得有个交代。要找出原因,为什么会造成2个师都让'共匪'打散了……一线部队也太不像话了,简直是一触即溃!"

"你说的确实是个问题。"吴奇伟也站起来,"我已让汤师长查,一定要查个水落石出,甚至要向委座学习,杀一儆百!"

薛岳:"那得快……不能让责任人跑了!"

"应当在查!"吴奇伟说。

汤师长的确在查。毕竟是他的师一线团溃逃引起全线崩溃,不论是从全战役的溃败上说,还是从他的师的作战教训上说,他都不能不查。

这回,他正与参谋长合计。

参谋长也有备而来:"要说检讨起来,责任也不全是我们的。第一,这次战役失利是王家烈造成的,我们只是增援失利;第二,这次增援失利,不独是我们一家;第三,吴司令长官亲自坐阵,我们师指挥所和吴司令长官的指挥所同在忠庄铺,还是我们通知吴司令赶快撤的……"

"这些我都想过。"汤师长说,"但吴司令长官的退却,毕竟与我们师正面防御溃败有直接关系!"

参谋长:"你说得对,所以,我们得给吴司令长官有个交代……这就必须追查一线团的情况。我已让参谋处查这事。"

"你把柳海曙叫来,我要听他的调查情况报告!"汤师长说。

参谋长当即打电话让柳海曙过来。

"我就不明白,怎么一下子会惊慌失措、各跑各的……"汤师长自语。

参谋长:"从经验上说,问题一定出在一线部队身上。一线部队扭头跑了,后头的部队必定认为情况极严重危险,可不跟着就跑了……这样下去也就成了全线大溃败!俗话说,兵败如山倒,不就是这样倒下的!"

"这样说问题是出在胡钟春那个团身上!"汤师长又问,"他的团又是怎么溃败的?"

柳海曙就在隔壁屋里,倒随叫随到。

参谋长示意柳海曙:"坐下说,把你们调查的情况向师座报告!"

柳海曙:"具体我正在写报告,简要情况是这样:处于战斗一线的胡钟春团长,见共军大部队涌上来,不顾师长你下达的必须坚持到黄昏后才撤出战斗的命令,丢下前卫一营,带着团部撤;他这一撤,一边的二营、三营跟着也撤了。他们跑到懒板凳,遭遇共军追击前卫部队,未作抵抗,而且更慌了,直接往大渡口跑。我核实了,他们是第一批跑过江的……他们一线团一跑,二线团跟着跑,动摇了师指挥,也带着警卫纵队指挥所的团撤走,这就成了全师大溃退。"

"他们是几点钟撤的?"参谋长问。

柳海曙:"师里是下午4点钟下达的黄昏后撤出战斗命令,他们不到5点就撤了!"

汤师长:"这样说他接到我的命令就开溜了……丢下全局自顾自就跑!"

"所以,就形成全战局崩盘、溃败!"参谋长说。

汤师长愤愤地说:"你再核实准确,如果情况无误,就拿这个混蛋顶账!"

柳海曙:"我这就去核实。"说着退出。

汤师长自语:"之前,只听说这个公子是个拈花惹草的混球,没听说打仗是个软蛋……"

第二十九章　蒋介石沉不住气了

"混球混在拈花惹草,软蛋是因为没有作战的锐气。混球一旦上了战场,必然成了软蛋……"参谋长说。

汤师长:"可有些兵油子也拈花惹草,打起仗来还是硬得很……"

"那是因为这种兵油子不把生命当回事;可这位胡少爷是把命看得比天高……我可听说过,几年前他就是团长了,是因为临阵腿软才被撤职。"

汤师长不由火上心头:"这么个东西塞到我们师来……吴长官也太……太过分了!"

参谋长:"吴长官也未必知道他的底细。"

"这种货得弄走,要不哪一天我们会死在他的身上!"汤师长说。

被胡钟春丢下的范有勇一营的二连和三连几乎打光了,一连剩下的也只有一半,是他的一连长带着的三十来个兵,用三挺轻机枪硬撑着,才救出范有勇和他的营部。范有勇在撤出时挨了一枪,左大腿给打穿了,是他身边的官兵轮翻背着他才逃到大渡口过了乌江,保住一条命。

这阵子,范有贵到师医院探望范有勇,一方面也带着柳海曙交代的调查一营的情况,算是公私兼顾。

两人一见面,范有勇抱住范有贵,泣不成声:"哥呀,这回可真是……差点见不着!"

"躺下,躺下说。"范有贵把范有勇放在病床上,"你们是怎么回事,怎么稀里哗啦就垮了……弄得师部和吴长官也措手不及,差点给堵在江北,全被俘……"

"怎么回事?你们去问我们团那个王八蛋的团长胡钟春,问问他为什么让我们顶到黄昏,而他却开溜了;他这一跑,二营、三营跟着跑,留下我们营给他们挡子弹……"范有勇气愤异常。

范有贵:"兄弟,你说的可是实情?!这是要成为呈堂证供的……"

范有勇:"哥,我能对你说假话?我可以和他对簿公堂!"

也就在这时,范有勇的勤务兵领着团军法处主任和两个兵进来。

范有勇知道是怎么回事,说:"来了,终于知道我没死,还留了个活口,追到医院来了!"

"怎么回事?"范有贵问。

军法处主任:"胡团长请他回去一趟,调查前天战斗情况。"

范有勇的勤务兵说:"是这样,团长已把一连长绑起来,说是临阵脱逃要执行连坐法!"

"杀人灭口?还是杀鸡儆猴?"范有勇又愤愤地说,"把一连连长和我杀了,可以死无对证;或者是杀了一连长,让我闭嘴!"

军法处主任:"范营长,兄弟我只是奉命交差,你不要为难我……"

"我要不去呢?"范有勇指着受伤的腿,"我是伤员,走不了!"

"那我们抬你回去。"军法处主任对跟来的两个兵说,"去找副担架来!"

"不行,"范有贵摆出派头,"你不可以把人带走!"

团军法主任是少校,见范有贵身着便衣,以为是一个草民,也摆出派头:"你是干什么的?滚一边去!"

梅云霞刚出对门病房,她赶紧过来:"这是病房,你们吵什么?"她见范有贵忙打招呼:"范参谋也在……看伤员?"

少校见梅云霞是女军医,又是个上尉,依旧派头十足,便说:"是这样,范营长涉及我们团这次战斗失利调查案,我奉我们团长命令要带他回去调查!"

梅云霞也不买账:"他现在是我们处登记在册的住院伤员,你要带走,得经过我们主任批准!"

"那把你们主任叫来!"少校还是派头十足。

军医主任走出病房,见到也听到了,说:"谁口气这么大……到我这里撒野!"见到一边的范有贵:"范参谋也在……"

范有贵:"我奉本师参谋长指示,找这位营长调查这次我们师战斗失利案。"又对少校说:"这个营长是当事人,我们要他的口供,你不可以带走!还有,我命令你立即返回你们团,告诉你们团长,你们扣起来的连长,立即送师参谋处专案调查组审理……我再警告你,这个营长和你们已扣起来的连长,都由我们专案组处理……人要是没了,那就等于你们

第二十九章 蒋介石沉不住气了

杀人灭口。杀人灭口是什么罪,你们该明白!"

"这……兄弟怎么交差!"少校蔫了。

范有贵:"你要不想承担责任,快滚回去让你团长刀下留人!"

少校怏怏地带着两个兵走了。

"怎么还会有这种事?!"梅云霞感叹。

蒋介石是3月2日上午才接着重庆参谋团的报告,得悉娄山关遵义战役失利,朱毛"残匪"又攻占遵义城。

他的第一反应如常,暴戾,大骂手下人无能,吼叫着要严惩责任者。

足足吼了有3分钟,他这才颓坐在办公椅上。伫立在一旁的晏道刚,乘机给他送上一杯开水。

蒋介石喝了口水,似乎冷静了些,坐着不语,像在想事。晏道刚仍伫立一旁,既不敢坐下,更不敢走人。

据说之前,他曾收到薛岳报告说中共在遵义城召开会议,博古和他的洋顾问李德下台,毛泽东出山协助周恩来指挥军事。他知道,只要毛泽东东山再起,就不是毛泽东协助周恩来,而是周恩来协助毛泽东。他太了解周恩来这个当年的搭档,也太了解毛泽东这个曾经的对手,只要毛周搭档当家,"共匪"就更难以消灭了。但传说归传说,一个多月来"共匪"的行动并没有什么特别,他也没把这当回事。可这一回不同了,"共匪"突然杀了个回马枪,而且一举成功,这让他蒋介石不能不想到这是毛泽东风格,莫不是毛泽东真的出山了?

蒋介石任性也自负。没有毛泽东这个对手,他想着要和毛泽东较量,要证实他能征服毛泽东;而当毛泽东重新成为他的对手时,他又痛恨毛泽东每每让他琢磨不定,一再失手。

蒋介石一番不语思定,让晏道刚立即去准备,下午飞重庆,他要坐阵重庆,和毛泽东对弈,决一雌雄。

午后,蒋介石带着夫人宋美龄和随从,还有也在武汉的宋美龄干女婿陈诚,飞重庆,当晚落住在川军师长范绍增的别墅"范庄"。

这天晚上,蒋介石把重庆参谋团参谋长贺国光,他的干女婿陈诚,参谋团一厅厅长晏道刚,二厅厅长陈布雷找来,名义上是议事,实质上是让这些人听他训示。

蒋介石还是没能控制他自知的暴戾毛病,一开始还是怒火满腔。"薛岳、吴奇伟、周浑元,还有他们手下的师长,无能,无能!区区的朱毛'残匪',不仅消灭不了,反而让人打得措手不及……这简直是国军'追剿残匪'以来的奇耻大辱!奇耻大辱呀!"

陈诚、贺国光还有晏道刚、陈布雷,都知道这时得让蒋介石把他心中的邪火发泄出来,没人吭声。

"娘希匹,这等无能之辈,也配做党国的军人!"蒋介石吼着,"追查,追查!一定得追查,对失职者严惩不贷!"

无人附和,蒋介石只好坐了下来,也让众人坐下。他又对着贺国光:"元靖,你说,谁是负责人……应当追查谁的责任?"

贺国光知道他可以说话了:"委座,要我说这一仗很特殊。娄山关遵义城的失守,责任在王家烈。但王家烈的黔军兵力小,战斗力很弱,的确也守不住。要说薛总指挥和吴、周两司令的确增援没成功,但我们的增援决心也失之过迟了,况且,以吴司令2个师增援,兵力也单薄了些……"

蒋介石:"那周浑元呢?他手上有3个师,为什么迟滞不前……"

"他是有3个师,但位于仁怀西部……一时也赶不过去!"贺国光说。贺国光是官场上八面玲珑的人,他向来什么人也不得罪。

蒋介石仍有些怒气未消:"照你说,他们谁也没过错、没责任!"

陈诚是保薛岳的,见贺国光为薛岳开脱,乐得顺手推舟:"委座,贺参谋长不是这个意思,他是说事出有因。王家烈的问题可以放到下一步一并解决;薛总指挥,吴司令,周司令,正担当着委座赋予他们的'追剿'朱毛'残匪'使命……"

见此,贺国光当即转换话题:"委座,我倒建议你应当立即颁布通令,一统指挥全权……不可以让他们各行其是!"

"对,你说得很对!"蒋介石爱听这话。他对晏道刚说:"电告各方,立即电告各方:'本委员长已进驻重庆,凡我驻川、黔各军,概由本委员长统一指挥。如无本委员长命令,不得擅自进退,务期共同一致完成使命!'"说着,操起桌上纸笔,挥就手谕。

"好,我这就发出去!"晏道刚说。

蒋介石又站了起来:"你们认为朱毛'残匪'的下一步会怎样走?!"

贺国光:"我们现在的情报工作保障很不好,不能随时掌握朱毛'残匪'的动态和企图……"

"那就加派飞机,给薛岳加派侦察飞机和轰炸飞机!"蒋介石说,"我就不相信'共匪'的两条腿能躲过我们的飞机,我们的飞机就看不见'共匪'往哪里去!"

贺国光:"这就好!"

蒋介石又坐下:"我判断,朱毛'共匪'的下一步当仍以东渡乌江进入湘西的公算为大。所以,要立即致电何键,强化乌江防务,严防和阻止朱毛'残匪'东渡乌江进入湘西,与贺龙'股匪'会合。"

"委座判断极是!"贺国光说。

第三十章　亦张气节亦柔情

这一次,吴司令和汤师长一致要拿胡钟春当鸡杀,以儆手下怕死的猴子猢狲,但还是让胡钟春逃过了。

那天,胡钟春想杀范有勇手下的连长以灭口,也堵范有勇的嘴,免得他们说出他丢下部队开溜的实情。但不仅没成功,反而让范有贵报告师里给制止了,他也被带到师部禁闭起来,等待军法处置。胡钟春感到大势不妙,写了张字条让他的勤务兵到街上发电报,让他妈找他舅舅救他的命。果然,他舅舅又是一个电话打到薛岳那里,摆平了。

他团长当不成了,改成了汤师的第二副参谋长,这虽然在实质上没了团长的兵权,名义上反倒好听了,俨然成了升官。

他到了师里后,虽说上上下下没人尿他,可也暂且落个清闲。在他看来,这不过是个过渡,他舅舅还会给他谋一个官位。好在,他的身边还有他从团里带来的勤务兵陪着,吃喝玩乐倒也很是消遣。这一天,他的勤务兵告诉他,说师军医处门诊部有个美女军医,标致且单身。他动了心,要看看这位美女到底美到什么样。

这回,他没带勤务兵,一人到军医处门诊,摆谱,指名让女军医给他看病。

胡钟春慕名而来要找的美女军医就是梅云霞。她今天在床房里给她负责主治的伤员查房。无奈,军医主任派人把梅云霞找来。

两人一碰面,都感到意外,但并不陌生。胡钟春正是被梅云霞打过耳光的流氓患者;梅云霞又正是因此被胡钟春的关系贬到汤师的那位军医。

胡钟春满脸堆笑,装作一副大度样子:"真是人生何处不相逢!"

第三十章 亦张气节亦柔情

梅云霞也不示弱:"原来,那个丢下部队逃命的国军败类团长是你呀……这倒也对了!"

"那是误会,以讹传讹。"胡钟春也知道,军中的逃兵最令人不齿,不能自认事实。"本人及时撤出,保存了部队,受到薛长官嘉奖,这不到师里任参谋长……怎么样,成了你的上司了!"

"真是莫大的耻辱。"梅云霞冷笑着,"国军的奇耻大辱!"

"别怕,我不记仇。"胡钟春说,"不过,你也别忘了,我能从总医院把你贬到师军医处,我也能再让你得到你想要的一切……"

"我既不想从你这里得到什么,也不怕你再把我发配到哪里去!"梅云霞不卑不亢,"既然你是来看门诊的病人,说吧,什么病?!"

胡钟春还是一副嬉皮笑脸的样子:"不急……我们难得在这里幸会……"

梅云霞扭头要走出诊室:"你让我恶心!"

"还没看病呢!"胡钟春到底也奈何不了梅云霞不吃他这一套。

梅云霞到底把握着医德的尺度,她停下脚步:"什么病,说!"

"着凉了,好像有点发烧。"胡钟春不得不给自己找台阶下。

梅云霞操起体温计:"放舌头下,含5分钟!"

胡钟春淫邪一笑:"我听说肛温更准确!"

梅云霞心里鄙视,想借机整他:"你无非是想脱裤子,露出生殖器……那就脱吧,上门诊床,趴着!查肛温!"

这回,轮到胡钟春没趣了,但又骑虎难下,干脆来个不要脸,竟然脱下裤子,可梅云霞装成专心带门诊手套的样子,根本不拿正眼看他。无奈,他只好上了门诊床,趴下。

梅云霞也落落大方地掰开胡钟春的屁股,把肛温计猛地插进胡钟春的肛门。

胡钟春先是杀猪般地大叫一声,接着嚷叫:"这是人唉,轻些……"

"别动,趴10分钟。"梅云霞走到门口又说:"我可提醒你,别乱动。要不,肛温计断在肛门里,得动刀子刺开肛门才取得出来……你要不想刺开肛门,最好老老实实趴着!"说着,走了。

"这他妈的往里一插就不管了!"胡钟春嘟囔着。

梅云霞出门进老军医诊室:"那畜生要查肛温,我给查着。你一会儿替我处理一下,给他点感冒药,打发他走!"

"有数。"老军医笑笑,"要是他自己弄断了肛温计,才叫活该!"

参谋处在司令部八大处里排行第一,管理处给分配的住房通常宽敞些。这回,柳海曙有独自的办公室。

范有贵进来:"这叫什么事,没把他弄倒,反倒把他弄成了我们的顶头上司!"

柳海曙当然知道范有贵说的是什么事:"嗐,不过是凭借后台谋个闲差,混一份奉禄罢了,理他……"

"我尿他!"范有贵坐了下来。

"这不就得了。"柳海曙说,"看到没有,这混球倒也识相,躲我们远远的!"

范有贵:"你说,人混到这个份上,有意思吗?!"

"你我有脸皮,会觉得非常没面子;可他没脸皮,或者脸皮太厚了,不会在意。"柳海曙笑笑。

范有贵忽然想起似的:"对了,你俩不是黄埔同学么?!"

"是呀,我们认识快10年了。"柳海曙说,"所以,我知道他的根底,更不拿他当回事!"

"好,有柳长官这棵大树挡住,我也不怕。"范有贵大笑。

"甭说他管不着我们,就是管得着我们,我也叫他水泼不进、针插不进。"柳海曙忽然想到,"对了,你弟弟的伤怎样? 会不会落下残疾?!"

"还好,只是给打了个洞,没伤到骨头,再有一段时间就可以出院了。"范有贵又一叹,"就是他的营几乎打光了……出院后干什么?!"

"放心,他们营的建制不会撤的……撤了不等于自己承认丢了一个营!"柳海曙说,"按理说他有功,应当官升一级,赏罚分明么。这样吧,我到师长、参谋长那里走动走动,看能不能给弄个团副……"

"那我替我老弟谢你啦!"

第三十章　亦张气节亦柔情

"不把我当兄弟!"

"你要说是兄弟,我这个大哥得怪你!"范有贵说。

"怪我?!"柳海曙一时莫名其妙。

范有贵:"你老弟走了桃花运,可没向老哥透露一句,让老哥也替你高兴高兴!"

"是这事呀。"柳海曙笑笑,"当下的环境有什么好高兴的……再说,也只不过彼此有初步意向而已……"

范有贵:"仅仅就是个初步意向?!"又说:"那姑娘不错……抓住她,别松手!"

柳海曙:"俗话说,有缘千里来相会……只要投缘,就拴在一起了,如果没缘分,想追也追不上……随缘就是了!"

范有贵:"老弟,你已经28岁了,大哥我像你这个年纪,儿子都会走路了……你得珍惜年华……"

"年华?!"柳海曙一叹,"我们的青春年华都耗在这中国人打中国人的战争岁月中,还得担待战争葬送了青春年华的风险……死,对我们来说,随时都有可能!"

"所以,老哥让你珍惜……不能弄得既来人生一朝,连个云雨之情都没尝过!"

"大哥教小弟学坏!"柳海曙大笑。

范有贵:"我教你可是古人诗曰:花开要撷直须撷,莫待无花空折枝!"

入夜,小镇江鲜楼红灯高挂。

大堂里,惨白的汽灯光下,几位打扮妖艳的女子,或低头或木然或打量或习以为常的不同神情,对着进来的嫖客,任嫖客指点,领着嫖客上楼去。

身着便衣的胡钟春进来,打量大堂里坐着的一帮姑娘,点着一个低头的姑娘说:"就你!"

那女子起身领着胡钟春上楼。

这一进屋,胡钟春就迫不急待地搂过女人。

"是当兵的!"女人显然是老手,话中带着些轻蔑,"干渴不少日子啦?!"

胡钟春有些不悦:"妈的,低着头我还当你是鲜货……没想你……"

"没想是什么?黄花闺女轮得上你?!"女人边脱衣服边说,"你不是猴急吗?来呀……"

"妈的,最近怎么这样背……弄个女人还总碰上老手!"胡钟春边宽衣解带边自语。

"那是你德性不对头……"女人坐在床沿脱裤子。

"妈的,你也敢取笑我!"胡钟春一把掌打在女人脸上。

女人差点被打倒在床上。她起身给了胡钟春一巴掌,随即大叫:"打人了……要杀人……"

"你以为老子不敢杀你……"胡钟春恶狠狠卡住女人的脖子。

就在这时,冲进两个彪形大汉,抱住胡钟春。

……

上午,约摸9点钟。

柳海曙和梅云霞策马在江岸小路上。

这一回,是梅云霞约柳海曙。这次增援遵义城战斗,梅云霞留师部军医处门诊部,没跟师指挥所上前线。战后来了大批伤员,她直忙到把重伤员送贵阳医院后,才得空想到个人的事,想起约柳海曙给她压惊。

现在的师部驻地,兵比老百姓多,还真没个地方约会。柳海曙干脆从他的参谋处牵出两匹马,和梅云霞走远些。

两骑走出约摸5里地,梅云霞提议就近找个地方坐坐。刚好,路边有条小河,他俩沿着小河边小路往里走去。

这是流入乌江的一条小河,不宽,水也不深,但很清,清得能看见水草和游鱼;河岸间或着突兀的石灰石和丛丛翠竹。虽说是3月初了,但山间仍是乍暖还寒,所幸今天阳光不错,天如人意。

他俩进小河边又走出半里地,是块草地,周边也幽静,干净。

第三十章　亦张气节亦柔情

"就在这里吧。"柳海曙下马,从马背上取下带着的雨布,把缰绳缠在马鞍上,凭马吃草去;回头又照料梅云霞坐骑。梅云霞则把雨布铺在草地上,坐了下来。

"它俩也有伴……你想得倒周全。"梅云霞说。

柳海曙也坐了下来:"它俩平时不打架,亲近着呢。"随即,解下腰际上的佩枪。这是把小号左轮枪,师机关校级军官的标配手枪。

梅云霞指着枪:"我也配了把这种枪……这东西有用吗?!"

"这枪,与其说是给我们自卫,不如说是给我们自杀的。"柳海曙苦笑:"这次差点用上它杀身成仁……我的蒋校长可倡导我们不成功便成仁!"

"你会向自己开枪,杀身成仁?"梅云霞立即意识到此话不妥,又说:"犯不着虔诚到杀身成仁吧!再说,共军不是宣示优待俘虏……"

"中了共军宣传的毒了。"柳海曙大笑,"你要是被他们俘虏了,他们不仅会优待你,还会十分器重你!"

"因为我是女人,可以当压寨夫人?!"梅云霞大笑,"我的枪和你的枪有不同之处。我的枪真有自卫功能,当我的人格受到致命伤害时,我会毫不犹豫地用它自卫。"

"先回答你提出的问题。共军不缺压寨夫人,但缺军医。你是军医,对他们来说,人才难得。"柳海曙说,"你的枪会用于捍卫人格,让我感动。我也告诉你,我的枪会用于保护人情,当我的人情受到极度侵犯时,我也会毫不犹豫地用它!"

梅云霞:"我们这是怎么啦,一坐下来就来个彼此的枪的宣言!"

"因为我们是玩枪的人。"柳海曙不禁一叹,"这次增援遵义城之战,我们可死伤不少……"

梅云霞也一叹:"当大批伤员下来,我才突然意识到……我一个一个伤员地查看……"

"找我?!"柳海曙感动了。

"为什么会是这样?我们的军队为什么这样不堪一击?!"梅云霞很是认真。

"一言难尽。"这问到了柳海曙的强项,"战争的胜负并不完全取决于人的多少枪的多少,还取决于指挥、情报、各部队的协同,地理地形条件,尤其是士气。而士气的背后是民心,是老百姓的支持。他们的官兵是为老百姓有土地而当兵而打仗的,不计个人的一切,奋勇向前。"

梅云霞接上:"而我们的官兵是一切向钱看,为银元而当兵,而打仗的?!"

"你点出了问题的根子。"柳海曙接着说,"我们除了人多枪多外,甭说是民心和士气没法跟人家比,其他的因素也不如人家……这次失利,全在指挥不当,敌情不明,各顾各的……所有的参战部队,从上到下,只顾自己的命,而这些问题全是老问题,是多年以来都没能克服的问题……"

"为什么根本克服不了?"梅云霞问,"我们比人家笨?"

"明知故问。"柳海曙苦笑,"你笨?我笨?我们的总指挥、司令官、师长们哪个笨?!"又一叹:"我们不乏能人,就是少了无私奉献精神,一个个都为着个人利益。"

梅云霞感慨:"这样说我们根本就不可能消灭共产党的红军?!"

柳海曙:"如果可能,还会有我们当面的共产党红军?还会有四川、湖南乃至西北地区的红军?!还会有许多地区红军的小股?!"

"我真是孤陋寡闻,把我们的宣传当真。"梅云霞说。

柳海曙:"你没听说过吧,共产党有句名言,星星之火,可以燎原……"

"你信吗?!"

"信不信已经七八年了,扑不灭;不但扑不灭,而且越来越旺!"

梅云霞说:"所以,我不希望你去带兵……"

"不带兵就没有战死的可能?!"柳海曙说,"只要我们穿着这身军装,死神就如影随行!"

梅云霞一时不语。

柳海曙:"我倒是希望你离开军队……军人这碗饭,尤其是我们的军人这碗饭,不适合于你们女人吃……"

第三十章 亦张气节亦柔情

"可是,上了这条船了下得去吗?起码是现在……"梅云霞喃喃。

师部。汤师长、副师长、参谋长在商谈,样子非常不痛快。

"情况就是这样。反正,胡钟春是毫无道理,再加上老鸨不知道他的底细,一嚷嚷,整个镇子的人都知道……"副师长说。

汤师长一拳砸在桌上,震得茶杯盖都跳了起来:"王八蛋,我们的脸都让他丢光了!"

参谋长:"一个堂堂的国军师副参谋长嫖娼,还公然打妓女,要卡死妓女……真是闻所未闻……"

"有过。我们黄埔军校教授部主任王柏龄,就好这一口……挺有名的。"副师长说。

汤师长:"王柏龄是嫖娼成性,可也没听说打妓女,要卡死妓女!"

"这不青出于蓝而胜于蓝么。"副师长笑笑。

汤师长不爱听了:"你别在这说风凉话!"

副师长:"我是说这种货色早该退了……"

参谋长:"要是那么好办,他还能留在我们师……师长早就想让他滚蛋!"

柳海曙和梅云霞骑来的两匹马,似乎吃够了草,走得很近,时不时用头缠绵。

梅云霞看着马儿:"它们多自由……"

柳海曙:"它们也不幸……服徭役,跟着我爬山涉水……"

"可它们毕竟没有忧愁,没有烦恼,或者说没有意识到不如意……"梅云霞接上。

也许是缠绵的必然,那公马走到母马的背后突然一跃,爬跨。母马兴许没有准备,被这突然之举吓得往前一窜,公马扫兴地落地。

梅云霞似感慨自语:"春天来了……动物也春情萌动!"

"不可以,怀上小马可就麻烦了。"柳海曙要站起,显然是想把两马分开。

梅云霞拉住柳海曙的衣角："不干涉好吗?！"又说："这是生命的本能,由它们的意愿,尊重它们的自由……"

"难得你的怜悯之心！"

"也不过是将心比心！"梅云霞说,"其实,我们与它们一样,都是工具,只不过我们会说话,有意识。而恰恰是我们会说话,有意识,活得比它们更累,更压抑,甚至更痛苦。"

柳海曙不由紧紧地搂住梅云霞。

那公马突然扬起头,翻卷着上嘴唇;母马则不住地翘着尾巴。终于,公马又一次爬跨,完成了媾合。

"生命的造化,繁衍的必然。"梅云霞落落大方地看着眼前的这一幕。

柳海曙动情了,含情脉脉地看着梅云霞。梅云霞不由地递上吻。

兴许都是初吻,起先他们只是嘴对着嘴,但很快地彼此张开嘴迎合着,吻得热烈、尽情、缠绵,忘乎所以。

……

第三十一章 增援失败的效应

国民党"追剿"军之前土城一仗的得势,除了蒋介石给郭勋祺加官晋爵外,并没有引起各部多大的反响,可眼下的娄山关遵义城一役失利,立即引起各路非当事者震惊,五味杂陈。

首先,是"追剿"军第二纵队司令长官周浑元,既幸灾乐祸,又从中吸取教训。幸灾乐祸在于薛岳恩宠着的吴奇伟和他的第一纵队,让红军重重一击,客观上帮他出了一口恶气;吸取教训在于他下一步得处处小心,别让共产党红军也杀他个回马枪,弄得他与吴奇伟一样狼狈。

其实,周浑元和吴奇伟是保定军校的同届,早先就相识,各任纵队司令官,本无利害冲突,只是因为总指挥官薛岳的厚此薄彼,造成他心中的不快。因为不快,他一听吴奇伟挨了红军的打,不免暗笑吴奇伟与红军作战缺乏经验和不识相,当然也活该。

在薛岳"追剿"军中,周浑元自认为对朱毛红军的作战最有经验。他的这种自恃的确有根据。5年前的这个时节,他作为第五师第十三旅旅长就被调到江西,参加对朱毛红军的第二次"围剿",此后参加了对朱毛红军的历次"围剿"。他的部队虽没有与朱毛红军激烈的交手,但他身处历次战役之中,耳闻目睹朱毛红军的用兵套路和战斗力。他暗笑老同学吴奇伟竟然犯了孤军突出的低级错误,孤军再加立足未稳,岂有不遭朱毛红军击溃之理。多亏当下的朱毛红军已经此前湘江血战消耗,否则他吴奇伟这回在劫难逃。

周浑元带出来的3个师,此间都在仁怀南部,相距不远。他把3个师长召到他的司令部,借一聚之名,告诫他们下一步必小心谨慎。

酒桌就在司令部一旁小楼客厅里,酒席的人不多。主人自然是周浑元,陪同的是参谋长;3位师长分别是五师的谢溥福,十三师的万耀煌,第九十六师的萧致平。万耀煌还有个身份,就是周浑元的副职,但他更务实于他的十三师。

饭店伙计把菜送来摆好后,参谋长先发表前言:"周司令把诸位请到这里,得先说明他的着想。这第一是不张扬,当下,各师官兵在前线历尽艰辛,司令说我们当注意官兵同辛苦。第二,还是不张扬。当下吴奇伟纵队刚在遵义城增援战中失利,我们在酒店摆宴祝酒,传出去不免让人误认为幸灾乐祸!"

"还是司令心细、谨慎,考虑周到。"萧致平说。

"当下,我们必须谨慎。何以必须谨慎?下面再说。这里先说一件小喜讯。"周浑元以嬉笑神态往下说,"薛岳长官给我们纵队送来一万元犒劳官兵的酒肉钱……"

万耀煌不屑一顾:"亏他拿得出手!"

参谋长笑笑:"不错了。据我们知道,这已经比孙渡的第三纵队多了一倍!"

周浑元接着说:"我的意思是这一万元都给你们3个师;参谋长意思是留1000元给纵队直属队,你们每师分3000元。就按参谋长意思办!"

"得,3个官兵还分不到一块钱!"还是万耀煌说。

谢溥福说:"总比一毛不拔强!"

参谋长:"诸位,周司令另有打算。俗话说靠山吃山,靠水吃水。我们如今靠在仁怀的酒,理当吃酒。起码是这个月的酒税该归我们……等收上来后,再给你们补上。"

众人:"就是么!"

周浑元:"喝酒,不说这些扫兴的事。"他端起酒杯,"来,来来,大家随兴……反正朱毛'残匪'离我们远着,醉了也不误事!"

一时,酒桌上兴趣盎然。

这时,郭勋祺则无心喝酒,正作难于如何执行蒋介石要他协同周浑元收复遵义的命令。

第三十一章 增援失败的效应

郭勋祺带着他的部队也东渡赤水后,进到黔北桐梓境内,得悉红军攻克娄山关遵义城,并把中央军吴奇伟纵队的2个师击溃,顿时目瞪口呆,回过神来又万分庆幸。

目瞪口呆的是震惊于当面红军的战斗力。郭勋祺虽年轻自负、争强好胜,但也聪明好学、不乏稳重。在与中央红军土城战斗交手前,他只知道红军是川陕苏区的红四方面军,他们川军几次进攻四方面军均遭失败,他得出的教训是打到红军"家里",红军占有地利;况且,也因他们的战法陈旧还老套。他不认为四方面军的战斗力有多么厉害。而土城一战他迫使中央红军退出战斗,也认为中央红军的战斗力莫过如此。可眼下传来的娄山关遵义战役战况,却让他对中央红军战斗力作了一个重新评估。中央红军在无后方流动中,在野战条件下,把国民党中央军打得这般落花流水,着实展示了中央红军真正的战斗力。

庆幸的是此前与这支红军的土城之战,得益于红军先是分兵一路打赤水城,造成了对他作战上的兵力不集中;得益于红军当时并不了解他的总预备队是2个旅鱼贯前行,相距不远;得益于红军缺乏弹药。否则,如果中央红军集中一、三军团攻击他,又以五军团从他的队形中插入,切断他的首尾相连,那失败的将是他郭勋祺。

万分庆幸后,郭勋祺感悟到往后绝不可以小觑中央红军的战斗力,自己在行动上绝对得谨慎,多加小心。

这阵子,他正对着挂在墙上的贵州地图沉思。从现象上看,进占遵义地区的红军,南有中央军吴奇伟纵队,北有南下川军潘文华兵团,东有湘军刘建绪兵团,西有中央军周浑元纵队;还有助战的滇军孙渡纵队和王家烈黔军的残部,几乎是处在国民党军各方部队的包围之中。但实质上,这四面包围的国民党军分属数个派系,各怀图谋,当下谁先出手,谁就必成为红军的下一个打击对象,谁就会是被红军击破的倒霉蛋。

是的,老蒋是抓住土城一仗他把红军击退,给他以加官晋爵,但老蒋旨在要他再接再厉,奋勇寻求红军再战。然而,他清楚俗话见好就收的告诫,不能傻到蒋介石给他一块糖,他就去找红军挨打;况且,他的顶头上司潘文华给他的"旨意",是严防红军北渡长江进入四川腹地。

久久的凝神思考后,郭勋祺明确了对当面红军的方针:"只要红军不接近长江边,不试图从他的防线地段北渡长江,彼此相安无事!"

由此,郭勋祺又想到应当立即命令他手下的部队停止前进,就地待命。

郭勋祺实质上是把老蒋要他向南攻击协同周浑元收复遵义的旨令,抛到脑后。

周浑元和几位师长的酒已喝到一定程度了,彼此话多了,也酒后吐真言。

萧致平像忽然想起:"听说了吧,吴奇伟这次增援遵义战斗可出丑了。他带去的2个师全给打残了,他自己也差点当了'共匪'的俘虏!"

"怎么没听说委座动怒要查办他们?!"谢溥福说。

周浑元:"还查办?我可听说了,吴奇伟马上要晋升中将啦。"又对万耀煌:"万长官,我也听说这批晋升中将名单中有你!"

"有我,是因为在保定军校时我是他们的学长,不晋升我别人就不好摆了。"万耀煌说,"但我还是要说,他们亲疏有别。薛岳依靠他是老蒋最嫡系一军老底的人和老蒋干女婿陈诚的关系,在老蒋那里吃得开;吴奇伟是傍上广东老乡薛岳,也挤进嫡系圈子。"

"可不?怎么一进贵州,薛岳让他的纵队驻进贵阳城,而我们纵队只能在城外晾着。接着是让我们过乌江,要到川南去'追剿'朱毛'残匪',而他们仍留在乌江南岸。"谢溥福说。

万耀煌:"妈的,把我们当成中央军里的后娘养的……"

在薛岳"追剿"军中,包括薛岳、周浑元、吴奇伟和各师师长中,他万耀煌资格最老。吴奇伟虽然和他同龄,是年44岁,北伐时同是师参谋长职务,但论在保定军校他是吴奇伟的学长,其他人年纪、资格都不如他。所以,他虽然挂了个纵队副指挥头衔,但实际仍是个师长,很不买账,一提起相关的事,便气不打一处来。

参谋长:"万长官,你得这样想,他薛岳关照吴奇伟,不是差点把吴奇伟关照成'共匪'的俘虏。"

第三十一章 增援失败的效应

"那是老天有眼!"萧致平说。

"弟兄们,知道我们的处境,我们就得多加小心谨慎。"周浑元说,"这次,老蒋一听说朱毛'残匪'攻下遵义,沉不住气了,也不管我们万长官的十三师在什么地方,命令十三师从桐梓攻遵义,夺回遵义。我把这道命令按住,没让十三师动。知道不?'共匪'每次反'围剿'反攻首战一得手,就都会是立即抓住我们那个孤军突出的部队连续再战,而且越攻越是锐不可当。你们十三师要是听老蒋的,等于孤军送到人家枪口上……"

"我很理解司令的意思。坦白地说,你就是让我动,我也不会傻到一头扎向遵义!"万耀煌说,"老蒋远在数千里外,只管下命令,根本不管执行的可能和后果,打赢了还好说,打输了他一翻脸,不承认是他让打的,罪过全落在我们身上!"

参谋长:"要说老蒋的指挥,真是不敢恭维……全是想一出是一出!"

周浑元对参谋长说:"你把老蒋这几天电令中对敌情的判断和处置要点,挑上几处让他们见识见识!"

参谋长显然有备而来,立即从放在一边的皮包中拿出电报:"这是老蒋2日电,他说'现判断匪情必向东图,与肃、贺联合'。命令我们3个师应于5日在仁怀与桐梓间之三场、楠木场或谭厂集中,后向遵义进取……"

"什么意思?都判断'匪'会东图去湘西,让我们去收回遵义?!"萧致平说。

参谋长接着说:"这是3日来电,仍以为朱毛'残匪'会东图,命令我们3个师于6日集中枫香园、鸭溪一带,即向遵义城南地区进攻……"

"向遵义城南地区进攻谁?!"谢溥福说。

参谋长又说:"这是5日来电,他说'察其匪之企图,不外以下两种:甲,放弃遵义,仍向西窜,求达其原来目的;乙,先求与我周纵队决战,然后再向南对贵阳压迫。他要我们纵队6日在长于山附近集中,并构筑强固工事,暂取攻势防御'。看看,这前后3天,变来变去,让我们怎么执行,怎么执行?!"

万耀煌:"好在2日、3日我们的部队都没动,要不按5日来电我们还得往回走……他这是什么意思,拖垮我们是吧?!"他举起杯,"去他妈的,来,我们喝酒!"

众人响应。

三杯过后,周浑元说:"我们就执行5日命令,在长干山附近构筑野战工事暂取攻势防御!"

萧致平:"可以,用不着走……"

参谋长:"还有呢,薛长官也有指示……"

"薛岳的指示电还比较靠谱,你们可听好。"周浑元说。

参谋长说:"薛岳3日来电,让我们不要与王家烈的黔军混在一起!"

"这一点对,王家烈的黔军成事不足、败事有余,和他混在一起只能像吴奇伟一样,陪着挨打!"谢溥福说。

"我们的薛大总指挥终于明白过来了。"万耀煌阴阳怪气地说。

参谋长接着说:"还有更明白的事。薛总指挥还指示,我们纵队今后行动时,前后梯队的距离必须控制在20里地之间,交替筑工事,相互掩护前行;行动时,先头和两侧都必须派出有力的搜索、警戒分队,步步稳进!"

"孺子可教也!"万耀煌说,"终于让朱毛'共匪'打聪明了……这样看来,吴奇伟倒也没白白地挨打……"

周浑元:"笑话归笑话,薛总指挥的这些话是对的……我琢磨他的根本意思,是让我们不管是走还是防,都必须抱成团,谨慎行事。"

"这样说,你今天请我们的客,目的是强调我们下一步,奉行8个字:抱成一团,谨慎行事!"万耀煌笑笑。

"弟兄们,周长官的意思是,我们如今同舟共济,不求有功,但求无过!"参谋长有些喝高了。

周浑元操起筷子,指了指桌上的菜:"吃菜,吃菜!这甲鱼、山鸡做得不错……大补,吃呀!"

万耀煌还是阴阳怪气:"这东西是壮阳……可我们这些不是和尚的和尚吃了,回去躺在床上烙饼呀!"

第三十一章 增援失败的效应

众人哄堂大笑。

这一个星期,把固守乌江东岸防线的国民党湘军前线指挥官刘建绪给折腾得日夜不安。

数天前,刘建绪接到何键转来的蒋介石命令。蒋介石在电报上说,他判断朱毛"残匪"必东图。东图的言下之意,是东渡乌江进入湘西,与贺龙红军会合。这着实让刘建绪紧张了。他的乌江东岸防线,南起余庆,沿石阡、印江北到沿河,长达千里,又没有确切情报提供朱毛"残匪"从什么地方东渡乌江,怎么调动部队应对设防?!他如坐针毡,只能听天由命。

前天,他听说朱毛"残匪"攻下娄山关遵义城,这才暗笑自己陪着蒋介石一场虚惊,也暗示自己从今往后,再不可迷信蒋介石胡言。但朱毛"残匪"攻下娄山关遵义城后的下一步呢?是不走了,还是继续走?若继续走,又往哪里去?!蒋介石和何键的来电,仍然抱定朱毛"残匪"有可能还是要东渡乌江。这种判断到底是靠谱还是不靠谱?他刘建绪也拿不准。

刘建绪苦于没有自己的战役情报保障,心里仍然没底,还是吃不好饭,睡不好觉。

这天,刘建绪又对着墙上的作战地图发呆。

"这他妈的打的是什么仗?!"刘建绪颓然回坐在椅上。

孙渡得悉红军攻克娄山关要地再占遵义城,也给惊呆了,但又一副事不关己的态度。

孙渡是到金沙与王家烈密商时,才知道红军东渡赤水河后攻娄山关遵义城详情。按王家烈的说法,黔军损失约2个团,而吴奇伟纵队的韩师损失惨重,全师只剩下步枪600余支,轻机枪一二十挺,丢掉的子弹达百万发左右,残部退到息烽地区,连乌江防务都放弃了。王家烈怎么知道中央军韩师损失的具体数字?孙渡将信将疑。但娄山关遵义城丢了是不争的事实,容不得他不信。这是孙渡第一次听到红军的战斗力表

277

现,他心中明白滇军从未打过仗,绝对敌不过红军,暗暗告诫自己,除非万不得已,不可与红军交战。

这次会面,王家烈和犹国才告诉他,黔军已处于极端困难地步,连吃饭的钱都难以为继了。王家烈和犹国才提出,看在滇黔两省历史关系密切的份上,希望云南龙云能给点粮饷、弹药补充,以资救济。孙渡表示他会报告龙云。

金沙密谈后,孙渡回毕节路过大定。他听说大定至今还保存着古罗甸国遗迹,来了兴趣,要在大定住一天,看看当年的罗甸国留些什么。

他所以突然怀古,在于他看来古罗甸国虽小,但毕竟是国,一国首领就是国君,一人之上,万人之下,多么显赫光耀呀。如今他带兵入黔,虽说不能完成龙云交代的乘机吃了贵州的任务,但毕竟占了贵州西部毕节地区。这一大片地区,远比古罗甸国的疆域大多了。要说现如今他也是一方霸主,可惜的是时代不同了,他不能立国。

古罗甸国虽早已灰飞烟灭,一切荡然无存,让孙渡不免扫兴,但联想却使他飘飘然。这天晚上酒足饭饱后,他的随从安排了当地的歌伎名媛陪他消遣,倒也让他略感不虚此行。

可是,这边才渐入佳境,公事找来了。

原来,他的参谋长追来。两件事:一是薛岳送给他纵队犒劳官兵的五千块酒肉钱;二是薛岳要他兵进黔西,参加对朱毛"残匪"的"追剿"。参谋长怕误了公事,从毕节追过来,不承想在大定相遇。

薛岳给犒劳官兵酒肉钱的事,他听王家烈说过。王家烈的第四纵队也是5000元,但此前王家烈向吴奇伟借过5000元,让吴奇伟扣下抵债了。孙渡心里暗骂薛岳给5000块钱让他出兵,也太不拿他滇军当回事,但又一想,薛岳即使一分钱不给,不也还得听命于他。

可是,薛岳要他出兵黔西的事,他得掂量掂量。思来想去,他决定还是回毕节再说。回到毕节,连同王家烈提出救济黔军的事,一并报告龙云。

这一夜,孙渡也没睡好,郁闷。

第三十二章　烈女魂断乌江

不知从哪朝哪代开始,请客吃饭成了中国人和中国官场上沟通关系联络感情的攻关必需,代代传承。

今晚,这座酒楼的雅间让官方的两桌给包了。东头大间最豪华,是当地政府出面请驻军汤师长官。那时,有军则有权,军权重于政权,地方政府得巴结驻军。但此时遵义作战初败,汤师长心情不痛快,让孙副师长出面应酬,况且孙副师长主管部队,部队与地方不免会有关系,让他代表出席合适。西头小间也很别致,是胡钟春作东,请军医处主任和管理处主任。

胡钟春因何请此两人,与胡钟春当下的处境和图谋有关。遵义一战他临阵脱逃,借着背景才逃过军法追究,由团长平调到师里挂个空头的副参谋长,但毫无实权,况且他在这个师毫无根基,几乎没人拿他当回事,他不得不放下身段,与这个小小的管理处主任套近乎。管理处主任官不显著,管事不少,且有很强的攻关能力,这不,今晚的酒席就是由他操办的。而胡钟春因何请军医处主任,其另有所图,在如下的酒话中会有流露。

酒过三巡,管理处主任说,另一大桌开宴,他得过去照应,为副师长代酒,也结识地方的有关部门。

管理处主任走后,胡钟春让招待也下去,雅间里就剩下他和军医处主任。显然,说话方便。

军医处主任原先并不认识胡钟春,更与他没关系,但他手下的梅云霞让他知道了胡钟春。年轻貌美的女军医梅云霞,从南昌行营军医处直属医院发配到他这个师军医处,作为主任的他不免觉得蹊跷,这才从在南昌行营直属军医院供职的校友那里,打听到是胡钟春对梅云霞耍流氓,还利用关系坑了梅云霞。但此时的胡钟春只是一个让他厌恶的影子,而梅云霞倒让他刮目相看。此后,胡钟春空降到这个师当团长,他这才对上号,但印象还是厌恶。这次遵义作战胡钟春临阵脱逃,师长要办他无人不知,却不料不仅办不成,还让他在师里挂了个副参谋长闲职,军医处主任终于相信了胡钟春的后台的确硬。在官场混久了的军医处主任,医生的救死扶伤心肠早已被铁石掩盖,变得硬了,会阿谀奉迎、唯利是图。

胡钟春是酒一下肚就口无遮拦:"你手下的梅云霞可是南昌行营直属军医院最鲜艳的玫瑰……"

"可玫瑰带刺,想必胡长官领教过!"军医处主任举杯一笑,与胡钟春一碰。

胡钟春昂头干了:"这事你也知道?!既然老兄知道了,也听说我拔了她的刺……你信不,我还会拔她的刺……"

"我信,但作为女人,她已被放到了最低层,除非让她脱下军装,还能拿她怎样……而女人,终究是要脱下军装的。"军医处主任倒也实话实说。

"可作为女人,还可以把她放到女人位置……"胡钟春淫笑。

军医处主任心里想着那可是个宁折不弯的主,但口中却说:"胡长官真是兴趣广泛,兼收并蓄……"

"不图收,更不在蓄,我的兴趣在于征服。"他举起杯,似忽然想到,"我听说老兄很喜欢兼收并蓄……别误会,我指的是你好金石。改天,送你几方上等料子……"

军医处主任举杯:"我怎能让胡长官破费……不能无功受禄。"

"朋友么,得相互投其所好!"胡钟春举杯与军医处主任对饮。

"金石么,只作为业余兴趣而已……"军医处主任说。

胡钟春不傻,也没醉到不清醒,听出了军医处主任话中有话:"老兄,你该动一动啦,在作战部队干你们这一行中,你的官到头了。"

"是呀,屈指可数,快五年了。"军医处主任说,"动可谈何容易。俗话

第三十二章 烈女魂断乌江

说朝中有人好当官,我一无人担待,二来行业局限……"

"你要是想动一动,我倒可以帮你运动到重庆。"胡钟春说,"听说南昌行营改成参谋团迁到重庆了……"

军医处主任:"俗话说,宁为鸡头不为凤尾……与其到行营军医处处当一个普通职员,我还不如在现在的位置上自在……"

"哪能让你去当一名普通职员……起码得在直属医院谋个副院长。"胡钟春又说,"再说,那样,你也可以与老婆孩子团聚……"

"那敢情好。"军医处主任像是在诉说,"这几年随军征战,可是顾不上家……再说,当下随着'共匪'流荡,也不知何时是个头,何时能有老婆孩子热炕头!"

"所以嘛,得动一动。"胡钟春又说,"看老兄也不小啦。"

"年已不惑,不说一事无成,还顾不上家。"

"这事包在兄弟我身上。"胡钟春不无得意地说,"哪天,我舅舅视察前线,我当面跟他说。这事对他来说,不过举手之劳。"

"那是,那是。"军医处主任举杯,"让胡长官上心了……"

胡钟春也没忘今晚请军医处主任的企图:"我还是那句话:朋友么,得相互投其所好!"

"有数,有数……"军医处主任举杯,一饮而尽。

这天一大早,汤师接到吴奇伟司令转发的蒋介石给周浑元、吴奇伟关于所部向黔西挺进的命令电,汤师长让参谋长按惯例通知有关人员,上班后在师作战室开会,研究具体落实。

这阵子,参谋长、孙副师长、刘副参谋长、参谋处主任柳海曙、首席参谋老范和担任记录的参谋小林,到齐了。等会的人通常不会闲着,总会找话说。

孙副师长把看完的吴奇伟转来的蒋介石命令电放下,有些感慨:"3月3日,委座命令我们兵团在乌江以西,黔巴大道围歼朱毛'共匪';3月5日,委座又命令我们兵团暂取攻势防御;3月6日,薛总指挥作出在遵义附近合围朱毛'共匪'部署;这才过一天,委座又命令我们兵团向黔西挺进……好家伙,部队好在没动,要是动了可怎么走呀……我这粮草先行往哪儿行呀!"他管部队生活,习惯于张罗给养。

"你倒记得很准……门清。"参谋长夸着。

孙副师长苦笑:"门清行不清……"

刘副参谋长说:"委座命令电上说,'匪以西窜公数为多',可以不可以理解为委座对敌人意图的判断已定了?!"

参谋长说:"从大的地域和战略上判断说,这几封电的意图并不矛盾。朱毛'共匪'不就在乌江和重庆至贵阳公路以西地区。现在的判断根据,是周浑元6日11至13时获取的情报报告……"

"问题是周司令的敌情报告是不是靠谱?!"孙副师长说。

"我看八成不靠谱。"参谋长说,"想不出朱毛'共匪'西进黔西是什么个意图。是意在拣新场的王家烈黔军这个软柿子捏?可就是再把王家烈打得落花流水,对他们来说有意义吗?解渴吗?!"

"我倒以为,朱毛'共匪'是在找周司令的部队决战。"柳海曙说,"周纵队可得当心,万万不可分兵。"

参谋长随口:"有道理!"

"周司令却信朱毛'共匪'要西取黔西。"刘副参谋长说。

孙副师长说:"这叫当局者迷,旁观者清。"

柳海曙转了个话题,也可以说是出题:"委座最担心的到底是什么?"

刘副参谋长不假思考:"朱毛'共匪'再占遵义。他们一旦再占遵义,对我们影响太坏了……"

"没错,朱毛'共匪'再占遵义,简直在打我们的脸……"孙副师长说。

"你们的说法不无根据。之前,委座来电一再流露过这个担心。"参谋长肯定后又说,"但把眼光再往上看,还有比这更大的担心。这就是朱毛'共匪'或东进湘西,或北渡长江入川,倘若他们到湘西与贺龙'股匪'会为一股,或者入川与川陕边的徐向前'股匪'合在一起,我们的麻烦可就太大了。"

"朱毛'共匪'办得到吗?!"孙副师长似自语。

"难说。"参谋长加上一句,"如果我们防御不当,或者哪个环节出了问题,不是不可能的。这回,谁能想到他们敢打遵义,他们可不就打了……把我们打得措手不及!"

刘副参谋长:"所以么,命令上不是说要消灭朱毛红军,就是说要聚歼朱毛红军,这谈何容易呀!"

"你们说,我们的战略到底是进攻还是防御?"老范冷不丁放了一炮。

参谋长大笑。"老范呀,你是不鸣则已,一鸣惊人。"笑过后又加一句:"问委员长去!"

担任记录的参谋小林也插话:"这不,委员长不是已到了重庆……他这算'御驾亲征'吧……"

参谋长秉承吴奇伟司令的好脾气,主持会议容许不分官阶,各抒己见,这才有小林也敢于说话。

"那要是委座到了贵阳呢?算什么征?"柳海曙笑笑。

参谋长随口:"早晚的事。"

孙副参谋长:"他到贵阳可好,薛总指挥可就轻松了……"

"兴许我们更紧张!"参谋长说。

孙副师长接上:"肯定更紧张!"

汤师长进来,他环视会场,问道:"胡钟春呢?他挂着副参谋长的名,你们没通知他开会?"

"哪能?凡是他应当参加的会,我都通知他,从来没漏过。"参谋长又说,"这回,他说身体不舒服,就不参加会议了……"

副参谋长接话:"一大早,我看见他和勤务兵骑着马出了小镇……"

"真是把我们师当成混饭吃的地方!"参谋长嘀咕。

汤师长:"不说他,我们开会,说正事!"

胡钟春这会儿正在江口渡打梅云霞的主意。

这天上班后,军医处主任让梅云霞出诊。梅云霞是内科医生,出诊的事常有,而够上让军医处派医生出诊的,甭问是师里的长官,她提上出诊箱下楼,这才发现有个勤务兵带着两匹马在楼下等着。

"上哪儿?"梅云霞对迎上来递过马缰的勤务兵问。

283

勤务兵回话:"得有十来里地。"

梅云霞说:"你等下,我还得带几样药。"

说着,梅云霞上楼去,径直到她住房里,把她的佩枪放进出诊箱底层,背起箱子下楼,接过马缰,上马跟勤务兵走。

出了小镇,走在前头的勤务兵挥鞭策马沿着大道而去。

梅云霞不禁纳闷,问道:"这是上哪儿?"

"江口渡。"勤务兵没回头,只顾前去。

梅云霞没再问。她知道,国民党军队里官大一级压死人,就连长官的勤务兵也狗仗人势,一个个牛气冲天,根本不把官位军衔比他主子低的人放在眼里。梅云霞懒得理这个勤务兵,没再问。

就这样,他俩走出近一个小时,终于到了江口渡,在一家酒店门前下了马。勤务兵把两马拴在门前树上,领着梅云霞上到二楼临江的一个套间。待到胡钟春从卧室里出来,梅云霞才知道是胡钟春让她出诊。她顿时厌恶,不自觉地要退出,但门已经被退出去的勤务兵带上了。

胡钟春一脸堆笑:"梅女士,路上辛苦了!"

梅云霞一脸严肃:"在军中,我不希望被称为女士。称我梅军医,或者梅上尉!"

"好,好吧。"胡钟春还是堆着笑,"在下胡上校,请梅上尉一起喝茶……"又说:"怎么样,这里的环境还好吧?!"

"我是应命出诊,不是来喝茶的。"梅云霞一副公事公办样子,"你哪儿有毛病?"

胡钟春仍陪着笑:"坐,先喝茶再说。"他转而边倒茶又边说:"其实,我很想找个机会向你解释。去年,在南昌住院时你误会了……我……"

"那事恶心,不提了。说现在,哪里有毛病?"梅云霞既不坐,更不接茶。

"梅上尉这样不赏脸……"胡钟春没趣地把茶放在桌上。

"我应差出诊给你看病,谈不上赏脸不赏脸。"梅云霞说,"你不想看,我走了!"

"看来,你的确很有个性。"胡钟春说,"不过,我还想告诉你,我们的军中有军中的规矩……"

"你还懂规矩!"梅云霞显出对胡钟春的轻蔑。

这轻蔑对厚着脸皮的胡钟春来说,倒成了吸引力。胡钟春往前靠一步:"梅上尉,你应当领教过,我能从南昌军医院把你发配到这个师的军医处,我也能让你官升一级,甚至给你荣华富贵……"

"你找错对象了,我对这些不感兴趣。坦率地说,也不怕你动用什么关系再贬我。"梅云霞还是不卑不亢,她知道,团卫生队没女军医,就是再贬,还能到哪儿,"你到底看不看病?!"

"你急什么。"胡钟春又转为堆笑,"我已让店家准备了午饭……听说乌江的鱼不错,这里的厨师烧得也不错。江南人好吃鱼,如果我没记错,你是姑苏人,当好这一口。"

梅云霞提上门诊箱转身:"既然没什么病,我走了!"

胡钟春:"你还没看病就走人……有这个道理吗?!"

"你不告诉我哪儿有毛病,我怎么给你看病?"梅云霞停下脚步,"有这个道理吗?"

"那好吧,看病。"胡钟春装着有些开不了口,"到里屋看吧……"

"就在这里看。"梅云霞不动步,"说,哪里有病……"

"下面……骚痒,难受……"胡钟春指了指他的下身,"所以,没到你们军医处看,让你到这里出诊……"

"花柳病又犯了。"梅云霞说,"在南昌医院时我就告诉过你,你的病要找性病专科看,我看不了。"

胡钟春:"我还就让你看……"

"我告诉过你,我看不了。那不是小病,用错药了会造成不育,甚至会废了性功能!"梅云霞看出胡钟春不怀好意,以攻为守,想吓唬他。

"谁说我得了花柳病?!"胡钟春说,"你都没看,怎么就断定我是花柳病。这种话不能随便说的……你得对我的名声负责!"

梅云霞也不示弱:"你的性病在南昌医院就确诊了,有病历可查。要不,到我们军医处说去,我要是无中生有,任军法处罚!"

这话倒把胡钟春堵了回去。但胡钟春也露出目空一切的放肆:"就不舍近求远了,就在这里,检查我现在的性功能……"

"你的流氓习气依然如故……"

"随你怎么说!"胡钟春倒坐了下来,"反正是你吸引了我,让我喜欢你……"

"可我厌恶你……"梅云霞环顾屋里。

"别看了,窗外是江。"胡钟春并不傻,看出了梅云霞在找退路。

梅云霞背上门诊箱:"你以为我会屈从?!"

"你到了这里就走不掉了。"胡钟春猛然起身,扑向梅云霞,"也由不得你……"

梅云霞有备,逃过胡钟春一扑,跑到门前要开门,可门已在外面被锁住。

"我告诉过你,走不掉的。"胡钟春又猛扑过来,到底把梅云霞抱住。

梅云霞挣扎着,但到底力气小,敌不过胡钟春,被胡钟春连拉带拖,弄进里屋,摔在床上。就在胡钟春要扒梅云霞的衣服时,梅云霞看到和她一起摔在床上的门诊箱,她清醒了。"等,等……你先到外面去……我自己来!"

"这就对了。"胡钟春倒也听话,放开手,退到外间,"还不好意思?这有什么不好意思的……"

梅云霞迅速地从门诊箱底层拿出手枪,打开机头。

胡钟春听到梅云霞打开左轮手枪机头的声音,感到不对劲,冲了进来:"你这娘们,还挺有心计的……"

"开门,放我走!"梅云霞用枪逼着胡钟春。

胡钟春意识到这时要是来硬的,梅云霞还真敢开枪。他装成一步步地往大门退去的样子,并喊他的勤务兵开门。

但梅云霞毕竟有些慌,急着要夺门而去。

就在两人相距不到一米时,胡钟春扑了过来,一把要夺梅云霞手中的枪。

枪响了,子弹打在屋里的木地板上,枪也掉在地板上。

胡钟春让这一枪一震,愣住了。

第三十二章 烈女魂断乌江

就在这一瞬间,梅云霞回身几步,借着椅子上桌,跃出窗外。

也就两秒钟,窗外传来沉重的落水声。

勤务兵开门进来:"怎么啦?!"

"这娘们跳窗子了……快,快下楼到江边把她捞上来!"胡钟春嚷着。

勤务兵自语:"事闹大了……"说着,拾起地上的手枪,跑出门外下楼去。

第三十三章 指挥体制的改变

深夜。

军委指挥所大屋里,马灯下,周恩来、朱德、张闻天、博古、王稼祥、刘伯承、陈云、李富春、张云逸、叶剑英、林彪、聂荣臻等,随便而坐。毛泽东刚进来。

"老毛住后山,路远些,快坐下。"张闻天又对大伙儿说,"人到齐了,我们开会。遵义会议以来,我们恢复了党内民主决策作风。本着这个作风,把大家找来,主要是议决林彪、聂荣臻同志刚提出的作战意见。"

周恩来:"还是先请剑英同志把敌情的总情况通报一下。"

"好,剑英,你说。"张闻天说。

叶剑英:"我们有关部门综合近日所得情报,基本情况是这样:一、薛岳昨天称,我军大部仍在遵义城以西地区及鸭溪、枫香坝一带,有佯攻长干山企图以求西进之势……"

"敌人的情报工作也太差劲了!"博古嘀咕。

张闻天:"他们的情报要是准确,我们的麻烦不就大了!"又对叶剑英说,"你继续!"

叶剑英:"二、川军郭勋祺部于6日到桐梓,其廖泽旅8日起向娄山关前进;由綦江南下桐梓的上官云相部也跟进;三、中央军薛岳兵团周浑元纵队的3个师,仍在仁怀南部,吴奇伟纵队在息烽、乌江渡、大渡口、茶山渡一线,其一部可能过江进到遵义县南部。四、黔军犹国才三师一部在西安寨、大平场等地域警戒,何知重一师在新场。五、滇军孙渡纵队先头旅向黔西运动,后续2个旅跟进!这就是当前的概况。"

聂荣臻:"我们的情报越来越详细、全面了!"

第三十三章 指挥体制的改变

刘伯承:"当下,我们的力量遭到严重削弱,又处在无后方流动中,面对四面八方敌人的围追堵截,倘若没有准确及时的情报,那就相当危险,也可以说很难以突出强敌包围……所以,可以说准确及时的情报,系于当前我们的生死存亡!"

"这可得益于我们有杀手锏……"朱德说。

林彪:"敌人的情报手段倒也很先进……"

"但不管用,"聂荣臻说,"他的飞机空中侦察是先进,可一是受天气限制,二是可以防。这贵州的春天,不是阴雨就是浓雾,碰上这种天气他抓瞎了。还有,我军运动区域植被繁茂,而敌人的飞机没到声音先到,我们官兵立即可以躲到树下、草丛中;还有我们还可以夜行军,最近又发明一手,反方向走或错方向走,让他看假象。所以,他形似先进,实际上不中用。"

毛泽东:"我们现在就像走夜路,但我们有准确及时的情报,就像打着灯笼走夜路!"

"说正事!"张闻天对林彪说,"你说说你们的意见。"

林彪说:"这几天,我一直在考虑战机,我们当面的敌周浑元纵队一直没动,不好打。根据当前的态势,我们认为我军应向新场、三重堰前进,消灭西安寨、三重堰、新场之敌王家烈黔军。我们建议三军团以2个团进入三重堰,切断黔军退路;另2个团和一军团2个团先攻击西安寨之敌,此后这4个团赶到新场,协同一军团主力4个团攻击新城;其间,干部团佯攻敌周浑元纵队,把他吸住,配合我主力打新城;五军团为战役预备队;九军仍负责监视并阻击可能南下的川军郭勋祺部!"

"为什么要打新场的黔军?"陈云问。

林彪:"第一,不论是要在云贵川边落脚,还是继续走,我们都必须打!第二,我们现在只能拣弱的打!在周边的敌人中,新场的黔军最弱,所以,就打他!"

朱德:"打黔军是有把握的!"

"有道理,我赞成!"王稼祥说。

张闻天:"娄山关遵义战役大捷至今已近半个月了,气可鼓而不可泄,是得抓住难得的战机再打一个胜仗!"

"就是么!"聂荣臻说,"打下新场,第一,可以消灭敌人一部分有生力量;第二,可以缴获一部分弹药补充自己;第三,可以在新场筹到一部分给养。"

"第四,可以进一步激励我军的士气!"李富春说。

毛泽东:"你们说的不无道理,但我不赞成!"

人们愕然。

毛泽东:"我们预定的战略目的是要在云贵川边立足,创建新苏区。而要达到这个目的,就必须打对实现我们这个目的阻碍最大的敌军,而打位于新场的黔军即使得手,于全局无足轻重。"

"你的意思是要打敌周浑元纵队?!"张闻天说,"可是现在不好打……"

"你听我把话说完。"毛泽东说,"是呀,在对周浑元纵队作战一时没有战机的情况下,不是不可以先找一个弱敌打!但问题是打新场之敌,战斗也得两天后才能打响,这期间,北边的周浑元纵队就可能向南压;南边的位于黔西的孙渡纵队,就可能上来。这样,我们就可能在新场城下受到增援的南北两路敌军的夹击,到时,我们只有撤向川南一条路。而川南有川军潘文华兵团的 3 个路军,这就使我们处于十分危险的地步!"

林彪:"我们一、三军团加在一起 10 个团兵力,打个新场绝对有把握在两路敌军赶到之前结束战斗。况且,这两路敌军未必增援!"

刘伯承:"我一、三两军团打黔军何知重一师和犹国才三师一部,是有把握!"

周恩来:"确有把握,那就不妨一打。先打掉这股敌人也好!"

"这股敌人用不着我们打,蒋介石就会吃掉他,而且很快的……"毛泽东说。

张闻天:"是不是多数同志都主张打新场?好,通过!"

"等等,"毛泽东说,"我坚持不打新场的黔军,如果你们一定要打,我不能负这个责任!"说着,走了。

"他这怎么啦?!"林彪说。

第三十三章 指挥体制的改变

二局,机房里马灯通明。

华荣在抄报,小李在监听,还有一部电台在调频。

隔壁屋里,曾希圣坐着深思,曹祥仁在专注译电。

墙角地铺上,程少仲打着鼾。

邹碧兆给吵醒了,坐了起来:"好家伙,小青年也打鼾,而且地动山摇的……"

曾希圣:"他是你徒弟,你将就点……"

"我说怎么小李不理他……"邹碧兆嘀咕。

曾希圣笑笑:"想啥呀?老同志可得起好带头作用!"

"我谈恋爱?我一心扑在事业上,怎么不起好带头作用?!"邹碧兆又躺进被窝里。

曹祥仁丢下铅笔站了起来,拿着译电:"可笑不,老蒋又玩起堡垒主义战略……"

"怎么说?"邹碧兆又坐了起来。

曹祥仁:"老蒋又发号施令,让他的各路'追剿'军均应严密构筑碉堡工事,要把我们封锁围困在黔北和川南……"

曾希圣已把电文浏览了一遍:"我们刚纠正了教条主义,他蒋介石倒犯经验主义,把在江西对付我们的办法搬到这里来……"

程少仲突然坐了起来:"驻地……驻地怎么啦?!"

"驻地着火啦!你醒醒。"邹碧兆又说,"局长说经验主义,你倒抓住后两字当成驻地……"

华荣进来,递过抄报:"重庆台发出的……"

"又出什么幺蛾子!"曾希圣说,"我来!"

"小李那边正在侦收……估计是泸州发出的。"华荣说。

曹祥仁说:"潘文华发出的。"又说:"老蒋的电还是我来吧,顺手;你译发潘文华的电!"

"也好。"曾希圣把电文给了曹祥仁。

邹碧兆推了推身边的程少仲:"起床,活来了,快跟老师学去!"

"天还没亮呢!"程少仲坐了起来,揉着眼。

屋里,毛泽东把马灯拧得很小,坐在灯下,一个劲地抽着烟。

许久,贺子珍从被窝里露出头:"怎么啦,回来不睡觉,抽闷烟,不顺心呀?!"

贺子珍艰难地坐了起来。毛泽东忙过去帮她,给她披上棉上衣。

贺子珍拉着毛泽东坐在床沿:"记得你说过,1929年红四军七大你所以落选,1932年宁都会议他们所以让你离开红军指挥岗位,你自己也有不妥之处……你的意见虽然是对的,可你缺乏耐心说服别人认识到你是对的……"

毛泽东握住并拍了拍贺子珍的手,站起来帮贺子珍躺下,又给她压好棉衣,转身出门去了。

周恩来也坐在灯下沉闷,邓颖超已起床穿好衣服陪着他坐。

"看来,刚才的会议开得很不顺利?!"邓颖超说。

"老毛的意见被大家否定了……生气地甩手走了。"

邓颖超笑了:"还有这事?"又说:"他这么能干的人,看着别人乱来,怎么能忍受……"

"可哪能甩手走人?!"周恩来嘀咕。

"你没听说过,老人还会耍小孩子脾气呢!"邓颖超说,"同志相处,难得相知;你既然认定他,就应当体谅他,坚持支持他……"

"他呀,主见高人一筹。阳春白雪,和者皆难,我有时也跟不上。"周恩来自语,"也许他真是对的,我得仔细听他说明才是!"

"这就对了。"邓颖超说,"说开了,问题也就解决了。"

"恩来睡了吗?"门外传来毛泽东的声音。

周恩来开门,只见毛泽东在警卫员提着马灯陪同下,站着。

"走,上指挥所去,详细说说你的想法!"周恩来提上棉大衣,带上门走了。

指挥所里。

刘伯承拿着起草好的作战命令:"这谁签发?"

第三十三章　指挥体制的改变

"周副主席当是睡了……"张云逸说,"天快亮了,要不天亮后让周副主席签字再发出去!"

"暂不发。"门外传来周恩来的声音。

周恩来和毛泽东进来。

刘伯承:"我刚才所以赞成打新场的黔军,也是苦于一时没有战机,打一下敌人动了,没准能捕捉到战机……"

"可你还记得一个月前的赤水城和土城一仗的教训吗?那时,我们上下都急于要打一仗,结果仓促行事,把自己弄得很被动!"毛泽东说。

周恩来对他的警卫员说:"你去把朱老总、张闻天书记、博古书记,还王稼祥同志叫来!"

"重新讨论下一步行动?!"叶剑英问。

周恩来:"不,还有比这个更重要重大的事商定!"

刘伯承:"那这份作战命令……"

"先搁着。"周恩来说,"刚才,老毛的话提醒我,确实要把问题想得复杂一些。"

毛泽东走到桌上地图前:"周浑元纵队没有新的动态?"

叶剑英:"主力2个师向鲁班场、三元洞前进,还有1个师在谭厂……"

毛泽东:"这样,我们来个折衷方案。以三军团一部攻泮水、西安寨之黔军前哨部队,作出佯攻新场姿态,集中全军主力准备打进至鲁班场、三元洞之敌周浑元部主力!"

周恩来问刘伯承、张云逸、叶剑英:"你们的看法?"

"我看比此前决定的打新场要稳妥多了!"刘伯承说。

叶剑英:"最主要的是这样打能把握住主动权……进退自如!"

刘伯承:"因为若把一、三、五军团都投入到新场战役,南面的敌孙渡纵队,北面的敌周浑元纵队,一旦扑上来,我们就很被动了;而现在方案是见机行事,打不打和打不成退走,都把握在我之手;还有……"

"还有,如果我们攻鲁班场、三元洞的敌不克,必要时还可以从仁怀附近西渡赤水河,摆脱敌人的追击!"毛泽东说。

周恩来:"好,就改成这个方案……重新下命令。"又对刘伯承、张云逸说:"根据老毛这个意思,你俩重新起草部署电,完了送我和老毛过目再发出!"

朱德、张闻天、王稼祥、博古相继进来。

"又有什么急事?"张闻天说。

周恩来:"当然是急事,解决我们红军作战指挥的体制问题这个大事!"

张闻天不明白:"我们现在的指挥体制有问题?!"

"对,"周恩来又说,"违背了作战指挥的特殊性……"

博古:"帽子不小……"

"是这样。作战指挥有情况紧急、考虑要全面、决心要果断的特点,这就必须给予作战指挥员以临机处置权,而且有负责的全权。"周恩来说。

博古:"这不又把权力集中到少数人手中……"

朱德:"恩来指的这种集中,只局限在作战指挥上,至于党的路线、方针、政策等大事,当然还必须坚持中央政治局常委会的民主决策!"

"这不和从前把指挥权集中给李德一样吗!"博古说。

"现象一样,本质不一样。"王稼祥说,"我明白了,作战指挥上不能七嘴八舌的,要由一个人拿定决心拍板定案!过去,我们把作战指挥权集中在少数人身上并没有错,而错的是给予的人不当。李德既没有指挥红军作战的能力,更没有经验,可不就一而再再而三地导致失败!"

张闻天:"我好像也听明白了,必须把指挥权集中到最合适的人身上……"

"谁合适?泽东同志!"博古说。

周恩来:"当然非他莫属。过去的实践证明,我们完全可以相信他有这个能力和经验!"

"我的意见还是组织个'三人团',恩来、我、稼祥三人负责。我出谋献策,恩来拍板定案,稼祥负责战时政治工作这一块!"毛泽东说。

张闻天:"我同意。不过为避免和过去的'三人团'混淆,就叫'三人小组'吧！"

"叫什么不重要，就按你说的，叫'三人小组'。"毛泽东说。

博古："就是说打仗的事以后全权委托给你们三人，不再找一帮人开会议决，七嘴八舌的瞎掺和……"

"当然，这倒把我解放了！"张闻天又对博古说，"走吧，回去还可以再睡两小时。"

叶剑英进来："二局刚送来的，还是老蒋的电令……不过不是此前的要用碉堡封锁我们，而是要把我们消灭于长干山附近……"

毛泽东接过电报看着："昨晚21至23时发出的……好新鲜的敌情！"

约摸2分钟，毛泽东把电报给周恩来，对叶剑英说："你让伯承过来一下。"说着转而盯着桌上的地图。

也大约有2分钟，周恩来把电报给了王稼祥，问刚进来的刘伯承："这封译电你看过？"

"看过。"刘伯承又说，"从敌人的全部部署上看，我们还真有可能打周浑元纵队进到鲁班场、三元洞的2个师！"

"胃口会不会太大？"毛泽东问。

"此前，我们的一军团就在遵义城南打吴奇伟的2个师，不一下子把他冲溃了……关键是得乘敌人立足未稳！"

"2个师，2个师……"毛泽东来回踱着步。

叶剑英："周浑元纵队的师都是丙种编制……一师三团制！"

"吴奇伟队的师不也是丙种编制师？！"

刘伯承："是，一军团打的汤师和韩师，都是各3个团……据俘虏说，每团也差不多跑掉一半了！"

毛泽东："那我们集中一、三军团攻击，五军团为预备队，九军团监视吴奇伟纵队动态。这样的兵力使用不算冒险吧？！"

"我看不冒险，即使冒点风险也值得。"周恩来说，"我们要在云贵川边创建新苏区，早晚得把周浑元打得不敢单独进攻我们；就是进攻我们他也怕我们……"

毛泽东:"这就是我坚持打周浑元纵队的动机。你们看,之前我们打了吴奇伟,现在他离我们远远了吧?如再把周浑元打一下,他也怕了,往后,我们的行动就自由多了!"

朱德:"这个考虑是对的。不打败周浑元纵队,我们甭想在云贵川边落脚!"又在到地图上,指着:"如果攻而不克,我们也有退路,撤出战斗后西渡赤水河就是了,蒋介石要再组织'追剿',又得好几天后!"

周恩来问毛泽东:"你下决心了?"

"再核实下战场情况,如果许可,不妨一打。"毛泽东对刘伯承说,"给董振堂发个报,让他们侦察进到鲁班场敌人的动态;还有从东往西进攻敌人的道路情况!"

……

第三十四章　亦张豪杰亦殉情

入夜,梅云霞还没回军医处,军医处主任打电话找胡钟春问情况。胡钟春回话说梅云霞上午给他看完病后就走了,没让他的勤务兵送。军医处主任立马发动全处的人去找,直找到半夜也没找着,他只好向孙副师长报告梅云霞失踪,可能是逃跑了。

他们的部队常有官兵逃亡,打从离开江西赣江边跟追红军到贵州乌江边,更是一路逃亡不断,也不乏有基层军官,前天处里就跑了一个军医。梅云霞的失踪,倒也没引起什么反响,除了军医处的人知道外,连柳海曙也不知道。

3天后,乌江渔人发现了梅云霞的尸体,这才传开了。孙副师长责成军法处和军医处调查,问到胡钟春,胡钟春承认他有私疾,不便到军医处门诊,这才让军医处主任派梅云霞到江口渡客栈给他出诊。军医处主任猜到当是胡钟春非礼梅云霞,逼得梅云霞投江,但惧于事也关己,没说实情。梅云霞的死成了无头公案。军法处主任和军医处主任协商,就以死因待查结论上报,这事也就不了了之。反正,在国民党军队里死个把尉官,没人会当回事,更何况这是战时。

但柳海曙当回事。

柳海曙听到梅云霞的死讯,如五雷轰顶,几乎晕了。

回过神来,他赶到军医处把已草草掩埋的梅云霞挖了出来,自己掏钱买了口上好棺材,将她重新入殓,在参谋处老范等一帮兄弟的帮助下,埋在乌江边一棵松树下,背靠青翠竹林,面向东去大江。

当晚,柳海曙找了孙副师长,提出他知道梅云霞会游泳,绝不会因自己落水而溺毙;她身上没外伤,不会是被他人沉江而死的;他与她已定终身,她更不会是厌世自杀。这蹊跷的死因,定与胡钟春有关,只要审问胡钟春的勤务兵和江口渡那家酒店的人,不难弄明白发生了什么事造成梅云霞之死。他建议师里重新调查。可孙副师长坦率地告诉他,没有任何证据能说明胡钟春对梅云霞做了什么,逼死梅云霞。而即便是抓住证据,又能拿胡钟春怎样,还不是换一个地方继续当官。孙副师长劝他,天下美女多着,男人只要有权有钱,何愁找不到可心的女人。

这迫使柳海曙自己调查。

这天晚上,柳海曙跟踪去烟花柳巷的胡钟春的勤务兵,在他出花楼返回住处时,把他弄到僻静处。

柳海曙对这个兵恩威并施。他下了这个兵随身带着的枪,拿出100块钱放在这个兵的眼前,用枪对着他,让他二选一。要么说出那天把梅云霞接到江口渡和后来发生的一切,拿上这100块走人,从此消失;要不,就别想活着离开这里。

这个勤务兵心里清楚,他被柳海曙下了的枪,就是梅云霞的佩枪。那天,他见梅云霞丢下的小号左轮手枪好玩,就留了下来。事后,胡钟春不仅没找他要这把枪,还给了他10块钱,统一口径。他晚上出来寻花问柳,带的不是配给他的驳壳枪,而是这把小手枪,方便又显得有身份,如今,物证落在柳海曙手上,显然赖不掉。况且,逼得柳云霞投江而死的事早晚瞒不住,而自己又是帮凶,没准哪天让那个心狠手辣的胡钟春给杀人灭口。他选择说出真相,拿上这100元钱走人,当晚,逃亡了。

事后,柳海曙专门去了趟江口渡那家酒店,连诈带恐吓地逼得店家说出听到了枪声,屋里地板上的弹孔还在;也知道了梅云霞跳窗落水,勤务兵没找到人的事。

柳海曙到屋里看了梅云霞开枪的弹孔,又下到梅云霞落水的地方。这才暗暗叫苦。原来,窗外的江岸是巨石,水深底下有漩涡,即使是会水的人,不知底细从四五米高的窗口上跳了下来,坠到江底也会被漩涡卷走。

这一切,激起他的仇恨。

第三十四章　亦张豪杰亦殉情

柳海曙秘密调查的一举一动,都被一个人看在眼里。此人就是老范,参谋处首席参谋范有贵。

老范虽说是柳海曙的下属,但与柳海曙是铁哥们,铁到连可能招来杀身之祸的话都可以说。那天晚上,柳海曙把胡钟春的勤务兵弄来拷问时,他就跟踪躲在暗处,一来给柳海曙望风,二来必要时出手助柳海曙一臂之力;柳海曙去江口渡核实,他也知道。而这一切,又都没让柳海曙发现。

这天晚上,老范找柳海曙。

柳海曙正独坐在灯下对着《唐诗三百首》伤神落泪。这书是梅云霞送给他的,他又托给梅云霞保管,不承想梅云霞这一路带着它。那天给梅云霞收拾遗物时,原是要放在梅云霞的棺木里让她带走,可临了还是留了下来,作个念想。

老范进屋随手把门带上,体恤地说:"兄弟,这事我都知道……无疑是那个王八蛋逼死梅军医的……"

柳海曙扑到老范怀里,泪水涟涟。

"兄弟,越是这个时候,越要冷静!"老范拍着柳海曙的肩,"要不动声色!"

柳海曙似猛地清醒过来,放开老范,抹去泪水。

老范拉过一把椅坐下:"你想怎么办?"

"为小梅伸冤!"

"连吴司令长官都拿这个畜生没办法,你上哪儿伸冤?"

"我知道。"柳海曙也坐了下来,"前天,我找了孙副师长,他也说即使找到这畜生逼死小梅的证据,也奈何不了他后台硬……"

"就是嘛!"老范说。

"我杀了这个畜生。"柳海曙又站了起来,"天无道,我替天行道!"

老范指着柳海曙坐下说:"杀了他后你怎么办?"

"我找小梅去!"柳海曙拉住老傅的手,"老哥,拜托你件事,把我和小梅葬在一起。"他又起身指着桌上的《唐诗三百首》说,"把这本书放进我的棺材里,我带走!"

老范按着柳海曙坐下:"古人云,无情未必真豪杰。也正因为你是豪杰,老哥我才拿你当兄弟处……我也劝你,非万不得已,你还是要活下去……就算是苟且偷生……"

"是的,我是在苟且偷生……我已经苟且偷生8年了。"柳海曙一副痛苦样地诉说,"民国十六年以来,老蒋杀共产党,杀支持援助国民革命打下江山的民众。接着,他调转枪口打国民党内的李宗仁、冯玉祥……我终于明白了,他不是要继承孙中山的救国救民遗志,而是为着他的蒋家王朝……我上了他的船下不去了,心也死了,跟着苟且偷生。但自从认识了小梅,爱上她,这才像复活了,我还可以有我自己的人生美满的盼头……可是如今小梅走了,希望又毁灭了……老话说哀莫过于心死,我的心彻底死了……心都死了,让躯壳偷生,有意义吗?!"

老范接话:"老哥我早已不敢奢谈救国救民大志,只是为家庭而活着……我常常祈祷苍天留下我一条命……我不能死,我要是战死了,两个孩子一双父母谁来养?所以,我只能安于苟且偷生……"

"我理解你。"柳海曙转而惨然一笑,"我倒好……孑然一身,父母有哥哥姐姐抚养,我没牵没挂……"

"但也犯不着为那个王八蛋陪葬。"老范把话接了回来,"就没有其他的办法……"

"还能有什么办法?"柳海曙愤愤地说,"军法是为你我这样的人定的……对这畜生毫无约束。既然王法不公,我就替天执法……"

"你为小梅复仇让我钦佩,那个畜生也该杀!但我不主张用你的命换那畜生的命……"

"我杀了这个畜生后,还有活路?!"

"怎么没有?"老范说,"杀他可以有种种办法,打他的黑枪,把他弄到乌江里喂王八……只要做得神不知鬼不觉,不是照样既杀了他,又保存自己……"

柳海曙立马接上:"你说的办法得等待时机,还得有帮手……我等不及了,也不想牵连朋友……"他显然早考虑过。

老范回话:"常言道,君子报仇十年不晚。干吗非乘一时的愤慨!只要耐着心等待,时机总会有的。帮手我来准备,你要是拿我当大哥,就相信我。"

"谢谢老大哥为我拔刀相助。"柳海曙没有被老范说服,"这畜生大小也是个官,身边时时有人,很难下手……还有,他一旦离开我们师,杀他的机会就没了……"

"这样说你非要现在杀了他?!"

"我既决心杀他,就得乘现在还能见得到他时下手!"柳海曙说,"我一旦杀了他,能脱得了身?躲得过他们的追捕?"

"也不是没办法逃脱。"老范说,"夜间动手,开枪后只要跑出驻地,就有去处,他们也无法追捕你!"

"上哪儿?"柳海曙问。

"到那边去。"老范指了指北边,"他们的队伍就在我们前头一两天路程……"

"你是说投奔共产党红军去?!"

"为什么不能把这当成一条活路?!"老范又平心地说,"你不也说过,别看他们人少枪少,让我们追着跑;他们才得道多助。从长远说,他们会得天下……再说,你不要把这看成是杀了人无路可走,才投奔他们,而是把它看成回到你曾经的救国救民的抱负上……"

"可我就是杀了人无处可走才投奔他们的。"柳海曙说,"你知道的,我曾经退出他们的行列……"

"可你并没有背叛他们!"

"但我没脸去见他们……"

"老弟,大可不必把面子看得比命还重要。人么,有些时候不能太在乎面子。"老范又开道,"况且,他们现在是落难,你是在他们落难时归队的!"

"你说的在理,可是我办不到。"许久,柳海曙才又说,"让我想想……"

"对,想想,冷静地好好想想。"老范转身要走,又回头说了一句,"千万,千万,别意气用事。冷静下来,会找到两全办法的!相信老哥我一定帮你。"

老范走了,柳海曙仍沉浸在痛苦中。

梅云霞的死与胡钟春有关,紧接着又是胡钟春的勤务兵突然失踪。这些事很快地在师部传开了,明眼人也看到胡钟春有问题。胡钟春在师部待不下去了,汤师长找了吴司令长官,要求把胡钟春弄走,以平息舆论。上头无奈,只好把胡钟春调到兵团部候任。

胡钟春要走了,按常理说师里该办一桌酒席送他。可师长心里窝着火,没这个意思。向来好摆谱的胡钟春只好自己掏钱,让管理处主任给他操办自己送自己的酒席。

酒席请司令部参谋长和八大处主任出席。参谋长推托有事让刘副参谋长出席,又关照八大处主任都得出席。参谋主任柳海曙也在邀请之列。胡钟春心里有鬼,也知道了柳海曙与梅云霞的关系,生怕黄埔军校时的老同学、师八大处主任之首柳海曙不给面子,亲自请柳海曙赴宴。

柳海曙一听这事,顿时血涌心头,说回宿舍换衣服,定赴宴。

宴会在师部驻地最大酒家二楼大堂。该到的就差刘副参谋长、胡钟春和柳海曙。

国民党军讲官阶等级排次,7个先到的主任依次就座。主位当然留给刘副参谋长,主宾当然是胡钟春;刘副参谋长的左侧空给柳海曙。柳海曙的参谋处在司令部八大处中排行第一。

等待开宴的人通常不会闲着,先到者总会找话说。

这阵子,军需处主任对身边的军医处主任说:"听说柳主任出面埋了那个女军医……"

"他俩是同乡。柳主任仗义,情同死者亲人。"管理处主任接话。

政训处主任:"这倒也说得过去。"又阴阳怪气地说,"昆曲《牡丹亭》看过吧?说的是书生柳梦梅与小姐杜丽娘的人鬼情……我们的柳主任葬了梅军医……倒应了柳梦梅。"

刘副参谋长和胡钟春一起上楼。

"柳主任怎么迟到啦?!"就坐后,刘副参谋长说。

第三十四章　亦张豪杰亦殉情

说柳海曙,柳海曙到了。他走到半路让老范喊住,老范叮嘱他万万不可冲动。

胡钟春咧着嘴一副笑意:"老弟,怎么才到……不高兴送我?!"

"很高兴送你,送你上西天!"柳海曙坐在给他留的位置上。

刘副参谋长:"海曙,这玩笑可不好! 人到齐了,举杯,送胡副参谋长高升!"

连着三杯后,改由各人单敬。

胡钟春好酒,也能喝半斤八两。但到一定量后,话多,嘴也把不住,会胡说八道。他知道自己的酒癖,但不在意。洋相出多了,人们见怪不怪,但一有机会人们也都不放过他,轮着灌他,看他出洋相逗乐。

众人轮番攻一人,很快地胡钟春话多了。

刘副参谋长一向看不起胡钟春的目中无人,也知道胡钟春的酒癖,乐得看胡钟春的洋相,并制止手下的闹腾。

这边,管理处主任端着酒杯过来:"胡长官,这酒得三杯才成敬意,我这第三杯还得敬祝你此去荣升。来,干了!"

胡钟春爱听这种话,半玩笑半为真地回话:"荣升个屁……我们兵团的8个师长没有一个让'共匪'打死或抓走,没空缺,我升什么官? 还不是得到兵团部候着……"他仰起已红了的脖子干了。

"这不像话!"刘副参谋长直摇头。

政训处主任接话:"胡长官,你别只盯住我们兵团的空位。我听说很快要解决王家烈黔军,空位正等着你挑呢!"

"冲着你这话我俩干了。"胡钟春满上杯碰了下政训主任的空杯,自己干了,"他妈的,重庆参谋团的贺国光贺参谋长不够朋友,上次收拾侯之担残部,让沈久成接手……沈久成是陆军大学的,我是黄埔的……校长是委座……"

"老胡,酒话了。"刘副参谋长看不下去,更正,"沈久成是五十九师副长,他去接手当是委座定的……"

"谁让你没叫你舅舅去给你跑!"情报处主任插话。

胡钟春接话:"是,是怪我……怪我下手晚了……"转而逮住情报处主任碰杯。

"过去啦,不说它。来,咱俩干!"通信处主任拿空杯和胡钟春碰杯。"再说,侯之担的教导师也没什么好果子,没摊上也罢了。"

军需处主任:"你呀,情报不灵。侯之担的地盘是全贵州最肥的地方。知道不,仁怀、习水的酒业,赤水的盐业……还有侯之担丢在赤水的家产、女人……"

"是吗?!"胡钟春的两眼都直了,"怪我,怪我下手晚了……你也不早说。"又得意忘形地说:"借你们吉言,我要是接王家烈手下那个师师长,你们兄弟的酒我全包了……还有,到我地盘上,娘们招待……"

"胡长官,那可是犯军纪的!"军法处主任说。

军医处主任端着酒过来:"胡长官,咱俩干一杯!"

"你呀,我得说你……"胡钟春倒先干了,"你……你让我怎么说你!"

"怎么说!哪对不住?"军医处主任纳闷。

胡钟春边给自己倒酒边说:"你没调教好你手下的那个娘们……该怎么伺候长官……"

军医处主任:"你说该怎么伺候?"

"我他妈让她干什么,她就得服从!"胡钟春已处于吐真言状态。

刘副参谋长立马感到再闹下去,不可收拾,忙拦住:"好了,他喝高了,别再闹……"

"你一边待去。我没喝高……我喜欢弟兄们闹。"胡钟春又冲着刘副参谋长,"你们不够朋友,也不办场酒席送送我……今晚这桌酒还是我掏的钱……来,弟兄们,尽管喝!"

刘副参谋长落了个难堪,生气地到一边喝茶去。

情报处主任接上话题:"你说你让她干什么?"

胡钟春放肆大笑:"我让她陪我上床……"

政训处主任立马喝着:"别胡言乱语……酒话,酒话!"

"她不从?"柳海曙问。

胡钟春狂笑:"从了,不就死不了啦!"

柳海曙:"你强暴她?"

第三十四章 亦张豪杰亦殉情

胡钟春不假思索:"这娘们一枪没打中我,跳窗跑……窗外是乌江,这不掉到江里淹死了……这可不关我的事!"

"你逼死她,不关你的事?"柳海曙说,"你个畜生还理直气壮……"

"我他妈怕谁?"胡钟春还是狂笑,"怕你?你算老几……"

柳海曙后退两步,从腰际拔出手枪,对着胡钟春:"这个,你怕不怕!"

"海曙,收起来……"刘副参谋长忙丢下茶杯过来,"你又不是不知道他酒一下肚就胡说八道。"

"怎么,你也像那个娘们敢对老子动枪?!"胡钟春挺起胸,"也不看看我是谁……我怕你这个……"

"我看你是畜生!"柳海曙晃了晃手中的枪,"知道这枪是谁的吗?我从你的勤务兵那里下的,他说是梅军医的枪……"

胡钟春还是忘乎所以:"那又怎样?!"

刘副参谋长说:"海曙,冷静……这事让军法处处理!"

"军法?!我们的军法要是管用,能有这种畜生!"柳海曙说。

刘副参谋长:"那你也犯不着因为这事,把自己给毁了……"

柳海曙:"他把我的一切都毁了……"

"那又怎么样……"胡钟春还是嘴硬。

"我就替天行道!"柳海曙手中的枪响了。

胡钟春捂住胸口,重重地趴在地上。

众人几乎给震得目瞪口呆。

柳海曙又朝着胡钟春打了两枪,而后把枪对向军医处主任:"你明知这个畜生不怀好意,你还派梅云霞去!"

"柳主任……我真没想到会闹出这事……求你别杀我……"军医处主任腿一软,跪在地上。

刘副参谋长也懵了,既不敢往前,也不敢后退。

众人似乎连大气都不敢出。

柳海曙对着跪在地上的军医处主任:"我不杀你……让你活在梅云霞的阴魂里!"

刘副参谋长终于缓过劲来:"海曙,你也太冲动了……你知道他的背景吗?! 这值得吗?!"

"值得,梅云霞可以瞑目了!"柳海曙的枪仍对着胡钟春,"她生前一枪没打中你,剩下的这5发子弹我都替她打!"又朝着胡钟春开了两枪,把没了子弹的枪丢向胡钟春的尸体,又掏出自己的佩枪:"我知道这条船上会有人找来的……可我走了,下船了……算是我上错船的代价!"他把枪口对着自己的头。

枪响了,柳海曙倒在地上。

第三十五章　不意糟蹋"圣人"

这是一场殊死的厮杀。

山坡上,国民党军的战壕里,带着黑色袖标的督战员,一手挥动着大刀,一手提着驳壳枪,嘴里狂叫着"后退者,格杀勿论!"官兵在奋力抗击。轻重机枪喷吐着烈焰;步枪手机械地射击、退壳、上膛、再射击;投弹手反复地投出手榴弹。不断有人中弹,或无言滚落在战壕底部,或捂住伤口哭天抹泪地惨叫。

山坡下,红军的冲锋号声和杀声震荡山谷。展开成攻击队形的官兵,在轻重机枪掩护下冲击。一个个战斗小组,利用地形地物相互交替,时而跃起低姿前进,时而卧倒射击掩护。也不断有人中弹倒下,但前仆后继。已经跃进到敌人阵地鹿柴前的官兵,无奈于飞来的一颗颗手榴弹,卧倒不前。

天空中,时有国民党军的飞机掠过,飞得很低,连机身上的国民党军徽都赫然可见。但无奈于地面上进攻和防御胶着,飞机既不能扫射,更不能投弹助战。

这是一场错位之战。原是居于追杀地位的国民党军,却处于防御;原是被追杀的中央红军,却在进攻。这就是鲁班场战斗。

林彪在前沿简易指挥所的交通沟里,举着望远镜看着。毛泽东点他的将,把这一仗的前敌指挥大权给了他,但攻击毫无进展,他心里正窝着火。

"不行!敌人预有准备,依托工事顽抗,火力也很猛,再打下去会有严重的伤亡!"林彪放下望远镜自语。

聂荣臻接过望远镜看着。

林彪颓坐在地上:"我说打新场的黔军多省事,他非要强攻鲁班场的敌人中央军,这不是放着肉不吃,去啃硬骨头?!"

"你不认为打新场会陷于敌人的三面围攻,处于战略上的被动地位?!"聂荣臻放下手上的望远镜。

林彪:"可眼前的敌人预有准备,处于有野战工事防御地位……我们连炸药包都没有,怎么攻得下……"

"那是我们战前侦察不周密!"

"谁能想到敌人这么快构筑了防御工事?!"

"没想到就是我们前敌指挥的失误……"

林彪猛地站了起来:"依你说,攻不下来还是我的责任?!"

"总不能说我们一点责任也没有!"聂荣臻说,"军委命令上是我俩统一指挥,我和你负有同等责任!"

"说这些没用。"林彪在交通沟走着,"我他妈组织总攻……"

"恐怕不能再攻了。"聂荣臻说,"我的意见是向军委建议,不打啦,撤出战斗!"

入夜,军委指挥所门外庭院。

毛泽东坐在地上抽烟。周恩来、朱德、王稼祥各坐一处,面向战场张望。

"周浑元这家伙是老对手了……他来个3个师抱团,这一抱团我们还真是啃不动!"朱德自语。

刘伯承出来:"林彪、聂荣臻来电,说三元洞的敌人向他们的右翼运动,摸不清是抢占制高点,还是要反攻。他们建议撤出鲁班场战斗!"

"前敌指挥官不想打啦?!"王稼祥说。

"尊重他们的意见,撤! 打不赢就走!"毛泽东站了起来,走进指挥所,走到桌上地图前,对着跟进来的周恩来、朱德、刘伯承、王稼祥说,"我的意见是今晚全军转移到仁怀、茅台、谭厂、小河口地域,明天西渡赤水河。"

周恩来说:"可以。"

第三十五章 不意糟蹋"圣人"

毛泽东对张云逸说:"命令:九军团立即袭取仁怀城,在茅台至小河口地段的赤水河上架桥;以干部团和五军团一部掩护一、三军团撤出战斗,向仁怀、茅台转移,争取在明天午前全部到位,陆续西渡赤水河。"

朱德自语:"这就主动了。"

毛泽东又说:"命令一军团派出所有的工兵连和干部团工兵连一起,于明天拂晓前赶到茅台至小河口地段,架设3座桥,并侦察徒涉场!"

张云逸:"好,我这就电告各部。"

王稼祥说:"之前土城之战没得手,落下不少闲话;这回鲁班场一仗又没得手,怕又是有人会说三道四……"

"那是他外行,看不出作战指挥门道还自己露怯。"刘伯承说,"作战和战争一样,都有一定的盖然性,也就是不确定性,古往今来,没有一个指挥员仗仗得手、每每打赢。但凡高明的指挥员,不在于能仗仗得手,而在于能因势利导。这才是战争和作战指导的精髓。"

周恩来:"嘴长在人家头上,想说就让他说去。这一仗打不打有我们的考虑,没得手不等于没意义,况且,我们还握有行动的主动权!"

朱德接上:"通过这一仗,周浑元纵队会更谨慎,更不敢和我们接触,这对我们下一步的行动,是很有利的!"

"伯承、云逸,你们按我刚才的布置起草命令,让老总和稼祥过目后,立即发全军。"毛泽东转而对周恩来说,"我们走走,夜色不错。"

刘伯承:"我们指挥所这就撤出,你俩别走远了。"

毛泽东和周恩来出了庭院,走到不远处村口界石前,坐下。

"又将是望月了。"毛泽东似才发觉月色很好。

"月有阴晴圆缺,此事古难全。"周恩来说,"别在意鲁班场一仗没得手……"

"现在看来,没得手倒是必然的。"毛泽东掏出烟,点上一支,"但我还真的总结了教训,有所得。这样说吧,它让我更清醒了,清醒地认识到我们的力量的确遭受到严重的削弱,而且不是在近期内可以恢复的;清醒

309

地认识到没有一定的群众基础条件,我们很难在贵州制止住强敌的围追堵截,赢得时间开创新局面!"

周恩来:"你是说,我们应当放弃此前争取在云贵川边创造新苏区设想,继续走?!"

"大体上是这样想的。"毛泽东说,"你注意到没有?蒋介石在贵州能动用的兵力,几乎都被我们吸引到乌江以北;他们又似乎不急于与我们决战,而是又考虑着要回到从前的堡垒主义战略上。"

"是这么个态势。"周恩来说,"所以,要继续走的话,不宜直接西去。川南有川军至少10个旅;黔西毕节有滇军孙渡纵队4个旅,还有我们现在当面的中央军周浑元统一指挥的这5个师,也会从后头追上去。我们如直接西去,会陷于强敌的新的围追堵截之中。我们要继续走,首先必须走南线稳妥……"

毛泽东:"我们想到一起了。现在看来,我们从进入贵州到离开贵州,可以以鲁班场这一仗为界,依战略目的不同,分为前后两大阶段。前一阶段,总体企图是打开一个新局面,但没有成功……"

周恩来接上:"从当下开始的后一阶段,基本的目的是甩开敌人走我们的,另辟蹊径!"

"所以,从现在开始的这后一阶段,更主要的是要与敌人斗智。"毛泽东说,"下一步的有些招数,可能连我们自己人都一时莫明……"

"我们是在与蒋介石斗智,有些招数一时不说明是必须的。毕竟得假戏真作,才能让蒋介石信以为真。"周恩来说,"你放手干,我支持你……至于我们内部可能有些人因看不明白而说三道四,甚至反对,暂且让他说去,反对去。但事后他们会恍然大悟,自己检讨自己目光短浅!"

毛泽东站了起来,拉住周恩来的手,久久没有言语。

"我们该走了,去茅台,见识茅台酒!"周恩来说。

红军终于来到了茅台酒乡,茅台镇。

这里据说有华、王、赖三大酒坊,但老板怕共产党红军共了他的产,

第三十五章　不意糟蹋"圣人"

早已带着钱和账本与家小,闻风出走了。可酒带不走,方圆几里地的空气中,飘着酒的芳香。官兵一时让酒香熏醉了,也乐坏了。

这天晚上,毛泽东、周恩来、朱德、张闻天、王稼祥,按惯例聚集议事。这就不免从酒说起。

"我让总政治部贴了告示,要求官兵打酒得自觉付钱。还有,不许喝酒,喝得酩酊大醉,不但误事,还成何体统!"王稼祥管政治工作,倒抓得及时。

"别提了,李德大概品出了茅台酒比伏特加好,一进茅台就醉倒在大街上……不像话,我只好让几个警卫战士把他扛回屋里……现在怕还是不省人事!"张闻天说。

王稼祥:"我还听说,不少战士拿它洗伤口。"

周恩来随口:"这都是糟蹋'圣人'!"

"什么?怎么和圣人扯上关系?!"张闻天给弄糊涂了,"糟蹋圣人?糟蹋了哪位圣人,怎么个糟蹋?"

毛泽东一笑:"恩来,看来你得给'圣人'正名……不然,'圣人'会有意见的。"

"有故事吧?!说来听听。"朱德说。

周恩来:"想听?"

"当然,"王稼祥说,"你总得让人听懂吧!"

周恩来一笑:"好,说说。传说 1700 多年前……"

"慢,"张闻天说,"1700 多年前就有酒?"

"当然,"毛泽东说,"曹操曹孟德有诗为证:'何以解忧,惟有杜康'。杜康即杜少康,传说中酒的发明人。"

"这事,就涉及到曹操曹孟德。"周恩来说,"曹丞相手下有个尚书侍郎叫徐邈,这徐邈好酒,时常喝得酩酊大醉。这天又喝高了,恰巧曹丞相有事找他,徐邈仗着酒劲对差吏说'替我回曹丞相,臣正与圣人议事,不得功夫!'差吏回了曹丞相。曹操倒也没在意,既是在与圣人议事,想必更重要,也就罢了。事后,徐邈竟与友人说起这事,友人大吃一惊,说曹丞相要是认真追查,你这可是欺君之罪,要杀头的。徐邈说,可不是吗?

想起来都后怕,当说是'圣人'救了我一命。从此,他把酒当成'圣人';'圣人'也成了酒的美称!"

毛泽东说:"我们的官兵把获得巴拿马万国博览会大奖的茅台酒拿来洗伤口,是不是糟蹋了'圣人'!"

"这兜了一大圈,糟蹋'圣人'就是糟蹋酒呀!"张闻天说,"要这么说,岂只是糟蹋'圣人',简直是有辱'圣人'……"

王稼祥:"要我说,那个徐邈本身就是糟蹋'圣人'!"

"我也不赞成这样说。"朱德说,"我们的官兵没见过世面,不知不怪……"

"我倒忘了,我们的总司令是不容许任何人批评红军的。"周恩来爽笑。

毛泽东笑笑:"你这是幽默的批评,委婉的教育!"

"幽默和委婉得连我这么个不小的知识分子都听不懂。"张闻天说。

毛泽东转而显得严肃:"我们议过'圣人',该议我们自己的事了。这一仗没得手……"

"得,你又要检讨了?!"王稼祥说,"免了,节省点时间,就说你下一步的打算!"

周恩来:"就说说你的想法……"

毛泽东说:"昨天,在做出撤出鲁班场战斗决定后我对恩来说过,这一仗让我更清醒了。清醒于我们的红军力量的确已严重削弱了,清醒于我们的确不可能短期内在云贵川边创建新苏区,我们必须再走,离开贵州……"

"走?到哪里去?!"张闻天问。

周恩来:"到遵义会议时我们设想要去的地方……"

"川西或川西北?!"王稼祥自语。

张闻天:"这不是否定了……"

毛泽东:"社会实践的认识规律是实践——认识——再实践——再认识。而随着再实践和再认识的深化,否定了东西可能又再被肯定,再被肯定的东西也可能再被否定,总之不能是一成不变的……"

第三十五章 不意糟蹋"圣人"

"这绕来绕去的,都给绕晕了……就说下一步怎么走吧!"张闻天有些不耐烦。

毛泽东:"向敌人力量薄弱的地方走;依靠敌人给我们创造的条件……"

张闻天笑了:"老毛呀,你又是理论……"

"你们在苏联那么些年,没听说过列宁的一句名言:'没有革命的理论,就不会有革命的运动'。"毛泽东也笑笑。

"这不是空谈理论。"周恩来说,"你们还记得朱老总常说的'走一步看一步'吧。'走一步看一步'就是从我们斗争的不确定性的实践中得出的理性认识。而老毛刚才说的这两句话,就是指导我们'走一步看一步'实践的理论。"

毛泽东接上:"老实说,我也不知道我们的下一步会遇到哪些具体的问题,所以,现在还不能对下一步有具体的计划。"

王稼祥也笑对张闻天说:"老张呀,看来我们身处在山沟里,思想还没认识山沟里的马列主义。跟着走就是啦!"

周恩来又说:"我还提醒大家一件事。昨晚,老毛跟我说过,我们的下一步是要走出贵州,为了保证走得顺利,指导上更侧重于与敌人斗智,他会在应对情况中使出各种招数。我建议我们注重看懂他的各种招数!别品头论足,看看再说。"

王稼祥:"这样说来,下一步有好戏看!"

"应当说,下一步的戏更精彩!"张闻天说。

朱德出言:"看来,我们将要进行的三渡赤水,就是下一步走出贵州的第一招。如果我没猜错,这一招的目的在把敌人、把老蒋的注意力,引向赤水河西……他们的部队能追过河西更好,即使部队没动,也让他们捉摸不定,产生判断的错乱。"

"是这个意思。"毛泽东说。

周恩来:"知老毛者,朱老总也……"

"从井冈山会师至今7年了,我们朱毛绑在一起,让蒋委员长念念不忘。我朱要是不懂毛,说得过去吗?"朱老总又说,"老毛,玩他,玩得老蒋跳起来才好!"

张闻天随口:"要是跳到贵阳来……"

"老毛我求之不得。"毛泽东自信一笑。

周恩来:"这可说不准。老蒋是个不服输的人,一怒之下,没准还真赤膊上阵,跳到贵阳来亲自较量一番。"

已近午时。

阳光下的赤水河,闪烁朱红的波光,环绕着青山而去,格外别致。

浮桥上,军委总部二局正在过桥。比起作战连队的过桥,二局过浮桥笨重多了。它有电台、器材、发电机、充电机、燃油担子,少不了驮马、挑夫,走马的,挑担的,抬杠子的,很是麻烦。

山生见华荣下桥,立即跟上。大壮和小沙也跟上。昨晚,三人又跑了趟活,刚归队,宋协理员没让他们去帮挑夫。

突然,防空号响了。

山生立即跑到桥的中部一侧,显然是要护着过桥的同志。大壮、小沙也跟上。

就在这时,3架敌机沿着河谷过来。随即,前机投下4枚炸弹。也就在这时,红军防空排的重机枪响了。也就是两三秒钟,前机拖着黑烟向远山坠去;中间的一架也忙投出弹,向一边飞去;后机则没投弹,拉了起来,冲向云天。

8枚100磅的航弹爆炸了,虽然没有炸中浮桥,但涌浪推得浮桥像要翻起一样。

山生一把抓住小李。又见后头的程少仲跌倒在桥面上,忙放下小李拉起程少仲。

后头,一匹惊慌的驮马落水。

山生随即跳下河去。大壮和小沙也跟着跳下河。三人协作,好不容易拉住惊马,向对岸泅去。

华荣先是被一瞬间发生的事惊呆了,接着是不觉停住步子,看着河中山生他们在拉惊马。

第三十五章 不意糟蹋"圣人"

背着行军锅的老傅赶了上来:"放心吧,他们的水性好着呢……干他们这一行的,水性不好哪行!"

华荣这才像猛醒似的,跑步往河对岸而去。

……

第三十六章　禁果正果皆无果

明月当空。

川南古蔺大村一大屋。中央政治局和红军几位领导碰头会结束了。人们神情轻松。

王稼祥站了起来，笑笑："你们感觉到没有，遵义会议以来，我们的生活很有规律。白天行军，晚饭后聚会议事，尤其是每天议事，就那么几副面孔，一张桌子，一盏马灯，一纸地图，单调得几乎一成不变。"

"那就来点文学色彩。"张闻天说，"遵义会议后的我们政治局，既是马背上的政治局，又是马灯下的政治局！"

博古接上："马背上走路，马灯下议事，高度概括，表述有点意思。"

周恩来说："表述是形象，但没反映本质。再加两句：马灯下议对了，马背上走对了。"

"马灯下议得对不对，马背上走得对不对，留待后人评说。但有一点可以肯定，马尽了马力，人尽了智力。"毛泽东说。

陈云加一句："党尽了能力……集中了党内能人的力量。"

"书归正传。"张闻天站了起来，"既然政治局常委会一致通过，放弃在云贵川边创建新苏区的原设想，决定继续走，寻找合适和可能的落脚点，剩下的贯彻问题，也就是下一步怎么走的问题，全听你们的，我们跟着走就是了。我们是不是先撤了，你们辛苦！"

"是呀，我们又说不到点子上，就不掺和了。"博古附和。

周恩来："好吧。"

张闻天、陈云和博古退席。

目送张闻天、陈云和博古走后，毛泽东说："博古的情绪好多了。"

第三十六章 禁果正果皆无果

"说明我们团结他的策略对了。"朱德回应。

周恩来说:"我们该汇总敌情,考虑下一步行动的大方案……"

"好。"毛泽东点上烟,把马灯移到桌上的地图上,边抽着烟,边看图。

朱德:"我估计,我们这三渡赤水河,又弄得老蒋睡不着了。"

"也坐不住了。"刘伯承说,"我汇总一下,从昨天到现在,他连发五道命令电。"

毛泽东从地图上收起眼,直起腰来:"我们的二局可忙坏了!"

刘伯承晃了晃手上的电文:"全破译了。"

"老蒋的基本判断和意图是什么?"周恩来问。

刘伯承说:"他以为我们是老一套,西图。意图有二,第一,妄图把我们聚歼于川南。"

朱德一笑:"如果我们调头四渡赤水回到黔北,老蒋又会认为我们要东图,改为要把我们聚歼于黔北!"

"难怪,我们之前的行动的确是这样忽西忽东。"毛泽东说。

王稼祥:"但这也说明老蒋让我们牵着走。我体会到了,打从进入贵州以来,我们形似被动,实乃主动;而老蒋恰恰相反,疲于应对!"

周恩来接话:"接下来的文章,会更加地彰显我们掌握主动权的功力!"

刘伯承接着说:"老蒋的第二个意图,是要在黔北和川南构筑碉堡封锁线。"

"老蒋憋不住气了,也犯经验主义错误……"朱德大笑。

"他底下人的意见不完全一致。"刘伯承说,"龙云公开说我军处于流动中,构筑碉堡封锁不了我们;薛岳的意见是沿赤水河东岸构筑碉堡封锁线,阻止我军反复游动于赤水河两岸。"

朱德:"就这一点上说,龙云倒旁观者清!"

周恩来说:"还别说,我们要是在黔北和川南再折腾他一两个月,老蒋真会是大兴土木,在黔北和川南修筑碉堡线的,他信这一套!"

毛泽东:"这说明两个问题。一是老蒋和薛岳都想掌握主动权;二是他们,尤其是薛岳,已感到他的部队走不过我们,承受不了跟着我们走!"

"所以,我们的下一步应当侧重在扬我能走之长,克敌不能走之短!"周恩来说。

朱德接上:"对!和他竞走,牵着他走,把他的部队拖垮……"

"来个古人曰:兵不血刃,不战而屈人之兵!"刘伯承说。

毛泽东:"说说敌军的部署!"

刘伯承对着地图:"是这样:老蒋命令周浑元纵队抽2个团协助郭勋祺一部守仁怀,并加紧构筑碉堡,主力追进川南古蔺;命令吴奇伟纵队主力迅速向周浑元纵队靠拢,并由周浑元统一指挥;命令郭勋祺主力经两河口向古蔺追击,协同周浑元部寻求我军决战;命令驻川南的川军各部,坚守防地,不使我军西去;命令滇军孙渡纵队,坚守毕节地区,严防我军西去;命令王家烈黔军,坚守黔西、大定、金沙一线,严防我军南下。"

朱德:"这倒符合老蒋要把我军聚歼于川南的企图。"

"估计薛岳和周浑元不会马上行动。"周恩来说。

刘伯承补充:"有意思的是,老蒋又提醒薛岳,要严防我军再东渡赤水河。"

王稼祥:"老蒋是鱼也要熊掌也要,让薛岳如何是好。"

毛泽东:"所以,我们得帮老蒋一把,促薛岳的部队去川南。让一军团派1个团伪装主力,作出大张旗鼓地要攻古蔺城姿态,逼周浑元主力西渡赤水,进入古蔺求战!"

周恩来:"我军则乘机在现地休整三两天,并筹粮,以便下一步出其不意东渡赤水,回到黔北向南寻求机动!"

毛泽东:"是这个意图。的确,薛岳未必听老蒋的话立即行动,周浑元也未必率主力追到赤水河西。"

朱德:"可以断定,周浑元的态度是不求有功,但求无过。不是被逼得非打不可,不会主动找我们决战!"

"那怎么办?"王稼祥问。

毛泽东:"主动权在我们手里,他不动我们动。先休整再说,他动不动我们都走我们的。"

"走一步看一步,天无绝人之路。"朱德说。

第三十六章 禁果正果皆无果

毛泽东自信地说:"得使招数,让老蒋不但睡不着坐不住,还得跳起来!"

华荣刚把洗过晒干的衣服叠好,突然感到有异动,一回身看见山生站在他眼前。

"吓死我了,你怎么进屋的?!"华荣问。

山生:"不是你让我到你屋里找你!"

华荣:"我是说你进屋怎么没响声!"

"可能是我们干谍报工作养成的习惯……"

"把我当成你要俘获的敌人哨兵?!"华荣大笑。

"你要是敌人的哨兵,我的右臂早已锁住你的脖子,你也早已没法抵抗!"山生又问,"小李呢?"

"值班。局长让她盯住川军指挥台……这两天有点怪,川军潘文华指挥台没反应。"华荣又说,"她要是在屋里,我叫你到这儿?把门关上!"

"关门?关门干什么,怕人看见?"山生还是执行了。

"还真是怕人看见!"华荣说。

"我们没干什么事……"

"那要是做我教你的事,可以让人看吗?"

"你教我什么事?"山生一时没想起来。

"白教你!木头!"华荣说,"记得吧,一个我月前在水磨房里教你什么?!"

山生想起来了。他倒红了脸,低下头。许久,壮着胆子:"你再教我……"

华荣落落大方地亲吻山生。

许久,华荣推开山生:"坏蛋……一教就会,会了还贪……"

"你让我来的……"

"我让你来你就像馋猫一样!"

"这不见到了啦。"

"见不到就不想我?!"

"说实话？"

"当然！"

山生认真地："出去干活时不想……没功夫想……"

华荣没生气，反倒感到山生的诚实可人："所以，今天叫你来……慰问你！"

"你的慰问比局里表扬实在……"

华荣坐在床前，深情地看着山生："知道不？你们每次出去，我的心都跟你去……"

"给你说多少次了，没事；我们3个人不会失手的。"山生笑对着华荣，拍拍了胸膛，"这么些年了，敌人的刀枪从来碰不着我……"

"你当你是神仙呀，刀枪不入。"华荣说，"谁能想到三军团的邓萍参谋长会牺牲，可一颗流弹夺走他的生命……"

"这不是巧了……"

"说巧了也可以，但如果写成文字，用偶然更好。"华荣总是不忘辅导山生学文化，"偶然的对应词是必然。必然和偶然是相互关联的，没有偶然就没有必然，必然中包含着偶然……这就是个性与共性的关系。"

"绕来绕去的听不明白。"山生说，"你说的是不是首长说的，革命必然会有牺牲，但牺牲是多种多样的……邓参谋长中了流弹牺牲了，是个偶然，但这又是革命的必然，要是他不来参加革命，也就不会中流弹牺牲了……"

华荣暗吃一惊，心里说："这家伙其实很聪明，要是从小就能接受文化教育，他会强于自己许多倍！"想到这里，她肯定："是这个意思……所以，你不能粗心大意！"

"知道了。"山生说，"其实，干我们这一行的，什么情况都可能碰到，也随时都有牺牲的可能。所以，我们每次都很小心……"

"这就对了。"华荣忽然想起似的，"前天，过赤水河时，要是敌机投下的炸弹把我掀到水里，你怎么办？"

"我马上跳下去救你……"

"要是小李或者程少仲掉河里？"

第三十六章 禁果正果皆无果

"我也马上跳下去救他们。"山生说,"我在我们老家永新禾水河畔长大的,水性好着呢……"

"是吗?!"华荣笑笑,"要是我和玉红都掉在河里,你先救谁?"

"我听老家人说过,要是老婆和老妈一起掉在河里,先救谁?"山生狡黠一笑,"你说,我该先救谁?"

"行呀,你倒学会把难题还给我!"华荣满意地笑着。

李德在茅台街上喝醉酒,让博古马上想到老话借酒消愁。由此,他又想到应当关怀李德。恰好今晚他单身,想到去看李德。

李德见博古进屋,咧着大嘴:"我以为你也把我忘了。"他倒没有了抱怨。看来,时间的确能让人适应新情况。

"酒彻底醒了?!"博古笑问。

"过河前就醒了……头不痛。"李德仍然咧着大嘴,"没想到你们的山沟沟里还有这等美酒……伏特加不行,醉了头痛。"

博古倒几分骄傲:"要不然,它怎么能在巴拿马万国博览会上得奖,成了世界名酒!所以,不能小看我们中国的山沟沟……"

李德问:"你们还回到茅台吗?"

"说不准。"博古说,"就是再东渡赤水河,也不一定路过茅台呀!"

"太可惜了。"李德若有所思,"你们天天走路,转来转去……不明白是什么意思!"

"走一步看一步……"

"什么?!"李德瞪大眼,"没目的,没目标,没计划？这也叫指挥?!"

博古:"我们的力量的确遭受严重削弱,不是想怎么干,就能怎么干……"

"又怪我?!"李德沉下脸。

"过去他们怪我,现在没人怪了!"博古说,"别老想是你的错……没人怪你!"

"我没看出现在的他们比我过去高明……"

博古:"但不能不承认事实,现在很主动,起码说一个月前还打了一场大胜仗!"

李德随口:"不照样是让敌人撵着走、追着跑……"

博古"你说的只是现象……"

"我现在还没看到本质!"李德说。

"那就让时间展现出本质。"博古说,"反正,我认为前途是光明的!"

李德咧着大嘴:"博古同志,你这个中山大学的高材生,也让他们给教育了……"

"我倒认为中国山沟沟里的革命战争,也会教育你!"

李德大笑:"你们中国山沟沟里的战争,和伏龙芝军事学院的教程,完全是两回事!"

华荣和山生还在屋里说着。

"应当说是万幸的……要是那颗炸弹落在桥上,我们全都得掉到水里,谁救得了谁呀。"华荣倒有些伤感了,"我们这一代人中估计多人会牺牲的,只是不知道在什么时候,什么情况下牺牲……"

"也有许多人会活到将来胜利的那一天!"

华荣:"你倒想得开。那要是我牺牲了,你在乎吗?!"

山生在椅子上坐了下来,笑着说:"你牺牲了,我当然在乎……会很痛苦的。但你不会牺牲的……局里的像你一样坐在电台前或者屋里译电的,连中流弹都不可能,怎么会牺牲呢……我倒有可能,但要是我牺牲了,你也别太难过了,不是说要革命就会有牺牲……"

"不说这个。"华荣看了山生一眼深情地说,"过来,坐在我身边!"

山生从命,坐到床沿。

华荣靠在山生肩上:"一股汗味……"

"是衣服上有味道吧?"山生抬起袖子闻了闻,自语,"就这套衣服,风里来雨里去……不过也快穿不住了,得把里头的棉花掏出来当单衣穿。"

"我喜欢你这个味道。"华荣忽然发现,"理发了……不过,留得长了些,胡子也没刮……"

"不懂了吧?!"山生笑笑,"我们随时得出去侦察,不能留红军头……

第三十六章 禁果正果皆无果

有胡子也显得老些……我还得扮成老板,还有川军、黔军、国民党中央军军官……"

"想起来了。"许久,华荣笑笑,"你既然会扮成这些人,那你也上过这些人常会出入的那些地方,做那种事?!"

"哪些地方?做哪种事?"山生一时没反应过来。

华荣不高兴地:"就是去过,也是工作需要,我不在乎,但你不能不说实话。"

"噢,那些地方呀!"山生终于明白了,"那些地方我们不熟,也做不出来,会暴露的,不去!"

这个回答很实在,让华荣满意。她不由搂住山生:"相信你不会去的……也不懂……"

许久,山生有了反应,紧紧地抱住华荣亲着。

男女间,青春的萌动和互动发展,会冲破禁忌和底线,突发得连他们都没有想到地忘乎所以。

两人一阵狂吻后,连棉上衣都没脱去,就初试云雨情。

可是,小子毕竟没开窍,姑娘其实也不懂,刚才开始,已经结束。

那边,两个小青年在偷吃禁果;这边,一个妻子却在承受着正果未曾料到的后果。

在这个非常时间、非常环境、非常危难中,毛泽东的妻子贺子珍分娩了。

休养连的连长侯政、党支部书记董必武紧张了,又是派公差打扫房子,又是叫医生看护,好一阵准备。

邓颖超、蔡畅、康克清、刘群先几个女士陪着的陪着,烧水的烧水;毛泽民的媳妇钱希钧则守在贺子珍床前。

贺子珍是经产妇,胎儿也不大,分娩倒也顺利,是个女婴,很是瘦弱。也是,苦命的孩子来的不是个时候,母亲颠沛流离,吃不好睡不好,自己也瘦弱,胎儿能强壮?

待孩子洗净擦干,让姐妹们把她缝好的婴儿服给她穿上,又用一件大衣包好后,贺子珍掏出4块大洋,对钱希钧挥了挥手。

她俩事先约定过,孩子出生后立即送人。原因很直接,父母跟着队伍战略转移,万水千山,带着她大人受罪,孩子更受罪,况且未必活得下来,把她送人抚养,还有一条生路。

钱希钧包好孩子后抱到贺子珍床前:"再看一眼,也给孩子起个名,留点什么东西,日后也好相认。"

贺子珍含着泪花不忍看:"不用,革命后代,就让她留在人民群众中。如果孩子长大后也参加革命,终有相见的可能;如没参加革命,就当个普通百姓……也好!"

钱希钧依约定,抱着孩子找人家安置去。

贺子珍拉上被子盖着头,掩饰着万箭穿心的痛苦。

邓颖超几个无言相安慰……怎么安慰?她们退出,去收集准备能给产妇填饱肚子的东西。

不一会儿,毛泽东来了。他是接到报信后,骑着快马赶来的。

毛泽东掀开被子,贺子珍失声痛哭。

毛泽东无语地坐在贺子珍床头,不停地用毛巾给贺子珍擦去泪水。

几分钟后贺子珍止住哭,毛泽东说:"把她送人是对的。送了人,兴许还有一条生路……"

贺子珍又哭诉:"半年前,我们送出两岁的儿子……现在,我们又送走还不到一天的女儿……"

"这不是不得以而为之……"毛泽东说。

贺子珍突然狂怒:"你不是什么苏维埃中央政府主席吗?你现在不是中国共产党实际上的领导核心吗?……你连自己的幼小的儿子、女儿都抚养不了,保护不了……"

毛泽东站了起来:"是呀,如果我现在投向蒋介石一边,能有享不尽的荣华富贵,我们的孩子当然是公子、小姐……可我不能呀,我立志要和共产党救国救民,就必须承受革命给我们的苦难……你知道的,我的前妻开慧被何键杀了,我与前妻的3个儿子至今下落不明,我也管不了他们……这些,我不心痛吗?"

贺子珍止住了哭,也止住了闹。

"我的心也是肉做的……"

贺子珍猛地坐起来,抱住毛泽东。

毛泽东拍着贺子珍瘦弱的肩膀:"不是我们当父母的太狠心,是环境的无情,我们事业的不易……救国救民的责任不许可我们抛开大业,只顾小家!"

……

第三十七章　蒋介石"御驾亲征"

黄昏后,雨又下了。不大,但淅淅沥沥的。

蒋介石和宋美龄只好取消晚饭后散步的习惯。蒋介石坐在客厅沙发上看报告,宋美龄隔着窗子看着雨中的庭院。

"我不喜欢重庆的春天……"宋美龄转过身来,自语。

蒋介石随口:"南方的春天有梅雨……其实,重庆、南京、上海不都在长江边!"

"重庆不算南方吧!"宋美龄说。

"基本还是江南的气候。"蒋介石说,"夫人要是住不惯,过几天'匪情'缓和些,我们回南京去……你要再不习惯,就去上海!"

宋美龄显得不屑一顾:"你那个'剿匪'何时是个头……你何不把四川的事交给刘湘,把贵州的事交给薛岳……没有必要为这种没完没了的事,亲自待在重庆……"

"薛岳……"蒋介石没再说下去。

宋美龄:"薛岳要是不得力,你就换个人,换上陈诚过来呗!"

"陈诚要是想干,何以会落到薛岳的头上。"蒋介石说。

宋美龄也坐到沙发上:"不是说养兵千日,用兵一时吗,何况是养将、用将……"

蒋介石一叹:"话是这么说,用起来可不那么回事。有道是:奴才好用没有用,人材有用不好用……大凡能顶点用的人,哪个能依我的旨意,确实地去做;让我放心放手地交给他……"

许久,蒋介石又一叹:"这倒让我想起了一个人,他是自从我在国民党内突现以来,再也没遇上过的合作干才……"

第三十七章 蒋介石"御驾亲征"

"谁?"宋美龄问。

蒋介石:"周恩来。民国十四年我们在广东两次东征作战时,他帮我担起动员士气,唤起民众的重担……没有他的协作,说真的,我还难以一下子从国民党的政治舞台上突出!"

"好像是第二年他就离开你了……你俩怎么分道扬镳的……"宋美龄问。

"志不同道不合。"蒋介石有些懊恼,"据传,他现在辅佐毛泽东……我当时要知道会有这样结果,真不该留下他……"

侍卫官进来:"委座,参谋长求见!"

"作战室里请。"蒋介石起身走进隔壁,专门给他设的作战指挥室。

蒋介石进屋,贺国光在侍卫官引进下也进入指挥室。

"今天下午,前线的飞机侦察报告,'匪情'有异变……"贺国光递上情报报告。

蒋介石接过看着:"'匪'主力有向古蔺西南方逃窜模样……"他不由读出声。

贺国光走到墙上地图前指着:"这里……"

"朱毛'残匪'打毕节地区的主意?!"蒋介石自语。

贺国光:"起码先期目标是毕节……"

"那么,接下来呢?"蒋介石自语,"把我军主力西引?进入云南?北渡金沙?东南指向贵阳?这样说,他的这步棋可进可退的选择还不少……"

"委座分析极是……"贺国光奉迎。

蒋介石一拳砸在桌上:"绝不能让他往这个方向窜!这样,以我名义向各方发电:命令川军陈万仞师、黔军侯汉佑部、滇军孙渡纵队,堵住江门、叙永、赤水镇一线;命令中央军周浑元、吴奇伟部挺进赤水河东岸,准备西渡赤水河,先完成对朱毛'残匪'的合围,而后在陈、侯、孙三部协同下,将'匪'聚歼于古蔺地区!"

贺国光:"江门、叙永、赤水镇一线的堵截兵力会不会弱了些,并且也分散,易于遭到'共匪'各个攻击……"

"你呀,只知其一,应当再想想其二。要是让周浑元、吴奇伟两纵队一下子就西渡赤水追入古蔺,岂不逼朱毛'共匪'加速向西南而去;况且,让'共匪'与我西边一线三部的任何一部作战,对我都是得利,即使是其中一部被'共匪'击溃了,削弱的还不都是西南地方实力派的力量,况且'共匪'也得付出一定消耗。而等到他们彼此厮杀时,我周、吴两纵队立即过赤水河,扑向'共匪'!"

"委座的深谋远虑,着实令人茅塞顿开。"贺国光说,"我这就回去给各方发电!"

蒋介石又交代:"我说的这些,你掌握就是了!"

夜半,古蔺东南部大村,祠堂里。

周恩来、朱德、刘伯承围在桌前看着摊在桌上的地图。

毛泽东匆匆进来。接着是王稼祥进来。

"看来有新情况?!"王稼祥说。

周恩来:"蒋介石有反应了!"

"怎么回事?"毛泽东问。

刘伯承说:"是这样,下午防空时,我们有个团长灵机一动,把由向东走的队伍当即改成向西南方走,故意让敌机看见。结果报到了重庆老蒋那里,老蒋真的误以为我们的部队指向西南方,朝着毕节方向去了。这是老蒋当即下达的命令、作出的应对。"刘伯承把二局刚送来破译的电报给了毛泽东看。

"蒋委员长睡不着了,也劳驾你们二位别睡,一起合计下我们怎么办?!"周恩来说。

略停,毛泽东看完了,把电报给王稼祥:"老蒋果然以为他的飞行员看到的是真实的情况,误以为我们向西南而去,我们就来个声西击东。四渡赤水河的时机到了!"

周恩来:"我们在地图上对了下敌情。"他指着地图,"敌人中央军周浑元的3个师,还在茅台、仁怀城及仁怀南部;吴奇伟纵队在遵义县西部的2个师,已进到长干山一带;川军郭勋祺的部队在谭厂地区。"

第三十七章 蒋介石"御驾亲征"

"茅台以南仁怀境内的敌军够密集的！"毛泽东随口说。

朱德："周浑元很慎重……也很看得起我们。"

毛泽东说："这样，我们全军由茅台以北数十里外的二郎滩至太平渡地段东渡赤水河，避免渡河时与周浑元部接触。但渡过赤水河后，得给周浑元造一下紧张气氛，让罗炳辉的九军团出场，先过河，张扬要攻打仁怀城……"

"利用周浑元避免与我军作战心理，让他把部队收缩于仁怀城防御！"朱德说，"妙招！"

王稼祥："东渡赤水佯攻仁怀逼敌收缩于仁怀?！这算第二招吧！"

"可以这样说。"周恩来笑笑，"稼祥，给你个任务，接着往下数我们的招数。"

"往下会是一招比一招精彩，你可别漏了。"刘伯承说。

毛泽东指着地图："我主力一、三、五军团过赤水河后，一军团为左翼，三军团为右翼，五军团后卫，绕过仁怀城以东，基本沿仁怀、遵义县边界南下，先期目标为遵义、金沙两县边界。"

周恩来："要求各部行动要迅速。21日晚开始东渡赤水河；22日全部过完，中途宿营一次，24日必须赶到遵义与金沙两县边界！"

朱德："接下来是南渡乌江?！"

"对，"毛泽东说，"这一步太重要了……还得使一招……"

"那就是第三招。"王稼祥问，"能透露一下，什么绝招?！"

"还不到绝招。"毛泽东说。

刘伯承："天机不可泄露！"

中央红军四渡赤水河的当晚，蒋介石就从前线的黔军和川军报告中得悉。他的第一反应是红军可能第三次占遵义或东去过乌江进入湘西，当即命令上官云相强化松坎、桐梓城、遵义城的防御。翌日，又从周浑元报告中得悉，过了赤水河的红军指向南下，扬言要进攻仁怀。这让蒋介石更摸不着边了，红军回到黔北后，到底想干什么？

这天晚上，蒋介石来到重庆行营参谋团，召开会议研究应对。

出席会议的有蒋介石随行的政治高参吴稚晖,军事高参何成濬,随他到重庆参事的陈诚,还有参谋团参谋长贺国光,第一厅主任晏道刚,第二厅主任陈布雷。

蒋介石进入会议室后,巡视这些最亲近的文臣武将一眼后发问:"你们说,朱毛'残匪'突然又回窜黔北,企图何在?"

何成濬知道蒋介石第一反应是固守遵义,他奉迎道:"会不会又是冲着遵义城来?"

陈诚说:"有这个可能,但也可能图谋东渡乌江,进入湘西,会合贺龙'股匪'。"陈诚此前的头衔为武汉行营总指挥,统一指挥湘鄂川黔边的"剿匪",他更担心的是中央红军进入他的一亩三分地。

"恐怕还得看一看。"贺国光说,"朱毛'残匪'现由毛泽东当家,胆子也大了,一有机会他就敢下手打,当下还很难断定他打哪里!"

蒋介石对晏道刚说:"你以我的名义给何键发个电,让他命令刘建绪加强乌江东岸防御,严防朱毛'残匪'东渡乌江进入湘西!"

"是!"晏道刚走了。

蒋介石突然动怒,拿起桌上一份报告:"这是今天飞机侦察报告,你们听听:'本日桐梓已无我军,亦无匪踪;而只见土人向遵义逃跑'。"他转而开骂:"娘希匹,'共匪'还没到桐梓城,上官云相的部队就弃城逃向遵义。只图自己保命,实为军人最大耻辱!中正自治兵以来,还没见过如此之奇耻!"

陈诚:"上官的部队怎么能这样?!"

蒋介石对贺国光说:"记住,你以我名义给上官云相一手令,限令他的裴昌会四十七师于明日恢复桐梓城防务,否则照'连坐法'处治不贷!"

贺国光回应:"是!"

何成濬说:"毛泽东这个乡巴佬,用兵全不讲章法,全不按套路出牌……"

"他又没上过军事学堂,哪懂得打仗的什么章法套路!可不就是想一出是一出!乱来!"吴稚晖说。

蒋介石:"我就不明白了,我给了薛岳十几万中央军,还让刘湘派出

第三十七章 蒋介石"御驾亲征"

十几万川军,龙云派出几万滇军,还有王家烈的几万黔军,都归他统一指挥,可他怎么就围不住朱毛'残匪'……还让朱毛'残匪'围绕着赤水河,往返回渡……这真是奇耻大辱!"

陈诚说:"我们在贵州的'追剿'军总量虽号称40万重兵,可兵分四五家,捏不到一块,形成不了合力!"陈诚有他的底账,尤其是这次蒋介石把他叫来,担心让他替换下薛岳担当这没谱又吃力不讨好的担子,他不能不话中有话。

"我不是任命他为前敌总指挥?!"蒋介石说。

"除了委座外,怕是谁也难以把这四面八方的神仙拢在一起,汇成一股强力!"陈诚说。

"陈长官说的极是!"何成濬也担心蒋介石让他替下薛岳,赶忙附和。

"去!我是要去的,去与这个打仗全无章法的乡巴佬毛泽东再过招!"蒋介石说,"我既可以把他们从江西撵到了贵州,就不相信我灭不了他……"

与会者面面相觑。

蒋介石又说:"明天走。除贺参谋长留重庆参谋团外,你们几个都跟我一起去贵阳!"又对贺国光说:"除了我的专机外,你再调一架飞机专门送他们去贵阳,明天只要天气可以飞,就走人!"

"委座的决心真大……"何成濬嘀咕。他比蒋介石还大4岁,显然不愿去贵阳,也不赞成蒋介石亲自上一线。

蒋介石:"你不觉得歼灭朱毛'残匪',在此一举?!"

闷头台,这是连地图上都找不到的山间小地方。发音对不对不知道,反正当地人是这么称的。这天,中央红军机关和野战军指挥所在这里宿营。

晚饭后,毛泽东、周恩来、王稼祥还有朱德、刘伯承照例聚在指挥所,研究敌我动态。

也照例是刘伯承先报告最新敌情:"稼祥,前天恩来说的老蒋会跳起来,果真跳起来了。我们的二局报告,蒋介石昨天由重庆飞贵阳……"

朱德一笑："好么，老蒋还真的学古代皇帝，御驾亲征！"

王稼祥这才回过神来："到底还是从幕后跳到台前了！"

周恩来："这有什么奇怪的。蒋介石就喜欢把自己打扮成带敢死队的突击英雄！"

"好呀，接下来就当面陪老蒋玩一把！"毛泽东点上一支烟，"他老蒋不是到贵阳了吗？我们的下一步就朝贵阳方向走！"

"对着干？！"王稼祥说。

毛泽东喷出一口烟："他蒋介石不是任性又自信吗？我毛润之也'自信人生二百年，会当水击三千里'……我俩一个德行，都自信不服输！"

"棋逢对手了！"朱德笑笑。

周恩来也笑笑："棋坛有道是'观棋不言真君子'。诸位，这回我们可是只看老毛和老蒋对弈，不能随便指指画画，干扰了老毛的布局和走子！"

刘伯承："但得用心琢磨每一步棋的用意！"

"可以骂蒋介石下了臭棋吗？！"王稼祥也笑了。

朱德："实在憋不住你就骂一句……"

"从吸取教训角度说，还得琢磨他臭在哪里！"周恩来说。

"言归正传。"毛泽东说，"再使一招，放个假招，让罗炳辉九军团伪装主力，佯攻长干山、枫香园的吴奇伟纵队，把蒋介石的中央军吸引在乌江以北地区。"

周恩来："妙招……"

毛泽东说："不过，得和罗炳辉、何长工打个招呼，万一他们和主力失去联系，就转为游击行动，从长江上游过金沙江，到川西找我们！"

刘伯承："这个任务可不轻呀……"

"放心，从中央苏区反'围剿'开始，我们就让罗炳辉专干佯动的活。他是伪装主力的老手。这也就是扎西整编时，我们留下九军团的考虑。"朱德说。

王稼祥感悟："红军还要培养出各部队不同的特点；用兵时，还要根据各部队不同的特点，用之所长……真是见识了！这回，更明白了李德

第三十七章 蒋介石"御驾亲征"

对我们红军的认识和经验不足……"又忽然想到:"这就是第三招?!"

周恩来:"对,算我们决定走出贵州以来,使出的第三招。我们下一步的难点,是南渡乌江……"

"所以,首先是得争取到顺利南渡乌江的时间!"毛泽东指着地图说,"命令主力,冒雨直插金沙县沙土一带!"

……

贵阳医院的高级病房里,薛岳、晏道刚一同探望住院治疗的吴奇伟。遵义增援战斗失利后,蒋介石曾写了一封长信给吴奇伟,要他"雪遵义失败之耻",吴奇伟看罢一笑了之。他已经看透蒋介石消灭不了共产党红军,自己用不着拿命给蒋介石当枪使。自此开始,吴奇伟小病大养。半个月前,蒋介石让薛岳指示他的部队离开息烽地区北上遵义县和仁怀南部,协同周浑元部对中央红军的围追堵截,他干脆称病住进贵阳医院。薛岳也干脆把吴奇伟纵队各部,交由周浑元统一指挥。吴奇伟实际上已退出对红军的"追剿"行动。昨天,他得知蒋介石亲赴贵阳,也称病不能到机场迎接。

蒋介石自然不会到医院来探视吴奇伟,但又要大面上过得去,派晏道刚到医院探视问候。

晏道刚是应命,一阵寒暄后借故事忙先走了。薛岳替吴奇伟下楼送晏道刚走后,又回到吴奇伟病房。实话说,他对蒋介石带着一帮文臣武将突然空降到贵阳,心中也无底,想找吴奇伟合计。

薛岳重新回病房后,两人关起门来密谈。

"你没问陈诚,老蒋这回来贵阳干什么?是巡视还是督战?是督战还是亲自上阵?"吴奇伟说。

"问了,他说他也不清楚。"薛岳有些懊恼。

吴奇伟:"要我说,根据老蒋一贯的作风。他既然来了,必亲自一竿子捅到底……"

"他从来就是一竿子捅到底!"

"可这之前,他虽捅到底,但看不见底。"吴奇伟说,"这回可不同了……"

薛岳:"他会不会让陈诚或何老头接替我?!"

"不会。"吴奇伟说,"陈诚原先就不愿干这事,何老头比老蒋大4岁,况且从来没带过兵!"

薛岳:"可要是还让我挂着这个前敌总指挥的牌子,我也成了他的高级传令兵!"

"这有什么不好?!"吴奇伟笑笑,"一切听他的,用不着承担任何责任,多好呀,多轻松……"

薛岳一时没回话。

吴奇伟又说:"你以为老蒋亲自出马,就能弄出什么丰功伟绩?!"

薛岳抓住话题:"你看战局的前途会是怎样?"

吴奇伟不假思索:"我们不可能在贵州消灭朱毛的队伍;朱毛的队伍也难以在贵州待下去……"

"那就是朱毛'残匪'还得走?!"薛岳自语。

吴奇伟:"你还得追……老蒋还用得着你!"

"你不陪我一起……"

吴奇伟苦笑:"我不想心脏病突发,把这把老骨头丢在万里追击的路上……"

第三十八章 难道又陷于劫难

夜,大雨滂沱。

山路崎岖不平,火把点不着,马也不能骑。林彪和他的参谋长左权跟着警卫战士走路。林彪打着一把雨伞,左权披着一块雨布,深一脚浅一脚,显得比战士吃力艰难。

天空一个响雷过后,左权说:"看这劲,雨一时半会儿还停不下来。"

"一淋雨,官兵的棉衣又湿透了,一时干不了,又得有一大批病号!"林彪自语,"我就不明白,这战略方针怎么一会儿一个变。前几天说向西受阻改为向赤水河东寻求机动,这一阵子又改为向南寻求机动……还让部队冒着大雨急行军……这向南寻求机动到哪儿去?怕是连他们自己也没个定见!"

左权:"会不会是赶着要南渡乌江?我们距乌江不远了……"

林彪回话:"过了乌江是息烽,再往南就是贵阳了……不会是袭击贵阳吧?我们的力量可干不了这个活……再说,再说老毛可是历来不主张进攻大城市的!"

"息烽下去是修文,修文再往南才是贵阳。南渡乌江后,还有或向东或向西,或向南三个方向,就是向南也可以绕过贵阳。"左权说,"就一般而言,当然不宜进攻敌人的中心城市,但如有条件,抓他一把就走,为什么不可以?"

"较劲。"林彪显然觉得话不投机,"我是说我们南渡乌江后,干什么?目的是什么?"

"军委命令电上不是说,向南寻求机动!"左权笑笑。

"等于没说。"林彪自语,"我就不明白,为什么不能把战略意图告诉我们……总得让我们心中有数吧!"

"我以为,该让我们知道时,会让我们知道的。"左权说。

林彪随口:"不会是连他们自己也心中无数吧……"

"你怎么对他们没了信心?!"左权显得有些诧异。

林彪:"我是说他们突然要向南寻求机动,是什么个意思?!"

左权:"会不会是放弃了在云贵川边创建新苏区的计划,要从贵州的西南部出贵州,进入云南……"

"到云南干什么?"林彪说,"到云南,敌人再一追,我们往哪儿去?退到国外?!"

左权:"就不会是从云南北部过金沙江,进入四川?!"

"如果是这样的目的,我们又何必第四次渡过赤水河,直接从川南古蔺往西就是了,何必兜个大圈子……放着弓弦路不走,非走弓背路……"

"你不觉得北边的敌人力量更强,而南边的敌人力量弱吧?!"左权说,"就不会是出于避开强敌考虑……"

林彪嘀咕:"可这样一来,得多走多少路?照这样没完没了地走下去,会把部队拖垮的……"

"不对吧?! 你不会是对我们的部队也丧失了信心吧?!"左权说。

林彪说:"反正,我反对走弓背路!"

彭德怀和杨尚昆也下马走路。

"你判断我们为什么要冒雨强行军向乌江而去?"彭德怀又给杨尚昆出思考题。

杨尚昆:"还用问,抢渡乌江……总不会是要背乌江和敌人斗争……"

彭德怀又问:"南渡乌江后干什么? 也就是说去哪里?"

杨尚昆:"军委电报上不是说了,向南寻求新的机动!"

"为什么要放弃此前的以黔北为主要活动地区的战略方针,而转向南寻求新的机动?!"彭德接着追问。

"没考虑过,你说吧!"杨尚昆直说。

第三十八章 难道又陷于劫难

彭德怀:"好,换个问法。你看现在的敌情,是乌江以北强,还是乌江以南强?"

"这还用问,当然是北强南弱……"杨尚昆说,"好吧,在这里等我!"又笑。"下面问题我自己回答,八成是要往敌人力量弱的地区走……"

"那为什么我们要往敌人力量弱的地方走?"彭德怀说,"大凡敌人力量弱的地方,都是交通闭塞经济落后地区,我们为什么要到这样地区自找苦吃?!"

"因为从中国的社会现状看,"杨尚昆说,"怕是全世界都一样,弱在贫处生……弱小民族,弱势群体,不都只能也只有在贫穷落后地区求得生存……"

"对了,我们是军团一级领导,得学会从战略的层面,从全局的角度看问题,才能跟得上军委首长的考虑和决策!"彭德怀说。

杨尚昆:"原来,你早考虑过了?!"

"是的,"彭德怀说,"当我们三渡赤水时,我就想到我们向西寻求机动很困难,我们现有的力量不可能突破敌人中央军周浑元、吴奇伟部,乃至川军潘文华兵团、滇军孙渡纵队的阻拦,达到在云贵川边创建新苏区的战略目的。而转向东南方向会比较有利。"

杨尚昆:"你的这个考虑与军委前天提出向南寻求机动的方针,基本是一致的。"

彭德怀:"所以,我理解军委为什么命令我们冒雨南进。这就是要抢在敌人明白了我们的战略意图之前过乌江,跳到乌江以南……"

"明白了,也长知识了!"杨尚昆说,"我越来越体会到周副主席给我找了个好老师!"

彭德怀笑了:"那以后得叫我彭老师!"

"不行,在战士面前不能这样叫。"杨尚昆也笑了,"哪有政委叫军团长老师的?!"

"那就私底下叫我彭老师。我还真没当过老师,没人叫我老师。"彭德怀笑着说。

"不,私底下也不称老师,称彭大哥!"

"好吧,你爱怎么叫怎么叫,反正也不差你叫我大哥。但有一点你得记住,公开场合不许称大哥,别弄得我像山寨大王一样……记住,我们是共产党的红军,互称同志,有职务的加个职务也行,但绝对不许称兄道弟。"彭德怀收起笑容,自语,"我们要南下寻求新的机动,第一关是得顺利南渡乌江,可能顺利吗?让人揪心!"

中央纵队越过遵义金沙两县边界,直抵金沙东部的沙土镇。从沙土往南二三十里地就是乌江。他们在这里宿营,显然等待南渡乌江的统一安排。

军委二局伴随着军委野战军指挥所,也驻沙土镇,是清晨到达的,早已一切就序。

这天晚上才8点多钟,局长曾希圣已倒头酣睡,桌上的晚饭没动过,看来此时的他,睡觉比吃饭重要。

周恩来特别交代过,蒋介石已到了贵阳,这几天要特别盯住他的指挥台和周浑元及所属各师的电台,不能漏了来往电报的侦收。而侦收到就得立即破译,曾希圣连行军加破译,已经有二三十小时没打过盹,实在有点扛不住了,这回抽空,打个盹。

可是,事找上门来,破译科长曹祥仁推门进来。

"起来,起来!问题严重了!曹祥仁连叫带推,把曾希圣弄醒了。

曾希圣无奈地坐起来:"怎么啦,天塌了?!"

"弄不好我们的天可不就塌了!"曹祥仁把手头的译电给了曾希圣:"你自己看!"

他们虽不是战役指挥员,但破译的皆为敌人的战役情报,久而久之,他们能看出破译电报的分量。

曾希圣看完电报,急急下床穿衣:"你让他们继续盯住,我这就去军委指挥所!"说着出门,又说:"回头让侦收科的侦收员今晚都得在机房,困了轮流趴在桌上打盹,反正机器一刻不离人,贵阳台和周浑元指挥台以及他所属的各师电台,一刻也不能漏了监听侦收。你和碧兆也候着,没报可以打盹,来了抄报,马上破译……别等我!"

第三十八章　难道又陷于劫难

刚好,华荣送来抄报。

曾希圣说:"让小李和你同一个台轮换,她暂时可以不盯川军台……你俩一刻也不能离开电台,给我紧紧盯死蒋介石发出的电报!"

曹祥仁:"行了,你快走!这里有我。"

野战军指挥所按惯例住大屋。管理员还真在沙土找到合适的大屋,天井两边的厢房是有无线指挥机房;作战室设在大厅,大厅两边的耳房,一边住刘伯承,一边住张云逸。

晚饭后照例是三人小组与朱德、刘伯承碰头,汇集今天的情况,研究明天的行动。周恩来和朱德住得近,放下碗筷就过来了。他们这会儿正与刘伯承、张云逸围着八仙桌上的地图,但神情有些凝重。王稼祥行动不便,在警卫员搀扶下也到了。尽管他作战上不在行,毛泽东、周恩来也没要求他每天必到,但他是三人小组成员,责任所在总是到场。毛泽东得照顾贺子珍吃晚饭,到得最晚。

"有情况?"毛泽东见气氛异常,问道。

刘伯承:"晚饭前,二局送来一封译电,有个情况与我们关系极大,这就是周浑元命令魏金荣部,由遵义自取捷径,经石板场、大渡口、两路口、官村,到沙土、安底一带筑碉堡。如果这个魏金荣行动积极又冒失,闯到沙土,我们的位置可暴露了!"

王稼祥问:"这魏金荣什么来头?"

张云逸回答:"黔军犹国才师的一个团长,娄山关遵义战役后很活跃!"

"甭说他不过才是1个团,就是1个旅,我们的一军团或者三、五军团,都能干净地吃了他。"刘伯承说,"问题是他由东边而来,要调部队打他,最少也得走上一天。而更大问题是打了他,也暴露了我们的位置!"

"万万不可以打他。"毛泽东说,"至今,我们仍得益于九军团伪装主力,敌人误认为我们还在长干山东边,也就是遵义县的西部。一旦打了魏金荣部,我们主力的位置也暴露,不仅此前的全部努力都泡汤了,而且把自己置于极其危险的地位。"

"那怎么办?"王稼祥说,"就怕这股敌人误认为我们离他远着,冒冒失失地闯到沙土,我们的位置不就暴露了……"

朱德:"只能是加快南渡乌江行动……"

"南渡乌江需要架桥,架好桥后我们的3万人马过江也得有时间,没有三两天行吗?"周恩来说。

"怎么半路杀出个程咬金来!"王稼祥嘀咕。

毛泽东对刘伯承说:"你不是有个谍报队吗?让他们到干部团找几个好手凑个小分队走一趟,发现这股敌人,以游击袭扰,把他们拦在遵义县境内,或尽量迟滞他们行动!"

"这个办法好。"朱德说。

毛泽东问:"总体敌情有什么变化?"

刘伯承:"北面的周浑元、吴奇伟部队昨天经大平今天可能逼近马蹄石;西边的孙渡纵队今天可以进到黔西,王家烈部主力在金沙;南边的中央军郭思演第九十师还在贵阳郊区,湘军刘建绪兵团派出的李韫珩五十三师在息烽地区;东边的上官云相所属的五十四、四十七师,在遵义、桐梓一线。"

"北边还有川军郭勋祺纵队3个旅,大体在仁怀、习水地域。"张云逸补充。

刘伯承又说:"我们一军团已抵达沙土附近狗场一带;三军团进到安底南部;五军团由茶园向安底运动;九军团还在马蹄石一带,伪装主力……"

周恩来:"我担心的是九军团还能撑多久。周浑元不可能老是上当,把我们的九军团当成主力……"

"所以,我们要加紧南渡乌江行动。"毛泽东说,"把一、三军团所有的工兵连,还有干部团工兵连,都调上去,加快架桥……还有天一放晴,要严密伪装,严格防空,绝不能让敌机发现我们主力已到乌江北岸,企图南渡乌江。"

晚饭后,林彪找聂荣臻。

第三十八章 难道又陷于劫难

"看这个架势,又有不顺心的事?"聂荣臻说。

林彪:"从2个师报上来的情况看,又有不少的病号……昨天晚上淋雨的。"

"我知道,我已指示他们让各连伙房烧姜汤……"聂荣臻说,"我们没有雨具装备,冒雨行军,官兵都得淋着,长时间穿着淋透的衣服,体质差些的同志,可不感冒了!"

"问题是我们上头的决策,能不能少走些路,避免冒雨行军!"林彪说,"上头也得爱惜我们的基层官兵……"

聂荣臻:"你说得很对,应当爱惜我们的基层官兵,但根本的爱惜,是避免遭到强敌的包围截击,造成极为不利的决战!你也知道,现在是严重的敌强我弱,又是让敌人撵着走,只有以我们的走,才能甩开强敌的追,不走行吗?!"

林彪:"我正要说的是,我们要走得经济,要讲天候……"

聂荣臻说:"你说得也对。走也得讲节省体力,可敌情许可我们走近路?走好路吗?敌情许可我们选好天走,雨天不走吗?何况,雨天敌人不追,正是我们走的极好时机……"

"我说的不是这些常识问题,这种大道理我懂。"林彪说,"我说的是自从遵义会议老毛上台的两个多月来,我们在黔北和川南打转……就一条赤水河,我们来回倒腾四渡……"

聂荣臻有些生气:"林彪同志,你是主力军团长,你没看出遵义会议以来,老毛在我军极端困难下因势利导,竭力想摆脱强敌的围追堵截?!"

"我看到了,看到了他指挥我们杀回马枪,取得了娄山关遵义战役的胜利。"林彪说,"可是,我也看到了他战略决策上的一变再变,没有个定见。"

聂荣臻:"那么我问你,我们能从泸州、宜宾地段北渡长江吗?我们能在云贵川边立足吗?!"

"北渡长江进入川西或川西北计划,不是你和刘总长提出的?在云贵州川边落脚计划,一开始就是一厢情愿……"林彪说。

聂荣臻没回避:"是的,北渡长江计划是出于我和刘总长的建议;在云贵川边立足计划现在看来也不可行。战争指导上有相当的不确定性，弱军决策上可选择的选项很有限，弱军在指导上总不能没设想，设想总是要争取最好的结果。但经过实践的检验，原来的设想行不通，那就放弃呗，再考虑一个结果最好的计划……这叫从实际出发，因势利导！"

林彪一时不语。

聂荣臻又说："我再说一遍，现在是严重的敌强我弱，又是让强敌撵着走，我们不可能一切都计划得那么好，都有理想的结果，只能是从实际出发，走一步看一看，因势利导。我们是军团干部，得带头理解，坚决执行！"

林彪："总之，我认为这样被动地转来转去是不对的……"

聂荣臻："我倒认为，以转来转去从被动中争取主动是对的！"

林彪："我认为与其让老毛指挥这样转来转去，还不如让老彭指挥干脆……"

"你胡说些什么？"聂荣臻气愤地说，"那是你的偏见，不代表我的意见，更不代表我们军团的意见！"

……

野战军指挥所里，毛泽东、周恩来几个人还在研究敌情我情。

刘伯承似忽然想起："老毛，你这个秘而不宣的向南寻求新的机动战略，有点和者皆难。从现在看只有老彭表示赞同，前天他和杨尚昆给军委的电报中说，目前向西南寻求机动很困难，而以转向到东南地域比较有利！"

朱德接上："在我们一方面军老底的这两个军团长中，老彭的战略考虑与老毛比较合拍，而林彪这个小伙子往往跟不上……"

"他呀，还是个娃娃，还得磨炼！"毛泽东说。

周恩来笑笑："你可有些偏爱……"

"可不是吗？从我们当年上井冈山开始，他就偏爱这个小伙子……"朱德说。

毛泽东似不爱听："还是操心当下的南渡乌江问题吧！"

曾希圣闯了进来。

"不对劲?!"刘伯承急问。

曾希圣:"麻烦大了。刚译出的敌中央军周浑元命令他的纵队和吴奇伟纵队一部,今天向泮水、新场前进!"

人们急看地图。

朱德自语:"如果仅仅是经泮水指向新场,问题倒不大,和我们的集结地差上百里地啊。"

毛泽东:"敌人数个师走一条道,要同时间赶到新场命令的本身就有问题,就可能逼使有些师自行改道。如果有些师改由茶园经安底到新场,问题可就严重了……"

"如果有敌人到安底,就可能发现我们在沙土附近集结!就可能仗着兵力优势,逼我们背水决战!"周恩来说。

刘伯承:"如果出现这种情况,我们既不能重新北上,也不能西去,还不宜东出,更没有时间南渡乌江……只有殊死一战!"

周恩来:"那将会比湘江战役还惨烈,难道又是陷于一场劫难?!"

……

第三十九章　情报局长出绝招

军委指挥所里,依然灯火通明。

毛泽东手上夹着点着的烟,脚下是一堆烟头。

周恩来拿着二局前天破译的28日蒋介石给孙渡的命令电、薛岳给周浑元的指示电,反复地看着。

朱德、刘伯承、张云逸神情凝重,刚送新情报来的曾希圣也跟着操心。

许久,王稼祥似乎要宽大伙儿的心,打破沉闷:"这毕竟只是我们主观推论的一种可能而已……"

周恩来放下手头上的电报:"作战指挥必须尽可能地预计到各种情况的发生,要有相应的应对方案!"

"没想到敌人无意中的一步棋,却歪打正着地把我们给将住了。"王稼祥嘀咕。

朱德:"可不是给将住了……还不好解!"

"倒是可以让五军团在茶园警戒,让三军团在安底设防……"刘伯承又自语,"但要是真的撞上打起来,我们还是很不利……"

毛泽东说:"这一步是补招,一定要的……但最好还是别撞在一起。"又笑笑:"恩来,老蒋那里你面子大,叫他给我们让路……"

周恩来大笑:"我把你献给他,他会求之不得……要他让路放了朱毛'残匪',那不与虎谋皮?!"

王稼祥:"都什么时候了,你俩还有空一唱一和逗乐!"

"叫老蒋给我们让路……"曾希圣嘟囔。

刘伯承笑了:"你也跟着说胡话?!"

第三十九章　情报局长出绝招

"不是胡话，是真有可能。"曾希圣说，"我们二局熟悉蒋介石国民党军的密码，可以以蒋介石名义给周浑元发报，让周浑元命令他的部队不走茶园、安底方向，不就不会和我们撞到一起……"

"对呀！"刘伯承差点蹦起来。

周恩来："办得到吗？！"

"当然，"曾希圣说，"我们掌握了他的通用和专用密码，还熟悉他的电文格式，借他的电报举手之劳！"

周恩来："他们有上下级相互核实电报的收发习惯吗？"

曾希圣："这些年来，从没发现过……只要我们的假电报编得不是太离谱，他们根本发现不了！"

毛泽东站了起来："这倒是一招妙棋，你继续说。"

"没了。"曾希圣说，"电文稿你们来拟，我把它变成国民党中央军专用密码，再找个发报的好手发出去就是了！"

毛泽东说："就照蒋介石、薛岳 28 日电基本意思编电文……"

"你是说老蒋判断，我军将向西南方向机动，让周浑元命令他的主力到泮水后，不得擅自改变规定的行动路线和目的地，务必于 31 日抵达新场集结待命？！"周恩来说。

"是这个意思，具体措词你和伯承、云逸还有希圣一起商定。"毛泽东又加一句，"可得用朱毛'残匪'、溃败或者逃窜这类语词。"

"对，对，得用蒋介石念念不忘的朱毛'共匪'、'残匪'这类话。"朱德说。

周恩来："走吧，到伯承屋里去，替委员长拟定怎样聚歼朱毛'残匪'的命令电去。"

人们哄堂大笑。

王稼祥："天助我也……"

"应当说智助我也，"毛泽东说，"我们的圣人之智助我也！"

王稼祥："要是这样说，还是稀罕的圣人助我也……"

二局侦收机房，几部电台都开机，全是一机两人轮着侦听。

趴在桌上小睡的小李醒来,走到华荣身后:"我来吧,你去打个盹!"

"我还真不困。"华荣站了起来。

小李咬华荣的耳:"牵挂,放不下心……"她笑着接过耳机,坐在华荣让出的位置上。

"还顾得了这事?!"华荣低声说。

"说的比唱得好听!"小李转而侦听。

华荣没回话,走出门,深深地吸了口气,仰望着星空,又遥望东边,东边有她牵挂的人。

前天,山生受命带他的2个兵和1个加强1挺轻机枪的游击小分队,到遵义县西南部两路口一带活动,监视与袭扰周浑元派出的从这里进入沙土筑堡的黔军魏金荣团,按规定是今天黎明前必须回到沙土交差。这眼看天就快亮了,山生他们还没有回来,华荣的心的确悬着。

红军的官兵虽以生死相许革命,但红军官兵也是血肉之躯,也有七情六欲,何况华荣正当怀春年华,又有心仪的人,当革命工作才下心头,恋情必然本能地又上眉头。

曾希圣回来了,见华荣独自在门外,问道:"你们台小李在值班?"

"是的,她刚换下我。"华荣回答。

"你再辛苦下,给我盯紧周浑元部下属的师台……一刻也不能松懈,凡是来往电报一码不漏地抄下来!"

华荣问:"我用哪部电台?"

"你进机房,我给你调。"曾希圣边走进机房边说:"先把侦收川军的电台停下来,归你专用。没有我的命令,你俩都不许离开……不准打瞌睡,上茅房让你们科长替班……我这就让老傅给你们弄夜宵。"

"好家伙,这是怎么啦?从来没有过得这么紧张、严肃!"华荣嘀咕。

曾希圣耳尖:"从来没有的事在非常时期就可能发生……我们的战斗,关系到我们全军的命运,懂吗?!"

野战军指挥所里。

毛泽东在喝水。

第三十九章 情报局长出绝招

"要是有点吃的多好……"王稼祥自语。

毛泽东笑笑:"来只烧鸡和一瓶茅台酒更好……可得有呀!"

朱德自语:"你别说,还真是一无所有……连块烤红薯都没有……"

"这个季节,哪来的红薯?!"王稼祥说。

朱德:"我们老家就有,冬储的红薯!"

毛泽东:"那就等到了四川,你请我们吃烤红薯!"

周恩来、刘伯承、张云逸回来了。

"办妥了?!"朱德问。

刘伯承回应:"妥了。"又眉开眼笑地说:"我敢说老蒋和小周,周浑元,绝对发觉不到我们使了绝招!"

王稼祥:"我们怎么知道敌人上钩没有?"

周恩来回答:"曾希圣回二局组织电台侦收他们来往的电报,破译了不就知道了!"

王稼祥:"这算智斗吧?!"

"当然!这算第四招。"张云逸说,"不过这是最高的机密,不会有人知道的。"

"这一招,也只能极偶尔使一下。"周恩来说。

毛泽东:"恩来,我们还得有另一手准备!"

"你是说防着这一手失灵,而敌人又指向安底?!"周恩来说,"倒也必须!"

"除了防这一手失灵外,还有全面布局问题。"毛泽东转对张云逸说:"你记一下:一、敌情:周吴两纵队主力已向泮水、新场运动,必须考虑到此敌到泮水后有向茶园、安底前进的可能。二、我一、三军团及军委纵队,应于明日午前全部渡过乌江。三、九军团于明日起由现地向南转移。四、五军团……"

"这可是关键的预备招数!"朱德说。

毛泽东:"四、五军团应即在茶园及其附近构筑野战工事,于明日顽强扼阻可能南进之敌;并派出游击分队,向泮水、西安寨等地游击侦察,如发现敌南进,则给以迟滞,掩护主力渡江。如敌没向我方进,你们可以逐步向安底、沙土转移,等待命令过江。"

"可以,就照此整理发下去。"周恩来说,"我到江边看看浮桥架得怎样。"

"我和你一起去!"朱德说。

毛泽东:"那就顺便从一军团部过,告诉林彪、聂荣臻,只要桥一架好,一军团立即过江,在南岸我们指定的位置展开,向南警戒!我守指挥所,有情况告诉我……看来,今晚是睡不成了。"

周恩来和朱德走了。

毛泽东对王稼祥说:"你回去睡……"

"我回去也睡不着,就在这里陪你!"王稼祥说。

"陪我吸烟?"

王稼祥从大衣口袋中掏出包烟,给了毛泽东一支:"早让你给传染上了……"

毛泽东给王稼祥点上烟。

老傅把饭送到机房,已经是凌晨了。

与其说是夜宵,不如说是提前开早饭。协理员宋裕和考虑了军委打过招呼,早饭后收拾停当,待命随时过江,决定把值班的夜宵和全局的早饭合在一起,吃完好收拾。但早饭着实不错,咸稀饭,青蒜、芥菜还有点咸肉丁,好吃又营养。

宋裕和工作细,早让非值班人员把值班人员吃饭的搪瓷缸、匙子都收集过来。这会儿,一缸一缸地盛,一缸一缸地送到各人手中。红军官兵吃饭的家伙简单,就一个大搪瓷缸、一把匙子,装上一缸,什么都有了。

侦收工作说来也是被动的工作,监听的敌台发报才侦收,敌台没发报只戴着耳机在那里守候。所以,在这种非常时候,值班人员是可以戴耳机吃饭的。

华荣和小李都刚侦收完,让曾希圣和曹祥仁把抄报拿走,这阵子她俩都可以放心地吃饭。

华荣见老傅把盛满饭的缸子递给小李,矫情地说:"叔,你偏心,先给她……"

"她比你小，姐姐让妹妹对吧！"老傅说，"这就给你……给你两块咸肉……"

"爹，你偏心……"小李也来个矫情。

"你多吃点芥菜好，不发胖！"老傅笑笑。

"好，听爹的，多吃菜！"小李开心地吃了起来。忽然，她发现华荣在发愣。"又上心啦？他们要没回来你就不吃饭啦……"

华荣低声说："按规定时间，他们该回来了……可怎么耽搁……"

"兴许马上就到了……也可能只差几里地。"小李安慰着，"快吃吧，上午没饭了，待会还得撤出，准备上午过江……"

华荣低下头吃饭。

周恩来和朱德回到野战军指挥所。

厢房里的无线指挥机异常地安静。

指挥所里只有毛泽东还坐在那里抽烟，王稼祥和刘伯承趴在桌上睡着了，张云逸干脆躺在板凳上睡，还打着呼噜。

周恩来脱下大衣，轻轻地盖在张云逸的身上。这虽然是3月底了，但山里的早晚依然寒意很重。

曾希圣进来，屋里立即动了。

张云逸也从板凳上弹了起来，把大衣掉在地上，他捡起来，掸了掸，披在周恩来身上。

毛泽东对曾希圣说："干脆，你念吧，免得大家传阅。"

曾希圣说："这是一小时前侦收到周浑元指挥台对上对下和敌九十师、九十六师电台发出的。我们也综合了一下，基本的情况是这样：欧震九十师，30日到达泮水，31日可以到达三重堰；萧致平九十六师主力，31日到达三重堰与新场之间，其余部队均可到达新场；万辉煌十三师2个营，萧致平九十六师4个营，在谭厂(不含)鸭溪、苟坝地区。基本就这么个情况。"

周恩来松了口气："这样说，我们可以放心南渡乌江了。"

毛泽东对曾希圣说:"中央和全军都感谢你们……你回去收拾一下,待命过江!"

"应当的。"曾希圣走了。

刘伯承:"可以签发31日我军速渡乌江行动部署命令了。"

毛泽东:"你把行动要点再核对一下。"

刘伯承:"一军团限今晨8时前全部渡河完毕,主力进至蔡家寨、湖水坊地区,以先头团向息烽侦察前进。"

"8时前全部渡完有可能吗?"朱德问。

周恩来:"紧张点……"

"规定时间不变,让他们抓紧。"毛泽东说。

刘伯承:"三军团在江口、大塘河、梯子岩浮桥过江,限14时前渡完。主力经牛场进至黄冈、凰寺、苦草坪地区集结待命。"

周恩来:"他们得等一军团和中央纵队过后才过江,所以差不多得下午2点才能渡完。"

刘伯承:"中央纵队限10时渡完。干部团随后渡江,并担任后卫警戒,接应五军团。五军团扼守狗场、沙土,掩护主力过江。"

毛泽东:"他们得今天晚上过江!"

刘伯承:"九军团由荀坝地区向南移动。"

周恩来:"现在的麻烦事是九军团……我们大部队一过江,他们就露馅了,伪装不成主力了,敌人可能冲着它来,不一定能过得了江。"

毛泽东:"得相信罗炳辉这个伪装主力的老手,敌人抓不住他的。"

周恩来:"我看可以发给各军团。"

"可以。"毛泽东说,"野战军指挥所在沙土任务已完成了,可以撤到江边待命过江。"

王稼祥:"蒋介石要是得悉我们今天顺利渡乌江,还不得疯了……"

刘伯承:"天亮后,他准派飞机侦察……"

毛泽东:"所以,要特别通知各部注意防敌机空袭。"

9点钟,一军团最后一个连队上了浮桥。

第三十九章　情报局长出绝招

宋裕和站了起来招呼:"二局准备下浮桥。"

人们开始动起来。

小李背上电台,华荣要争着背。

"看,袁队长他们回来了!"小李指着来路说。

果然是山生带着小分队回来了。

"我还以为光荣了……"华荣矫情骂着。

小李:"这下放心了吧!"

就在这时,防空号又响了。

宋裕和:"都注意掩蔽!"一个小时前,敌人的侦察机来过,宋裕和还当又是敌侦察机。

大伙儿也以为是敌人的侦察机,都在树下坐着。

小李把电台放下来抱在怀里;华荣则看着山生往他们这里走来。

2架敌机临空了,由南向北斜对浮桥四十度角俯冲下来。

红军防空排的重机枪响了,但敌机的弹也投出了,各投4枚100磅航弹。

兴许是敌机慌了,炸弹无一炸中浮桥,却有2枚落在北桥头百米外,刚好落在二局掩蔽的地方。

就在炸弹落地一瞬间,小李抱着电台卧倒,华荣跃起要与小李一起保护电台。

但炸弹爆炸了,一块弹片击中华荣右上身,划破胸膛从左侧飞出,她无声地扑倒在地上,浸于血泊之中。一块被炸弹掀起的有十来斤重的石灰石,重重砸在小李的后背上。

老傅冲过来抱起小李。

小李努力地睁着眼,动着嘴,可一声都没喊出来,就被满口的鲜血堵住,她的两眸渐渐地凝固。

老傅嘶声裂肺地喊着:"玉红……"

一旁的程少仲早已瘫坐在地上。

山生冲了上来,抱起血泊中的华荣,两眼喷射着怒火。

曾希圣和宋裕和过来,一时无语。

防空警报解除的号声响了。

曾希圣喊着:"警卫班留下,把烈士就地掩埋了,其他人过江!"

山生抱着华荣的遗体要走。

"干什么?!"宋裕和拦住。

"带她过江!"山生吼着:"我不能把她留在这里……"

曾希圣过来:"就把她俩葬在这里。这里高,开阔,敞亮,让她们看着我们继续走下去,将革命进行到底!也让她们与乌江水相伴,不息东流!"

宋裕和:"山生,我们也心痛。但她们已经牺牲了,就让她们相伴在这里安息,将来革命胜利了,回来也好找到她俩!"

老傅说:"山生,就把她俩葬在这里……你有什么念想的东西给她留下,将来好认出她!"说着,从小背包里掏出一只银镯子戴在小李手上:"孩子,这是你干妈留下的,本来是等你出嫁时给你……你带走吧!"

山生默默放下华荣的遗体,从怀里掏出一把牛角梳子放在华荣手里:"这是这次出任务时在官田小镇上给你买的……"

大壮接上:"袁队长为买这把梳子,我们差点误了点按时归队……"他也泣不成声。

山生跪在地上,吻了下华荣……不住的泪水滴在华荣的已凝固的脸上。

程少仲像忽然醒来,冲到李玉红遗体前撕声裂肺地哭叫着:"玉红,玉红……知道吗,我爱你!"

曾希圣喊着:"都过来!"等到人们都围上来,"向华荣、李玉红同志敬礼!告别!"

又喊着:"走!过江!"

……

第四十章　蒋介石也"拣弱的打"

蒋介石在他临时行宫特设的作战室里,与何成濬、陈诚在交谈。

陈布雷进来:"委座,你约谈的王家烈到了。"

"你陪他等一会儿,我这边的事办完就过去。"蒋介石对陈布雷摆摆手。

陈布雷掩门退出。

蒋介石说:"我这次来贵阳是办两件事,并不全为你们知道的布置'追剿'朱毛'残匪'的事。还有一件事也可以告诉你们,那就是解决王家烈问题,先铲掉西南的最弱的山头。"又笑笑说:"我这也是跟'共匪'头子毛泽东学的,'拣弱的打'……"

此话让何成濬愕然地张着大口。

"向对手学习也是打败对手的一招。"蒋介石说,"是这样,广东的余汉谋报来,说江西共党义士龚楚投靠他。这龚楚长期在朱毛手下,他的供词可透露了毛泽东用兵的许多招数。'拣弱敌打'这一招,就是从龚楚的供词中得知的,我这回把它用在解决西南这些地方势力问题上,看来还是很有效的。"

侍卫官进来通报:"委座,薛岳总指挥到了。"

"让他进来。"蒋介石说。

不一会儿,薛岳进来。

"老弟,委座等你好一阵了。"陈诚笑笑。

蒋介石说:"抓紧,什么情况说吧!"

薛岳走到墙上挂着的地图前。

蒋介石、何成濬、陈诚也起身走到图前。

薛岳背着图:"据飞机上午侦察报告称:朱毛'残匪'由金沙东南部南渡乌江,前锋已在息烽西北部的湖水坊、牛场地域占领阵地;驻黑神庙的九十三师那个团也报告,他们发现有'共匪'游击队出没。"

蒋介石:"就这么些情况?!"

"是的,目前只掌握这些。"薛岳回答。

陈诚:"不是一直说朱毛'残匪'的主力在谭厂、鸭溪一线以北,与我周吴两纵队对峙吗?怎么一下子就跑到乌江南岸的息烽境内?!"

薛岳:"我们的飞机侦察受气象条件局限,再说'共匪'也有一套防范的办法……情报难以准确及时。"

蒋介石对薛岳说的似乎不感兴趣:"你们说,如果是朱毛'残匪'主力南渡乌江了,他们的目的是什么?"

何成濬:"不会是企图攻息烽,下修文,直指贵阳吧?!"

蒋介石不屑一顾:"你是说毛泽东知道我到了贵阳,要给我个难堪?!"

"不,不,"何成濬忙说,"我是说他们会不会是灭亡前的最后疯狂!"

陈诚:"这简直是不自量力,自取灭亡!"

"是的,"蒋介石说,"我谅他们没那个胆量,也不是灭亡前的疯狂,而是走投无路的挣扎。他们南渡乌江的下一步,无非是图向西南方逃窜,或者向东南方败走。正好,免得我们在黔北和川南撒大网,就把他们合围在息烽、修文境内聚而歼之。"

何成濬:"委座说的极是,机不可失,时不再来!"

薛岳:"我们的具体部署,委座有什么指示?"

蒋介石:"命令:周浑元纵队推进到金沙境内乌江北岸,阻止'共匪'继续南渡乌江,并准备随时南渡乌江协同作战;命令吴奇伟纵队和孙渡纵队,立即赶到镇西卫;命令九十三师一部坚守息烽城;命令湘军李韫珩师由遵义南进养龙镇、黑神庙,先把围歼战役的点占住。告诉我们的官兵,朱毛'残匪'已没有力量把我们各个击破,只要我军与'匪'遭遇,都得用命扑上去求战,哪怕是消耗他……"

陈诚:"对,先做眼,占布局主动!"

第四十章 蒋介石也"拣弱的打"

蒋介石:"就这么处理,回去下命令。我得和王家烈摊牌!"

小会客厅里,王家烈尴尬地坐等。陈布雷虽然陪坐,但翻着报纸,似乎不理王家烈。

蒋介石从侧门进来,对着忙起身的王家烈:"坐,坐,太忙……刚接到薛岳报告,朱毛'残匪'昨夜和今天南渡乌江了,忙着先处理这事,让你久等。"

"委座日理万机,卑职等候是应当的。"王家烈说,"再说,卑职的事是小事……"

"你的事也是党国的大事。"陈布雷退出。

"是的,你的事也是当下党国的一大事,我们直说!"蒋介石说。

王家烈更加感到大事不妙,毕恭毕敬地等待蒋介石发话。

蒋介石倒又绕弯了:"你和贵州的事,我还是晓得的。你们贵州地瘦,经济力差,养不了重兵,所以,历来受云南的觊觎。你的前老长官袁祖铭、周西成,不都是让云南势力给推倒的……这次龙云派孙渡纵队入黔'协剿'朱毛'残匪',恐怕带着一举两得的目的……"

"委座门清。"王家烈苦笑。

蒋介石大笑:"门清也是牌桌上一说……但还是得靠手中有好牌……"

王家烈附和:"那是,委座是行家里手!"

蒋介石:"我知道,朱毛'共匪'进贵州后,你要求中央还有邻省出兵贵州,是你自觉你的兵力敌不过朱毛'共匪'。可我让中央军薛岳兵团进入贵州后,你又怕他乘机吃了你的军队和地盘。"

这话戳到王家烈的痛处,王家烈一时无话。

"你老婆叫什么……"蒋介石问。

王家烈回答:"万淑芬!"

"对,她到南京散布说中央如果逼你太甚,你要投靠两广的陈济棠、李宗仁……"

"误传,纯属误传……"王家烈说。

355

蒋介石一笑:"误传不误传无所谓,反正是你到现在也没有投靠两广。但你们贵州与两广素有联系,川、黔两省的鸦片得靠两广输出,两广财政的相当部分来自鸦片税,对吧?但这种违法的经营能长久吗?!"

"那是无奈之举……"王家烈嘀咕着。

蒋介石:"知道不,这次两广也联名上疏中央,要求出兵贵州'协剿'。我知道,他们要'协剿'是旗号,确保鸦片过境通道为真情。这种拿党国事业谋私的事我能答应吗?!当然,他们既然冠冕堂皇要'协剿',中央也不能不冠冕堂皇应对,我也允许他们派2个师到都匀、独山候着待命。"

王家烈对付:"委座明鉴!"

"我要说的是两广虽屡屡与中央争权,但他们终成不了气候。知道原因吗?因为我是中央,我的办法比他们多。我这次入川、入黔要禁烟,把鸦片这块财源砍了,看他们还能支持多久,还拿什么与我斗下去?"

王家烈:"是呀,没了钱也就养不起兵了……"

蒋介石:"既然是自己养不起兵,何不把兵交给中央来养!我知道,你也养不起兵了……"

这又戳到王家烈痛处。

蒋介石又说:"当下,贵州处在非常时期。虽说朱毛'残匪'最终必定被我们消灭,但要消灭他们,我们的人力、物力、财力都得统筹使用。但现在的我们,是云、贵、川、湘、桂加中央6家,表面上力量数十倍于朱毛'残匪',实际上形不成合力,如此怎么消灭朱毛'残匪'?!所以,为'剿匪'之计,党国利益,我得动一动你绍武老弟的职位了。"

王家烈知道今天要谈的正题开始了,他静候下文。

蒋介石说:"上回,我让李仲公征求你个人的意见,在贵州的政治和军事上让你二选一;你说你政治非所长,愿做军事。这次我来贵阳,我们面对面谈,我成全你,你把省主席让出来,给吴忠信;你担任'第二路追剿军总指挥',专搞军事……"

王家烈斗胆问:"委座先前不是已任命龙云为'第二路追剿军总指挥'?"

"是的,那是为让他出兵你们贵州'协剿',"蒋介石说,"但他毕竟身在云南,那不过是虚名。"

蒋介石站了起来:"绍武弟,我可是把贵州的'剿匪'大业托给你了!"

……

这里,蒋介石让晏道刚找王家烈的第一战将何知重谈话。

两人寒暄后,晏道刚单刀直入:"何师座,听说你当下军饷非常困难!"

"不瞒晏厅长,我的官兵都快揭不开锅了。"何知重立马知道晏道刚的来意,他顺杆爬。

"兵家有道,'一日无粮千兵散'。钱的问题如不能有根本的解决,队伍早晚会垮掉。"晏道刚说。

"谁说不是?这不正发愁。"何知重说,"我们的王主席王军座也没辙。从他那里,已经要不到一个子了。"

晏道刚:"那你想过这个根本的问题该怎么解决吗?"

何知重也是场面上的人,岂能看不出王家烈的大势已去,岂不猜到晏道刚的意思是要他改换门庭;况且,之前薛岳也派人与他谈过。这年头,有奶便是娘,他顾不得曾经与王家烈在城皇庙对着城皇爷发誓同生死共患难,要让他的部队改姓蒋。

何知重说:"想过。既然我们贵州养不起自己的兵,那就把兵交给中央来养。从今往后,我何知重的一师官兵,全听委员长号令,愿为委员长效犬马之劳!"

晏道刚笑笑:"委座早已替你想过。让我带来5万块大洋,先替你解燃眉之急。"

何知重从座位上弹了起来,毕恭毕敬地说:"谢委员长,谢晏厅长!"

"你坐下。"晏道刚说,"5万块大洋得好几担,不好带,我给你银票,你派人去取。"他取出银票推给何知重。

何知重捧在手上激动不已。

晏道刚:"俗话说,君子一言,驷马难追。我们今天可是君子协定,得讲信用。"他又绵里藏针地说,"委座可是一国之君,可是欺骗不得的……

357

古往今来,欺君之罪是死罪!"

何知重:"卑职岂敢拿了委座的钱不讲信用?代我转告委座,卑职从今往后,对委座,对党国,绝无二心!"

"这就对了。"晏道刚说,"委座知道,你何师长在黔军中是第一重臣。民国十八年,你就担任了'贵州讨逆指挥部'参谋长,3年后你出任第二十五军第一师师长。所以,委座也特别看重你,给你的先期拨款是5万元,而给柏辉章的拨款是3万元,还望你心中有数!"

何知重:"有数,有数!"

"我还得告诉你,下一步我也会找柏辉章谈。想必他也会转而站到委员长的一边。你们两师,很快地会由中央点验,改编为直属师,当然还由你俩任师长,今后的给养由中央拨给……中央养你们。"

何知重:"这样好,这样最好……"

"你可知道,这样一来,你们黔军第二十五军的历史就结束了,王家烈的军长头衔和他的第二十五军不复存在了!"晏道刚站了起来。

何知重也站了起来:"我知道该怎么做……一定和柏辉章老弟一起,全力把这事促成!"他知道,晏道刚要说的话都说了,他们的交谈也结束了。

"我再说最后一句:我不希望我们今天的谈话,有第三者知道!"

"当然,当然。"何知重说。

这一晚,柏辉章欢送晏道刚,请王家烈、何知重作陪。

这酒刚过三巡,外面闹了起来。还没等弄明白是怎么回事,一个少校带着一帮官兵涌进欢送晏道刚的酒桌前。

那位少校嚷着:"王军座,你们当官的有酒有肉吃喝,可知道我们下面这些弟兄过的是什么日子?你们自己说说,几个月没关饷了。官兵有上顿没下顿不说,我们的老婆孩子在喝西北风可知道?恳请你王军座可怜可怜我们这些下层官兵……"

晏道刚:"这成何体统……"

何知重:"你们是哪个部队……"他明知这是柏辉章二师地盘,能是

第四十章 蒋介石也"拣弱的打"

其他师的官兵来闹事?!

柏辉章终于出面:"你们是周向魁团的吧?!"又装成恼火的样子:"简直是把我的脸丢尽了……回头和你们算账……"

少校:"你现在就算账吧!枪毙我们就是了,反正饿死了也是死,饿不死去'追剿共匪'也得死……"

柏辉章拔出身上的佩枪:"你当老子不敢就地毙了你……"

何知重拦住:"老弟,使不得。"他一把夺下柏辉章的枪,"你这一枪下去,惹起兵变,我们谁也走不了……"

少校:"师座,你到窗前推开窗子看看,你开枪呀,打死我呀……我是怕他们冲进来闹事,才代表他们来见你,向你讨个说法的……"

柏辉章走到窗前一看,楼下果然围着官兵。他回到桌前训着:"下去,让他都散了,回营去……"

少校跪下:"师座,我们实在事出无奈……你得给我们一个说法……"

柏辉章对着王家烈:"军座,我在遵义的家业如果有人买,我卖了给部队凑军饷,可一时没人买……你叫我咋办?!"

王家烈的脸涨红,无言以对。

何知重问晏道刚:"晏厅长,中央答应要给的补助什么时候能到?"

"你们一整编完就拨下!"晏道刚说。

柏辉章对着跪着的少校:"我答应你们,近日内解决,你起来把他们带回营去!"

少校起来,招呼着:"走了!"

闹事的人走后,何知重说:"当兵的也实在可怜。"又一叹:"可我们也难。军座发不出军饷,我们也不能去抢银行……'一日无粮千兵散',军饷问题要是不能根本解决,我们黔军早晚得散了……"

柏辉章:"军座,你都看到了问题的严重性,怎么办呀?你得给下面有个交代,我们也好向下面有个说明……"

王家烈知道,他今天来错了,人家在演戏给他看,从舆论上"逼宫",可他能说什么?"我的情况你们都看见了,看着办吧……"

"那你就不能怪我们兄弟不跟你走了……"何知重说。

"你们也得体谅王军座的难处……这不是碰到坎了吗?"晏道刚又转对王家烈说,"绍武兄,你也得想开些,与其硬撑着也得垮,不如退一步海阔天空。当年,西北军的杨虎城撑不下去,聪明地知难而退,自动地让一下,后来不是又回来了?后来,委座想到他,让他回西安。现在不又统领西北军……有些事不妨往深里想想,往远处想想……"

"我看,我们眼下就得好好想想。"柏辉章举起酒杯,一饮而尽,"他妈的,一醉解千愁!先大醉一场再说!"

王家烈果然也端起杯,一饮而尽。

……

翌日,王家烈回到大定司令部。

这才下了车进了屋,参谋长谢汝霖和三师师长犹国才迎上前来。

"军座,你可回来了……"犹国才说。

王家烈问:"怎么啦?火烧起来啦?!"

谢汝霖:"可不是火烧起来了,没救啦!"

"怎么个烧法,怎么就没救了?!"王家烈坐下。

谢汝霖:"蒋介石的命令来了,要把我们军的第一、第二师5个旅15个团,裁成为共编6个团,撤销旅一级,裁掉9个团。"

王家烈:"这不是何知重、柏辉章他们招来的?……他们是保住了自己的师长位置,可黔军完了……"

"你知道何知重、柏辉章倒向老蒋的一边?!"犹国才问。

王家烈:"我猜到了,也看到了他们演戏!"

"我说大势已去了……"谢汝霖自语。

犹国才:"怎么办?"

"还能怎么办?胳膊拧不过大腿,还能怎么办?"王家烈说,"明天回贵阳去,向老蒋辞职!"

谢汝霖:"他不是刚委以你'第二路军追剿军总指挥'吗?"

"他还委以龙云这个官呢。"王家烈说,"那有什么用,暂时安慰我而已,甭说其他部队没人听我的,就是我们黔军,还有谁听我的?我知道,老蒋一来,我们黔军的历史结束了,我也得退出历史舞台。"

犹国才一叹,又说:"我知道,没向老蒋表忠心,我的师长位置也保不住了……无所谓,老子解甲归田……"

谢汝霖:"可我咋办?!"

……

第四十一章　毛泽东使出第五招

王稼祥一进指挥所就发一通感慨："我们的这段经历,也是运筹帷幄之中,决胜千里之外,原是惊心动魄、艰难曲折的,可怎么看起来却是简单重复,莫名其妙!"

朱德回应:"这话从何说起?"

王稼祥说:"从运筹上说,除帷幄的地方和房舍不同外,大概时段,出席人头,还有桌上的地图、马灯全都一样,天天如此,岂不是重复?从决胜上说,一条河往返四渡,这四渡赤水,后人能看得明白吗?"

周恩来接话:"古往今来,人世间的大事小事,都不过是事主的运应所事,原本就不是为后人造故事。如果后人要拿它说事,那就看他们的理解能力和艺术功力了。"

毛泽东从趴在桌子上看地图的姿态中直起身来,笑笑:"借套《石头记》缘起诗云,我们的这段经历不是荒唐言,亦无辛酸泪!作者并不痴,你解其中味?我们的总政治部主任,你可解其中味?"

王稼祥:"我还真想过,归纳起来为:在强敌的围追堵截下,为了保存力量实现我们的战略目的,在主观愿望与客观实际相矛盾时,因势利导,立于主动,以智取胜。你看,我的这样认识可及格?"

毛泽东对刘伯承:"总参谋长,你来评卷,该给总政治部主任打几分?"

"行,不但答出现象,也回答了本质。尤其是点出因势利导这4个字,依我看,可以打优秀。"刘伯承说。

王稼祥大笑:"谢谢刘老师的慷慨!"

毛泽东又一笑:"稼祥呀,你这是把自己放在旁观者应答的地位。其实,战争和作战是敌我双方的互动,实质上是双方指导者和指挥员的互考,情况的处置既是答题又是命题,运筹就是智力竞赛。"

"那好,我们该开始做老蒋出的题了。"周恩来对张云逸说,"你先介绍敌情。"

"我做了功课,标在地图上,一目了然。"张云逸说着,把图摊在桌上。

朱德指着图:"老蒋命令周浑元纵队进入金沙东南部,控制乌江北岸,虽然已无补于大局,但我们的九军团怕是过不了江啦!"

"可以肯定地说过去了乌江,得单独行动。"周恩来说。

毛泽东:"那就告诉他们,向西走,以保存力量为第一目的。我们得相信罗炳辉……"

周恩来:"只有这样。"

刘伯承回到敌情上:"看这个架势,老蒋的初步判断是我们会向西南方而去!敌人的防御重点在西边……"

朱德:"是这个架势,但他的周浑元、吴奇伟两纵队要到位还早着呢!东边的湘军李韫珩五十三师,也没那么快。西边的滇军孙渡纵队会不会动还难说。等到他们形成包围圈,我们早走远了。"

刘伯承:"如果我们走修文从镇西卫和贵阳之间穿过去,跳出这个包围圈,得4号以后。到那时,敌情怕又变了……敌人的有些部队可能已到位。"

周恩来看着沉思的毛泽东。

王稼祥沉不住气:"打过去吗?"

"不,"毛泽东说,"这一阶段以走为主,基本的目的是甩开敌人。能不打尽量不打……"

"想起来了,你说过这一阶段以斗智为主。"王稼祥说。

毛泽东在地图上比划着:"从这里插过去,就是从息烽南部插向紫阳。"

"反老蒋对我们的行动判断,跳出他设下的包围圈!"周恩来肯定,"我看这一招行,出乎老蒋意料之外,让他再忙于调兵遣将应对。"

毛泽东:"这一招还有一个目的,就是借老蒋的命令,把敌滇军孙渡纵队东调,为我们下一步走滇北创造条件!"

"这一点看不明白。"王稼祥说。

刘伯承指着图:"孙渡纵队现在在毕节地区,他一旦发现我们要经黔西南进入滇北,就会抄近路到前方堵我们。而我们一旦把它东调到贵阳以东地区,待他发现我们要经黔西南进入滇北时,他已处在我们后方,只能跟着走,就没办法堵我们!"

"明白了,这就是棋局上常说的高明的棋手,是走一步看三五步!"王稼祥说,"这样说来,这一招当数是这一阶段智斗的第五招了。"

周恩来:"但我们的危险形势还没有解除,还得继续斗智!"

王稼祥对毛泽东说:"老蒋到贵阳来,明显是找你较劲的……你就再使招数,给他出难题!"

毛泽东抓起烟,点上一支:"那得看蒋委员长怎么出招!"

两部小车在一部卫队卡车护卫下,在薛岳前敌总指挥部门前急促停下。

前一部小车下来的是陈诚和何成濬,后一部小车下来的是蒋介石。蒋介石一副杀将上门的架势。

薛岳可能是刚得悉,跑步出门要迎接。蒋介石没理他,怒气冲冲地进门去。薛岳只好诚惶诚恐地跟进。

这才进入作战室,蒋介石把军帽往桌上一甩,开训道:"大部'股匪',任意窜渡大河巨川,而我们的防守部队,不能于'匪'窜渡之际及时制止,或于'匪'渡河之际击其半渡。甚至'匪'之主力已经渡过,而我军迄无查察。军队如此腐败,实所罕见!"

前两天,蒋介石第一时间得悉红军已南渡乌江时,尚且冷静处置;这过了两天,反倒又发起火来,不仅把薛岳弄得不知所措,也把陈诚、何成濬弄得莫名其妙。

陈诚有心请蒋介石坐下,但欲言又罢。蒋介石的怒火未消,他也只好陪站着。

薛岳倒像犯了错的孩子站在严父面前一样,横下心任其训斥。

第四十一章 毛泽东使出第五招

蒋介石继续训斥:"造成这等腐败,是什么原因呢?无非是各级主管事发不亲身巡查沿河地形,详询渡口,而配置防守部队;及至部队配置后,又不时时察其部下是否尽职,并不将特须注意之守则授予防守官兵。如此上下相率,懒慢怠忽,敷衍塞责;股匪强渡,乃至一筹莫展,诚不知人间有羞耻事!军人至此,可谓无耻之极!"

说到这里,蒋介石一拳砸在桌上:"周浑元、吴奇伟、各师长、团长,要等着我严惩不贷是吧?"他坐了下来。这才意识到陈诚、何成濬、薛岳都伫立着。"坐下!"他终于发话。

陈诚三人坐下,但仍不敢作声。

到这个时候,侍从才送来茶水,又稍稍退出。室内一片死寂。

蒋介石忽然想起似的,问道:"守息烽城是哪一部队?"

薛岳回答:"一纵队五十九师三五四团!"

蒋介石说:"'匪'从后山附近渡口偷渡达一夜之久,而我驻息烽部队主管尚无察觉,如此昏昧,何以革命?!"

"是缺乏警惕性……"薛岳说。

"岂只是缺乏警惕性……是严重的渎职!"蒋介石说,"把这个团长革职,以为昏惰失职者戒,并通令各部知照!"

薛岳:"是,我马上办!"

"把我说的这些传达给所有部队!"蒋介石站了起来,"辞修,你留下来督办,并与伯俊一起密切注视'共匪'下一步动态,及时报告……"又对何成濬说:"我们走,回寓所去!"

送走蒋介石后,薛岳和陈诚两人在小客厅里,单谈。

"他发的是哪门邪火,这活没法干了……我们的情报保障这么差,叫我怎么办?叫下面的纵队司令官、师长们怎么干?!"薛岳也发起火来。

陈诚也是战役指挥员,懂行,并且也亲自领教过与朱毛红军作战的难处,何尝不懂得薛岳的话不无道理,但他能说什么。

"是的,情报保障的确是个大问题。"陈诚来个两面讨好。

薛岳继续说:"到上个月28日,前方报告还说'共匪'主力在谭厂至鸭溪一线以北地区,可31日夜'共匪'的主力已从金沙东南部南渡乌江……这谭厂至鸭溪一线到乌江北岸,不说得有500里地,也得有三四百里地吧,'共匪'是飞过来的……"

陈诚:"应当说周浑元的判断有失误。他把'共匪'的佯动部队当成主力了……其实,'共匪'的主力在30日前就已到了乌江北岸……"

"可我们的飞机侦察并没有看出那是不是'共匪'的主力,也没发现'共匪'的主力已到了江边……"

"飞机侦察已是我们现在的最先进的手段!"

"但起作用吗?!"薛岳说。

陈诚说:"到目前还没有比这更先进的手段……世界上也还以飞机侦察为先进……"

"先进就管用?"薛岳又说,"既然不能给予提供准确及时的情报,就不能怪下面……就拿革职守息烽的那位团长说,有道理吗?乌江北岸的后山附近渡口距息烽城得有百里之遥,'共匪'在那里夜渡,他在息烽城,发现得了?把他给革职了服众吗?还通报全军……那就只能起反作用,让官兵骂我们不讲理……"

陈诚:"伯俊老弟,得有人当替罪羊,你懂!不然,怎么有替罪羊一说。"

"这样说,哪天我也成了替罪羊……"

"不会,"陈诚说,"他需要你给他带兵,不会也不可能拿你当替罪羊。但伯俊老弟,你的确应当给你手下的司令官、师长、团长们提个醒,非常时期要格外小心。他为什么前天没火,今天突然发这么大的邪火……"

"是呀,我正想问你。"

陈诚:"我猜他回过味来了,想到他在'御驾亲征'……他需要你们给他露脸,而不是丢脸!"

"我没什么好小心的。"薛岳说,"他这一来,我成了传令兵……省事,省心,还不用承担责任……"

"这回,你领教了直接在他手下干活的滋味啦!"陈诚大笑,"我正想告诉你,你现在是他的名副其实的传令兵,当好你的角色就是了,难得糊涂!"

第四十一章 毛泽东使出第五招

林彪在睡梦中被叫到指挥所。指挥所里,聂荣臻、左权已在等着。

"什么意思?"林彪有些不快。

左权:"军委刚来电,让我们军团明天赶到高寨、羊场地域,以一部控制中渡河之小河口,另派队带工兵往东在清水江合适地段架设浮桥,并对下游侦察、警戒,以便适时东向。"说着,把电报给了林彪。

电报就是左权说的没几个字,林彪很快就看完。他又看地图:"军委并没有把真实的意图告诉我们……他给我们的任务很可能是佯动!"

聂荣臻:"是这个意思。"

林彪:"老毛又在给老蒋下套,制造我军将东渡清水江向黔东而去,要进入湘西的假象,把薛岳兵团主力引向东。但为什么要把薛岳兵团主力引向东?!"

"你的判断有道理。"左权说,"如是,那么我军的下一步是企图由龙里、贵阳之间南下!"

聂荣臻接上:"南下,经黔西南、滇北,从长江上游的金沙江过江,进入四川!"

"他够自信的。"林彪说,"别忘了,老蒋就在贵阳……在人家眼皮下设套……"

聂荣臻:"所以,我们更要假戏真做!"

林彪自语:"但这样一来,下一步得绕大圈,真得走一个大大的弓背路……"

蒋介石从旁门走进他的客厅,薛岳、陈诚、何成濬已在等着。

"弄清'共匪'的位置啦?"蒋介石问。

薛岳报告:"上午飞机侦察报告,在紫阳东南部高寨一带发现'共匪'大部队,并且发现他们在清水江上架设浮桥。"他指着墙上的图,"在这里……"

"这样说'共匪'意在东渡清水江,转向瓮安?!"蒋介石自语。

何成濬:"如果是这样,那就是说他们又回到原定的要去湘西的计划上。"

"有这个可能。"陈诚也过来指着图,"'共匪'很可能是利用湘军的刘建绪兵团,分散于印江、江口、铜仁一带的防御,从湘西南转进湘西……"

蒋介石顿时上火:"堵住他们,一定要给我堵住他们……从湘江漏网至今5个月了,他们还在和我们绕大圈,又要回到湘西去……是可忍孰不可忍!"

"可我们的兵力怕一时跟不上。"陈诚说。

蒋介石问薛岳:"我们的一、二纵队在什么位置?"

薛岳对着地图:"一纵队当已进入息烽、修文;二纵队还在金沙……"

"先给李宗仁、白崇禧发电……"蒋介石说。

陈诚愕然:"给他们发电,让他们出兵?"

蒋介石:"对,他们不是上疏要出兵到贵州'协剿'吗?我不是也准许他们派2个师到都匀、独山为预备队吗?现在该派上用场了,就让这2个师兵进平越、水场一带,以便在'共匪'东窜时,拦击他!"

"好的。"薛岳让随身参谋记录。

蒋介石又对着墙上的图:"给湘军李韫珩发报,让他的五十三师改向紫阳,由紫阳通瓮安大道猛进,星夜驰进,赶到瓮安。不,命令他们今晚务必到达清水江。我料定'匪'还没全部渡过清水江,这正是我们乘他们半渡袭击之良机。即使'匪'已全部渡江了,他们的渡江器材也还来不及破坏,我军可以利用它渡江,追上去,千万勿失良机!"

略停,蒋介石又说:"命令吴奇伟第一纵队梁师、欧师于8日前分别进至紫阳羊场、黄泥哨,协同李韫珩师在瓮安'会剿'朱毛'残匪';汤师进至紫阳城筑碉候命;急派车队到黔西、清镇鸭池河边接应孙渡纵队到龙里待命。"

薛岳:"我这就去办!"

晚饭后,毛泽东一走进军委指挥所,刘伯承挥动手头上的电报:"你这第五招老蒋又上套了,他还真的误认为我们要东渡清水江经黔东进入湘西。"

朱德:"老毛是抓住老蒋怕我们返回湘西的软肋,虚晃一枪,老蒋可

第四十一章 毛泽东使出第五招

不得防!"

"老蒋怎么个应对?"毛泽东问。

刘伯承对着地图介绍蒋介石的应对部署。

王稼祥也到了。毛泽东走到桌前,看地图。周恩来、朱德也围了过来。

"能判断出老蒋预计的'会剿'时间吗?"毛泽东问。

刘伯承:"从他规定欧师、梁师到达紫阳与瓮安边界的时间推断,当在 10 日以后。"

毛泽东:"我们不可以持续佯动到 8 日。"

"为什么?"王稼祥问。

刘伯承:"敌已发现我们在清水江上架桥了。如果我们拖着不过江,敌人会识破我们是佯动。"

王稼祥:"那怎么办?"

"打他一下。"毛泽东在地图上指着,"以三、五军团再加一军团一部,在紫阳北部的羊场地区,袭击向东运动的敌欧师和梁师……"

王稼祥诧异:"你不是说这一段除非万不得以不打吗?"

"打是为了走。"刘伯承说,"如果我们把欧师和梁师打了,老蒋的计划不就乱了,而且又摸不透我们的企图,更利于我们南下。"

"要是打不成呢?"王稼祥问。

周恩来:"说明敌人不仅没发现我们的企图,而且反映出他们的部队对我们有畏惧心理,行动谨慎……我们也可以放开走!"

毛泽东接上:"关键是我们把滇军孙渡纵队调到贵阳、龙里地区来,下一步就好走了!"

王稼祥感慨:"真是大学问……"

又一天,太阳快落山。

毛泽东、周恩来、朱德、王稼祥在军委指挥所焦急地等待着。

刘伯承进来。

"老彭怎么说?"周恩来问。

刘伯承:"没打响。羊场、新场、坝子一带,没发现敌人……判断敌人行动迟缓,还没到!"

"打不成?!"朱德自语。

王稼祥:"那怎么办?"

"打不成就不打,走我们的!"毛泽东又问刘伯承,"孙渡纵队动了没有?"

"蒋介石是上个月31日给他命令的,这已经过去一个星期了,估计他和先头旅应当到位了;大部队应当进入清镇……"

周恩来:"我们是可以走了……"

毛泽东说:"命令一军团转为后卫,以一部继续佯装东渡清水江,继续把敌引向瓮安;三军团为前锋,五军团和中央纵队为本队,从贵阳与龙里之间南下!"

周恩来:"得给罗炳辉、何长工发个电,告诉他们行动的大方向。"

毛泽东对刘伯承:"你再记一下。罗何:甲、你们总的方向应速向毕节、大定前进,所取道路由你们自择;乙、经过各据点附近应以一部佯攻,主力则速通过……"

朱德笑笑:"老毛,你不是一再强调相信罗炳辉吗?怎么啰嗦起来!"

毛泽东:"老总,嫁个闺女还得交代几句。"

王稼祥说:"看来,这第五招又把老蒋糊弄了!"

周恩来:"如果这两天老蒋仍没发现上当,我们向南寻求新机动战略就基本得手了。"

"必须确保绝对得手。"毛泽东说,"过一两天,我得使第六招,让老蒋心惊肉跳!"

"什么新招?"王稼祥迫不急待。

周恩来笑笑:"先卖个关子!"

第四十二章　挥师扬长而去

侍卫领着孙渡进入蒋介石住处二楼客厅。

蒋介石迎了上来:"辛苦了……坐,坐下说。"

孙渡受宠若惊,伫立、敬礼:"谢委员长召见!"说着,在蒋介石示意下毕恭毕敬坐下。

"路上还顺利吧?"蒋介石说。

孙渡回答:"之前,部队驻地分散,集中东下费些时日,多亏委员长派车队到鸭池河南岸接应。我二旅已向龙里开去,后续部队也全部到清镇了。"

"好,很好。"蒋介石仍一副热情。"孙司令雷厉风行,这才是党国军人的风范。"又关切地问,"有什么困难吗?"

孙渡:"我们是客军,困难总会有的,都可以克服……但有一事不好办。"

"说。"蒋介石说。

孙渡:"我们带的给养钱是云南富滇银行发行的新滇币,贵州的有些地方拒绝流通,就是流通的地方,也贬我们的值,这严重影响我们的供给和士气。还请委员长给贵州省政府打个招呼,让我们的滇币能在贵州流通不贬值。"

"看看,这个王家烈都干了些什么?!你们自己带钱帮他保贵州,他反倒不让你们的钱流通,岂有此理!"蒋介石一副生气样子,"我已免去了王家烈的职务,任命吴忠信为贵州省主席。回头,我让吴主席发文,严令让你们的滇币在贵州流通,不得贬值。"

孙渡:"那就谢谢委员长……"

"我还得慰劳你们。给你们纵队部2万元,每纵队1万元,就算犒劳官兵的酒肉钱。"蒋介石说。

孙渡站了起来:"谢委座,也替官兵们谢委座!"

"坐,坐下。"蒋介石说,"调你们过来,是近日发现朱毛'残匪'窜到紫阳清水江边,要过江东进湘西。我已让中央军主力追过来,命令都匀、独山的桂军北上,想让你们纵队立即赶到龙里,下一步协同中央军、桂军,'会剿'朱毛'残匪'于瓮安。"

"明白了。"孙渡说,"先头旅已遵照你之前的命令,向龙里开进……"

蒋介石站了起来:"你立即回去带后续部队,赶到龙里待命,准备下一步参加'会剿'!"

孙渡看出蒋介石意在送客,也站了起来:"我这就去执行!"

"好,军务急就不留你吃饭。"蒋介石说,"以后有什么困难找我。"

孙渡退出。陈诚和何成濬从侧门进来。

"看来,孙渡还听命。"陈诚说。

晏道刚领着薛岳匆匆闯了进来。

"怎么啦?!"蒋介石看出有大事。

薛岳站着:"刚接到报告,说朱毛'共匪'已离开紫阳,进入贵阳和龙里北部……"

陈诚紧张了:"是小股还是大部队?!"

"报告说人数不少,而且还有后续部队……应当是大部队吧?"

何成濬说:"会是'共匪'改变企图,调头南下……什么目的?!"

"你们的判断?是意在袭击我贵阳?还是由贵阳龙里之间南下?"蒋介石说。

何成濬:"无论是哪一种企图,都太疯狂了……最后的挣扎!"

"辞修,你说!"蒋介石对何成濬回答不满。

陈诚:"来者不善!"

蒋介石不满于他们的回答:"这是判断吗?!"

"我们不能不防'共匪'是冲着贵阳而来的!"陈诚终于说出他担心的话。

第四十二章 挥师扬长而去

蒋介石不言语。

陈诚问薛岳:"我们的主力部队到什么地方?"

薛岳:"吴奇伟一纵的欧师和梁师在紫阳北部,正按此前命令向瓮安运动中;汤师分散在紫阳城等地筑堡;韩师主力在息烽。周浑元二纵队3个师,当已进到金沙东部乌江北岸;郭思元师担任贵阳城防……湘军李韫珩师到瓮安……"

"看来,调大部队拦击已赶不上趟!"何成濬自语。

蒋介石问:"贵阳到底有多少守备部队?"

薛岳回答:"郭思演九十九师3个团,还有韩汉英五十九师的1个团。城防警务部队连同宪兵加起来不过2个团,但这些部队是王家烈黔军……"

陈诚自语:"看来,'共匪'是精心策划把我们的主力东引……"

陈诚精明地制止了蒋介石迁怒于薛岳使贵阳几乎成了空城。

蒋介石果然一时无话。

"我们的城防还是强固的……"何成濬说。

蒋介石终于开口了:"再查一下城防碉堡固防设施……让他们确实落实守备力量。"

"是。"薛岳回答。

蒋介石又说:"传我的命令:第一纵队的梁师、欧师调过头来向南跟追南进的朱毛'残匪';命令李韫珩师取捷径向朱毛'残匪'追击;孙渡纵队速到龙里截击!"

"我这就办去!"薛岳转身走了。

何成濬:"让孙渡纵队加强贵阳城防务?"

蒋介石:"他们靠得住吗?!"

陈诚凑近蒋介石:"委座,党国大事多着,都等着你去定夺,你不可以长时间在这里……我还是建议你和夫人明天就回南京去,这里留给我和薛岳……"

"是呀,你们回京去。"何成濬说,"要不我也留下……你尽可以放心!"

"毛泽东！毛泽东知道我在贵阳,竟敢冲着我来!"蒋介石脸上泛起被羞辱的沮丧。

陈诚:"报纸上都登了好几次……他能不知道?!"

"不,我不能离开贵阳。"蒋介石从沙发上弹了起来,"我这样一走,岂不让天下人笑我……让毛泽东也笑我……不能走,我万万不可以走!"

军委指挥所,灯火通明。

毛泽东、周恩来、朱德、王稼祥、刘伯承、张云逸围着桌上的地图。

"该再来一招了!"毛泽东直起身,点上一支烟。

王稼祥随口:"第六招!"

"算是吧。"毛泽东回到地图上,指着方位:"命令一军团陈光、刘亚楼二师,以一部佯攻龙里,逼敌闭城;命令彭德怀、杨尚昆三军团指向贵阳城北水田、乌当,让他们已进到梨儿关的那个团,带上电台向贵阳城积极佯动,而后转向东侧南下,并对贵阳城东警戒;军团主力挺进城南青岩,并控制花溪、青岩向贵阳南城警戒,掩护全军由贵阳、龙里间南下!"

朱德一笑:"老毛,你这一招够狠的……会吓坏贵阳城市里的蒋委员长!"

"他既然不远千里追到贵阳来,我总得陪他玩一把!"毛泽东直起身来,习惯自信地抽着烟:"他'围剿'我们8年了,我吓他一下还算公道吧!"

周恩来也直起身来:"只可惜是我们的兵力严重削弱了,要不真攻贵阳,活捉他……"

泛黄的电灯下,蒋介石坐在客厅沙发上,宋美龄站在窗前。

宋美龄自语:"住的是什么地方,也没个庭院……晚饭后散散步都没地方去!"

蒋介石没回应。

"我要回去……回上海去!"宋美龄回过身来。

蒋介石:"这几天不行……"

"明天就走！"宋美龄瞪着眼。晚饭后，晏道刚给了她一张字条，说形势危险，让她说服蒋介石快离开贵阳。

晏道刚进来："委座，贵阳警务司令王天锡到了……"

"带他上楼来。"蒋介石站了起来。

宋美龄走了。

晏道刚领着王天锡进入客厅。

蒋介石故作亲热迎上："到底是一奶同胞，王司令很像你长兄王天培。"又说："坐，坐下说。"

王天锡这才想起给蒋介石敬礼。

晏道刚："坐吧！"他也坐在能为蒋介石挡子弹的位置上，右手始终没离开衣兜。显然，衣兜里是待发的手枪。他知道蒋介石与王天锡有杀兄之仇。

蒋介石转过脸对王天锡："到贵阳10来天了，总想看望你和你大哥的遗孀，就是抽不出空。"

"哪能有劳委员长大驾！"王天锡一副受宠若惊状。

蒋介石故作沉重："说起你大哥的事我很心痛。他是我保定军校校友，又是黔军老将领，北伐时也带兵出征……只是误会，也怪总司令部军法处那些人草率……"

"先兄的事已过去多年了，委座还记在心上，真感激不尽！"王天锡岂能不知道蒋介石是杀了他大哥夺走他的兵的事，可眼下他和这个杀兄仇人是"君臣"关系，只好忍着。

蒋介石问："你大哥还有后人？"

"有的。"

"那就好。"蒋介石转而说，"我们检查了你组织修筑的城防工事，很好。好好干，日后你会比你大哥更有作为！"

陈诚进来："委座，刚接伯俊电话，说据报'共匪'已过了水田坝，快到天星寨了。"

蒋介石从沙发上弹了起来，问王天锡："水田坝在哪个方向，距贵阳多远？"

"在贵阳城北,距城约30里地。"王天锡也站了起来。

何成濬匆匆进来:"委座,薛岳来电话,说'共匪'前锋已到了乌当;他还说清镇飞机场报告,发现有便衣活动,疑似黔军的部分溃散官兵要闹事。"

蒋介石一时无语,背着手在客厅里转着。忽然回过身问王天锡:"不经清镇有便路可到安顺吗?"

"有,"王天锡说,"从次南门出城,经花溪走马场,可以直达平坝,平坝到安顺只有60里地。"

蒋介石对王天锡说:"你马上去准备,挑选20名忠实可靠的向导,预备12匹快马,两乘小轿,集中到这里,听候晏厅长调用。越快越好。"

"是。"王天锡走了。

昆明的龙云,这阵子很不爽。

作为国民党一方霸主的龙云,绝非一介武夫,他也学会并且运用国民党内一切尔虞我诈的手段,在贵阳安插有耳目并说有电台,防着蒋介石挖他的墙脚,监视孙渡的举动。

这天下午,龙云收到耳目黄毅夫的电报,报告红军的动态和孙渡应蒋介石之命,已兵进龙里,并报告薛岳底下人引诱孙渡所部官兵投靠中央军。这让龙云气不打一处来。

这天晚上,龙云把左膀右臂的军务处长陶汝滨、总经理处长孔繁耀叫到家中,商量处置。

陶汝滨看完耳目黄毅夫来电后,首先开骂:"王八蛋,仗着财大气粗,挖我们的墙脚!"

"孙参谋长也是……听他的!"孙繁耀附和。所谓的孙参谋长指孙渡,而他指蒋介石。

龙云:"我一直不明白,孙参谋长因何不顾我2日和3日连电,让他停止前进的命令,将部队开到龙里,还骗我说部队已停止前进在贵阳整顿。现在明白了,是老蒋接见了他,并且给了他钱,他全听老蒋的了……"

第四十二章　挥师扬长而去

孔繁耀:"好么,他也来个有奶便是娘。既然老蒋给了他钱,他跟老蒋过去……"

"跟老蒋过去? 想得美。老蒋要的是铲除我们滇军,而不是他孙渡。"龙云说,"王家烈的下场,他不会不知道,不吸取教训……"

陶汝滨:"黔军师长何知重、柏辉章投靠蒋介石后,部队被裁编的事,他不会不知道,不吸取教训……老蒋的话听得?"

龙云对陶汝滨:"你记一下,给孙渡发个电报,就说后方未得中央补助,已无力接济,我军若再超过贵阳前进,经费立将断绝。无论何人令赴黔东,均须考虑,不能轻进!"

一个参谋进来报告:"孙参谋长来电,说'共匪'已调头指向贵阳和龙里……"

龙云没再听下去:"他呀,要是把带出去的部队打光了,也就别在我们滇军混下去!"

桂林。

李宗仁家客厅里,应召的参谋长叶琪已到了;随即白崇禧也赶到。

"对不起,晚了一步。"白崇禧不请自坐,"什么新情况……朱毛'残匪'还真的向东而来?!"

"人家没那么傻。"李宗仁说。

叶琪:"我们在贵阳的耳目报告,朱毛'共匪'调头指向贵阳……贵阳城乱成一锅粥了!"

白崇禧大笑:"老蒋的用兵也实在太差劲了,这简直是让毛泽东玩弄于股掌之上。他不是断定'共匪'是要东渡清水江转进湘西么? 还要我们在都匀、独山的部队北上瓮安,协同他的中央军'会剿'……好在我们按兵不动……他老蒋可好,上朱毛的当了吧? 把部队都东调到紫阳、瓮安,贵阳倒成了空城……毛泽东行呀,弄得老蒋唱空城计!"

"他老蒋可没有诸葛亮唱空城计的两下子!"叶琪说。

李宗仁:"问题是朱毛虽不会犯司马懿的狐疑错误,但只可惜他们的兵力已受到严重削弱,不能真攻贵阳,活捉老蒋……"

"德公又怪我在湘江一战中,把朱毛'共匪'打惨了!"白崇禧大笑。

李宗仁:"你不觉得朱毛要是有兵力乘这个千载难逢之机攻贵阳,抓住老蒋,是给国家和百姓做了件大好事……对我们也极有利!"

"那就佯攻,吓唬他!"叶琪说。

"毛泽东能想不到这一招?"李宗仁说,"可想而知,老蒋这回正在抓瞎!这脸丢大了……"

白崇禧:"谁让他逞能跑到贵阳来让朱毛羞辱……活该!"

李宗仁:"老蒋太自以为是啦!他来贵阳无非是两件事。一是你说的逞能,要亲自来灭了朱毛红军,但没办成,还自取其辱。二是铲除王家烈山头,办成了,可没什么意义!"

……

贵阳城。

已经是深夜了,蒋介石卧室里的床头灯还亮着。蒋介石和宋美龄躺在被窝里,宋美龄背对蒋介石;蒋介石一脸愤怒又带恐惧、沮丧。

一阵猛烈的枪声和爆炸声又起。

宋美龄抱怨:"又开打了……这打一阵,停一阵,都几小时了。"她翻过身来,对着蒋介石:"你给我说实话,是不是'共匪'攻贵阳城?"

蒋介石突然掀起被子,连拖鞋都来不及穿就冲进卫生间。

宋美龄嘀咕:"你说这是何苦,你一国之尊,不在国都治国,跑到这里挨枪炮轰!"

随着一阵抽水马桶的响声,蒋介石出了卫生间,又钻进被窝:"我知道,晏道刚让你说服我回南京去……他懂什么?!我这一走还有何颜脸见我的将士……"

"你就不该来贵阳……"宋美龄说。

蒋介石又猛然掀开被子,冲进卫生间。

宋美龄忙拉过被子盖住身子:"没吃什么不对劲的东西,怎么跑肚子?"略停又说:"你这一会儿跑一趟卫生间,被窝里的热气早散了……我也像着凉。"

第四十二章 挥师扬长而去

蒋介石冲过马桶又回到被窝里。许久,他突然说:"不对劲,你身上这么烫……发烧了?"

"还不是折腾的?一会儿一阵枪炮声,一会儿你跑一趟卫生间,我能不着凉?"宋美龄说,"明天还得看医生……传出去都丢人……"

蒋介石:"还得怪这屋子透风……"

"你真想得出来,"宋美龄苦笑,"明天早上我得说说侍卫长蒋孝镇,不该让我们住这透风的房子!"

红军一夜的佯攻折腾,让贵阳和龙里城里的国民党军惶惶不可终日,蒋介石和他的文臣武将也自知他们兵力太弱,白天也不敢让他们的部队开城出击,只是眼巴巴地看着红军由贵阳龙里之间南下。

这天下午大约 5 点钟时,中央纵队早早宿营。因几天来的紧张没睡好,毛泽东、周恩来协商今晚放开睡个好觉,决定每晚惯例的碰头会提早在晚饭前进行。他俩乃至朱德、王稼祥、刘伯承没进村,在宿营村外攀枝花树下隆凸地面的树根上随便坐着。刚好张闻天、博古、陈云策马过来,也下马跟着坐。

张闻天找话:"这庄子可不小呀!"

"要不,怎么称旧司大庄!"刘伯承回话。

周恩来笑笑:"告诉你,此处往西 30 里,是蒋委员长下榻的贵阳城;往东 30 里,是滇军纵队司令官孙渡固守的龙里城!"

"好你个'朱毛残匪',胆大包天呀!竟然在蒋委员长的眼皮之下睡大觉!"张闻天打趣。

毛泽东抽着烟:"你说的不错,我们的红军是有点'残'了。要不,我们就进贵阳城在老蒋住的地方睡一觉。"

陈赓过来:"我对你们有意见……"

刘伯承:"怎么啦?"

"没让我们干部团佯攻贵阳?!"陈赓说。

朱德:"岂有舍近求远之理!"

陈赓一本正经地说:"多好的机会失掉了……我真想逗我们蒋校

长玩!"

毛泽东一笑:"要不,你现在进贵阳城找你家蒋校长玩呗?!"

"我不同意。"周恩来笑笑,"他还不把他的蒋校长又给背跑了!"

"去!"陈赓扭头走了。

张闻天诧异:"怎么这就走了?"

"恩来提了他不开的那一壶。"毛泽东说,"这不,10年前二次东征时,老蒋到前线逗能,碰上陈炯明叛军反攻,给吓软了腿,身为警卫连长的陈赓背他逃命!"

张闻天大笑:"我说呢!"

王稼祥倒忽然想起似的:"老毛,你这第六招叫威逼贵阳吧?!当数连着六招的高潮!"

朱德:"通过这六招,我们已把老蒋'追剿'军的主力甩得远远的,接下来我们可以扬长而去,经黔西南、滇北北渡金沙江到川西,与四方面军会师,以求开创新局面。"

张闻天:"是不是可以说,我们基本上摆脱了蒋介石重兵的围追堵截?!"

"可以这样认为。"刘伯承说,"当然,接下来老蒋还会让薛岳兵团追我们,滇军孙渡纵队也会跟着返回云南。但我料定他们都会是实质上取伴走。"

周恩来感慨:"湘江一战惨重损失后,我们处于极端危难的境地。在这种状况下,老蒋都没能赢得了我们,下一步,乃至今后,他更是赢不了我们!"

"精辟!"刘伯承回应。

"不,"周恩来说,"我不过是对这几个月来我们的实践的理性认识而已。从通道会议老毛实际上接手的这几个月来,他的用兵是8个字:因势利导,把握主动。我们谱写的历史也是8个字:精彩绝伦,智斗经典!"

毛泽东笑笑:"实在说,我也有些得意。得意于能与老蒋直接交手,并且逗逗他玩。这段战争对我们来说,保存力量就是胜利,从这个意义说我们胜利了,但你们也别把这说得神了……"

第四十二章 挥师扬长而去

"当然称得上是神了。"刘伯承说,"孙子兵法上说:'能因敌变化而取胜者谓之神'。用这个标准衡量,可不就是神了!"

博古感慨:"我也看到了这几个月来老毛领导的高明。之前很长一段时间,我老是想不明白我错在哪里,但经过这一段的冷静观察思考,我不仅明白了,而且有新的所得。"

王稼祥:"好呀,说来听听!"

"不瞒你说,我在对权威问题上的认识有了心得。"博古说,"在恩格斯《论权威》一文中,汪洋大海上的航行比喻最能说明权威的重要。他说:'在危难关头,要拯救大家的生命,所有的人就得立即绝对服从一个人的意志。'我片面地理解这句话,错怪你们不服从我的意志。经过这一段的旁观、思考,我才明白了,我没有领导的权威,是因为我不具备领导的能力;权威不是职务的必然,更不是上级能委任的,而是在实践检验中自然形成的。老毛,你是以自己杰出的才能获得领导的权威,我衷心拥护你!"

张闻天感慨:"我们的革命航船现在正处在惊涛骇浪之中。由此推理,我们要绝对服从我们推举出的船长老毛一个人的意志!"

朱德说:"这几个月来,我们党纠正了错误,选择了正确的领袖,当数政治上的胜利。"

"这是起决定作用的胜利。"陈云说。

毛泽东:"谢谢同志们的托付,我会担当、珍惜、努力的!"

周恩来站了起来:"要我说,咱们来点诗意吧。你们看,夕阳下的远处很美吧!这让我想起前不久老毛填的《忆秦娥·娄山关》的最后一段:雄关漫道真如铁,而今迈步从头越。从头越,苍山如海,残阳如血。"

人们不由都站了起来,放眼远山。

……

尾　声

中央红军威逼贵阳后不日,惊魂落定的蒋介石作出一派泰然若定的大气模样,把在贵阳和赶到贵阳附近"救驾"的将领们集中到贵阳绥靖公署礼堂训示。大骂一通朱毛红军是"土匪"后,他喊出了一句实在话,不仅骂了他的将领,也骂了他自己:"'朱毛残匪'现在已陷于我们重围之中,我们如果还不能将他消灭,那还能做人吗?!"

就在蒋介石大喊不能消灭中共中央和中央红军就不是人的同时,中共中央率领中央红军主力沿着贵阳、龙里之间,在无敌情顾虑的情况下南去,经惠水、长顺、紫云向黔西南扬长而去,不出半个月,顺利地离开了贵州。

刘伯承的判断没有错,蒋介石命令薛岳带着他的兵团追;孙渡也带着他的纵队打道回云南。但他们的部队都落在红军后头约一个星期路程,跟在两侧,犹如护送。

1935年4月25日,中共中央率领中央红军主力进入云南。此后经滇北,于5月6日至9日,全部顺利地北渡金沙江,进入川西南。其间,担负佯动任务没能与主力一起南渡乌江的九军团,也以孤胆英雄之气概突出重围,渡过金沙江,与主力会合。

至此,中共中央和中央红军基本结束了与强敌围追堵截的缠斗,进入与自然界给予的艰难困苦的苦斗。自此,这一长时间长途的战略转移,有了一个特定的概念——万里长征。

但是,中共中央和中央红军乃至其他红军的长征,仍然走在万水千山的长征路上;中国共产党和中国革命的航船,仍然在惊涛骇浪中搏击!

后　记

写作是件苦差事。70多岁的老夫长时间写作尤为自讨苦吃。朋友笑我是贱骨头玩老命，学生说我是"老夫聊发少年狂"。

可不，我这是"如鱼饮水，冷暖自知"。尽管我有40多年的红军史研究基础，长征历史大概了然于胸，用不着再作熟悉相关历史的准备；长征的许多圣地也到过，能唤起、触动形象思维的灵感。但这毕竟是百万字之作，百六十余章回，一字一字地写，很是费时费事；况且历史纷繁复杂，内斗外斗皆是谋略智慧，全凭主观推测；还有必须虚构在那个环境下可能发生的故事，以彰显长征的艰难、人性的无奈，以增强阅读的趣味性，这就不免要穷尽脑汁，挖空心思，弄得常常梦里也在编故事。其间最怕的是身体不给力，突然倒下，造成壮志未酬。还好，总算一切都过去了，终于玩了一把，狂了一回，写完了，很开心。

开心过后，我也冷静地想到，我虽然编写了迄今没有过的长征最详细的故事，但由于功力不足，时间不许可，书中定有许多不尽人意之处。但我已是心有余而力不足，时也不多。处于生命末程的我，未必有时日能作纠正补充，敬请读者见谅。

应当感谢江苏人民出版社给我机会出版这套书，尤其应当感谢责任编辑汪意云同志和她的同事，为我这套书的出版付出的辛劳。感谢我旧时的同事曲爱国、王建强给我的鼓励并提供资料。感谢我家老太婆给我做饭，叫我吃饭。

是军事科学院把我培养成为我军历史研究者,这套书就算再加一份对它的回报!

作　者

2018年10月1日